MORT OU VIF

Tom Clancy naît en 1947 à Baltimore. Il poursuit des études d'anglais puis tente d'intégrer l'US Army. Sa mauvaise vue l'empêche cependant de participer à la guerre du Viêtnam. Durant ses heures de loisir, il écrit alors un livre inspiré de l'histoire vraie de sous-mariniers russes désireux de passer à l'Ouest : *Octobre rouge* est né. C'est ainsi que débute la carrière littéraire de Tom Clancy, dont chaque thriller est aujourd'hui un best-seller.

Paru dans Le Livre de Poche :

LE CARDINAL DU KREMLIN
CODE SSN
DANGER IMMÉDIAT
LES DENTS DU TIGRE
DETTE D'HONNEUR (2 vol.)
JEUX DE GUERRE
MORT OU VIF (2 vol.)
OCTOBRE ROUGE
L'OURS ET LE DRAGON (2 vol.)

POWER GAMES
1. Politika
2. Ruthless.com
3. Ronde furtive
4. Frappe biologique
5. Guerre froide
6. Sur le fil du rasoir

RAINBOW SIX (2 vol.)
RED RABBIT (2 vol.)
SANS AUCUN REMORDS
LA SOMME DE TOUTES LES PEURS
SUR ORDRE (2 vol.)
TEMPÊTE ROUGE

Tom Clancy et Steve Pieczenik présentent :

NET FORCE
1. Net Force
2. Programmes fantômes
3. Attaques de nuit
4. Point de rupture
5. Point d'impact
6. Cybernation
7. Cyberpirates

TOM CLANCY
AVEC GRANT BLACKWOOD

Mort ou vif

Tome 2

ROMAN TRADUIT DE L'ANGLAIS (ÉTATS-UNIS)
PAR JEAN BONNEFOY

ALBIN MICHEL

Titre original :

DEAD OR ALIVE

Publié par Putnam, Penguin Group, New York.

Ceci est une œuvre de fiction. Les personnages et les situations décrits dans ce livre sont purement imaginaires : toute ressemblance avec des personnages ou des événements existant ou ayant existé ne serait que pure coïncidence.

ISBN : 978-2-253-17578-0 – 1re publication LGF

43

« OK, les gars, il est temps de changer notre fusil d'épaule », annonça Gerry Hendley dès son entrée dans la salle de conférences, avant même d'aller s'asseoir.

C'était une nouvelle matinée au Campus et la table de conférence était encombrée de pots de café brûlant et de plateaux garnis de croissanterie, de beignets et de bagels. Jack se servit une tasse de café, saisit un bagel à la farine complète – sans crème – et trouva un siège libre. Étaient également présents Jerry Rounds, chef de l'analyse et du renseignement ; Sam Granger, chef des opérations ; Clark et Chavez ainsi que les frères Caruso.

« Il est temps d'envisager de concentrer nos efforts. À partir de maintenant, chaque personne dans cette pièce ne devra s'occuper de rien d'autre que de l'Émir et du Conseil révolutionnaire des Omeyyades – excepté Sam, Jerry et moi, bien entendu. Nous laisserons également la lumière allumée et veillerons à l'approvisionnement en beignets, mais je veux que vous vous mettiez tous à modifier votre rythme de travail. Nous allons désormais vivre, respirer et manger Émir vingt-quatre heures sur vingt-quatre et sept jours sur sept jusqu'à ce qu'il soit capturé ou mort.

— Ouais super ! s'exclama Brian Caruso, déclenchant une cascade de rires.

— Dans ce but, nous avons baptisé le groupe d'un nom adéquat : *Martin-pêcheur*. L'Émir se prend plus ou moins pour un roi[1], à la bonne heure. On s'en va pêcher le roi. Dorénavant, cette salle va devenir votre espace de travail et la porte de chacun restera toujours ouverte – à savoir la mienne, celle de Sam et celle de Jerry.

Sacré nom de Dieu, se demanda Jack, *d'où sort-il tout ça ?*

« Chaque chose en son temps. Dom et Brian recherchaient des indices en Suède », dit Hendley avant de narrer la découverte par Jack des interceptions concernant Hlasek Air. « Nous avons continué de suivre cette piste, mais rien n'en est sorti. Le mécano s'est rendu de lui-même à la police nationale suédoise, mais il n'a rien pu fournir de concret. Une somme d'argent en échange d'un peu de bidouille sur un transpondeur, et un vol charter rempli de passagers peut-être originaires du Moyen-Orient. S'il vous vient une idée, parlez-en à quelqu'un. Si vous voulez essayer une nouvelle piste, demandez. Si vous voulez juste réfléchir ou jouer aux hypothèses, n'hésitez pas, réunissez-vous et allez-y. Les seules idées ou questions idiotes sont celles qu'on garde pour soi. Nous devons former un groupe organique, les enfants. Oubliez vos façons de procéder habituelles, essayez

1. Martin-pêcheur : *Kingfisher* en anglais. (*Toutes les notes sont du traducteur.*)

de sortir des sentiers battus. Vous pouvez parier que l'Émir procède ainsi. Alors : des questions ?

— Ouais, fit Dominic Caruso. Pourquoi ce changement ?

— J'ai reçu dernièrement un bon conseil. »

Jack nota que Hendley adressait à John Clark un imperceptible signe de tête et soudain, ça lui parut logique.

« Notre boutique est trop petite pour fonctionner comme une bureaucratie, ajouta Jerry Rounds. Nous allons tous les trois nous relayer à intervalles réguliers pour garantir que nous sommes toujours dans la course mais, pour résumer la situation, disons que l'Émir est un personnage hors du commun et que nous devons donc changer notre tactique pour en tenir compte.

— Comment cela va-t-il se traduire au niveau opérationnel ? » demanda Chavez.

Ce fut Sam Granger qui répondit : « Par un surcroît de travail, on l'espère. Une bonne partie des données nouvelles que nous allons générer ne seront pas vérifiables autrement que sur le terrain. Cela veut dire mouiller sa chemise, suivre des pistes. Une bonne partie sera du travail de fourmi, mais tout s'additionnera. Ne vous méprenez pas, nous aimerions tous taper dans le mille, mais vous n'allez pas tomber dessus par hasard. Vous allez devoir vous casser le cul.

— Quand commençons-nous ? demanda Jack.

— Tout de suite, répondit Hendley. Pour commencer, assurons-nous que nous en sommes tous au même point d'avancement. On met sur la table ce qu'on sait, ce qu'on soupçonne, et ce qu'il nous reste encore à découvrir. » Il regarda sa montre. « On fera une pause déjeuner, puis on se retrouvera ici. »

Jack passa la tête dans le bureau de Clark. « Quoi que vous ayez pu faire, John, pas à dire, vous avez attiré l'attention de Hendley. »

Clark hocha la tête. « Je n'ai rien fait d'autre que le pousser un peu sur la pente qu'il avait déjà prise. Il est futé. Il aurait trouvé tout seul, à la longue. Mais entre donc. T'as une minute à me consacrer ?

— Bien sûr. »

Jack s'assit en face du bureau.

« J'ai entendu dire que tu voulais mettre les mains dans le cambouis ?

— Quoi ? Oh, ouais. Il vous l'a dit, hein ?

— Il m'a demandé de t'entraîner.

— Ma foi, je n'y vois pas d'inconvénient. Tout au contraire.

— Pourquoi veux-tu faire ce boulot, Jack ?

— Hendley ne vous a-t-il pas…

— Je veux l'entendre de ta bouche. »

Jack se trémoussa sur son siège. « John, je reste planté là toute la journée à lire des dépêches, essayer de décoder des informations qui pourraient être pertinentes ou pas, et d'accord, je sais que c'est important et que ça doit être fait, mais je veux me bouger vraiment, voilà. »

Clark secoua la tête. « Comme pour l'épisode MoHa.

— Ouais, comme ça.

— Ça ne se passe pas toujours aussi bien.

— Je sais.

— Crois-tu ? J'ai fait ce boulot, Jack – j'ai vraiment mis la main à la pâte. La plupart du temps, c'est moche et dégueulasse, et on n'oublie jamais. Les visages s'effacent, tout comme les lieux et les circonstances, mais l'action – l'acte en lui-même – te colle à la peau. Si tu n'es pas prêt à l'affronter, ça peut te bouffer. »

Jack prit une profonde inspiration, les yeux rivés au sol. Était-il prêt ? Il sentait la part de vérité dans les propos de Clark mais, pour l'heure, cela restait une abstraction. Il savait que ça ne ressemblait aucunement aux films ou aux romans, mais cette connaissance en creux ne l'aidait guère, c'était un peu comme de décrire la couleur rouge en disant qu'elle ne ressemble pas à du bleu. *Aucun point de référence – enfin, presque aucun.* Telle avait été son unique expérience avec MoHa.

Comme s'il avait déchiffré ses pensées, Clark reprit : « Et ne te méprends pas, Jack. L'opération MoHa était une aberration. Tu t'es retrouvé embringué dedans, tu n'as pas eu une seconde pour réfléchir, et tu avais la certitude que le gars était un méchant. Ce n'est pas toujours aussi tranché. En fait, ça l'est même rarement. Tu dois t'accoutumer à l'incertitude. En es-tu capable ?

— À vrai dire, John, je n'en sais rien. Je ne peux pas vous fournir de réponse. Je sais que ce n'est pas la bonne mais…

— En fait, c'est précisément la bonne.

— Hein ?

— Quand je faisais mes classes pour intégrer les équipes de démolition sous-marine, tous les candidats devaient passer devant un psychologue. J'étais dans la salle d'attente et un de mes potes est sorti du cabinet. Je lui ai demandé comment ça s'était passé. Il m'a dit que le toubib lui avait demandé s'il pensait être capable de tuer un homme. Mon copain, désireux de bien faire, avait répondu d'emblée : "Bon sang, un peu, mon neveu." Quand vint mon tour et que le médecin me posa la même question, je lui répondis que sans doute oui, mais que je n'en étais pas sûr à cent pour cent. L'un de nous d'eux fut admis ; pas l'autre. »

Merde alors ! se dit Jack. Imaginer John Clark comme un bleu et non plus comme un espion de légende, quasiment une divinité, c'était un concept assez vertigineux. Mais bon, tout le monde devait bien commencer un beau jour.

Clark poursuivit : « Tu me montres un gars qui répond "Bon sang, un peu, mon neveu", à ce genre de questions et je te dirai que c'est un cinglé, un menteur, ou un écervelé. Tu sais quoi : pose la question à Ding, un de ces quatre. La première fois qu'il a dû descendre quelqu'un, tout s'est passé comme sur des roulettes jusqu'au moment où il lui a fallu presser la détente. Il savait qu'il pouvait le faire, et il en était sûr à quatre-vingt-dix-neuf pour cent, mais jusqu'à ce que le chien se rabatte, il avait toujours une petite voix qui lui tournait dans la tête.

— Et pour vous ?

— Pareil.

— C'est dur à croire.

— Crois-moi.

— Alors, selon vous, je devrais rester rivé derrière mon clavier et mon moniteur ?

— C'est à toi de voir. Je veux juste m'assurer que tu y as bien réfléchi. Sinon, tu seras un danger pour toi-même et pour tous les autres.

— OK.

— Encore un détail : je veux que tu songes à en parler à ton père.

— Bon Dieu, vous plaisantez…

— Non, absolument pas. Je garderai le secret, Jack, parce que tu es un adulte et que ce choix t'appartient, mais il serait peut-être temps que tu voles de tes propres ailes et tu ne pourras pas tant que tu auras encore peur de lui faire face. D'ici là, tu n'auras toujours pas acquis ton indépendance.

— Vous n'y allez pas par quatre chemins, hein ? »

La remarque fit sourire Clark. « On me l'a souvent dit, ces derniers temps. » Il regarda sa montre. « Bon, il est l'heure d'y retourner. Réfléchis encore une journée – aux deux trucs. Si tu veux toujours y aller, je t'enseignerai ce que je peux. »

Le contact de Mary Pat à Legoland – le siège du renseignement extérieur britannique à Vauxhall Cross, au bord de la Tamise, était surnommé soit Legoland, soit Babylone, à cause de son architecture évoquant une ziggourat en cubes empilés –, ce contact ne lui avait proposé qu'un seul nom en réponse à sa requête : Nigel Embling. Un agent à la retraite qui avait travaillé dans les zones tribales mais qui en savait davantage sur la région que les autochtones. Mary Pat avait supposé que les Britanniques avaient encore des éléments actifs dans le secteur, mais elle n'aurait su dire si Embling en faisait ou non encore partie. Sans doute pas. L'enquête à laquelle elle avait déjà procédé de son côté suffisait à révéler à son contact qu'elle était pour le moins sur la réserve, auquel cas les pontes du SIS ne verraient pas d'un très bon œil les éventuelles confidences d'un de leurs agents.

Bien sûr, avoir un contact dans sa manche n'était qu'une étape dans la bataille. Embling n'était plus tout jeune, ce qui signifiait qu'ils avaient dû le remplacer sur place pour déblayer le terrain. De ce côté, Mary Pat n'eut pas trop à se creuser la tête : deux noms lui vinrent aussitôt à l'esprit, et si ses tuyaux étaient bons, ces individus ne cracheraient pas sur un petit boulot annexe. L'antiterroriste avait une caisse noire et elle s'était accordée avec Margolin pour considérer que ce serait un investissement bien placé.

Il ne lui fallut que deux coups de fil pour confirmer les rumeurs et deux autres encore pour obtenir un numéro de téléphone.

Le téléphone mobile de Clark, fourré dans le tiroir supérieur de son bureau, pépia deux fois. Il le saisit à la troisième sonnerie.

« Allô ?

— John, c'est Mary Pat Foley.

— Eh, Mary Pat, j'allais justement vous appeler...

— Pas possible ?

— Ding et moi sortons juste de notre passage chez Rainbow. Je voulais vous donner un petit bonjour.

— Et si on se rencontrait ? J'ai un truc à vous montrer. »

Le radar interne de Clark se déclencha aussitôt. « Bien sûr. Où et quand ?

— Le plus tôt sera le mieux. »

Clark consulta sa montre. « Je peux me libérer pour le déjeuner.

— Bien. Vous connaissez *Chez Huck*, à Gainesville ?

— Ouais, à côté de la route de Linton Hall ?

— Ouaip. On se retrouve là-bas. »

Clark éteignit son ordinateur, puis il se dirigea vers le bureau de Sam Granger. Il narra son coup de fil au chef des opérations du Campus. « J'imagine que c'est plus qu'une rencontre de courtoisie, observa Granger.

— Absolument. (Elle avait pris son ton professionnel.)

— Sait-elle que vous êtes en train de quitter l'Agence ?

— Peu de choses échappent à Mary Pat. »

Granger réfléchit. « OK, repassez me voir à votre retour. »

Clark était passé devant *Chez Huck* mais sans entrer. Les meilleures tourtes de Virginie, lui avait-on dit. *Comme si tu pouvais le vérifier du dehors*, songea-t-il avant de se garer en épi devant l'établissement. Deux larges devantures flanquaient une porte à un seul battant protégée par un dais de toile passée rouge et blanc. Dans la vitrine, une enseigne au néon faisait de la publicité pour « …UCKS ». *Mauvais présage ? Sans doute pas.*

À vrai dire, il n'avait que de bons souvenirs de Gainesville où il avait passé maintes heures à arpenter les rues pour enseigner aux jeunes agents de la CIA les techniques de surveillance et de filature. On ne pouvait pas tout apprendre sur les bancs de Camp Perry. À l'insu des braves citoyens de la ville et d'une douzaine d'autres de Virginie et du Maryland, à toute heure du jour ou de la nuit, leurs rues étaient parcourues par des espions qui jouaient à rester en vie avant d'être lancés pour de bon dans le monde réel.

Il poussa la porte et découvrit Mary Pat assise à un tabouret au comptoir. Ils s'étreignirent et Clark s'assit. Un homme corpulent, cheveux roux clairsemés et taches de rousseur sur les mains, s'approcha. « Que puis-je vous servir ?

— Tarte aux pommes, dit Mary Pat, sans hésiter. À emporter. »

Clark haussa les épaules et commanda la même chose. « Comment va Ed ?

— Très bien. Un peu sur les dents, je trouve. Il écrit un bouquin.

— À la bonne heure. » Quand leurs tartes arrivèrent, elle demanda : « Envie de faire un tour ?

— D'accord. »

Une fois dehors, ils arpentèrent le trottoir, devisant de choses et d'autres jusqu'à ce qu'ils arrivent à un jardin public d'un demi-hectare couvert de gazon et de haies de buis bien taillées. Ils trouvèrent un banc et s'assirent.

« J'ai un problème, John », commença Mary Pat, une fois qu'ils eurent dégusté quelques bouchées de tarte. « Je me suis dit que Ding et vous pourriez me rendre service.

— Si on peut. Mais un point, d'abord : vous savez que nous...

— Ouais, j'ai entendu. Désolée. Je connais l'honorable Charles Summer. C'est un connard.

— L'espèce a l'air pas mal répandue à Langley, ces temps derniers.

— Hélas oui ! On a comme l'impression d'être retourné au Moyen Âge. Dites-moi : que pensez-vous du Pakistan ?

— Un coin sympa à visiter... », suggéra Clark avec un sourire.

Mary Pat rit. « C'est une opération relativement simple, cinq ou six jours, peut-être. Nous avons deux ou trois trucs à éclaircir, mais sans avoir personne sur place – personne de fiable, en tout cas. Le nouveau gouvernement déshabille les effectifs des opérations comme si c'était la période des soldes. Nous avons un gars – un Rosbif – qui connaît bien la région, mais il n'est plus tout frais.

— Pouvez-vous définir les "deux ou trois trucs à éclaircir" ?

— Ça devrait être de la banale collecte d'informations. Du travail basique.

— Je suppose que nous parlons d'éléments périphériques à notre gros gibier ? » Mary Pat opina. « Et que vous avez déjà tenté d'obtenir de les collecter via Langley ? » Nouveau signe de tête. Clark inspira, soupira. « Vous vous écartez pas mal des sentiers balisés, sur ce coup-ci…

— C'est là qu'on fait la meilleure cueillette.

— Quel est votre délai ?

— Le plus tôt sera le mieux.

— Donnez-moi l'après-midi. »

Une heure plus tard, Clark était de retour au Campus. Il y trouva Granger dans le bureau de Hendley. Il tapa sur le chambranle, reçut un signe d'assentiment de Hendley, entra et prit un siège. Hendley attaqua : « Sam m'a prévenu. Vous avez essayé leurs tartes ?

— Aux pommes. Peut-être pas la meilleure, mais pas loin. Elle m'a tuyauté sur un contrat. Au Pakistan. »

Il lui résuma leur conversation.

« Diantre, fit Granger. Elle est à l'antiterroriste. Donc, il n'est pas bien sorcier de deviner qui est dans leur collimateur. Et que lui as-tu dit ?

— Que je la rappellerais pour lui donner ma réponse. C'est tout réfléchi, en fait mais voilà le hic : si on marche dans son coup, je n'ai pas trop envie de la laisser dans le brouillard.

— Au sujet du Campus ? demanda Granger. Je ne…

— Désolé, fit Clark. Mary Pat et moi, on se connaît depuis un bail, et elle risque gros sur ce coup-ci. Je ne vais pas lui jouer de tour. Écoutez, vous connaissez tous les deux sa réputation. Vous savez ce que Jack Ryan pense d'elle. Si ça ne vous suffit pas comme gage, je ne vois pas quoi d'autre pourrait… »

Hendley rumina sa réponse durant trente secondes, puis il opina. « OK, mais marchez sur des œufs. Quand aurait-elle besoin de vous ?

— Avant-hier, sans faute, j'imagine », répondit Clark.

44

« Ce que nous savons avec certitude de l'Émir et du CRO est limité », observa Jerry Rounds en guise d'avant-propos pour rouvrir la réunion. « Parlons donc de ce dont nous sommes à peu près certains.

« Jusqu'à tout récemment, le CRO reposait essentiellement sur le Net pour ses communications, mais nous ne pouvons les associer à un fournisseur d'accès bien précis, parce que les gens du CRO en changent toujours et que nous dépendons de la NSA pour les identifier par leur méthode de cryptage. Et même ainsi, on n'est pas sûr de les localiser, mais on sait déjà qu'ils passent régulièrement d'un pays à l'autre. »

Dominic saisit la balle au bond. « À moins qu'une bonne partie de leurs échanges électroniques nous échappent – ce qui reste toujours possible –, on peut parier sans gros risque que les éléments importants, le CRO les fait transiter d'un site à un autre de manière concrète, ce qui signifie par des courriers. Que les membres transportent des CD-ROM ou d'autres médias utilisables sur un ordinateur portatif, ou qu'ils puissent communiquer avec un tiers équipé d'un ordinateur de bureau relié à une ligne téléphonique, au câble… voire simplement par un hot-spot Wifi.

— Les hot-spots ne sont pas vraiment sécurisés, fit remarquer Brian.

— Ce n'est pas crucial, rétorqua Chavez. N'avons-nous pas fait l'hypothèse qu'ils recouraient au chiffrage par masque jetable ?

— Ouais, confirma Rounds.

— Avec ça, on peut raconter à peu près tout ce qu'on veut. Pour quiconque interceptera le message, ce ne sera qu'une suite aléatoire de mots ou de lettres.

— Ce qui pose la question, intervint Jack : les courriers se contentent-ils de porter les messages ou également les masques – si c'est bien un tel codage qu'ils utilisent ? »

Rounds l'interrompit : « Jack, il serait bon de mettre tout le monde au courant sur ce gars…

— Shasif Hadi, répondit Jack. Il est apparu sur une liste de distribution que nous tenions à l'œil. Son fournisseur d'accès Internet n'était pas aussi bien masqué que les autres. On essaie d'éplucher ses comptes. Savoir s'ils nous mèneront plus loin que sa comptabilité domestique, ça, je l'ignore…

— Pour en revenir aux courriers, intervint Chavez. Le FBI ne surveille-t-il pas les voyageurs qui prennent régulièrement l'avion ? N'y aurait-il pas moyen d'en extraire une grille de tri ? Pour trouver un lien entre le trafic mail du CRO et la fréquence de certains de leurs déplacements ? »

Dominic répondit : « As-tu une idée du nombre de passagers qui traversent régulièrement l'Atlantique ? Des milliers, et le Bureau les surveille tous. Il faudra un bout de temps pour en contrôler ne serait-ce que le quart. Ça revient à lire l'annuaire huit heures par jour. Et pour autant que l'on sache, ce salaud envoie peut-être ses CD par FedEx, voire par simple courrier postal. Une boîte aux lettres constitue une cachette idéale. »

L'ordinateur portable de Jerry Rounds émit un bip et il consulta son écran. Il lut une bonne minute puis dit : « Voilà qui complique les choses.

— Quoi donc ? demanda Jack.

— Nous venons d'avoir un complément d'infos sur l'incident à l'ambassade de Tripoli. Ding avait récupéré par hasard une clé USB sur l'un des adversaires. Elle contenait un paquet de fichiers JPG.

— Des photos de la planque de l'Émir ? demanda Brian.

— Ne rêvons pas. Les bandits sont montés d'un cran. Ils recourent désormais à la stéganographie.

— Pardon ?

— Stéganographie. C'est une méthode de cryptage qui consiste en gros à cacher un message dans une image.

— Genre encre sympathique ?

— Plus ou moins, mais la méthode est encore plus ancienne. Dans l'Antiquité grecque, on rasait la tête d'un esclave, on lui tatouait un message sur le crâne, on laissait repousser les cheveux, puis on l'envoyait derrière les lignes ennemies. Ici, on parle d'images numériques, mais le concept reste identique. Voyez-vous, une image numérique n'est jamais qu'une succession de points colorés.

— Des pixels.

— C'est cela. Chaque pixel se voit assigner un chiffre – une valeur de rouge, de bleu et de vert, en général de 0 à 255, selon l'intensité de la couleur. Chacun de ces chiffres est à son tour stocké sur huit bits, chacun représentant des puissances successives de deux, de sorte qu'une différence d'un ou deux sur l'échelle de couleurs RVB reste imperceptible à l'œil humain.

— Là, je suis largué, dit Brian. Pour faire court ?

— Pour faire court, on dissimule des caractères dans une photo numérique en altérant légèrement ses pixels.

— Quelle quantité d'information ?

— Disons, pour une simple image de 640x480… un demi-million de signes, en gros. L'équivalent d'un gros roman.

— Bigre, marmonna Chavez.

— Ça, c'est en théorie, cependant, en poussant à la limite, poursuivit Jack, s'ils ont recours à la stéganographie, ils sont sans doute assez futés pour avoir des messages concis. On se retrouve alors avec juste une grosse douzaine de pixels modifiés sur une image qui peut en contenir des millions. Une aiguille dans une botte de foin.

— L'encodage est-il difficile ? s'enquit Chavez. Ça pourrait nous fournir un biais pour le repérer.

— Même pas. On trouve sur la Toile des tonnes de logiciels libres pour effectuer la manip. Certains sont mieux torchés que d'autres, mais dans l'ensemble, ça n'a rien de bien sorcier. Enfantin, même, une fois que l'expéditeur et le destinataire possèdent la clé de décodage.

— Et l'extraction des messages ? Est-elle possible ? Quels moyens sont nécessaires ? »

Ce fut Rounds qui répondit : « Il s'agit, en gros, de déconstruire chaque image, de localiser quels pixels ont été modifiés, et dans quelle proportion, et ensuite seulement d'en extraire le message.

— Ça me paraît entrer pile dans les cordes de la NSA, dit Brian. Est-ce qu'on ne pourrait pas s'introd…

— Non, coupa Rounds. J'adorerais, croyez-moi, mais intercepter leur trafic est une chose. Essayer de pirater leurs systèmes en est une autre. Du reste, nous n'avons peut-être pas besoin d'aller jusque-là. Jack, y a-t-il des logiciels disponibles sur le marché ?

— Ouais, mais savoir s'ils sont assez puissants, je l'ignore. Je vais me mettre à fouiner. Sinon, faute de mieux, on peut toujours écrire notre propre programme. Je vais voir ça avec Gavin.

— Revenons donc à l'affaire de Tripoli, reprit Dominic. Je suppose qu'on la met sur le compte du CRO ?

— En effet, tous les membres du commando appartenaient à des groupes affiliés au mouvement – la moitié provenaient d'une cellule de Benghazi, les autres étaient de diverses origines.

— Étrange, murmura Jack. D'après mes lectures, c'est plutôt inhabituel. Ils tendent à confier leurs opérations à une seule et même cellule. Cela doit signifier quelque chose.

— Je suis d'accord, confirma Rounds. Partons de cette piste et voyons où elle nous mène. Nous devons savoir pourquoi ils auraient rompu avec leur routine…

— Et où sont les autres membres du groupe Benghazi…, ajouta Brian.

— Exact. OK, revenons au message crypté. À moins que ce soit une opération ponctuelle, nous devons présumer désormais que la stéganographie est une pratique standard du CRO et qu'ils y ont peut-être recours depuis longtemps, ce qui nous complique encore la tâche. Toutes les messageries en ligne, tous les forums que le CRO a pu utiliser, ou utilise encore actuellement, peuvent désormais être des sources potentielles. Nous devons les éplucher à la recherche d'images – quel qu'en soit le format, JPG, GIF, bitmap, PNG…

— Les vidéos aussi ? intervint Chavez.

— Ouais, c'est réalisable, bien que plus délicat, certains des algorithmes de compression mettent le souk dans les pixels. Mieux vaut, pour l'heure, se concentrer sur les photos et les captures d'écran. En résumé, on moissonne un max et on se met à le disséquer à la recherche de messages enchâssés.

— On devrait s'assurer auparavant d'avoir un stock d'adresses IP anonymes, au cas où quelqu'un surveillerait les entrées, suggéra Jack.

— Ce qui veut dire en clair ? demanda Brian. Tu me connais, le brave marine un peu con.

— IP signifie Internet Protocol – une adresse IP, c'est cette chaîne de quatre groupes de chiffres qui identifie ton réseau perso – genre 67.165.216.132…

— Ouais.

— Si l'on bombarde ces sites à partir de la même adresse IP et que quelqu'un est en surveillance, il saura aussitôt qu'on le sonde. Je peux demander à Gavin de nous établir une série d'adresses en rotation permanente, de sorte qu'on pourra passer pour des visiteurs réguliers. Voire remonter leur piste jusqu'à d'autres sites islamistes.

— Bien, dit Rounds. OK, continuons. Quoi d'autre ? Lâchez-vous...

— Un moyen de détecter quand une image est postée sur un site ? demanda Dominic.

— Peut-être, répondit Jack. Pourquoi ?

— Pour corréler la date où le message est posté avec d'autres éléments, courriers électroniques, opérations connues, ainsi de suite. Peut-être que l'envoi d'une image déclenche un mail ou vice versa. Peut-être qu'il y aurait là une procédure à laquelle on pourrait se raccrocher. »

Jack en prit note. « Bonne idée.

— Faisons des suppositions, suggéra Chavez. Nous avons jusqu'ici tablé sur le fait que l'Émir se trouvait toujours quelque part au Pakistan ou en Afghanistan. À quand remonte la dernière confirmation de sa présence là-bas ?

— Un an, répondit Jack. On a déjà envisagé l'idée qu'il ait déménagé ou même changé d'apparence, mais rien n'est venu la corroborer.

— Faisons comme si. Pourquoi bougerait-il ?

— Soit pour des raisons opérationnelles, soit parce que nous nous rapprochons un peu trop de son refuge pour son confort personnel, répondit Rounds.

— Où pourrait-il aller ?

— Je pencherais pour l'Europe occidentale, répondit Dominic.

— Pourquoi ?

— Les frontières déjà. Les déplacements sont grandement facilités. »

Les accords de Schengen y avaient veillé, Jack le savait, grâce à une simplification des procédures, supprimant quasiment les contrôles dans la zone des pays signataires. Une fois entré dans l'espace Schengen, on pouvait s'y déplacer aussi aisément qu'entre États aux États-Unis.

— Et n'oublions pas la monnaie, ajouta Brian. L'euro est accepté à peu près partout. Là aussi, cela faciliterait énormément les transferts de fonds et l'instauration d'une base.

— À supposer qu'il n'ait pas changé d'apparence, il lui serait bien plus facile de se fondre dans la population d'un pays méditerranéen : Chypre, la Grèce, l'Italie, le Portugal, l'Espagne…

— Ça couvre un sacré territoire, observa Brian.

— Alors, comment le repérer ? demanda Rounds.

— En suivant les flux monétaires, suggéra Dominic.

— On y bosse depuis un an ; idem à Langley, répondit Jack. La structure financière du CRO ferait passer le labyrinthe de Cnossos pour un rébus pour mômes sur une nappe en papier de fast-food.

— Pas mal, la référence cryptique, cousin, nota Brian avec un sourire. Un souvenir de jeunesse, j'imagine. Ce que je veux dire, c'est que, sans la moindre prise, l'angle financier ne nous mènera nulle part. Du moins exploité seul.

— Quelqu'un l'a-t-il modélisé ? demanda Chavez. Prendre ce que l'on sait déjà de leur gestion financière, l'associer à leur trafic mail et aux communiqués sur leurs divers sites web, puis corréler le tout avec les incidents recensés ?

— Bonne question, répondit Rounds.

— Je serais surpris que l'Antiterroriste et/ou Langley n'aient pas déjà tenté le coup. Avec un peu de chance, ils l'auraient déjà coincé.

— Peut-être, constata Rounds. Mais le fait est que nous, nous n'avons pas essayé.

— Si le Campus ne peut pas le faire, c'est que c'est infaisable ? demanda Brian.

— Tout juste. Supposons donc qu'ils n'aient pas déjà essayé. Ou qu'ils l'ont fait, mais en s'y prenant mal. Comment s'y prendre correctement ?

— Avec une application logicielle taillée sur mesure, répondit Jack.

— Nous avons les moyens humains et financiers. Explorons cette piste.

— Gavin va se mettre à nous détester ! lança Dominic avec un sourire.

— Achète-lui une caisse de bière, rétorqua Brian. Il sera OK.

— Et si on envoyait quelques éléments à Tripoli ? suggéra Dominic, changeant de sujet. Cette attaque contre l'ambassade n'est pas venue de nulle part. Allons là-bas secouer le prunier. Idem à Benghazi, peut-être aussi. »

Rounds considéra la suggestion. « Je vais confier ça à Sam et Gerry. »

Ils se renvoyèrent la balle une heure encore avant que Rounds ne mette un terme à la réunion. « Bon, on arrête et on se met au boulot. Prochaine réunion, demain matin. »

Tout le monde sortit, sauf Jack qui, faisant pivoter sa chaise, regarda par la fenêtre.

« Je vois d'ici les rouages tourner, observa Chavez depuis le seuil.

— Pardon, tu disais ?

— Même tête que ton père quand il passe la surmultipliée.

— Je continue à jouer au jeu des hypothèses. »

Ding prit une chaise et se rassit. « Accouche.

— La question que nous n'avons pas posée, c'est pourquoi ? Si l'Émir a quitté le Pakistan ou l'Afghanistan pour une destination inconnue, pourquoi ? Et pourquoi maintenant ? Pour autant qu'on sache, il n'a pas quitté la région depuis peut-être quatre ans. Est-ce qu'on s'était rapproché de lui ou bien la raison est-elle tout autre ?

— Par exemple ?

— Je n'en sais rien. J'essaie juste de penser comme lui. Si j'avais un truc sur le feu, une opération vraiment importante, je pourrais être tenté de lever le camp et me trouver une autre planque, pour m'assurer de ne pas être pris et risquer de tout balancer lors d'un interrogatoire.

— C'est quand même aventureux.

— Peut-être, mais pas autant que de rester coincé au même endroit, sachant que sans doute mes chances se réduisent. Si tu déménages pour installer ta boutique ailleurs, non seulement tu gardes ta liberté de mouvements mais tu es également toujours capable de rester dans le jeu. »

Chavez demeura quelques instants silencieux. « T'as de la cervelle, Jack.

— Merci, mais j'espère quand même me tromper sur ce coup-là. Sinon, ça pourrait être un gros pépin qui s'annonce. »

Ils avaient réussi à survivre à la tempête, mais il s'en était fallu de peu, leur embarcation ayant bien failli se rompre. Quatre heures après leur entrée dans le grain, ils en avaient atteint la limite occidentale et s'étaient à nouveau retrouvés dans des eaux calmes et sous un grand ciel bleu. Après avoir mouillé, Vitaly et Vanya avaient passé le reste de la journée et une partie de la soirée à inspecter le bateau, mais sans y recenser de dégâts justifiant un retour au port. Et quand bien même il aurait fallu réparer, Vitaly se demandait si Fred l'y aurait autorisé. Le sacrifice délibéré d'un de ses hommes avait été un choc pour Vitaly – pas tant la décision en elle-même que l'absence d'émotion qu'elle avait suscitée chez Fred. Ces types ne rigolaient pas. Mais alors pas du tout.

Le phare était leur objectif, même s'il se demandait toujours ce qu'ils voulaient y faire. Situé au bout du cap Morrasale dans le golf de Baïdaratzkaïa, il n'était pas d'une aide particulière pour la navigation – du moins, plus de nos jours. Il y avait bien eu une base là-bas dans le temps, sans doute une station de surveillance pour les essais nucléaires, et quelques sociétés de pêche avaient tenté d'exploiter la zone, mais cela n'avait duré que quatre saisons avant que les marins et leurs navires retournent vers l'ouest et des eaux plus clémentes. Les cartes marines indiquaient de dix à douze brasses de profondeur, il n'y avait donc guère de danger d'échouage et, de toute manière, la plupart des navires étaient dotés de GPS pour aider à la navigation.

Ses passagers étaient à présent occupés à inspecter leur camion, vérifiant le moteur et la grue de chargement. Ce qu'ils envisageaient de faire aurait dû le scandaliser, mais, après tout, il ne pêchait pas dans ces eaux, ni lui, ni personne parmi ses connaissances.

Il apercevait la lumière du phare qui clignotait toutes les huit secondes, comme indiqué sur la carte. Une fois qu'ils auraient mouillé sur la plage qu'ils avaient choisie, le phare se trouverait à moins d'un kilomètre, au bout d'une route en lacets qui escaladait la falaise. Ce serait là la partie la plus délicate, Vitaly le savait. Avec ses trois mètres, la route était tout juste assez large pour laisser passer le GAZ.

Il se reposa la question : *Pourquoi venir ici ?* La mer était déjà un obstacle décourageant, mais le trajet en camion dans ces étendues désertiques n'était pas fait pour les mauviettes ou les indécis. Alors qu'il ne faudrait à Fred et ses hommes que dix minutes pour atteindre le phare, il avait prévenu Vitaly qu'ils seraient absents pour toute la journée, voire toute la nuit. Que pouvaient-ils fabriquer qui prenne tout ce temps ? Vitaly balaya la question ; ce n'étaient pas ses affaires. Son boulot, c'était de piloter le bateau.

La mer était d'huile et l'on entendait à peine les clapotis des vagues du rivage contre les flancs métalliques de sa péniche de débarquement. Sur le pont, ses passagers préparaient le café sur le petit réchaud à essence qu'ils avaient apporté.

Dans un grondement rauque de ses moteurs diesel, Vitaly passa en arrière toute, pour s'écarter de la plage de galets. Au bout d'une centaine de mètres, il vira de bord pour faire demi-tour, consulta son gyrocompas et vira de nouveau, cette fois cap au 0-3-5.

Vitaly prit ses jumelles et scruta l'horizon. Pas le moindre signe de présence humaine, à part une ou deux bouées. La glace hivernale les balayait souvent ou bien les réduisait en miettes, les envoyant par le fond, et la marine ne prenait pas la peine de les remplacer comme elle aurait dû, car personne ne naviguait dans ces parages à bord d'embarcations à fort tirant d'eau. Encore un indice de l'état d'abandon dans lequel était tombée la région.

Quatre heures plus tard, il ouvrit la fenêtre latérale et lança « Attention ! Atterrissage dans quatre minutes ! » Puis il indiqua sa montre et tendit cinq doigts. Fred acquiesça d'un signe. Deux membres du groupe montèrent dans le camion pour faire démarrer le moteur, tandis que deux autres se mettaient à charger sacs et doudounes à l'arrière.

En regardant par la vitre de la cabine, Vitaly avisa un endroit où faire accoster son bateau et réduisit sa vitesse à cinq nœuds, juste assez rapide pour se caler sur la plage sans endommager l'étrave sur les galets.

À une cinquantaine de mètres du but, il se prépara inconsciemment à l'impact et arrêta l'hélice. Il n'avait guère lieu de s'inquiéter. La péniche toucha le fond en douceur et s'immobilisa dans un grincement de métal sur les galets.

« On jette l'ancre ? » demanda Vanya. Il y en avait une, de bonne taille, à la poupe, destinée à haler l'embarcation lorsqu'elle était enfouie sur la plage.

« Pas besoin. On est à marée basse, pas vrai ? » répondit Vitaly.

Ils réduisirent les diesels au ralenti, se dirigèrent vers les commandes de la rampe, dégagèrent les vérins hydrauliques. La rampe s'affala sous son propre poids et s'écrasa sur la plage. Il apparut que cette dernière était sévèrement inclinée. La chute de la plaque d'acier ne créa presque pas d'éclaboussures. L'un des hommes grimpa dans la cabine du GAZ et démarra, se positionna doucement sur la rampe – on voyait clignoter ses feux de frein – puis s'engagea sur les galets. À l'arrière, la chaîne au bout de la grue se balançait comme la trompe d'un éléphant de cirque. Le camion s'immobilisa. Fred et le reste des hommes descendirent à leur tour sur la plage – tous à l'exception d'un seul, nota Vitaly, qui était resté au sommet de la rampe.

Vitaly quitta la timonerie et s'avança. « Vous ne le prenez pas avec vous ? demanda-t-il à Fred.

— Il reste pour vous prêter main-forte, si nécessaire.

— Pas besoin. On se débrouillera. »

En réponse, Fred se contenta de lui adresser un signe de main avec un sourire. « On revient. »

45

Clark y voyait le signe de l'âge : il supportait de moins en moins bien les voyages aériens. Les sièges exigus, la nourriture exécrable, le vacarme… les seuls éléments qui rendaient l'épreuve tolérable étaient les casques actifs Bose qui annulaient les bruits et l'oreiller en fer à cheval qu'on lui avait offert pour Noël, plus les quelques comprimés de Nautamine que Sandy lui avait confiés avant son départ. De son côté, installé près du hublot, Chavez écoutait son iPod Nano, les yeux clos. Au moins, le siège intermédiaire était-il vacant, ce qui leur donnait un peu plus de place pour les coudes.

Après sa discussion avec Hendley et Granger, Clark avait retrouvé Ding, l'avait mis au courant, puis avait appelé la cellule de Mary Pat pour convenir d'un rendez-vous à son domicile un peu plus tard dans l'après-midi. À sa demande, il s'était pointé en avance et avait taillé le bout de gras avec Ed durant une heure avant qu'elle n'arrive. Tandis qu'Ed préparait le dîner, Clark et Mary Pat se retirèrent au salon avec deux verres de bière.

Ignorant le conseil donné par Hendley de « marcher sur des œufs », Clark joua cartes sur table. Ils se connaissaient depuis trop longtemps pour envisager une autre approche. Mary Pat ne cilla pas. « Alors comme ça, Jack s'est lancé, hein ? Je m'étais toujours demandé s'il aurait le cran pour ça. À la bonne heure. Au moins, ils n'auront pas perdu de temps à vous récupérer tous les deux, pas vrai ? Qui vous a mis au jus ?

— Jimmy Hardesty, à peu près dix minutes après qu'Alden nous eut mis sur la touche. Le problème, Mary Pat, c'est que j'ai l'impression qu'on bosse sur le même puzzle. Si vous n'êtes pas d'accord pour qu'on échange les infos dont chacun dispose de son côté…

— Et pourquoi pas ?

— Pour commencer, nous enfreindrions au moins trois lois fédérales. Tout en risquant l'ire d'Alden à Langley.

— Si on peut mettre la main sur ce salopard – ou simplement se rapprocher un peu plus de lui – ça ne me posera pas de problème. » Mary Pat but une gorgée de bière puis lorgna en coin son interlocuteur. « Cela veut-il dire que Hendley finance l'opération ? »

Clark étouffa un rire. « Disons que c'est un geste de bonne volonté. Alors, qu'est-ce qu'on en fait ? Un coup isolé ou le début d'une merveilleuse amitié ?

— On partage à égalité, répondit Mary Pat. Au diable la bureaucratie. Si nous devons phosphorer ensemble pour trouver notre homme, allons-y. Bien sûr, ajouta-t-elle avec un sourire, c'est nous qui en retirerons tout le crédit puisque vous n'avez aucune existence officielle. »

Un demi-comprimé et une bière aidèrent Clark à passer les cinq dernières heures du vol dans un sommeil sans rêves. Lorsque les roues du train rebondirent et couinèrent sur le tarmac de l'aéroport de Peshawar, il ouvrit les yeux et regarda autour de lui. À côté, Chavez était en train de fourrer iPod et livre de poche dans son sac de voyage.

« Allez, au boulot, chef.

— Ouaip. »

Sans grande surprise, le passage à la douane et aux services d'immigration se fit avec lenteur mais sans incident. Une heure après avoir pénétré dans le terminal, ils étaient dehors, au bord du trottoir. Alors que Clark hélait un taxi, il entendit dans son dos une voix à l'accent prononcé : « Je serais vous, messieurs, je m'en abstiendrais. »

Clark et Chavez se retournèrent et découvrirent un homme efflanqué, cheveux blancs, vêtu d'un costume d'été bleu pastel et coiffé d'un panama. « Dans le coin, les taxis sont un piège mortel.

— Ne seriez-vous pas monsieur Emblin ? demanda Clark.

— En effet. »

Clark se présenta, ainsi que Chavez, en ne citant que leurs prénoms. « Comment avez-vous…

— Un ami m'a transmis par mail les informations sur votre vol. Après cela, je n'ai plus eu qu'à chercher de l'œil deux gars qui auraient la tête de l'emploi. Rien de manifeste, ne vous inquiétez pas, mais j'ai comme qui dirait une sorte de… sixième sens en la matière. On y va ? »

Embling les mena à un Range Rover vert aux glaces teintées garé le long du trottoir. Clark monta devant, Chavez à l'arrière. Bientôt, ils s'étaient immiscés dans la circulation.

Clark observa : « Pardonnez-moi mais votre accent...

— Néerlandais. Une survivance de ma période d'active. Il y a, voyez-vous, aux Pays-Bas une assez forte minorité de musulmans qui sont plutôt bien traités. Il est bien plus aisé de se faire des amis – et de rester en vie – en se faisant passer pour un Néerlandais. Question d'instinct de conservation, si vous voulez. Et vos couvertures à vous ?

— Canadiens, journaliste indépendant et photographe préparant un reportage pour *National Geographic*.

— J'imagine que ça pourra tenir sur le court terme. Le truc pour se fondre dans le milieu est de donner l'impression d'y avoir vécu depuis un bout de temps.

— Et comment faites-vous ça ? demanda Chavez.

— En ayant l'air apeuré et démoralisé, mon garçon. Ces derniers temps, c'est devenu le sport national au Pakistan. »

« Un petit tour des coins chauds, ça vous dit ? » demanda Embling quelques minutes plus tard. Ils roulaient vers l'ouest sur Jamrud Fort Road pour rallier le cœur de la cité. « Comme qui dirait, un bref *Who's Who* de Peshawar ?

— Volontiers », répondit Clark.

Dix minutes plus tard, ils quittaient Jamrud pour obliquer vers le sud sur Bacha Khan. « Voici le quartier de Hayatabad, la version locale de votre South Central Los Angeles. Population dense, paupérisée, présence policière minime, drogue, criminalité…

— Et pas vraiment de respect du code de la route », observa Chavez en contemplant derrière le pare-brise le carrousel zigzagant des voitures, camions, carrioles et mobylettes, le tout dans un concert de klaxons quasiment ininterrompu.

« Pas de code du tout, j'en ai peur. Les accrochages avec délit de fuite, c'est quasiment un sport national par ici. Ces dernières années, la municipalité a fait un effort pour améliorer le quartier, figurez-vous, mais on ne peut pas dire que ça ait soulevé l'intérêt des foules.

— Mauvais signe quand la police cesse de se montrer, observa Clark.

— Oh, mais ils se montrent. Deux ou trois voitures traversent le quartier deux fois par jour, mais à moins d'assister à un meurtre en direct, elles s'arrêtent rarement. Rien que la semaine dernière, ils ont perdu un de leurs véhicules avec deux agents. Et quand je dis "perdu", je veux dire qu'ils se sont volatilisés.

— Dieu tout-puissant, s'exclama Chavez.

— À éviter par ici », marmonna Embling.

Les vingt minutes qui suivirent, ils s'enfoncèrent encore plus avant dans ce quartier mal famé. Les rues étaient de plus en plus étroites, les maisons de plus en plus délabrées, jusqu'à ce qu'ils finissent par déboucher dans un véritable bidonville de cabanes de tôle ondulée et de carton goudronné. Sur les seuils obscurs, des yeux vides regardaient passer le Range Rover d'Embling. À chaque coin de rue, des groupes d'hommes fumaient ce qui ne devait pas être du tabac. Des monceaux d'ordures jonchaient les trottoirs et débordaient sur la chaussée, poussés par le vent tourbillonnant.

« Je me sentirais bien plus à l'aise avec une arme, murmura Chavez.

— Pas de souci, mon garçon. Il se trouve, par chance, que les Services spéciaux de l'armée affectionnent les Range Rover aux vitres teintées. En fait, si vous vous retournez tout de suite, vous allez voir un homme traverser la rue au pas de course. »

Chavez se retourna. « En effet.

— Le temps que nous empruntions la rue suivante, des portes vont se mettre à claquer. »

John Clark sourit. « Monsieur Embling, je vois que nous sommes tombés sur la bonne personne.

— C'est fort aimable à vous. Et au fait, appelez-moi Nigel. »

Ils changèrent encore une fois de cap et se retrouvèrent dans une rue bordée en alternance de boutiques en parpaings et d'immeubles de logements en briques sèches et en bois s'élevant sur plusieurs étages. Bon nombre avaient leur façade noircie par le feu ou criblée d'impacts de balles – ou les deux.

« Bienvenue au paradis des extrémistes », annonça Embling. Il pointa des immeubles, récitant au passage les noms de groupes terroristes – Lashkar-i-Omar, Terik-i-Jafaria Pakistan, Sipah-Muhammad Pakistan, Commando Nadim, Front populaire pour la résistance armée, Harkat-ul-Moudjhahidin Alami – avant de se retourner de nouveau. « Il ne s'agit bien sûr pas de leur siège officiel, précisa-t-il, mais plutôt de clubs, de confréries. À l'occasion, la police ou l'armée viennent y faire une descente. Parfois le groupe ciblé disparaît complètement. Parfois, il est de retour le lendemain.

— Combien sont-ils en tout ? demanda Clark.

— Officiellement… près de quarante, et le nombre s'accroît. Le problème, c'est que le décompte est effectué par l'ISI. » Il faisait allusion à l'Inter-Service Intelligence, l'équivalent pakistanais de la CIA. « Qui se charge également en partie du renseignement militaire. Bref, c'est le renard qui garde le poulailler. La plupart de ces groupes reçoivent des subsides, voire du matériel ou des informations, directement de l'ISI. Les interactions sont devenues telles que je doute même que l'ISI s'y retrouve.

— Ces dégâts, sur les façades, demanda Chavez. C'est suite aux descentes de police ?

— Non, non. C'est l'œuvre du Conseil révolutionnaire des Omeyyades. Ils constituent sans aucun doute le plus gros requin dans ces eaux. Chaque fois que le menu fretin se hasarde là où il ne faut pas, le CRO débarque et les engloutit, et, à la différence de ce qui se produit avec les autorités locales, le groupe ne réapparaît jamais.

— C'est éloquent, répondit Clark.

— Certes. »

Derrière le pare-brise, à quelques kilomètres de distance, ils virent un panache de fumée s'élever dans le ciel. Ils ressentirent dans leur estomac l'onde de choc de l'explosion quelques instants plus tard.

« Une voiture piégée, nota Embling, l'air de rien. Une explosion par jour en moyenne, plus deux attaques au mortier pour faire bonne mesure. C'est à la tombée de la nuit que ça commence à devenir intéressant. J'imagine que les fusillades ne troublent pas votre sommeil ?

— On le dit, répondit Clark. Je dois vous avouer, monsieur Embling, que vous nous brossez un portrait bien sombre de Peshawar.

— Alors, c'est que je vous ai donné un portrait exact. Je vis ici quasiment en continu depuis près de quarante ans et, selon moi, le Pakistan est au bord du gouffre. On sera fixé d'ici un an ou deux, mais le pays n'a jamais été aussi proche de la faillite depuis vingt ans.

— Un État en faillite doté de l'arme nucléaire, observa Clark.

— Exact.

— Pourquoi restez-vous ? s'étonna Chavez.

— Je suis chez moi. »

Quelques minutes plus tard, Chavez remarqua : « Nous voici de retour à Hayatabad… je me demande si quelqu'un vit ailleurs ?

— Très bonne question, renchérit Embling. Même si c'est assez subjectif, les principaux acteurs – le CRO, le Lashkar-i-Taiba et le Sipah-i-Shaba, l'ex-Anjuman – se retrouvent en général regroupés aux alentours du cantonnement, la vieille ville de Peshawar, et de la zone de Saddar. Plus ils sont proches du cantonnement, plus ils ont un statut dominant. Pour l'heure, c'est le CRO qui détient le titre.

— Et, comme par hasard, ce sont précisément ces zones qui nous intéressent, observa Clark.

— Vous n'allez pas le croire. (Sourire d'Embling.) J'habite juste à l'entrée du cantonnement, près du fort de Balahisar. On va d'abord déjeuner et on discutera boutique. »

Mahmoud, le boy d'Embling – un terme auquel Clark avait du mal à s'habituer, même s'il était répandu ici –, leur servit d'abord un *raïta*, une salade de légumes dans une sauce au yaourt ; un plat de lentilles à l'étouffée ; puis un *kheer*, un pudding au riz, qu'apprécia tout particulièrement Chavez.

« Quelle est l'histoire du garçon ? demanda Clark.

— Sa famille a été tuée lors des troubles consécutifs à l'assassinat de Benazir Bhutto. Il entre à Harrow, dans le Middlesex, l'an prochain.

— C'est bien, ce que vous faites pour lui, Nigel, commenta Chavez. Vous n'avez pas à...

— Non. (Sèchement.)

— Pardon. Je ne voulais pas fourrer le nez dans vos affaires.

— Inutile de vous excuser. J'ai perdu mon épouse en 1979, lors de l'invasion soviétique. Le mauvais endroit au mauvais moment. Qui veut du thé ? » Une fois qu'il eut servi à la ronde, il poursuivit : « De quoi va-t-il s'agir, messieurs ? D'une personne, d'un lieu, d'un objet ? Je parle de votre recherche.

— Pour commencer, d'un lieu. De lieux, même, plus précisément », répondit Clark.

Et d'extraire de sa mallette une copie retouchée numériquement du plan Baedeker qu'il étala sur la table après avoir écarté tasses et soucoupes. « Si vous l'examinez attentivement…

— Des boîtes aux lettres », le coupa Embling. Il vit l'expression étonnée des deux hommes et sourit. « Dans l'ancien temps de l'espionnage, messieurs, les boîtes aux lettres étaient notre pain quotidien. Trois points pour un dépôt ; quatre pour un retrait ?

— Juste l'inverse.

— De quand date ce plan ?

— Aucune idée.

— Donc, nous n'avons aucun moyen de savoir si les planques sont toujours actives. Où avez-vous…

— Dans les montagnes, répondit Chavez.

— Dans un lieu sombre et humide, je parie. Les précédents propriétaires étaient-ils présents ? »

Clark acquiesça. « Et ils ont fait tout leur possible pour le détruire.

— C'est un point en notre faveur. À moins que je sois à côté de la plaque, les groupes de trois points indiquent moins un emplacement qu'un signal.

— C'est ce qu'on a pensé, nous aussi, confirma Clark.

— Votre intérêt réside-t-il dans ce qui est déposé et recueilli, ou bien dans l'identité du dépositaire, du collecteur, voire des deux ?

— Leur identité.

— Et connaissez-vous le signal ?

— Non.

— Ma foi, selon toutes probabilités, c'est bien le cadet de nos soucis. »

Chavez s'étonna. « Comment cela ?

— C'est moins l'exactitude du signal qui nous intéresse que l'identité de celui qui y prête attention.

Et, dans ce cas, nous devrons choisir notre planque avec soin. » Embling redevint silencieux et contempla le plan en faisant claquer sa langue. « Voici ma suggestion : nous prenons l'après-midi pour effectuer une petite reco…

— Pardon ? demanda Chavez.

— Reconnaissance, comme vous dites par chez vous.

— Encore un terme de jargon britannique qui m'aura échappé.

— On n'est pas restés très longtemps à Hereford, crut bon d'expliquer Clark.

— Ce ne sont pas des rigolos tous les jours, répondit Embling. Ravi de constater que vous, vous avez gardé le sourire. OK, donc, on vous laisse placer vos bases puis, dès demain, on commencera à déposer des appâts. Sinon, j'ai bien peur qu'on n'ait pas trop de la journée d'aujourd'hui. »

Alors que la majorité des boîtes aux lettres étaient situées à l'extérieur du cantonnement, ils décidèrent toutefois de se concentrer sur les quatre placées dans la vieille ville, d'abord en parcourant son périmètre qui suivait à peu près le tracé de la muraille qui avait fermé le cantonnement jusqu'au milieu des années cinquante. « Il y avait dans le temps seize portes percées dans le mur d'enceinte, avec tourelles, remparts et meurtrières, expliqua Embling en pointant le doigt par la vitre du passager. En fait, en persan, *Peshawar* signifie "Le Fort haut". »

Clark aimait bien le bonhomme, en partie parce que, durant sa période dans Rainbow, il avait eu l'occasion de comprendre un peu mieux la tournure d'esprit des Britanniques, et en partie parce que c'était un personnage authentique. Vu l'enthousiasme d'Embling pour Peshawar, Clark en venait à se demander si le bonhomme n'était pas né un siècle trop tard. Nigel Embling aurait été comme un poisson dans l'eau du temps de la colonisation britannique.

Embling avait trouvé une place où se garer près de l'hôpital de Lady Reading. Ils descendirent et se dirigèrent à pied vers l'ouest pour entrer dans la vieille ville. Les rues bruissaient d'activité : des corps au coude à coude, filant dans les ruelles et sous les dais en toile ; sur les balcons en surplomb, des enfants reluquaient le spectacle avec curiosité, à travers les barreaux de fer forgé. Une odeur mêlée de viande grillée et de tabac fort emplissait l'air, déjà saturé de voix entremêlées s'exprimant en urdu, en pendjabi et en pachtoune.

Au bout de quelques minutes, ils pénétrèrent sur une vaste place. « Chowk Yadgaar, annonça Embling. Toutes les boîtes de dépôt se trouvent à moins de huit cents mètres d'ici.

— Sans doute choisies à cause de la cohue, observa Chavez. Difficile d'être repéré, et facile de se perdre.

— Encore une observation pleine d'astuce, Domingo, nota Embling.

— J'ai mes jours, comme ça… »

Clark remarqua : « Séparons-nous pour les vérifier. Rendez-vous ici dans une heure. » Ils se répartirent les tâches et se séparèrent.

Ils se regroupèrent et comparèrent leurs observations. Deux des sites – l'un dans une cour étroite entre le bazar des joailliers et la mosquée Mahabbat Khan, l'autre dans une ruelle proche de la porte de Kohati – montraient d'imperceptibles traces de marques à la craie, la méthode classique pour signaler une collecte depuis l'époque de la guerre froide. La craie tenait bien dans le temps et pouvait aisément passer pour des griffonnages de gamins. Clark sortit son plan de la ville et Embling situa les deux emplacements. « La porte de Kohati. La plus facile à surveiller, et la sortie du cantonnement la plus proche.

— Tope là, dit Clark.

— Il est encore tôt, dit Embling. Alors, dites-moi, les gars, le cricket, ça vous intéresse ? »

46

Ne voulant pas risquer d'être vus en train d'inscrire la marque de relève, Clark et Chavez s'éveillèrent le lendemain matin aux petites heures pour découvrir Embling déjà debout, en train de préparer le café et de remplir une glacière de rations pour la journée. Ainsi lestés, ils prirent la direction du cantonnement, cette fois à bord du second véhicule d'Embling, une vieille Honda City bleue. Un quart d'heure plus tard, ils arrivaient à Chowk Yadgaar, où ils se séparèrent dans la pénombre de l'aube – Clark et Chavez allant faire un petit tour pour se familiariser à nouveau avec les lieux et tester les casques-micros lavallière que leur avait procurés Gavin Biery. Pour sa part, Embling alla inspecter le site de la porte de Kohati avant d'y placer leur marque. Quarante minutes plus tard, ils se retrouvèrent à Chowk Yadgaar.

« Gardez à l'esprit, leur conseilla Embling, qu'il y a un poste de police deux cents mètres plus bas. Si vous êtes interrompus… » Il marqua un temps et rit. « Écoutez-moi radoter. J'imagine que l'un et l'autre avez déjà fait ce genre de manip.

— Une fois ou deux », admit Clark.

Plutôt une centaine.

Travailler sur des boîtes aux lettres n'était peut-être plus une tâche si commune mais les méthodes de surveillance et de contre-surveillance s'appliquaient toujours. Comme ils attendaient leur proie au lieu de la traquer, l'ennui demeurait leur principal ennemi. La lassitude, l'inattention, la négligence. Clark entendait une horloge battre au fond de sa tête ; combien de temps allaient-ils devoir rester à Peshawar à attendre que quelqu'un se pointe pour utiliser les boîtes aux lettres avant de décider que la filière avait été abandonnée ?

— Très bien, dit Nigel. Je vais rapprocher la voiture de la porte de Kohati. Je serai dans les parages avec mon mobile. »

Tandis que les premiers commerçants de la journée arrivaient pour ouvrir leurs boutiques, disposer leurs étals et leurs charrettes, Chavez prit le premier quart. « En position, signala-t-il par radio.

— Compris, répondit Clark dans son micro lavallière. Préviens-moi quand tu vois passer Nigel. »

Dix minutes s'écoulèrent. « Je l'ai repéré. Il vient de passer la porte de Kohati. Il se gare à présent. »

Plus qu'à attendre, se dit Clark.

Alors que la vieille ville s'éveillait, accueillant autochtones et touristes, Clark, Chavez et Embling se relayaient aux alentours de la porte de Kohati, en douceur, sans même échanger un regard, pour transférer la surveillance au collègue qui faisait de son mieux pour rester le plus discret possible : s'arrêter à un étal proche pour marchander le prix d'un collier de perles ou d'un chameau en bois sculpté, prendre des photos de l'architecture ou deviser avec un autochtone curieux de leur présence ici et des raisons qui les avaient conduits à Peshawar – sans jamais quitter d'un œil le mur de brique de pisé marqué à la craie, sur le côté du passage opposé à la porte.

À onze heures quinze, Clark – dont c'était le tour de guet – sentit qu'on lui tapait sur l'épaule. Il se retourna pour découvrir un flic : « Américain ? » lui demanda-t-il en anglais avec un accent à couper au couteau.

Clark lui offrit un sourire désarmant : « Non, Canadien.

— Passeport. » Clark le lui tendit.

Le policier le scruta trente secondes, puis le referma d'un geste sec et le restitua. Il indiqua d'un signe de tête l'appareil photo numérique de Clark. « Quelles images ?

— Pardon ?

— Vous photographiez. Quoi ? »

Clark embrassa du geste les bâtiments alentour. « L'architecture. Je travaille pour le *National Geographic*. Nous réalisons un reportage sur Peshawar.

— Vous avez permis ?

— J'ignorais qu'il en fallait un.

— Permis. »

Clark comprit le message. *Backchich*. Dans le monde musulman, le terme pouvait aussi bien signifier charité aux mendiants, pourboire ou carrément corruption, ce qui était présentement le cas. « À combien est le permis ? »

Le flic toisa Clark de pied en cap, histoire de l'évaluer. « Quinze cents roupies. »

Une vingtaine de dollars. Clark sortit une liasse de billets froissés de sa poche à briquet et lui tendit trois coupures de cinq cents roupies.

« Juste là aujourd'hui ?

— Il se peut que je revienne demain, dit Clark avec un sourire amical. Puis-je vous régler à l'avance ? »

La proposition amena un sourire sur le visage du flic qui, jusqu'ici, était resté de marbre. « Bien sûr.

— Y a-t-il une remise pour règlement anticipé ? »

La plupart des Pakistains se sentiraient un rien vexés si leur client ne marchandait pas un peu.

« Quatorze cents roupies.

— Douze. »

Et donc, comme de juste : « Treize. » Clark lui tendit le complément et le flic s'éloigna après un signe d'assentiment.

« Qu'est-ce qu'il voulait, chef ? demanda Chavez depuis une position invisible.

— Me plumer. C'est bon. »

Voix d'Embling : « On a une touche, John. »

Clark porta l'appareil photo à son visage et pivota lentement, jouant les touristes à la recherche du bon angle, jusqu'à ce que la ruelle et la porte entrent dans le cadre. Un gamin de sept ou huit ans, vêtu d'un pantalon de toile blanche crasseux et d'un tee-shirt Pepsi bleu, se tenait penché près de la brique marquée à la craie. Après quelques instants, il cracha dans sa paume et nettoya vigoureusement la brique.

« Il a mordu, signala Clark. Il ressort par la porte. Falzar blanc, tee-shirt bleu Pepsi.

— J'y vais, dit Chavez.

— Je file vers la voiture, indiqua Embling. On se retrouve dehors. »

Chavez rejoignit Clark, qui venait de franchir la porte, moins d'une minute plus tard. « Il a descendu la rue. De notre côté. Il vient de passer devant cette Opel bleue.

— Je le vois. »

Embling s'immobilisa avec la Honda et ils grimpèrent. Le Britannique redémarra, fit une embardée pour éviter une camionnette de livraisons qui s'approchait de la porte, écrasa le champignon cinq secondes, puis revint sous la vitesse limite au moment où ils parvenaient à la hauteur du garçon et le dépassaient. Embling prit alors la première à droite, roula une trentaine de mètres jusqu'à une rue latérale, fit un rapide demi-tour pour regagner l'intersection, s'arrêtant à un mètre de celle-ci. À travers le pare-brise, ils virent le gamin tourner à gauche dans une autre ruelle, puis traverser celle-ci en diagonale pour entrer dans un bureau de tabac.

« J'y vais », annonça Chavez, assis à l'arrière. Il avait déjà posé la main sur la poignée.

« Attendez, murmura Embling, les yeux rivés sur l'échoppe.

— Pourquoi ?

— Quel que soit celui qui bosse ici, il doit avoir plusieurs petites mains à sa disposition. C'est l'usage ici – toujours garder sous la main un petit contingent de coursiers. »

Une minute plus tard, le garçon réapparut sur le trottoir. Il regarda de chaque côté de la rue, puis héla un homme assis sur un banc à deux portes de là. L'homme lui répondit en indiquant la Honda d'Embling.

« Ça tourne mal », constata Embling.

Clark répondit d'un ton égal : « Pas forcément. Pas s'il vient dans notre direction. Si nous sommes grillés, il s'éloignera au contraire. »

Il ne s'éloigna pas. Piquant soudain un sprint, le gamin se jeta dans le flot des voitures qui l'esquivèrent en klaxonnant, traversa la rue et passa sous leur nez. Derrière, Chavez indiqua : « Il a remonté le pâté de maisons. Tourné vers l'est. »

Nigel embraya et s'engagea jusqu'au stop, attendant une ouverture dans la circulation. Dès qu'elle se produisit, il prit à droite, puis à gauche, avant de s'arrêter devant une cour d'école.

« Je l'ai repéré », signala Clark, les yeux rivés sur le rétro.

Le garçon s'engagea sous un porche couvert d'une toile rouge pour en émerger quelques secondes plus tard, cette fois avec un compagnon d'une douzaine d'années, boucles brunes et blouson de cuir. Tandis que le premier parlait et gesticulait, le jeune ado s'approcha d'un réverbère et entreprit d'ouvrir l'antivol qui immobilisait une mobylette jaune citron.

« Bien joué, Nigel, dit Clark.

— On verra. Ici, dès qu'ils sont au guidon d'une mob, les gamins se prennent pour des bikers en off-road. »

Celui-ci ne faisait pas exception à la règle, ils le constatèrent d'emblée. Même si sa vitesse maximale ne dépassait pas les cinquante à l'heure, il se faufilait dans la circulation avec des soubresauts apparemment aléatoires qui évoquaient pour Clark les évolutions d'un cerf-volant un jour de bourrasques. Pour sa part, Embling ne cherchait pas à le suivre à chacun de ses changements de file, mais essayait plutôt de le garder constamment en ligne de mire, ne déboîtant que lorsque c'était absolument nécessaire.

L'ado s'éloigna du cantonnement en direction du sud-est, d'abord par Bara Road, puis il obliqua au nord-ouest en s'engageant sur la rocade circulaire. Les panneaux indicateurs rédigés en urdu étaient bien sûr indéchiffrables pour Clark et Chavez, mais Embling continuait de leur commenter l'itinéraire à mesure.

« Là, on traverse le canal de Kaboul.

— On se rapproche du Hayatabad, c'est ça ? demanda Chavez.

— Bien vu. Oui, en effet, dans trois kilomètres, environ. On arrive par Gul Mohar. »

À la dernière seconde, la mob se rabattit brutalement de deux files pour emprunter la sortie. Embling, qui se trouvait déjà sur la file la plus à droite, n'eut qu'à mettre son clignotant et à la suivre.

Les vingt minutes qui suivirent, l'ado chercha manifestement à les semer – et il s'y prenait plutôt bien, dut admettre Clark. Ils passèrent devant l'université, les bureaux de l'office du tourisme, le cimetière britannique, puis le garçon s'engagea sur Pajjagi

Road, en direction du nord, dépassa le club de golf et retraversa le canal. Bientôt, ils se retrouvèrent dans les faubourgs. Les carrés de verdure de champs irrigués apparurent de chaque côté de la route. Embling ralentit jusqu'à ce que la mobylette ne soit plus qu'une tache jaune vif au loin.

Au bout d'une dizaine de kilomètres, la mob tourna vers l'ouest sur une route sinueuse bordée d'arbres avant de s'engager dans une allée étroite. Embling s'arrêta quelques centaines de mètres plus loin, fit demi-tour, puis coupa le moteur. Ils attendirent. À cette distance de l'agglomération, plus de klaxons, plus de grondement de véhicules. Les minutes s'écoulèrent et bientôt une demi-heure passa.

Du bout de la route leur vint un ronronnement de moteur. Embling redémarra et se dirigea vers le premier carrefour, quatre cents mètres plus loin, s'engageant dans le chemin de terre en pente jusqu'à ce que la route principale eût presque disparu derrière la lunette arrière. Devant eux se dressait une vieille grange au toit à moitié effondré. Chavez se retourna sur son siège. Un instant plus tard, ils virent passer le sommet de la tête du jeune homme.

« À toi de jouer, John.

— Laissons-le filer. Je pense qu'on a trouvé ce qu'on cherchait. Si le gamin est parti vérifier le point de collecte, il sera de retour d'ici peu. »

Et de fait, quarante minutes plus tard, ils le virent repasser sur la route. Après quelques instants, le bruit du moteur se tut.

« Je dirais que nous avons trouvé notre proie », commenta Embling.

Clark acquiesça. « Repassons devant pour jeter un œil. »

Une heure plus tard, de retour au domicile d'Embling, Clark et Chavez buvaient du thé, tandis que leur hôte passait trois coups de fil, s'exprimant dans un urdu au débit précipité. Il raccrocha et leur dit : « C'est une boîte de sécurité privée.

— Je me demande bien qui il redoute ? »

Ils avaient simplement aperçu au passage une camionnette blanche, décorée d'un bandeau publicitaire blanc et rouge, garée au bout du chemin de terre, devant une ferme blanche d'un étage.

« Ça, je n'en sais rien, et je n'ai pas pu non plus retrouver le nom du client. Cela dit, la boîte ne lui fournit ses services que depuis peu. Une semaine, en fait. Deux hommes par tour de garde, vingt-quatre heures sur vingt-quatre. »

Clark regarda sa montre. La nuit tombait dans cinq heures. Il regarda Chavez qui avait déjà deviné les pensées de son partenaire. « Allons le chercher.

— Nigel, j'imagine que vous n'avez pas de matériel…

— Oh que si ! Et même une assez jolie panoplie. »

47

Deux heures après le crépuscule, Clark engagea la Honda d'Embling dans l'allée desservant la grange abandonnée. Il passa au point mort, coupa le moteur et laissa le véhicule filer sur son erre jusqu'à ce qu'il ait gagné l'ombre du mur de la grange. Quand la voiture s'immobilisa, il mit le frein à main, Chavez coupa le plafonnier et ils descendirent.

Nigel n'avait pas exagéré l'envergure de sa cache d'armes qu'il planquait dans une vieille malle de marine dans sa penderie. Ils s'étaient choisi une paire de pistolets Sig Sauer P926 de 9 millimètres dotés de silencieux. L'arme de poing de dotation normale au SAS britannique. L'un et l'autre avaient passé bien des heures au stand de tir à manier le P226. À la demande expresse d'Embling, ils avaient rajouté à cet arsenal des matraques de cuir plombées. « On ne sait jamais quand on a un moment de répit », leur avait-il dit.

Chavez demanda : « Et maintenant, c'est quoi, le plan ?

— Sans doute un garde dehors, immobile ou en patrouille, un autre dedans. On neutralisera le premier, puis on se chargera de l'autre en temps voulu.

Ding, teste d'abord la matraque. Moins on laissera de corps derrière nous, mieux ce sera.

— Pas de problème. »

Ils se séparèrent, Clark s'enfonçant vers l'ouest entre les arbres derrière la grange, Chavez longeant le fossé de drainage en contrebas de la route principale. « En position », entendit Clark dans son oreillette.

Il a fait vite, constata Clark. *Ah, jeunesse !* « Ne bouge pas. »

Il prit son temps pour traverser les fourrés, guettant les pièges sous ses pieds ou les branches basses traîtresses. Au bout de quatre cents mètres, les arbres commencèrent à s'éclaircir et il se retrouva bientôt du côté nord de l'allée circulaire, à trente mètres de l'entrée.

« En position, murmura-t-il. Où es-tu ?

— Au bout du fossé d'écoulement, en contrebas de la route.

— Je vois une sentinelle. Assise dans une chaise longue, devant le capot de la camionnette.

— Répète ?

— Assise dans une chaise longue, en train de fumer, tournée vers moi. »

Qui que soit celui qui les avait engagés, il n'en avait pas pour son argent.

« Le mec a un Type 56 posé contre le pare-chocs sur sa droite. »

Le 56 était une copie chinoise de l'AK-47. Pas la même qualité, mais certainement pas à négliger.

Chavez indiqua : « J'aperçois une lumière. Au rez-de-chaussée, de mon côté.

— Fait noir, du mien. RAS. Tu peux y aller dès que t'es prêt.

— Compris. »

Même s'il savait que Ding arrivait, Clark ne le repéra que lorsqu'il fut à moins de trois mètres du pare-chocs arrière de la camionnette. *La nuit appartient aux ninjas*, tellc était la devise de l'ancienne unité de Chavez. Et elle restait d'actualité.

Chavez arriva au pare-chocs, jeta un coup d'œil le long de la carrosserie, puis s'accroupit et attendit.

« Toujours rien », murmura Clark au bout d'une minute.

Il reçut en guise d'assentiment le double clic du micro.

Chavez battit discrètement en retraite, pour disparaître hors de vue, de l'autre côté de la camionnette. Dix secondes plus tard, une ombre apparut derrière le garde assis. Le bras de Chavez se releva puis s'abattit. Le garde bascula vers l'avant, pour s'affaler sans bruit le long de la calandre. Chavez le redressa, puis il écrasa la cigarette tombée au sol.

« H-S pour le compte.

— Compris. J'y vais. »

Ils se retrouvèrent dans l'ombre du mur sud. Le porche et la porte d'entrée se trouvaient sur leur gauche. Clark ouvrant la marche, ils se coulèrent le long du mur jusqu'à ce que l'entrée apparaisse. La porte intérieure était ouverte mais la moustiquaire fermée. Ils gravirent le porche et se plaquèrent de chaque côté du chambranle. Ils entendaient à présent le bruit d'un téléviseur en sourdine. Clark, qui se trouvait du côté de la poignée, tendit la main et la testa. Bloquée. Il chercha dans sa poche-revolver, ouvrit son canif et doucement, délicatement, introduisit la lame dans la résille de la moustiquaire et fendit celle-ci sur quinze centimètres. Il referma le canif, le remit dans sa poche, puis il glissa la main par l'ouverture et tâtonna jusqu'à ce qu'il ait trouvé ce qu'il recherchait. Il y eut un discret déclic. Il retira sa main et demeura immobile une minute entière.

Clark adressa un signe de tête à Chavez, qui le lui rendit, avant de se couler de biais sur le seuil pour se glisser derrière son ami qui venait d'avancer la main pour basculer la poignée. Il entrouvrit la porte de deux centimètres, attendit, puis agrandit l'ouverture. Quel que soit leur état ou leur âge, les moustiquaires avaient tendance à craquer. Sans doute à cause de leur exposition aux éléments.

Cette porte ne faillit pas. À mi-parcours, les charnières grincèrent. Clark se figea. Chavez s'approcha pour passer la tête sous le bras tendu de Clark et regarder à l'intérieur. Il recula et fit signe que la voie était libre. Centimètre par centimètre, Clark finit d'ouvrir la porte. L'arme pointée, il entra. Chavez immobilisa la porte, puis il le suivit, avant de refermer en douceur le battant derrière lui, avec un déclic presque imperceptible.

Ils étaient dans une cuisine. Des paillasses en bois, des placards, un évier sur la gauche ; une table ronde au milieu de la pièce. À main droite, un seuil en arcade ouvrait sur une autre pièce. Chavez l'inspecta du regard et donna le feu vert. Ils pénétrèrent dans ce qui était de toute évidence une salle de séjour. Sur la droite, un escalier menait au premier. Devant, un couloir assez court. C'est de là qu'émanait le son de la télévision. Longeant chacun un mur, ils s'engagèrent dans le couloir, s'arrêtant à chaque pas, jusqu'à se retrouver à moins de trois mètres d'une porte ouverte. À l'intérieur de la pièce, Clark vit la lueur gris-bleu d'un téléviseur se refléter sur les murs.

Clark couvrit le reste de la distance pour prendre position près du chambranle. Il adressa un signe de tête à Ding, qui avança par la droite, jusqu'à ce qu'il puisse voir de biais à l'intérieur de la pièce. Il recula de deux pas et mima : *deux hommes assis*. Le plus proche de la porte était armé. Clark répondit par gestes : *Je m'en charge ; toi, tu passes.*

Chavez acquiesça.

Clark fit passer son arme dans la main gauche pour saisir la matraque glissée à sa ceinture. Après un bref signe de tête, il contourna le seuil, localisa sa cible et la frappa de sa matraque à la tempe. Alors même que la victime s'effondrait, Chavez se rua dans la pièce, pistolet brandi. Il s'immobilisa. Plissa le front. Il appela Clark d'un geste du doigt. Ce dernier s'approcha.

Leur homme était endormi.

Chavez le réveilla en lui tapotant l'arête du nez du canon de son arme. Alors que l'homme battait des paupières, Chavez demanda : « Anglais ? »

L'homme s'aplatit le plus possible contre le dossier de son siège.

« Anglais ? répéta Chavez.

— Oui, je parle anglais. »

Clark intervint : « Assure-toi que l'autre là-bas et monsieur chaise longue sont hors d'état de nuire. Je me charge de celui-ci. » Chavez poussa le garde par terre, le saisit par le poignet et le traîna dans le couloir jusqu'au séjour avant de ressortir.

De son côté, Clark interrogea leur hôte : « Quel est ton nom ? »

Pas de réponse.

« Si tu ne veux même pas me donner ton nom, on est partis pour une longue nuit très moche. Commençons par ton prénom. Ça ne mange pas de pain.

— Abbas. »

Clark tira la chaise du garde désormais libérée, la fit pivoter et s'assit jusqu'à toucher les genoux du dénommé Abbas.

La porte de la moustiquaire s'ouvrit et se rabattit. Chavez revint avec le premier garde, juché inconscient sur son épaule. Il le déposa sans ménagement à côté de son partenaire. « J'ai trouvé dans la camionnette du ruban adhésif », dit-il à Clark avant d'entreprendre de ligoter leur prisonnier. Cela fait, il rejoignit Clark.

« Assurons-nous de partir du bon pied, dit ce dernier à Abbas. Tu sais ce que cela signifie ?

— Oui.

— Je ne pense pas que tu t'appelles Abbas. Je vais demander à mon ami ici présent de fouiller ta maison à la recherche de tout ce qui pourrait porter un nom. Si ce n'est pas Abbas, on va commencer à te faire mal.

— Je m'appelle Obaïd. Obaïd Masoud.

— Bien. » Clark adressa un signe de tête à Ding qui sortit et entreprit sa fouille. « Veux-tu modifier ta réponse tant qu'il est encore temps ?

— Je m'appelle bien Obaïd Masoud. Et vous, qui êtes-vous ?

— Ça dépendra de tes réponses à mes questions. Tu coopères et nous sommes amis. Tu ne coopères pas… parle-moi de ton équipe de sécurité. Pourquoi penses-tu en avoir besoin ? »

Masoud haussa les épaules.

« Écoute, si c'était la police ou l'armée qui t'inquiétaient, ils seraient sans doute déjà là, ce qui me suggère que tu es tombé sur de mauvaises fréquentations. Quelqu'un pour qui tu travaillerais, peut-être ? »

Chavez réapparut. Il hocha la tête : *il a dit vrai.*

« Quelqu'un pour qui tu as travaillé ? répéta Clark.

— Peut-être.

— Le Conseil révolutionnaire des Omeyyades ?

— Non.

— Est-ce que tu regardes le base-ball ? »

Masoud plissa le front. « Ça m'est arrivé, oui.

— On va qualifier ton "non" de deuxième frappe, expliqua Clark. Encore un essai, et je te tire une balle dans le pied. T'es-tu demandé comment on t'a retrouvé ?

— Les boîtes aux lettres ?

— Tout juste. Et de qui penses-tu que nous les avons obtenues ?

— Je vois.

— Non, je ne pense pas. On t'a trouvé. Eux aussi le peuvent.

— Vous êtes américains.

— C'est exact. Ce qu'il te reste à décider, c'est si tu nous détestes plus que tu ne les redoutes. Parce que si tu n'es pas plus bavard, on va te reconduire à Hayatabad et t'abandonner là-bas. »

Le menace suscita l'attention de Masoud. « Ne faites pas ça !

— Convaincs-moi.

— J'ai travaillé pour l'ISI. Je... déplaçais des gens. Je les mutais.

— Genre agence de travail au marché noir ? observa Chavez.

— Oui, je suppose. Il y a huit mois, j'ai été contacté.

— Par qui ?

— Je ne le connaissais pas, et je ne l'ai jamais revu.

— Mais appartenant au CRO, correct ?

— Je l'ai découvert par la suite. Il m'a offert une très grosse somme pour déplacer quelqu'un.

— Quel montant ?

— Deux cent mille dollars américains.

— As-tu jamais rencontré cette personne ?

— Non.

— Qu'as-tu réalisé pour eux, au juste ?

— Des passeports, de la documentation, des vols privés. M'assurer du paiement des fonctionnaires des douanes et de l'immigration. Il m'a fallu cinq mois pour tout mettre en ordre. Leurs demandes étaient extrêmement précises, chaque disposition devait être vérifiée à deux ou trois reprises.

— Quand leur as-tu passé la main ?

— Il y a deux mois.

— Leur as-tu tout restitué ? demanda Chavez.

— Comment cela ?
— As-tu conservé des copies ?
— Des copies papier ? »

La voix de Clark se durcit quelque peu. « *Toutes* les formes de copie, Obaïd.

— Il y a un disque dur.

— Ici ? »

Masoud acquiesça. « Dans un sac en plastique scotché sous l'évier. »

Chavez ressortit. Il revint une minute plus tard avec un sac à congélation. À l'intérieur, un disque dur de la taille d'un jeu de cartes. « Cinq cents gigas, annonça Chavez.

— En clair, s'il te plaît, Ding.

— Une capacité importante. » Il brandit le sac sous le nez de Masoud. « Tout ce que t'as fait pour eux est là-dessus ?

— Oui. Les scans, les mails, tout… est-ce que vous pouvez me faire sortir ? Du pays ?

— Ça pourrait prendre un peu de temps, répondit Clark, mais on s'arrangera. D'ici là, on te fait disparaître. Lève-toi. »

Masoud obéit. Clark lui donna une tape sur l'épaule. « Bienvenue dans le camp des bons. » Puis il le poussa vers la porte. Ding le prit par le coude. « Une minute ?

— Avance, Obaïd. Attends-nous dans la pièce à côté.

— Tu penses le confier à Nigel, observa Chavez.

— En effet.

— Une chance sur deux que quelqu'un le repère. Si c'est le cas, c'en est fini de Nigel et du môme.

— T'as une meilleure idée ? »

Chavez marqua un temps. « On a le disque dur. Peut-être qu'on pourrait arrêter les dégâts... » Chavez inclina la tête pour regarder par-dessus l'épaule de Clark. « Merde... »

Ils entendirent une cavalcade dans l'autre pièce.

« Il m'a entendu ! Bordel de merde ! »

Chavez fila, traversa le salon et pénétra dans la cuisine, juste comme la moustiquaire se refermait. « Et merde ! » Il l'avait presque rejointe quand un claquement l'immobilisa soudain. Il s'accroupit aussitôt et battit en retraite vers le séjour. Clark s'y trouvait déjà, penché à la fenêtre. Dans l'allée, deux phares traçaient leur faisceau sur la route. Étendu dans l'un des faisceaux, le corps de Masoud. Une silhouette armée d'un pistolet s'approcha de lui, s'agenouilla, lui tira deux balles dans la tête, puis se retourna pour retourner vers les phares. On entendit claquer une portière, suivie par le crissement des pneus sur le gravillon.

Silence.

« Putain, qu'est-ce qui s'est passé ? murmura Chavez.

— Il a reçu la visite qu'il redoutait.

— Et nous ?

— Ils ont dû s'imaginer que c'était eux qu'il fuyait. Décollons d'ici avant qu'ils se ravisent. »

48

Jack entendit le carillon de l'ordinateur qui annonçait l'arrivée d'un nouveau message. Il le parcourut, recommença. Il décrocha son téléphone, appela Rick Bell, lui dit ce qu'il avait reçu et, quelques instants plus tard, ils étaient en conférence à trois avec Sam Granger.

« Dis-lui, Jack, souffla Bell.

— Vous vous rappelez le gars qu'on pensait être un porteur de valises du CRO ?

— Hadi ?

— Tout juste. On a identifié un truc sur son dossier bancaire – une carte de crédit. Il est en train de se déplacer – en ce moment même. Sur un 747 d'Alitalia au départ de Rome-Da Vinci à destination de Pearson, près de Toronto.

— Et de là ?

— Chicago, mais rien au-delà pour l'instant.

— Donc, c'est soit sa destination, soit une escale de nettoyage à sec, observa Bell, recourant à la terminologie de la CIA pour qualifier une étape uniquement destinée à repérer une éventuelle surveillance. « Chicago est un hub ; il pourrait se rendre n'importe où aux États-Unis ou ressortir du pays.

— Combien de temps avons-nous ? demanda Granger.

— Quatre heures », répondit Jack.

Question de Granger : « Rick, qu'est-ce qu'on a de solide sur le bonhomme ?

— Pas mal de choses. Il est sur une liste de diffusion connue du CRO, effectue de nombreux allers et retours : l'Europe, l'Amérique du Sud. Soit c'est un messager à temps complet, soit c'est un de leurs sous-traitants chargé de la logistique. Dans l'un ou l'autre cas, j'estime que ça vaut le coup. On l'a localisé à bord d'un avion, avec une destination et un horaire précis. Difficile d'obtenir mieux. »

Granger resta un moment silencieux, puis : « OK, on réunit Martin-pêcheur en salle de conférences. Je descends. »

« Alors, que se passe-t-il ? » demanda Dominic Caruso en entrant dans la salle. À l'exception de Clark et Chavez, tous les autres étaient déjà là : Brian, Rick Bell, Jerry Rounds.

Jack expliqua en deux mots.

« Bordel de merde.

— Tu me voles les mots de la bouche.

— Quand l'avion doit-il arriver ?

— Quinze heures vingt », normalement, répondit Jack.

Sam Granger entra et prit place au bout de la table. « OK, il est huit heures quarante ici, comptons soixante-dix, soixante-quinze minutes pour gagner Toronto. Nous n'avons pas beaucoup de temps devant nous. Sans soutien officiel en tout cas. Quand Clark et Chavez doivent-ils revenir ? »

Rick Bell regarda sa montre. « Dans une quarantaine de minutes.

— Voyons si on peut les mettre sur ce coup. Jack, tu as le pedigree de Hadi ?

— Ouais. »

Il distribua les documents qui furent examinés en silence, le temps pour chacun de parcourir le dossier. Au bout d'une minute, Brian demanda : « Avons-nous une photo de ce gars ?

— Aucune, répondit Jack. Pas le moindre signalement.

— Rome-Toronto – et de là, Chicago, puis ensuite, plus la moindre information, c'est ça ?

— Affirmatif, confirma Jack avec un signe de tête.

— Si c'était une opération du Bureau, intervint Dominic, on contacterait la Police montée canadienne et des agents en civil essaieraient d'identifier notre bonhomme avant de le filer. Mais pour nous, pas question, évidemment ?

— Faut monter nous-mêmes à Toronto, répondit Jack. On essaie de le localiser à l'œil nu, en espérant qu'on ait de la chance. À supposer qu'on parvienne à l'identifier, qu'est-ce qu'on fait ensuite ?

— Surveillance discrète, dit Dominic. On tâche de le filer où qu'il aille. Ça ne sera pas fastoche. Même si on y parvient, on ne pourra pas l'arrêter ou l'interroger, on ne peut pas faire grand-chose, à moins que quelqu'un veuille bien donner le feu vert à une élimination.

— Ça ne risque pas, coupa Granger. Il constitue notre seul lien avec le CRO. Soit on le repère, soit on le file, soit on l'enlève – dans cet ordre.

— On continue de collecter de l'information, leur dit Bell. Quoi qu'on obtienne, ce sera toujours plus que ce dont nous disposons maintenant. La politique des petits pas, les gars.

— Allons voir le patron », dit Granger.

« Nous avons un oiseau dans les airs, annonça Jack à Hendley quelques minutes plus tard. Le nom du sujet est Hadi, en route pour Toronto. Son avion atterrit peu après trois heures.

— Envie de repérer le bonhomme vous-même ? demanda Hendley.

— C'est bien tentant, en effet, dit Rounds. Mais nos informations sur lui sont pour le moins lacunaires, dut-il reconnaître.

— De quoi disposons-nous au juste ? » demanda Hendley.

Jack lui tendit le dossier sur l'intéressé et Hendley le posa sur son bureau afin de le lire. « Bonne prise, dit-il après l'avoir brièvement parcouru. OK. On envoie tout le monde…

— Clark et Chavez sont presque arrivés. On va voir si on peut les intercepter.

— Bien. Jack, Dom, Brian, allez chercher au premier les cartes de crédit et les téléphones mobiles. »

Ils gagnèrent tous l'aéroport à bord de la berline Mercedes classe C de Brian. Un 737 était prévu pour rallier le Canada dans soixante-quinze minutes, leur avait indiqué Rounds au téléphone. Des billets les attendaient déjà. Une fois arrivés à l'aérogare, ils les récupérèrent, identifièrent le vol de Clark et Chavez sur le tableau d'affichage et ressortirent.

Brian se tourna vers Dominic : « Comment sont les flics canadiens ?

— Tradition britannique, avec une petite touche perso. La Police montée, c'est une institution ancienne, et ce sont d'excellents enquêteurs, mais je n'ai jamais eu à collaborer avec eux.

— De beaux uniformes rouge vif, fit remarquer Brian. Mais ça peut en faire des cibles faciles, surtout à cheval.

— Ce sont des types bien, n'empêche », rappela Dominic à son frère.

Brian rigola. « Juste une observation en passant. »

Clark et Chavez descendirent de la passerelle, avisèrent aussitôt Jack et les autres et s'approchèrent. « Chauffeur personnel ? demanda Clark.

— On a quelque chose sur le feu. Vous êtes partants pour une petite filature ?

— Dès que vous m'aurez trouvé un Starbucks », répondit Clark.

Jack leur expliqua la situation alors qu'ils quittaient la zone de contrôle pour regagner les guichets afin de récupérer les réservations de Clark et Chavez. « Alors, comment procède-t-on ? » demanda Jack à Clark, alors qu'ils repassaient le contrôle de sécurité.

« On cherche un mec qui détonne. C'est une sorte d'espion entraîné. Il sait sans doute comment se rendre invisible. Voilà ce qu'il faut chercher. Il ne regardera pas partout comme la majorité des touristes, ne fera rien pour attirer l'attention sur lui, mais il ne sera pas non plus complètement familiarisé avec les lieux. Bref, le genre homme d'affaires qui tâte le terrain. Quand il cherchera à se repérer, ce sera avec précaution. Il restera sans doute prudent – guettant les indices d'une filature. Les trucs qu'on vous a enseignés. Alors, cherchez à repérer quelqu'un qui fait ce qu'on vous a enseigné. Ça relève plus de l'art que de la science.

— En résumé ? insista Brian.

— Passez pour des touristes américains. Laissez tomber tout ce qu'on vous a appris. Juste des voyageurs lambda. Ceux que personne ne remarque. À moins d'être chez les Rouges – enfin, en ex-URSS – par exemple. Surtout, ne jamais sourire. Les Russes ne sourient presque jamais. Ce n'est pas facile, je sais. Mais je pratique la chose depuis près de trente ans. On s'en souvient plus aisément quand on risque sa peau, conclut-il avec un sourire.

— Combien de fois ?

— La Russie ? À plusieurs reprises, et avec la trouille à tous les coups. On y va tout nu, sans armes, sans issue de secours, juste une “légende”, une petite couverture légère dans le meilleur des cas.

— Légère ?

— Qui ne passerait pas un examen minutieux. L'hôtel où vous êtes descendu à l'étape précédente, le numéro de téléphone d'un employeur, ce genre de détail.

— Je voulais vous poser la question, fit Dominic. *Quid* de ces gars, nos ennemis d'aujourd'hui ? »

Clark réfléchit à la question. « Quelque chose en moi me dit qu'ils sont du pareil au même – la motivation est différente, l'aspect aussi, mais l'activité est identique. D'un autre côté, je ne suis pas aussi sûr de moi. Ceux-là au moins croient en Dieu, mais c'est pour mieux violer les préceptes de leur propre religion. Des personnalités psychopathes ? Merde, j'en sais rien. Ils ont leur vision du monde, nous avons la nôtre, et les deux ne s'accordent pas. »

On appela leur vol et ils embarquèrent. Cinq sièges de rang, séparés par l'allée centrale, tous en classe touriste. Chavez, avec ses jambes courtes, n'y voyait pas d'inconvénient, contrairement à Clark. En prenant de l'âge, il n'était plus aussi souple. La procédure de sécurité habituelle. Clark attacha sa ceinture et se cala dans son siège. Les années lui avaient appris à ne jamais négliger aucune procédure de sécurité, où que ce soit. Le 737-400 quitta l'aire de stationnement pour gagner la piste, tout en douceur, comme si le pilote conduisait une voiture. Clark saisit le magazine offert et se mit à parcourir les pages publicitaires. Il s'arrêta, pour contempler une pub sur une boîte à outils.

« Alors, comment va-t-on procéder au juste ? » demanda Jack.

Et Clark de répondre : « On improvise », avant de se replonger dans son magazine.

L'atterrissage fut presque aussi doux que le décollage, suivi par le roulage jusqu'au terminal, puis la sortie et l'habituelle attente pour débarquer. L'aérogare était aussi anonyme que tant d'autres de par le monde. Ils tournèrent à gauche et s'engagèrent dans une vaste galerie. Des pancartes les dirigèrent vers la zone d'arrivée des vols internationaux, de quoi se dégourdir les jambes. Les moniteurs d'information leur signalèrent que le vol Alitalia était annoncé dans quatre-vingt-dix minutes. Un bref coup d'œil sur la zone de débarquement leur révéla qu'elle était facile à surveiller. Encore mieux, il y avait un snack à portée de vue, avec ses chaises et ses tables en plastique.

« OK, les gars, on a environ deux heures devant nous, en comptant le passage en douane de notre bonhomme, songea tout haut Clark.

— C'est tout ? s'étonna Jack.

— Peut-être que les stups auront un chien pour flairer les bagages à main, mais guère plus. Les Canadiens ne redoublent pas vraiment de précautions. Pas mal de bandits transitent par leur pays. Ils n'y restent pas assez longtemps pour nuire. Grand bien leur fasse, j'imagine. Ça leur permet de faire des économies sur les dépenses de sécurité.

— Si les bandits courent vraiment les rues, il serait facile d'en embarquer un bon nombre et de les fourrer sur un bateau direction Buffalo.

— En se créant *illico* une quantité d'ennemis dont ils n'ont vraiment pas besoin, enchaîna Dominic. Les affaires sont les affaires.

— Bien vu, dit Chavez. Les affaires sont les affaires, on ne réveille pas le chat qui dort. Jusqu'à ce qu'il vous griffe. Je me demande quand est-ce que ça va leur tomber sur le nez.

— Ça dépend de l'adversaire, mais se faire des ennemis gratuitement n'est jamais bon pour le boulot. N'oubliez pas, un terroriste est un homme d'affaires dont le bizness est de tuer des gens. Ils peuvent avoir une motivation idéologique, mais le bizness prime avant tout.

— Combien en avez-vous intercepté ? demanda Dominic.

— Quelques-uns, tous en Europe. Ils n'étaient pas trop bien formés. Vigilants, certes, rusés comme des renards, mais tout ça ne vaut pas un solide entraînement. Alors, il suffit d'être prudent pour les intercepter. Ça aide aussi de pouvoir leur tirer dans le dos. Plus difficile de riposter dans cette position. »

Dominic fronça les sourcils. « Euh…

— Personne n'a dit que ça devait être juste. On n'est pas aux JO.

— Je suppose.

— Mais ça va à l'encontre de ta nature, c'est ça ? »

Dominic y réfléchit un instant, avant de hausser les épaules. « Je ne saurais dire si c'est ma nature… plutôt une tournure d'esprit différente. »

Clark eut un sourire désabusé. « Bienvenue de l'autre côté de la lorgnette. » Il regarda sa montre. L'avion devait être en phase d'approche.

Hadi fut frappé de constater que le sol sous un avion semblait toujours identique – quoique différent. Lointain mais alléchant, à mesure que l'on descend.

Comme toujours en Amérique, les routes et les voitures se manifestaient d'abord. Il estima leur altitude selon la facilité croissante à distinguer individuellement chaque véhicule. Le réglage « paramètres de vol » de son mini-téléviseur indiquait une altitude de 1 500 mètres en décroissance, une vitesse par rapport au sol de 450 kilomètres-heure, bien inférieure à leur vitesse de croisière transatlantique. Ils n'allaient pas tarder à se poser. Dix minutes, selon l'affichage informatique. Temps pour lui de se réveiller complètement. L'hôtesse vint débarrasser sa tasse de café. Le café italien lui rappelait celui de sa lointaine enfance par son acidité et, pour dire vrai, il appréciait tout particulièrement la cuisine italienne, même s'ils privilégiaient beaucoup trop le porc – pour sa part, s'il buvait du vin, il se gardait bien de toucher à la chair de porc. Il allait descendre, franchir la douane et l'immigration, repérer son contact, obtenir de lui son billet pour Chicago ; l'homme le conduirait à son vol de correspondance – le 1108 sur United Airlines –, il en profiterait pour fumer une clope mais s'abstiendrait de bavarder.

Il devrait redoubler de prudence au passage de la douane et des services d'immigration. Il n'avait rien à déclarer, bien sûr, pas même une bouteille de vin d'Italie. Il était censé être un homme d'affaires pour qui ces voyages étaient habituels. Négociant en joaillerie, telle était sa couverture. Il en savait assez pour tenir une conversation sur le sujet. Pas de quoi impressionner un authentique diamantaire juif, certes, mais il savait détourner n'importe quelle conversation, imiter à peu près n'importe quel accent. Bref, il était banalement en voyage d'affaires, de la routine pour lui, même si c'était sa toute première visite au Canada. Encore un pays d'infidèles, avec des règles simples et tolérantes pour les voyageurs en transit. Ces gens ne seraient que trop heureux de le voir repartir, sans même le remarquer tant qu'il ne portait pas d'arme à feu ou ne commettait pas de crime.

L'atterrissage fut un peu rude. Peut-être que l'équipage était fatigué lui aussi. Quelle vie de merde, songea Hadi. Rester assis toute la journée, sans possibilité de bouger, devoir adapter en permanence son horloge biologique. Mais chaque homme avait son rôle à tenir dans le monde et le leur était bien rétribué – il était juste déplaisant, même pour des infidèles. Son boulot et sa couverture l'amenaient à se montrer agréable avec tous ses interlocuteurs. Ce qui incluait les infidèles qui se gavaient régulièrement de porc. Difficile, mais son rôle l'exigeait. L'avion s'immobilisa, et il se leva comme les cent cinquante-trois autres passagers, récupéra son bagage à main et se dirigea d'un pas chancelant vers la porte.

On reconnaissait les fonctionnaires canadiens à leur casquette bleu marine, leur expression indéchiffrable, leur regard aiguisé. Chargés d'accueillir dans leur pays d'infidèles des voyageurs dont ils se contrefichaient. Sans doute existait-il quelques mosquées dans les environs, mais il se garderait bien de s'en approcher. Les autorités locales permettaient, certes, aux musulmans de vénérer Allah dans leurs lieux de culte, mais ils devaient à coup sûr les surveiller et photographier les nouveaux arrivants. Or, sa tâche était d'être invisible.

« Il s'est posé, avertit Clark en avisant le moniteur accroché à dix mètres de là.

— Tout ce qu'on sait du sujet, c'est qu'il pisse debout », leur rappela Dominic.

Où sont les chiottes les plus proches ? songea Clark. Des tas de gens faisaient un arrêt pipi dès l'atterrissage, ayant été trop nerveux pour utiliser les toilettes de bord. Ce ne serait pas une si mauvaise idée de se poster à proximité des lieux. Les espions n'étaient pas des robots. Chacun avait ses traits originaux et, sitôt qu'on les avait identifiés, ils devenaient vulnérables. Il s'avisa, non sans surprise, qu'il n'avait jamais encore pratiqué le contre-espionnage. Identifier les espions, c'était une tâche qu'il avait toujours cherché à éviter… mais peut-être que ça lui fournirait les ressources nécessaires à leur mission. À voir. Ils étaient à la recherche d'un Arabe, entre trente et quarante ans, de sexe masculin. Taille, poids, couleur des cheveux et des yeux, autant d'inconnues. C'était un agent entraîné. Sans doute se comporterait-il en conséquence.

Bon, il était attendu. Ils savaient déjà cela. Quelqu'un chargé de lui fournir un billet pour un vol en correspondance. Sans doute pas aussi bien formé. Sans doute aussi un free-lance. Peut-être un homme en quête de promotion dans son organisation, quelle qu'elle pût être. Peut-être aussi malin mais sans la même expérience et le même entraînement. Quelqu'un qui le reconnaîtrait au premier coup d'œil ? Peut-être, peut-être pas. Probablement un chauffeur. Prêt à récupérer son client. Et scrutant les visages pour le reconnaître. Muni d'une pancarte. *Ouais, peut-être L'ÉMIR M'A ENVOYÉ*. Clark étouffa un ricanement. Il avait vu sa dose de crétins en son temps, mais quand même pas à ce point. Autant faire le singe avec un flingue sous l'objectif des caméras de surveillance. Ces gars n'étaient peut-être pas des pros selon son acception du terme, mais ils n'étaient pas non plus totalement débiles. Quelqu'un avait dû leur enseigner – à eux ou à leur organisation – les rudiments du travail sur le terrain. Ce n'était pas si difficile. Les nuances venaient avec l'expérience, mais les bases pouvaient être devinées par le premier imbécile venu. Tous quatre se tenaient alignés. Ça, ce n'était pas très futé. Il se glissa vers Dominic.

« On se sépare en duos, de part et d'autre de la galerie. Dominic, tu vas avec Brian. Jack, tu nous accompagnes, Ding et moi. »

Les deux frères Caruso descendirent par l'escalator pour remonter du côté opposé à Clark et Chavez. John se tapota le nez et les jumeaux imitèrent son signal.

« Qu'est-ce que t'en penses, Domingo ? demanda Clark.

— À leur sujet ? Un bon instinct, encore mal dégrossi, mais c'est bien naturel. S'il y a des problèmes, je pense qu'ils sauront gérer la situation.

— Pas mal pour un ninja, commenta Clark.

— La nuit nous appartient, mon chou. »

Ça remontait déjà à un bail, mais Domingo n'avait pas perdu la main. Il était difficile à repérer. À cause de sa petite taille, les gens avaient souvent tendance à ignorer sa présence. Ses yeux pouvaient le trahir, mais encore fallait-il prendre le temps de le dévisager, et, avec ses faux airs de gringalet, il ne risquait pas d'inquiéter les gros durs, jusqu'au moment où ils se retrouvaient par terre, sans comprendre ce qui leur était arrivé. Les temps avaient changé depuis son passage chez les SEAL. Le 3e groupe d'opérations spéciales n'avait pas alors des masses de personnages à la John Wayne, quand les nouveaux ressemblaient carrément à des coureurs de marathon, quoique maigres et de carrure modeste. Ils tendaient à vivre plus longtemps, étant plus durs à toucher. Mais leur regard était différent, et c'était là que résidait le danger. À condition d'être assez malin pour le remarquer.

« Un peu nerveux, admit Jack.

— Relax, répondit Clark. Ne force pas trop. Et ne regarde jamais le sujet droit dans les yeux, sauf à la rigueur pour t'assurer de son comportement, mais toujours brièvement, et avec précaution. »

Qui es-tu, Hadi ? songea Clark. *Que viens-tu faire ici ? Où vas-tu ? Qui veux-tu rencontrer ?* Autant de questions qu'il ne risquait pas de poser et auxquelles il ne risquait pas d'obtenir de réponse. Mais l'esprit n'en continuait pas moins de tourner en permanence, d'autant plus qu'il était intelligent et actif.

49

Hadi aurait pu être le premier de la file, mais il s'arrangea pour perdre du temps afin de l'éviter. Il n'eut guère à se forcer pour avoir l'air fatigué. En comptant le vol de rabattement depuis Marseille et l'escale de Milan, il avait passé quinze heures dans les airs, et la réduction de la quantité d'oxygène dans l'air pressurisé avait son coût. Raison de plus pour admirer l'équipage avec ses lamentables conditions de travail.

« Bonjour, monsieur Klein, lui dit l'agent de l'immigration avec ce qui ressemblait à un sourire.

— Bonjour », répondit Hadi, en se remémorant encore une fois son identité d'emprunt. Par chance, nul n'avait cherché à lui parler durant le vol, à l'exception de l'hôtesse de l'air, qui avait toujours veillé à ce que son verre restât plein. Et la nourriture avait été mangeable, une agréable surprise.

« L'objet de votre visite ? s'enquit ensuite le fonctionnaire, en le dévisageant.

— Pour affaires. (C'était presque vrai.)

— Durée du séjour ?

— Je ne sais pas encore, mais sans doute quatre ou cinq jours. Est-ce important ?

— Seulement pour vous, monsieur. » Le fonctionnaire feuilleta le passeport, passa la couverture devant le lecteur de code-barre en se demandant si la lampe rouge allait s'allumer – mais ce n'était quasiment jamais le cas, et cela ne se produisit pas non plus cette fois-ci. « Rien à déclarer ?

— Rien du tout.

— Bienvenue au Canada. La sortie est par là, ajouta le fonctionnaire en pointant le doigt.

— Merci. »

Hadi récupéra son passeport et franchit la succession de portes. La facilité des pays occidentaux à accueillir leurs ennemis était tellement suicidaire, nota-t-il encore une fois. Il s'imagina qu'ils convoitaient seulement l'argent qu'ils pouvaient soutirer des touristes. Ils ne pouvaient pas franchement manifester une telle hospitalité avec leurs cœurs d'infidèles, n'est-ce pas ?

« On ouvre l'œil », dit John. Les deux premières personnes à franchir les portes étaient des femmes, donc, pas Hadi – à moins vraiment d'avoir eu des renseignements foireux, se dit Clark. Ça lui était arrivé plus d'une fois.

OK, qu'est-ce qu'on cherche au juste ? Un homme, autour de la quarantaine, taille dans la moyenne, peut-être un peu en dessous selon les critères américains. Des yeux sombres, furtifs, feignant la relaxation, mais toujours aux aguets. De la curiosité, mais maîtrisée. Un peu fatigué par son voyage. C'était en général le cas quand on prenait l'avion. Un peu fané également après les verres qu'il avait dû boire… mais il avait dû dormir un peu, quand même.

Ils repérèrent un manteau raglan beige en poil de chameau. La coupe avait l'air italienne. *Hadi était censé vivre en Italie – à Rome, non ?* Un mètre soixante-quinze, carrure moyenne, plutôt maigre. Des yeux sombres. *Sombres comme l'enfer, presque noirs*, songea Jack. S'appliquant à regarder droit devant lui, surtout pas sur le côté, poussant un caddie avec un gros sac et un autre plus petit. Ils n'avaient pas l'air si lourds que ça, et le plus gros était doté de roulettes… flemmard ou crevé ? Ses cheveux étaient aussi noirs que ses yeux ; sans coupe particulière. Rasé de près. Pas de barbe, sans doute délibérément. Deux autres passagers sortirent derrière lui, des Canadiens manifestement, teint clair et cheveux rouquins. L'un d'eux adressa un signe à quelqu'un sur la droite de Clark. On l'élimine. Retour au raglan en poil de chameau. Les yeux de l'homme passaient de gauche à droite, mais il maintenait la tête immobile. *Bonne pratique*, nota d'emblée John. Puis ils se fixèrent sur quelque chose : Clark tourna la tête et vit quelqu'un en complet noir, comme un chauffeur mais sans la casquette, tenant un tableau blanc sur lequel le nom KLEIN était inscrit au feutre.

Bingo, se dit-il. Puis, s'adressant à Chavez : « Contacte les frangins et surveillez les flancs. Je vais faire un tour. Jack, tu m'accompagnes. »

Ils descendirent de la galerie.

« Noté quelque chose qui m'a échappé ? demanda Jack.

— Tout ce que tu veux qu'il ne s'appelle pas Klein. »

Pas de détour par les chiottes, nota Clark. Au temps pour l'idée. Ils le filèrent à quarante pas de distance. Ils remarquèrent que le sujet ne semblait pas s'adresser à son contact. *Trop discipliné. Se connaissent-ils même ?*

« T'as un appareil photo ? demanda John.

— Ouais. Un numérique. Je pourrais avoir déjà la bobine de notre ami, mais je n'ai pas encore vérifié.

— S'il monte dans une voiture, tâchons de...

— Ouaip. Marque, modèle, plaque. On se démerde comment jusqu'ici ?

— Je ne pense pas qu'il nous a repérés – en tout cas, il n'a sûrement pas regardé dans notre direction ou de l'autre côté. Soit il est d'un sang-froid exceptionnel, soit il est blanc comme neige. À toi de choisir.

— Il a l'air un peu juif, observa Jack.

— C'est une vieille blague en Israël : s'il a l'air juif et qu'il vend des bagels, c'est un Arabe. Pas toujours vrai, mais suffisamment pour justifier la plaisanterie.

— Excepté les cheveux, je le verrais bien coiffé d'un grand chapeau de cow-boy et vêtu d'un long manteau noir, à fourguer des diamants sur la 47e Rue à New York. Pas mal, comme déguisement. Mais il est aussi juif que toi ou moi. »

Ils passèrent devant les marchands de journaux, le bar à bière, la sortie vers les portiques de détection pour rejoindre la galerie centrale. Ils ne prirent pas l'escalator pour descendre vers les carrousels à bagages, mais l'homme avait déjà récupéré ses valises, bien sûr. Ils franchirent enfin la porte principale, par la façade vitrée, pour retrouver l'air frais de l'automne au Canada. Longèrent la file des taxis à l'arrivée, traversèrent la route et gagnèrent les parkings. Qui que soit celui qui était venu l'accueillir, il s'était garé à l'heure et non sur le parking de longue durée. OK, donc, c'était bien un rendez-vous prévu à l'avance. Et non pas organisé au dernier moment avec un coup de fil passé depuis l'avion. Une fois dans le parking, Clark dut ralentir le pas pour accroître l'écart… et pile, ils arrivèrent à la voiture.

« Photo », lâcha sèchement Clark, en espérant que Jack savait prendre une photo avec discrétion.

À vrai dire, il se débrouilla plutôt bien, en réglant l'objectif sur le zoom × 2 ou × 3. La voiture était une Ford Crown Victoria neuve de couleur noire, du genre de celles utilisées par les agences de location à prix cassés. Tout collait au profil, estima Clark alors qu'ils commençaient à réduire l'écart.

« Voici votre billet pour Chicago-Ouest », dit le chauffeur en passant la pochette derrière lui par-dessus la banquette.

Hadi l'ouvrit et étudia le billet. Il fut surpris en découvrant la destination. Il consulta sa montre. Le minutage était presque parfait. Ça avait aidé que les passagers de première eussent franchi plus vite les services d'immigration.

« On est loin de l'autre terminal ?

— Deux minutes, tout au plus, répondit le chauffeur.

— Bien. »

Et Hadi alluma une cigarette.

La voiture démarra. Clark le nota sans cesser de marcher. Il attendit qu'elle se fût éloignée d'une centaine de mètres pour tourner les talons, regagner l'aérogare et héler un taxi.

« Pour où ? demanda le chauffeur.

— Je vous le dirai dans une minute. Jack : tu l'as suivie ?

— Je l'ai », lui assura Jack.

La Crown Vic s'était engagée dans une file pour régler le péage. Il lui fallut encore deux clichés pour enregistrer le numéro d'immatriculation qu'il avait déjà mémorisé. Par mesure de sécurité, il le griffonna sur le calepin qu'il gardait toujours dans la poche de son pardessus.

« OK, dit enfin Clark. Vous voyez cette Ford noire, là-bas devant nous ?

— Oui monsieur.

— Suivez-la.

— C'est pour un film ? demanda le chauffeur, en blaguant.

— Ouais, et j'en suis la vedette.

— J'en ai déjà fait, vous savez ? De vrais films, je veux dire. Ils vous paient pas mal, rien que pour conduire une voiture. »

Clark saisit l'appel du pied, sortit son portefeuille et tendit au chauffeur deux billets de vingt. « Ça ira ?

— Oui, m'sieur. Je parie qu'ils se rendent au terminal 3.

— C'est ce qu'on va voir », répondit Clark.

Il avait désormais les yeux rivés sur la Ford qui s'était lancée dans l'habituel circuit sinueux propre aux aérogares, sans aucun doute tracé par les mêmes abrutis qui concevaient les terminaux. Clark avait fréquenté suffisamment d'aéroports pour être convaincu que leurs architectes sortaient tous de la même école.

Le chauffeur de taxi avait raison. La Crown Victoria s'arrêta devant un panonceau UNITED AIRLINES pour se ranger le long du trottoir. La porte du chauffeur s'ouvrit, ce dernier descendit et passa de l'autre côté pour ouvrir la portière à son client.

« Bien vu – comment tu t'appelles ? demanda Clark.

— Tony.

— Merci, Tony. Tu t'es démerdé comme un chef. »

Clark et Jack descendirent. L'appareil photo était toujours dissimulé dans la main de Jack, prêt à shooter.

« Il fume », observa Clark. Plus intéressant, il savait prendre la pose. Quelque part, la chance jouait en leur faveur. « OK, prends-moi », dit Clark en prenant la pose à son tour. Jack obtempéra, puis Clark s'approcha de lui pour lui demander, mine de rien : « Tu l'as eu ?

— Pile dans le cadre. Et maintenant ?

— Mantenant, j'essaie d'avoir un billet pour Chicago. Toi, tu le files jusqu'à la porte d'embarquement et tu me rappelles quand tu as identifié son vol.

— Vous pensez avoir le temps d'acheter un billet ?

— Ma foi, si j'échoue, on ne sera pas moins avancés que maintenant.

— Pigé », admit Jack.

Et il se lança, pour prendre position à cinquante mètres de leur ami Hadi qui était en train de profiter jusqu'à l'ultime bouffée de sa cigarette avant de pénétrer dans le terminal. Le sujet était net et bien cadré, nota Jack en consultant l'écran de son appareil.

Clark se dirigea vers le comptoir United, ravi qu'il n'y ait pas de queue imposante.

Hadi termina sa clope, jeta le mégot dans le caniveau, inspira une grande goulée d'air frais et entra. Dominic le suivit à distance respectable, le téléphone mobile crypté dans la main gauche. Hadi se dirigea tout droit vers la bonne galerie puis vérifia sur un moniteur le numéro de sa porte d'embarquement. Il se comportait comme n'importe quel pékin s'apprêtant à prendre l'avion. Moins de dix minutes plus tard, il était assis sur le siège D-28. Brian prit son téléphone.

« Clark, dit la voix à l'autre bout de la ligne.

— Jack. Porte D-28. Vol un-un-zéro-huit.

— Noté. Y a-t-il du monde ?

— Non, mais le zinc est déjà garé et le décollage est prévu dans vingt-cinq minutes. Vous avez intérêt à vous magner.

— J'arrive. »

Jack s'approcha du guichet, dut attendre qu'un clampin eût pris son billet en classe touriste, puis il sourit à l'employée. « Vol un-un-zéro-huit pour Chicago, je vous prie. En première, si possible, mais je me contenterai de la classe touriste. (Il tendit sa MasterCard Gold.)

— Bien monsieur », dit poliment l'employée.

Elle se montra d'une efficacité remarquable et, moins de trois minutes plus tard, l'imprimante cracha le bout de carton.

« Merci, m'dame.

— Sur votre droite », précisa-t-elle.

Elle pointa la direction du doigt, au cas où Jack ne saurait distinguer sa gauche de sa droite. John s'éloigna d'un pas égal. Vingt minutes pour embarquer. *Pas de problème*. Puis vint le portique détecteur de métaux. Il tinta, à la grande surprise de John. Aussitôt, un vigile en uniforme s'approcha et balaya John avec sa baguette magique qui tinta de nouveau au passage devant sa poche de manteau. John y glissa la main et découvrit que son badge d'US Marshal y était resté coincé. Ce détecteur de métaux était vraiment sensible.

« Oh, OK, monsieur.

— Je ne suis pas ici en mission officielle, précisa Clark avec un sourire timide. Ça ira ?

— Oui monsieur. Merci.

— Bien. »

La prochaine fois, il la mettrait sur le tapis roulant, se dit Jack, révélant ainsi au monde entier qu'il était flic. Le portique n'avait pas retenti pour le stylo dans sa poche. Détail intéressant, au cas où il aurait sur lui le *Stylo magique*. Ce qui n'était, hélas, pas le cas.

C'était un Boeing 737. Seattle avait dû en vendre un paquet, s'avisa Clark en parcourant du regard le salon inconfortable. Même architecte, mêmes sièges nazes. *Produits par la même boîte qui fabriquait les sièges d'avion ? N'y aurait-il pas là un conflit d'intérêts ?*

Il repéra Hadi, installé dans la zone non-fumeurs. Essayant de ne pas se faire remarquer ? Sinon, toujours du bon travail de terrain. Assis peinard à feuilleter distraitement un magazine, *Newsweek* en l'occurrence. Dix minutes encore, et on procéda à l'embarquement. Clark avait eu de la veine et décroché un siège de première, le 4C. Côté travée centrale, ce qui était un plus. Il repensa à un vol commercial récent, mais il avait alors un pistolet sur lui, à l'insu du personnel de cabine de British Airways ; de quoi les affoler autant qu'un sac rempli de bâtons de dynamite. Hadi monta à bord, précédé de trois personnes, nota John, et il alla s'asseoir à la place 1A, le premier siège à gauche, côté hublot, environ cinq mètres devant Clark, sur sa gauche. En trois pas, ce dernier pouvait lui rompre le cou. Il ne l'avait plus fait en réalité depuis le Viêt-nam, où les hommes avaient souvent un petit cou décharné. Mais ça remontait à un bail, et même à cette époque, il avait bien failli se louper. Les souvenirs d'antan. Plus important, il se trouvait à cinq mètres des toilettes avant. Plus il prenait de l'âge, plus ce détail comptait.

L'exposé de sécurité habituel. La ceinture est exactement la même que celle de ta voiture, connard, et si t'en as vraiment besoin, Maman viendra la boucler pour toi – mais pas d'alcool ! Il y avait des toilettes à l'arrière et à l'avant.

Le vol fut d'une banalité révoltante, sans même un trou d'air, prenant à peine une heure pour les déposer à O'Hare – baptisé en hommage à un aviateur de l'aéronavale de la Seconde Guerre mondiale qui s'était vu décerner la *Medal of Honor* avant de se faire descendre, sans doute par un tir fratricide, qui pouvait s'avérer tout aussi meurtrier qu'un tir ennemi. Clark se demanda s'il était difficile pour le pilote de localiser la bonne piste mais, d'un autre côté, il avait déjà dû effectuer ce vol, peut-être même une centaine de fois. John se rendit compte qu'il abordait à présent la partie délicate. Où se rendait Hadi, et pourrait-il trouver une place sur le même vol ? Dommage qu'il ne puisse pas simplement l'interroger. Il allait devoir se taper la procédure d'immigration parce que l'Amérique ne rigolait plus avec les gens qui entraient dans le pays. À vrai dire, ça signifiait que les bandits devaient réfléchir au moins une minute avant de se faufiler, mais qui sait, ça devait bien bloquer les plus débiles du lot. Mais les débiles ne constituaient pas vraiment une menace, pas vrai ?

Tout cela dépassait toutefois largement ses responsabilités, et ceux qui prenaient de telles décisions consultaient rarement les petites mains qui mouillaient leur chemise et risquaient leur peau. Cette vérité s'était fait jour pour Clark au Viêt-nam, quand il s'appelait encore Kelly. Alors peut-être que les choses n'avaient pas changé tant que ça. C'était une idée un peu effrayante, mais les idées effrayantes faisaient partie du jeu, un jeu auquel il participait depuis plus de trente ans maintenant. Les procédures d'entrée n'étaient que symboliques. À sa grande surprise, on n'avait même pas tamponné son passeport. Un nouveau changement de procédure ? Pour éviter que l'encre du tampon macule les mains de l'employé ?

« OK, on en est où ? demanda Granger sur la ligne cryptée.

— Clark a pris le même vol que notre ami, répondit Jack. Nous avons deux photos de lui. Avec de la chance, il pourra le filer jusqu'à sa destination. »

Guère probable, songea le chef des opérations, à l'autre bout du fil. *Pas assez de troupes. Pas assez de ressources.* Bon, on ne pouvait pas non plus tout faire avec une entreprise privée et il fallait réduire les dépassements de budget.

« OK, tenez-moi au courant. Quand les gars doivent-ils être de retour ?

— On a réservé un vol pour l'aéroport de Washington ; il décolle dans trente minutes. Ils devraient être revenus entre cinq heures et demie et six heures. »

Ce qui se résumait à une journée presque entièrement perdue, à moins de compter comme un succès deux malheureuses photos, se dit Jack. Et puis merde, c'était toujours mieux que ce dont ils avaient disposé jusqu'ici.

50

Clark se trouvait dans le passage souterrain reliant les deux terminaux. L'essentiel du parcours se faisait en trottoirs roulants, vu la distance respectable. Il avait vu Hadi sortir fumer une autre clope avant de réintégrer le bâtiment, et s'était aussitôt précipité, franchissant le portique de détection – qui, ô miracle, ne sonna pas au passage de son badge de marshal –, avant de s'engager dans l'interminable tunnel pour remonter par l'escalator et déboucher dans le terminal d'embarquement, où il était temps désormais de se mettre sérieusement au boulot. Hadi avait pris à gauche. Il avait noté sur un moniteur le numéro de sa porte d'embarquement – sans vérifier sur son billet le numéro de vol. Cela faisait-il de lui un professionnel accompli ou simplement un gars doté d'une bonne mémoire, voire d'une confiance en soi excessive ? Clark s'interrogea. Pile ou face. Au bout, Hadi prit encore à gauche, la galerie F. Il marchait d'un pas décidé. *Pressé, peut-être ?* Si oui, c'était mauvais signe pour Clark. Et de fait, le sujet se tourna pour consulter un autre moniteur, s'orienta et obliqua vers la porte F-5 près de laquelle il alla s'asseoir, comme s'il cherchait à se détendre. La F-5 était la porte d'embarquement pour le vol de… Las Vegas ?

McCarran International était un aéroport de bonne taille avec une quantité phénoménale de vols en correspondance pour Dieu sait combien de destinations. Encore une simple pause pour Hadi ? Était-ce bien prudent ? John s'interrogea. *Humm.* Qui avait formé cet oiseau ? Un gars du KGB ou bien un membre de l'organisation ? Quelle que fût la réponse, le vol décollait dans quinze minutes, plus le temps de retourner au terminal 1 chercher un billet pour le suivre. La filature s'achevait ici. *Bigre.* Il ne pouvait même pas se permettre de lorgner le gars de manière trop manifeste, voire de l'observer d'un peu trop près. Hadi avait sans doute eu le temps d'inspecter les alentours, il risquait, par conséquent, de le reconnaître. Il avait peut-être reçu la formation d'un professionnel, et qui plus est, il pouvait partager avec Clark le don de se remémorer un visage, même entraperçu. Toute sa vie durant. Pour un espion, c'était là une condition de survie d'une importance considérable. Clark se dirigea vers une boutique et s'y acheta une barre chocolatée, accompagnée d'un Coca Light, ce qui lui donna l'occasion de faire le tour de la galerie. Hadi était assis, sans même chercher du regard une cabine fumoir qui lui aurait permis d'assouvir sa mauvaise habitude derrière une vitre. John se dit qu'il était peut-être capable de maîtriser ses passions. Ce genre d'individu pouvait se montrer dangereux. Mais déjà on appelait le vol, les premières classes d'abord, et Hadi se leva, se dirigea vers la porte d'embarquement et présenta son billet. Il adressa même un sourire à l'employée qui vérifia celui-ci et l'invita à gagner le DC-9 vieillissant, avec larges fauteuils en cuir et boissons à volonté, pour permettre aux voyageurs d'assouvir à loisir leurs petites manies. John termina sa barre chocolatée et retourna vers l'entrée du tunnel. Comme auparavant, l'escalator lui parut descendre droit vers les Enfers, et il remercia l'architecte qui avait insisté pour l'installation de trottoirs roulants. Il était en âge d'apprécier l'attention. Il se rappela de ne pas faire grise mine suite à l'échec de sa mission. Échec partiel, en fait. Ils avaient recueilli de nouveaux éléments sur leur sujet, y compris une photo. L'homme avait voyagé sous l'identité d'un Juif, une couverture habile quoique un peu trop téléphonée. Génétiquement, Juifs et Arabes étaient cousins, après tout, et leurs religions n'étaient pas si différentes – quand bien même une telle idée scandaliserait une bonne partie des uns et des autres. On pouvait y ajouter les chrétiens, eux aussi gens du Livre, comme le lui avaient un jour expliqué ses amis saoudiens. Même si ceux qui avaient la foi ne commettaient généralement pas de meurtre. Dieu risquait de ne pas être d'accord. Mais trêve de réflexions oiseuses, sa tâche, désormais, était de regagner le Campus. Avant de redescendre, il avait attendu que la porte d'embarquement se referme, regardé le biréacteur se faire pousser à l'écart du terminal puis virer tout seul pour gagner la piste. Trois heures de vol pour Vegas ? Un peu moins peut-être, en survolant l'Iowa, le Nebraska et le Wyoming, pour rallier la cité du péché. *Et de là, vers quelle destination ?* Telle était la question. Où que ce soit, il ne risquait pas de le savoir tout de suite. Enfin, toute cette mission avait été plus ou moins improvisée, alors il ne devait pas trop s'étonner qu'elle ait tourné en eau de boudin. Et puis merde, ils avaient quand même recueilli quelques clichés du bonhomme. Il trouva un guichet qui lui permit d'obtenir un billet de retour en une heure et demie. Il passa un coup de fil pour s'assurer que quelqu'un viendrait le chercher en voiture.

Assis dans le fauteuil 1D, Hadi étudia le menu tout en sirotant le verre de vin blanc offert – il était meilleur en Italie, mais ce n'était guère une surprise – et il se tança pour son improbable capacité à discerner les crus. Sous les ailes, défilait un terrain quasiment plat, ponctué de ces étranges grands cercles verts délimités par les systèmes géants d'irrigation automatique. Les premiers explorateurs avaient baptisé cette région le Grand Désert américain. C'était aujourd'hui le grenier de la planète, même si d'autres déserts – bien réels ceux-là – s'étendaient plus loin, par-delà les montagnes. Quel pays étrange, si vaste, peuplé de gens étranges, eux aussi, pour la plupart des non-croyants. Des gens dont il fallait se méfier, c'est pourquoi il devait rester constamment aux aguets, plus encore qu'en Italie. C'était éprouvant pour les nerfs de ne jamais pouvoir se détendre, jamais pouvoir baisser sa garde. S'il avait de la chance, il pourrait se relaxer un peu quand il rencontrerait son ami, tout dépendrait de sa prochaine escale. Comme il était étrange qu'il n'ait jamais su où résidait l'Émir. Eux qui étaient amis depuis tant d'années. Ils avaient même appris ensemble à monter à cheval, tout jeunes, fréquenté la même école, joué et fait du sport ensemble. Mais le vin avait fait son effet et il avait eu une journée difficile. Ses paupières étaient lourdes et, bientôt, il glissa dans le sommeil alors que la nuit enveloppait l'avion.

Clark embarqua sur un autre appareil, s'installa en première et ferma les yeux, non pas pour dormir mais pour récapituler les événements de la journée. Qu'avait-il fait ? Où s'était-il planté ? Qu'avait-il réussi et pourquoi cela n'avait-il pas donné de résultats ?

La version courte tenait aux effectifs. Les frères Caruso semblaient, certes, compétents et Jack s'était bien débrouillé, mais ce n'était guère une surprise. Ce garçon avait un instinct développé. L'hérédité, peut-être. L'un dans l'autre, pas une si mauvaise opération, compte tenu de son organisation précipitée. Ils avaient su que leur sujet se dirigeait vers Chicago. Aurait-il mieux valu se diviser en deux équipes et transmettre la photo par mail pour faciliter la filature ? Auraient-ils pu le faire ? C'était techniquement possible, mais cela ne prouvait pas pour autant que ça aurait marché. Dans ce genre d'opération, on avait besoin de multiples renforts, car compter sur la chance était encore la meilleure façon de se planter. Merde, même pour les opérations les mieux préparées, le succès n'était pas garanti, quand bien même avec une pléthore d'effectifs composés de professionnels aguerris. L'ennemi n'avait pas besoin d'être pro pour que des événements aléatoires viennent bouleverser les plans les mieux préparés. Ce pourrait être une bonne idée, toutefois, de parcourir l'Europe avec les jumeaux, rien que pour tester leurs aptitudes sur le terrain. Ils avaient l'air de faire bonne figure, mais ça, c'était dans les cordes d'un figurant de cinéma. Tout se ramenait à un bon entraînement et surtout, surtout, à l'expérience. Celle-ci, on la peaufinait sur le terrain, et l'expérience était une qualité qu'il s'était efforcé d'inculquer de son mieux aux nouveaux agents de la CIA lorsqu'il officiait à la Ferme, en Virginie. Il ignorait s'il y avait réussi. Certains de ces hommes pouvaient trinquer autour d'une bière avec Chavez et lui. Mais *quid* des garçons qui n'étaient jamais revenus ? Quelle leçon pouvait-on en tirer ? On en entendait rarement parler, parce que ne pas revenir, c'était disparaître, n'être plus qu'une étoile d'or sur le mur de droite dans le hall de la CIA et, en général, une page blanche dans les archives.

Pour commencer, améliorer les communications entre les équipes. Faute de dons télépathiques, ils avaient foutrement intérêt à définir des protocoles d'échange en béton. Renforcer les effectifs serait également une bonne idée, mais ça ne risquait pas d'arriver de sitôt. Le Campus était censé demeurer une structure agile et de taille réduite. Cela restait peut-être dans leurs cordes mais, à certains moments, plus on était nombreux, plus on pouvait résoudre de problèmes. Sauf que, là non plus, ça ne risquait pas d'arriver de sitôt.

L'avion de Clark se posa en douceur sur la piste de l'aéroport international de Baltimore-Washington. Il fallut trois minutes à l'appareil pour rejoindre la porte D-3, ce qui permit à Clark de débarquer rapidement. Après un arrêt-pipi, il descendit la galerie avec l'espoir que quelqu'un l'attendait à la sortie. Il se trouva que c'était Jack – il lui adressa un signe de la main.

« Je sais à quoi tu ressembles, lui dit Clark. Pas besoin de révéler aux gens que tu me connais.

— Hé, je voulais juste…

— Je sais, je sais. Mais tu ne dois jamais relâcher ta concentration tant que tu n'es pas de retour chez toi devant une bière, petit. N'oublie jamais ça.

— Pigé. Quoi de neuf ?

— Il s'est envolé pour Las Vegas et doit s'y trouver à l'heure qu'il est. Pour l'essentiel, j'ai appris que nous n'avons pas assez de troupes pour lancer le Campus sur des trucs d'envergure, conclut-il avec humeur.

— D'un autre côté, on ne pourra pas agir comme on l'entend si nous avons le gouvernement sur le dos pour nous recadrer.

— J'imagine que non, mais il y a quand même des avantages à faire partie d'une organisation plus vaste, vois-tu.

— J'imagine que nous sommes des sortes de parasites sur le corps politique.

— Je suppose. A-t-on essayé de localiser vers où se dirige notre oiseau ? »

Jack fit non de la tête, alors qu'ils quittaient l'aérogare.

« Je parie qu'il a poursuivi sa route – peut-être encore deux ou trois étapes, mais on ne peut pas dire.

— Pourquoi ?

— La complexité. Compliquer le plus possible la tâche de l'adversaire. C'est un principe fondamental dans la vie. »

À la sortie de McCarran International, Hadi expliquait exactement la même chose à Tariq qui rétorqua : « Nous en avons discuté abondamment. Il n'y a aucun danger, que je sache. Nos communications sont les mieux sécurisées qu'on puisse s'offrir et, jusqu'à présent, nul ne nous a pénétrés, sinon, nous ne serions pas ici, pas vrai ?

— Que fais-tu de Uda Ben Sali et des autres ? insista Hadi.

— Il est mort d'un arrêt cardiaque. Nous avons épluché tous les rapports d'autopsie.

— Et les autres ?

— Des hommes meurent tous les jours de problèmes cardiaques, même les élus de Dieu, fit remarquer Tariq.

— Peut-être que les Juifs l'auront tué, mais les médecins romains indiquent bien un décès par infarctus.

— Qui sait s'il n'y a pas un moyen – peut-être une substance chimique – qui permette de le simuler ?

— Peut-être. » Tariq prit à gauche pour entrer en ville. « Mais dans ce cas, c'est les Israéliens qu'il nous faudrait redouter.

— Peut-être », concéda Hadi.

Après ce trajet interminable, il était trop fatigué pour discuter. Trop de temps en vol, trop de vin et trop peu de sommeil pour mobiliser l'énergie intellectuelle indispensable. « Ta voiture est propre ?

— On la lave tous les trois jours. Chaque fois, on en profite pour l'inspecter et chercher d'éventuels mouchards.

— Alors, comment va-t-il ?

— Tu pourras en juger dans quelques minutes. Tu le trouveras plutôt en bonne santé physique. Mais tu auras sans doute du mal à le reconnaître. Les chirurgiens suédois ont opéré des miracles. S'il le voulait, il pourrait se promener dans les rues sans être reconnu. »

Hadi saisit l'occasion pour regarder dehors. « Pourquoi ici ? demanda-t-il d'une voix lasse.

— Personne n'admet vivre ici, excepté les brigands qui tiennent les hôtels-casinos. La ville est tristement réputée pour sa corruption, un peu comme Beyrouth jadis, c'est du moins ce que se plaisait à en dire mon père. On joue beaucoup, mais Son Altesse ne risque pas de l'argent.

— Je sais, juste sa vie. Plus dangereux, en un sens, mais enfin, tout le monde doit mourir, n'est-ce pas ?

— Dans le coin, les infidèles se comportent comme s'ils n'en avaient même pas peur. C'est incroyable, le nombre d'églises qu'on trouve par ici. Les gens aiment bien venir se marier à Vegas – j'ignore pourquoi, mais c'est un fait. L'Émir a choisi cette ville pour son anonymat. Je pense qu'il a bien fait. Tant de gens viennent ici pour jouer et se livrer au péché. Le taux de criminalité suffit à occuper la police à plein temps. »

Tariq prit à droite pour rejoindre la maison de campagne de l'Émir, et il y songea de nouveau. Elle était autrement plus confortable que les grottes du

Pakistan occidental, ce qui ne déplaisait pas à Tariq, pas plus qu'au reste du personnel, Dieu soit loué. Il ralentit et mit son clignotant à gauche. Ses collègues et lui se pliaient scrupuleusement aux lois américaines.

« C'est ici ?

— Oui », confirma Tariq.

Il avait bien choisi, s'abstint de commenter Hadi. L'Émir aurait pu opter pour un logement mieux défendu, mais c'eût été au risque d'attirer la curiosité de ses voisins et, de toute manière, contre-productif à l'ère des hélicoptères et des missiles guidés. À l'approche de Las Vegas, leur pilote avait du reste attiré l'attention des passagers sur la présence d'une vaste base de l'armée de l'air, juste au nord de la ville. Là encore, un choix pertinent de la part de son ami de venir s'installer à proximité d'une importante base militaire américaine – contrairement à toute logique, l'idée était carrément brillante, pour cette raison même. *Un désir de vivre dans l'Occident infidèle lisible dans tous ses actes*, avait songé Hadi, au comble de l'admiration. Combien de temps lui avait-il fallu pour ourdir un tel plan ? Comment s'y était-il pris ? Bah, c'était sans doute pour cela qu'il s'était retrouvé à la tête de l'organisation : par sa capacité à discerner ce qui échappait au regard des autres. Il avait mérité sa place, et à celle-ci, il avait l'aptitude – et le droit – de mener les hommes à sa guise… les hommes et les femmes, à en croire son chauffeur. *Tous les hommes ont leurs besoins et leurs faiblesses aussi*, s'était dit Hadi. Dans ce cas précis, ce n'était pas vraiment un handicap. Pour sa part, lui aussi avait profité de certains de ces plaisirs à Rome.

Assez souvent pour n'en concevoir aucune culpabilité. Eh bien, son ami faisait de même. La belle affaire.

La voiture se gara dans le parking de la villa. Il nota qu'un second emplacement était libre. Il aurait donc un autre domestique ? Il descendit, récupéra son sac dans la malle et se dirigea vers la porte.

« Hadi ! » tonna la voix sur le seuil. Les portes du garage se refermaient déjà.

« *Effendi* », répondit Hadi en guise de salut. Les deux hommes s'étreignirent et s'embrassèrent.

« Comment s'est passé ton vol ?

— Fort bien tous les quatre, mais plutôt fatigants. »

Hadi prit le temps de le dévisager. La voix le rendait reconnaissable. Le visage, pas du tout. Saïf Rahman Yacine était transformé. Le nez, les cheveux, même les yeux – *l'étaient-ils ou bien n'était-ce que leur expression ?* Il était manifestement ravi de retrouver son copain d'enfance et cette joie était si différente du visage compassé montré par les journaux et la télévision. « Tu as l'air en pleine forme, mon ami, constata Hadi.

— C'est une vie bien douce et confortable que je mène ici, expliqua l'Émir avec un de ses rares sourires. Loué soit Allah, nous n'avons pas de montagnes à escalader. Et puis c'est tellement jouissif de vivre ainsi sous leur nez, comme ils disent.

— Quand je l'ai appris, j'ai cru que tu étais devenu fou mais je vois à présent ta sagesse.

— Merci. » L'Émir l'attira à l'intérieur. « Tu as choisi de voyager sous l'identité d'un Juif ? C'est bien. Ils sont nombreux ici.

— La ville est-elle aussi corrompue qu'on le dit ?

— Bien plus encore. La population est très fluctuante. Personne ici ne reconnaît personne, sinon peut-être ses amis les plus proches ; c'est un peu comme le Liban d'antan.

— Ou Bahreïn aujourd'hui ?

— Bahreïn est bien trop proche du pays. »

Inutile d'en dire plus. Nombre de Saoudiens s'y rendaient dans leur limousine avec chauffeur pour y jouir des plaisirs de la chair, et bien trop risquaient de le reconnaître à sa voix, sinon à son visage. Or la famille royale saoudienne voulait sa mort tout autant que les Américains. Ils avaient même déjà installé des tribunes sur la place des exécutions à Riyad, pour mieux permettre aux infidèles de filmer ses derniers instants au caméscope ou au téléphone portable. Sa tête était mise à prix à peu près partout. Et la rançon des Américains n'était pas, de loin, la plus élevée. « Allons. On va te trouver un lit convenable. »

Et Hadi le suivit, traversa la cuisine pour s'enfoncer dans la maison et gagner l'aile gauche où se trouvaient les chambres.

« Tu es en sécurité ici ?

— Oui, mais une sécurité toute temporaire. Ce n'est pas parfait, mais c'est ce qu'on peut faire de mieux.

— Vérifies-tu tes itinéraires d'évasion ?

— Chaque semaine.

— Comme pour moi en Italie.

— Repose-toi ! dit l'Émir en ouvrant la porte de la chambre. As-tu besoin de quoi que ce soit ? »

Hadi hocha la tête. « Je mangerais bien, mais j'ai d'abord besoin de sommeil. Je te verrai demain.

— Bonne nuit, mon ami. »

L'Émir lui posa une main sur l'épaule, puis referma la porte. L'homme avait parcouru près de dix mille kilomètres en avion. Il avait bien le droit d'être épuisé.

51

Bell et Granger attendaient dans le bureau de Hendley quand Jack et Clark apparurent. « Semés à Chicago », leur annonça Clark en s'effondrant dans un fauteuil pivotant. Il a pris l'avion pour Las Vegas. Après, qui peut dire ? McCarran a des vols pour toutes les destinations. Peut-être San Francisco, Los Angeles, merde, pourquoi pas regagner la côte Est !

— Sous quel nom voyage-t-il ? demanda Bell.

— Joël Klein. Un Juif. Incroyable, non ? Mais c'est assez logique, je suppose. On peut toujours chercher avec nos ordinateurs s'il a réservé un vol depuis là-bas, mais qui sait s'il n'a pas d'autres couvertures ?

— On a déjà vérifié, lui assura Granger. Sans succès jusqu'ici. J'avoue être à court d'idées.

— Si je devais faire un pari, je dirais qu'il a fait étape pour dormir quelque part, et peut-être prévu de reprendre son périple demain. On n'a pas assez d'hommes, Rick. Il nous faudrait plus d'yeux et de jambes pour cette tâche.

— On fait avec ce qu'on a, rétorqua Bell.

— Ouais.

— Il reste une autre possibilité, intervint Jack. Si Las Vegas était sa destination ? On fait quoi ?

— L'idée est assez effrayante, répondit Granger. Parce que ça voudrait dire qu'on a sur place une cellule opérationnelle du CRO. »

« Parlez-moi de Peshawar », dit Hendley au bout de quelques minutes.

Clark piocha dans son sac de voyage et déposa sur le bureau le disque dur de Masoud. Puis il fournit la version condensée de leur voyage. « Pourquoi ils n'ont pas fait sauter la maison, je l'ignore. À en croire Masoud, il a copié sur ce disque l'ensemble de son activité pour l'Émir. On doit supposer que c'est ce dernier qui les a aidés à déménager.

— Bon, c'est déjà ça, acquiesça Hendley à l'adresse de Bell. Rick, peux-tu transmettre ça à Gavin ? Au plus vite. (Puis à Clark :) tu veux bien appeler Mary Pat ?

— Déjà fait. Elle est en route. »

Hendley décrocha le téléphone pour appeler l'accueil. « Ernie, c'est Gerry. On a une visite. Mary Pat Foley. D'accord, merci. »

Mary Pat apparut au seuil du bureau de Hendley, quarante minutes plus tard. « Sympa, comme piaule, remarqua-t-elle. J'ai presque cru me tromper d'adresse. » Elle s'avança sur la moquette pour serrer la main de Hendley. « Ça fait plaisir de te revoir, Gerry.

— Pareil pour moi, Mary Pat. Je te présente Rick Bell et Sam Granger. Et je pense que tu connais déjà Jack Ryan. » Échange de poignées de main, et un regard surpris de Mary Pat. « On entretient l'héritage familial ? demanda-t-elle à Jack.

— C'est encore un peu tôt pour le dire, m'dame.

— Mary Pat. »

Hendley les invita à s'asseoir. Mary Pat s'installa à côté de Clark. « Tu as l'air fatigué, John.

— J'ai toujours cette tête-là. C'est l'éclairage.

— Reprenons où nous en étions », décréta Hendley.

Clark donna à Mary Pat le compte rendu de mission qu'ils avaient commencé d'étudier. Quand elle l'eut parcouru, elle laissa échapper un sifflement. « Un émissaire. C'est révélateur. On ne recourt pas à un individu comme Masoud, à moins d'avoir décidé de quitter la région. »

Granger remarqua : « On ne devrait pas tarder à avoir le contenu du disque dur.

— Ce n'est pas ce qui va nous dire où il se trouve, prédit Mary Pat. L'Émir est trop fuyant pour ça. Il est probable qu'il a utilisé d'autres personnes pour déménager. Il en aura profité pour rejoindre, par sauts de puce, un endroit où il lui serait loisible d'échapper à notre surveillance. Au mieux, on pourrait se rapprocher de lui.

— Ce qui sera déjà un sacré progrès par rapport à maintenant », observa Rick Bell.

Pendant que Biery et ses informaticiens épluchaient le disque dur de Masoud et tandis que Clark et Chavez s'accordaient une petite sieste sur le canapé de la salle de réunion, Jack reporta son attention sur la clé USB que Ding avait récupérée sur un des terroristes de Tripoli. Ayant déjà défini qu'elle contenait des images codées par stéganographie, Biery avait décidé de les craquer en recourant à un algorithme de force brute – avec en prime un dîner au steak-house pour le premier qui y parviendrait. Déjà bien occupé par lc disquc dur de Masoud, Jack se fiait à son avance.

Après avoir mouliné deux heures, un des algorithmes décrocha la timbale et une image se dilua sur l'écran pour révéler un gros fichier – de près de six mégaoctets –, dont le décodage allait sans doute prendre plusieurs minutes. Jack décrocha son téléphone et appela Granger. Deux minutes plus tard, il avait huit personnes derrière lui pour observer le moniteur à mesure que la photo se décodait.

« Putain, c'est quoi, ce truc ? » demanda Brian en se penchant.

La photo était floue et terne. Jack l'importa dans Photoshop, appliqua plusieurs filtres, pour en accentuer le contraste et la luminosité, jusqu'à ce que l'image devienne lisible.

Il y eut dix secondes de silence.

L'image presque carrée de 20x25 était traitée dans le style des pin-up des années quarante : une brune en jupe de coton blanc, assise sur une botte de foin, jambes croisées avec une fausse modestie. Elle était torse nu et ses seins monstrueux lui retombaient sur les cuisses.

« Des nibards, observa Sam Granger, mon Dieu, Jack, tu nous as découvert une paire de nibards.

— Oh merde », grommela Jack.

Tout le monde éclata de rire.

Dominic en ajouta une couche : « Jack, espèce de petit pervers… jamais je n'aurais cru… »

Puis ce fut Brian : « Alors comme ça, Jack, dis-nous un peu combien de temps tu passes en "dépixélisation" à tes heures perdues. »

Nouveaux éclats de rire.

« Très drôle », bougonna Jack.

Une fois les rires éteints, Hendley reprit les rênes. « Bon, ça suffit comme ça, on laisse M. Hefner[1] poursuivre. Bon boulot, Jack. »

À quatre heures, Jack réveilla Clark et Chavez. « En piste, les gars. Tout le monde en salle de conférences dans cinq minutes. »

Ils s'y présentèrent quatre minutes plus tard, l'un et l'autre armés d'une grande tasse de café. Tous les autres étaient déjà assis : Hendley, Granger, Bell, Rounds, Dominic, Brian et Mary Pat. Clark et Chavez s'installèrent. Rounds dirigeait la séance. Il leva les yeux du résumé que Biery lui avait transmis quelques minutes auparavant.

« Une bonne partie de tout ceci est composé de détails techniques susceptibles de nous aider en chemin. Les éléments principaux sont au nombre de trois. » Il saisit la télécommande et la braqua vers l'écran plat de 42 pouces. La première page d'un passeport apparut à l'écran. « Voici à quoi ressemblait encore notre bonhomme il y a six à neuf mois. »

Il y eut dix secondes de silence, puis Bell remarqua :

« Il y a une certaine ressemblance avec plusieurs des photos qu'on a déjà de lui. »

---

1. Allusion à Hugh Hefner, le créateur et patron de *Playboy*.

Rounds expliqua : « Faux passeport français. Du travail d'orfèvre. Les tampons, la reliure, le filigrane – tout est parfait. D'après le disque dur de Masoud, l'Émir l'a utilisé il y a trois mois. Pour un trajet Peshawar-Douchanbé, au Tadjikistan, puis de là vers Ashgabat, Volgograd, et enfin, Saint-Pétersbourg. Ensuite, on perd sa trace.

— Du moins, pour Masoud, précisa Dominic.

— Ça ne pouvait pas être sa destination finale, répondit Jack. Un autre aurait-il pris le relais ? »

Clark intervint : « Si on considère la direction générale de ses sauts de puce, ils sont plus ou moins orientés au nord-ouest. Prolongez cette tendance et vous arrivez en Finlande ou en Suède.

— La Suède, remarqua Mary Pat. Cette histoire de chirurgie esthétique ?

— Peut-être, remarqua Granger.

— Et l'incident avec Hlasek Air ? songea tout haut Chavez.

— Ça aussi, peut-être. Si Saint-Pétersbourg a été le point ultime où l'a accompagné Masoud, ça veut dire qu'il a laissé tomber le passeport français pour en adopter un autre. S'il est entré en Suède ou en Finlande sous une nouvelle identité, il ne serait plus en mesure de se poser nulle part ailleurs ensuite, en toute légalité du moins.

— On peut avoir une explication ? suggéra Hendley.

— Impossible d'utiliser son ancien visage sur le nouveau passeport et pas question de renouveler ses papiers avec tous ces pansements, donc il doit se tenir tranquille jusqu'à ce que tous les gonflements et les ecchymoses aient disparu, et ensuite seulement, il pourra obtenir un nouveau passeport.

— Revenons en arrière une seconde, intervint Jack. Qui s'est chargé de le convoyer après Saint-Pétersbourg ? C'est une question qui mérite d'être posée.

— Une aiguille dans une meule de foin, dit Bell.

— Pas forcément, intervint Mary Pat. Masoud était un ancien de l'ISI. Le CRO l'a choisi parce qu'il était un pro dans son domaine. Ils voulaient l'équivalent en Russie. Peut-être qu'on est à la recherche d'un ancien du SVR ou du KGB.

— Ou du GRU, ajouta Rounds. Le renseignement militaire.

— Exact.

— Une idée pour limiter la liste, Mary Pat ? demanda Clark.

— Peut-être bien. Ce boulot est assez spécialisé. Il exige quelqu'un capable de prendre en charge les immigrés clandestins. D'un autre côté, ce ne sont pas non plus les candidats qui manquent.

— Mais combien sont morts, entre-temps ? demanda Clark. À Saint-Pétersbourg. Et ces quatre derniers mois. Ils auraient sans doute liquidé Masoud bien plus tôt, s'il ne s'était pas planqué. Il n'avait plus d'utilité. Il aura dû en aller de même du convoyeur russe.

— Bien vu, Jack, commenta Hendley. Vous croyez pouvoir nous creuser le sujet ? demanda-t-il à Mary Pat.

— Laissez-moi quelques heures. »

Elle était de retour à quatorze heures. « Ça n'était pas si sorcier, au bout du compte. Jack, tu avais vu juste. Le mois dernier, à Saint-Pétersbourg, Youri Beketov, ancien agent du KGB, Direction S – celle de l'immigration clandestine –, appartenant à la première direction principale. Abattu dans un restaurant tchétchène. Les flics locaux ont prévenu Interpol. J'ai mis deux gars à creuser un peu plus la question, mais *a priori*, Beketov semble coller.

— Faute de mieux, tablons sur lui, décida Hendley. Disons que notre sujet se rend en Suisse, en Suède ou en Finlande pour une opération de chirurgie esthétique.

— Je pencherais pour la Suède, dit Rounds. Il aura cherché une clinique de pointe, très privée, avec une clientèle choisie. Or, ce genre d'établissement est plus fréquent en Suède qu'en Finlande. Autant commencer par là.

— Google », suggéra Jack.

Il était près de vingt et une heures quand ils trouvèrent ce qu'ils cherchaient. Jack s'écarta de son clavier et se passa les mains dans les cheveux. « Bon, je vais déjà leur donner ça. Les données me paraissent cohérentes. Impitoyables mais cohérentes.

— Explique, dit Clark.

— Il y a trois semaines, la clinique Orrhogen de Sundvall. Entièrement détruite par un incendie, avec son directeur à l'intérieur. Autre chose : Sundvall n'est qu'à cent vingt kilomètres au nord de Söderhamn. Si Brian et Dominic ne s'étaient pas pointés à temps, on peut parier que Rolf le mécano serait mort à l'heure qu'il est.

— OK, donc l'Émir subit l'opération, passe quelques jours à se rétablir, puis s'en va, expliqua Granger. À ce moment-là, on peut sans doute présumer qu'il n'a pas encore de passeport. Il lui faut affréter un vol, trouver un aérodrome privé et un pilote qui n'a pas peur de se salir un peu les mains. »

Hendley réfléchit à la proposition. « Comment aurait-il procédé au juste ?

— Rolf nous a fourni la réponse, répondit Dominic. Il a dupliqué le code d'un transpondeur.

— Exact, confirma Jack. Hlasek coupe le premier transpondeur, échappe aux faisceaux radar, allume le second, et hop, les voici à bord d'un nouvel avion.

— Ce genre d'incident a forcément dû être consigné quelque part, observa Rounds. Avons-nous un accès au sein de la FAA ou des transports aériens canadiens ?

— Non, répondit Granger. Ça ne veut pas dire que ce soit impossible, toutefois. »

Il décrocha son téléphone et, deux minutes plus tard, Gavin entrait dans la salle de conférences.

Jack lui expliqua leurs desiderata. « Faisable ? »

Gavin renifla. « Les pare-feux de la FAA sont de la rigolade. Ceux des transports canadiens guère mieux. Donnez-moi une demi-heure.

Fidèle à sa parole, Biery rappela une demi-heure plus tard. Hendley le mit sur ampli. « Durant le laps de temps que vous m'avez donné, dix vols ont disparu des radars dans l'espace aérien américain ou canadien. Huit étaient des artefacts – une erreur humaine – l'avant-dernier un Cessna qui s'est écrasé aux alentours d'Albany et le dernier, un Dassault Falcon 9000 qui s'est totalement volatilisé. Le pilote a signalé un problème de train d'atterrissage alors qu'il se dirigeait vers Moose Jaw. Deux minutes plus tard, le radar le perdait.

— Où se trouve Moose Jaw ? demanda Dominic.

— Au Canada, au niveau approximatif de la frontière Dakota-Montana, précisa Jack.

— Il y a autre chose, ajouta Biery. J'ai interpolé quelques mots-clés entre Transport Canada, la FAA et le Bureau d'enquête et de sécurité des transports. Trois jours après que Moose Jaw a perdu le Falcon, un pêcheur au large des côtes de Californie a récupéré une boîte noire. D'après le bureau d'enquête, la boîte appartenait à un Gulfstream – celui-là même qui est toujours censé être garé dans un hangar de l'aérodrome de Söderhamn. Le problème est que les appareils de chez Dassault sont équipés d'un nouveau prototype de boîte noire. Conçue pour se désolidariser de la carlingue dès qu'elle détecte le dépassement d'un certain seuil d'énergie cinétique. Et elles sont dotées d'un flotteur et d'une balise – alors que celle du Gulfstream n'a qu'une balise. La boîte retrouvée appartenait au Falcon de Hlasek. »

Hendley lâcha un soupir et regarda autour de lui. « Il est ici. Cet enculé ce cache ici, pile sous notre nez. »

Clark acquiesça. « La question est de savoir pourquoi ? Il faut que ce soit un gros truc pour le pousser à quitter ainsi sa tanière. »

52

« Notre ami est arrivé sans encombre ? » demanda Ibrahim. La liaison numérique était parfois interrompue et hachait la voix de son subordonné.

« Oui, répondit l'Émir. Il est reparti hier. J'ai lu les détails de ton plan. Dis-moi où nous en sommes.

— Nous sommes prêts. Vous n'avez qu'un mot à dire et nous serons dans le pays en moins de soixante-douze heures. »

S'adresser directement au commandant de son équipe au sol avait été une décision impromptue, et dangereuse sans aucun doute en ces circonstances délicates, mais le risque était justifié. La méthode de communication en valait bien une autre – un protocole de cryptage maison qu'ils avaient incorporé à leur connexion en voix sur IP par Skype.

Ayant décidé de donner le feu vert à l'opération d'Ibrahim, l'Émir voulait une discussion finale, par mesure de précaution, pour lui mais aussi pour Ibrahim. S'il devait perdre la vie lors de la mission, sa vraie récompense serait au paradis mais, ici-bas, il demeurait un soldat prêt à se lancer dans la bataille, et les soldats avaient besoin de louanges et d'encouragements.

« Combien de fois t'es-tu rendu sur place ? demanda l'Émir.

— Quatre. Deux pour le recrutement, deux en reconnaissance.

— Parle-moi de ton contact.

— Il s'appelle Cassiano Silva. Brésilien de naissance, élevé dans la foi catholique. Il s'est converti à l'islam il y a six ans. C'est un vrai fidèle, j'en suis convaincu, et il m'a toujours procuré tout ce que je lui demandais.

— Tariq m'a dit que tu as procédé avec habileté pour le recruter.

— Je me suis fait passer pour un agent koweitien, en liaison avec la division marketing de l'OPEP. Je me suis dit que la pilule de l'espionnage industriel serait plus facile à avaler.

— Je suis impressionné, Ibrahim, dit l'Émir, et il ne mentait pas. Tu as montré un instinct très sûr.

— Merci, monsieur.

— Et ton plan… tu es sûr qu'il est réalisable ?

— Je le suis, mais je préfère rester prudent tant que je ne serai pas sur le terrain. Mais en surface, toutes les pièces semblent s'emboîter parfaitement. »

Il allait donc laisser Ibrahim poursuivre son plan, sachant que ce serait le premier domino de toute une série, à l'issue de laquelle interviendrait un événement propre à réellement bouleverser le monde. Mais ça, c'était pour l'avenir – pas un avenir lointain, mais suffisant pour que s'y intéresser, à l'exclusion des éléments mineurs, fût susceptible de nuire à l'ensemble.

« À quel niveau estimes-tu les pertes ? demanda l'Émir.

— Impossible à dire pour l'instant. Plusieurs centaines, peut-être. Mais comme vous l'avez dit vous-même, ces chiffres sont de peu d'importance.

— Certes, mais les cadavres à la télévision ont toujours un impact terrifiant, ce qui ne pourra que nous avantager par la suite. Combien de temps prendra ta reconnaissance finale ?

— Cinq à six jours.

— Et ensuite ?

— Quarante-huit à soixante-douze heures jusqu'à l'événement proprement dit. »

L'Émir mobilisa mentalement son calendrier. En jonglant comme il le faisait avec plusieurs opérations à la fois, il allait devoir reporter la décision finale au moins jusqu'à ce qu'ils aient eu des nouvelles de l'équipe russe. Les autres pièces, à Dubaï comme à Dakar, étaient déjà en place et sur le pied de guerre. Quant à leur pierre angulaire, la charmante Tatare, on ne pouvait pas la presser trop. Tariq était sûr qu'elle procédait au rythme approprié, et ils allaient bien devoir s'en contenter mais, dans l'intervalle, il devait envisager des solutions de rechange en cas d'échec. Malgré tout, ils devaient rester prêts à s'engager. Le gambit était dangereux. Ils avaient toujours la possibilité de maquiller leurs actions ou d'introduire des tactiques dilatoires, mais la violence – surtout celle à laquelle il leur faudrait recourir – ne pourrait qu'attirer l'attention des autorités.

Si une telle action s'avérait nécessaire, pourraient-ils se tenir suffisamment à l'écart de ces dernières pour parachever Lotus ?

« Tu as mon feu vert », annonça l'Émir.

Leur intuition que, selon toute hypothèse, l'Émir se trouvait déjà aux États-Unis, planqué quelque part entre le Dakota et la Californie, fut vite suivie de la prise de conscience qu'ils n'étaient guère en mesure de le confirmer. Certes, ils savaient que Shasif Hadi, sous le nom de Joël Klein, avait pris l'avion pour Las Vegas lorsqu'ils avaient perdu sa trace, mais cela ne voulait rien dire. Le passeport au nom de Klein n'était donc pas réapparu, ce qui pouvait vouloir dire soit qu'il n'était pas reparti de la ville, soit qu'il avait troqué Klein contre une autre identité d'emprunt. La récapitulation par Clark des activités de l'homme ces derniers temps avait révélé de nombreux voyages vers les États du Golfe, l'Europe occidentale et l'Amérique du Sud – ce qui nécessitait fatalement un tas de couvertures différentes. Sauf à distribuer la photo du bonhomme à toutes les forces de police de Las Vegas, ils ne pouvaient guère mieux faire que continuer à bosser sur le problème avec les éléments dont ils disposaient déjà.

« Waouh ! s'exclama Jack Ryan, dans son box.

— Quoi ? lança Dominic depuis la salle de conférences où la séance quotidienne de remue-méninges venait juste de débuter.

— Quitte pas, j'arrive. »

Il pianota sur quelques touches, pour envoyer le fichier sur le système audiovisuel de la salle, puis il entra et saisit la télécommande posée sur la table.

« T'as l'air d'un ado qui vient de voir son premier nichon, remarqua Brian. Qu'est-ce qui se passe ?

— Je traînais sur l'un des sites web du CRO quand je suis tombé là-dessus. »

Il braqua la télécommande vers l'écran mural. Au bout de quelques secondes, trois images apparurent côte à côte ; la première montrait un homme pendu par le cou dans une pièce anonyme ; la seconde présentait le même homme étendu par terre, sa tête tranchée posée à côté du corps ; dans la troisième, la tête tranchée était encadrée par les deux pieds, également sectionnés.

« Bon Dieu, ça ne rigole pas, dit Brian.

— Quel site web, Jack ? » demanda Rounds.

Jack récita l'adresse puis ajouta : « C'est un site central du CRO mais, jusqu'ici, il s'était contenté d'asséner de la propagande – chassons partout les infidèles et *tutti quanti*.

— Eh bien, sûr que là on est passé un cran au-dessus, observa Chavez.

— C'est un châtiment, nota Clark en fixant l'écran.

— À quoi penses-tu ?

— La pendaison est une technique d'exécution classique chez eux, et la décapitation n'est jamais qu'une dose d'humiliation supérieure – un truc dicté par le Coran, si ma mémoire est bonne – mais les pieds… serait-ce là le véritable message ?

— Lequel ? Qu'il aurait essayé de fuir ? suggéra Dominic. De quitter le CRO ?

— Non, qu'il a pris une initiative qui aura déplu à ses supérieurs. J'ai vu ça au Liban en 1982. Une ramification du Hamas, je ne me rappelle plus laquelle, avait fait sauter un bus à Haïfa. Une semaine plus tard, les organisateurs de l'opération avaient été retrouvés dans le même état : pendus, décapités et les pieds tranchés.

— Sacrée façon de présenter ses arguments », observa Chavez.

Rounds demanda : « Jack, où est installé le site ?

— C'est là que ça devient intéressant, répondit l'intéressé. À Benghazi.

— Bingo, fit Dominic. Et ça, venant juste après le fiasco de l'ambassade à Tripoli… qu'est-ce que vous pariez qu'il s'agit là des retombées d'une mission réprouvée en haut lieu ? »

Personne ne releva le gant.

« Et s'il s'agissait plus que d'un châtiment ? proposa Jack.

— Explique-toi », dit Rounds.

Ce fut Clark qui répondit : « C'est un avertissement. Pour en revenir au précédent libanais… quinze jours plus tard, le Hamas a tenté d'expédier une voiture bélier contre l'ambassade britannique, à un pâté de maisons du lieu de l'explosion du bus. L'attentat a réussi car les gens du renseignement étaient encore accaparés par l'élucidation du précédent.

— Le même principe pourrait être à l'œuvre ici, confirma Jack. Ils lancent un avertissement à leurs autres cellules.

— Ouais, mais dans quel but ? » demanda Chavez.

53

Le chemin de galets qui remontait de la plage avait l'air à peu près impeccable, sans doute parce qu'il était fort peu fréquenté, pas même par les animaux, et que les rigueurs du climat empêchaient la croissance de toute végétation.

Moussa adressa un ultime signe de la main à leur capitaine, Vitaly, puis un signe de tête solennel à Idris, à qui il avait ordonné de rester derrière. Même si l'hypothèse était peu probable, si le capitaine essayait de repartir avant leur retour, Idris liquiderait les deux Russes. Sans eux, ramener l'embarcation à bon port serait un défi, mais Allah leur montrerait le chemin.

Moussa grimpa dans la cabine, côté passager. Déjà installé au volant, Fawouaz lança le moteur tandis que Noumair et Thabit montaient à l'arrière.

« On y va, ordonna Moussa. Plus vite on aura terminé ce qu'on est venus faire, plus on pourra quitter rapidement ce maudit coin. »

Fawouaz passa la première et entreprit l'ascension de la pente.

Le phare et la cabane voisine n'étaient distants que d'un kilomètre en ligne droite, environ cinq cents mètres en surplomb. Assis dans la timonerie, Vitaly et Vanya suivaient aux jumelles leur progression, buvant du thé et fumant des cigarettes, rêvant de repas succulents tandis que la musique à la radio devenait de plus en plus insupportable. Le chien de garde de Fred se tenait au bastingage et les surveillait tous les deux. Vers l'est s'étendait une toundra verdâtre et le paysage était aussi dépourvu de relief qu'une moquette rase vue à hauteur d'œil par une petite souris.

Vitaly regarda deux de leurs passagers descendre du camion puis, avec force signes de la main, guider le chauffeur pour faire entrer le véhicule à reculons dans la cabane en tôle.

Vitaly n'avait jamais vu de près les générateurs qui alimentaient les phares. Il avait entendu dire qu'ils contenaient des matériaux radioactifs, mais il n'aurait su expliquer en détail leur fonctionnement. Il avait également appris qu'une partie de ces installations avaient été démantelées, mais si c'était le cas, cela n'avait pas touché de phare important sur cette partie de la côte. Pour autant qu'il le sache, ils pouvaient aussi bien être alimentés par de petits générateurs diesel. L'ampoule utilisée dans le phare n'était en général pas de forte puissance, guère plus de cent watts, un fait qui surprenait – et même étonnait – les non-spécialistes. Les lentilles de Fresnel concentraient le faisceau en un mince pinceau dont la portée effective était déterminée par la hauteur de l'installation, et par ailleurs, quelle que soit sa puissance, une lumière scintillait toujours en pleine nuit.

Il se fit l'observation que les phares étaient un reliquat du passé, plus guère nécessaires à l'heure des aides au guidage électroniques. Donc quels dégâts comptaient-ils occasionner en fait ? Ses passagers pourraient eux-mêmes lui financer l'acquisition d'un système GPS moderne, un de ces petits appareils japonais qui ne coûtaient guère plus de cinq ou six cents euros. Alors franchement, quel intérêt ?

Le fait que cette action pourrait tuer des milliers de personnes ne lui traversa pas une seule seconde l'esprit.

Cela prit quatre heures, bien moins que le délai évalué par Fred. Ils auraient encore mis moins de temps s'ils avaient simplement démoli l'abri en tôle ondulée, mais bien sûr, il n'en était pas question. Ainsi le phare aurait-il l'air parfaitement normal de jour (au soleil et par ciel dégagé, il était difficile de voir si la lampe était on non allumée), et de nuit, rares étaient ceux à pénétrer dans le golfe pour le remarquer. Et quand bien même ce serait le cas, tant de trucs en Russie ne fonctionnaient pas comme prévu, alors un de plus, un de moins, ce n'était pas un scoop. Deux tasses de thé et cinq clopes plus tard, le camion redémarra pour redescendre le chemin de gravier jusqu'au bateau. Ce n'est que lorsqu'ils firent demi-tour pour reculer que Vitaly vit un objet accroché à la grue, d'un mètre de côté, vaguement rectangulaire, mais avec des bords arrondis suggérant qu'il contenait un cylindre, de la taille approximative d'un fût d'huile. C'était donc cela, une batterie de phare ? Il s'était demandé à quoi elles pouvaient bien ressembler et quel était leur fonctionnement. Ça paraissait incroyablement gros pour alimenter une simple petite lampe électrique. Typiquement soviétique comme démarche : gros, pataud, mais en général efficace.

L'un des hommes passa derrière pour guider le chauffeur et l'aider à rembarquer à reculons, et, trois heures plus tard, quand la marée le permit, ils purent relever la rampe et repartir. Le chauffeur avait manœuvré la grue pour déposer le générateur sur le pont. Ses collègues ne l'y avaient pas arrimé. Ce n'étaient pas des marins, mais ils avaient des paquets d'euros.

Vitaly fit machine arrière pour regagner les bas-fonds, puis il vira de bord et mit le cap au nord-ouest afin de rallier le détroit de Kara. Et voilà, il avait gagné un peu plus de deux mille euros. Au passage, il en avait consommé environ mille en gazole – moins en réalité, mais ses affréteurs n'étaient pas censés le savoir – et le reste correspondait à l'usure de sa péniche de débarquement, plus le prix de sa prestation, bien sûr. Bref, mission à moitié remplie. Une fois rentré au port, il les aiderait à décharger et les laisserait filer. Peu lui importait où. Il regarda son chronographe. Quatorze heures pile. Il n'accosterait pas avant la fin du jour, une journée de plus à leur facturer, donc. Tant mieux.

Ignorant l'existence d'une mission complémentaire en cours à cinq cents kilomètres de là, Adnan et ses hommes se préparaient à quitter le confort relatif du bateau. Salytchev, le capitaine, manœuvrait le chalutier pour l'engager dans une anse sur la côte ouest. Debout à l'arrière, Adnan regardait les crêtes couvertes de neige se refermer autour d'eux jusqu'à réduire le passage à une largeur d'un kilomètre. Le brouillard continuait à s'épaissir au-dessus des eaux et bientôt Adnan ne put qu'entrevoir les falaises, des escarpements bruns rongés par l'érosion, piquetés de rocs et d'éboulis.

Le moteur diesel cliquetait doucement tandis que Salytchev sifflotait dans la timonerie. Adnan rejoignit celle-ci et y entra.

« À quelle distance sommes-nous de…

— Belushya Guba, termina pour lui Salytchev. Pas loin. C'est un peu plus haut sur la côte, une centaine de kilomètres. Ne vous tracassez pas. Les patrouilles n'entrent jamais dans les anses ; elles suivent de loin la ligne de côte. Il se peut qu'on les entende passer si le vent est favorable, mais si près du rivage, leurs radars de navigation sont brouillés. Il faudrait qu'ils nous rentrent dedans pour nous voir.

— Y a-t-il eu des explosions nucléaires dans cette zone ?

— Plusieurs, mais ça remonte aux années soixante-soixante et un. Et de faible puissance. Pas plus de quinze kilotonnes. Pas de quoi s'inquiéter. En revanche, un peu plus haut sur la côte, à trois cents kilomètres au nord de Belushya Guba, c'est la zone de Mityushev. C'est là qu'ont eu lieu l'essentiel des tirs. Des dizaines, et tous de plusieurs centaines de kilotonnes, et même deux de plusieurs mégatonnes. Si vous voulez savoir à quoi ressemble un paysage lunaire, c'est l'endroit.

— Vous y êtes déjà allé ?

— Je l'ai contemplé du large. Je ne m'en approcherais pas pour tout l'or du monde. Non, notre destination est un paradis en comparaison.

— C'est un miracle qu'il y ait encore de la vie par ici.

— Tout est relatif. Vous avez entendu parler du *Pak Mozg*, non ?

— Non.

— On pourrait le traduire par "crabe cerveau". On dit qu'il mesure une cinquantaine de centimètres, avec une coquille fendue par en dessous, d'où pendouille tout le système nerveux.

— C'est une blague ? »

Salytchev haussa les épaules. « Non, personnellement, je n'en ai jamais vu mais j'ai un ami qui jure que si. »

Adnan écarta l'idée d'un geste dédaigneux. « Balivernes. Dans combien de temps aurons-nous rejoint le chantier naval ?

— Deux heures, à peu près. Il fera alors bientôt nuit et vous devrez attendre demain matin. Pas envie de tâtonner dans le noir.

— Non.

— Vous n'avez jamais dit ce que vous recherchiez au juste. Des échantillons, c'est ça ?

— Pardon ?

— Des échantillons de sol et de roche. C'est en général ce que la plupart des gens comme vous viennent chercher : de la terre. Pour procéder à des mesures, ou je ne sais quoi.

— C'est cela, répondit Adnan. De la terre. »

54

Seul inconvénient : les gens étaient susceptibles de remarquer les allées et venues de voitures.

Arnie arriva le premier. L'ancien président Ryan l'accueillit et le mena dans le séjour.

« Prêt ? demanda l'ancien secrétaire général.

— Pas sûr, admit Jack.

— Eh bien, Jack, si tu as le moindre doute, tu as intérêt à l'exorciser dès aujourd'hui. Veux-tu Kealty encore quatre ans à la Maison Blanche ?

— Merde, non », répondit Jack, presque machinalement.

Puis il y réfléchit à nouveau. Était-il arrogant au point de se considérer comme le sauveur obligé des États-Unis ? Ces instants d'introspection lui revenaient souvent. Il n'était pas homme à mesurer son ego sur une échelle de Richter. La campagne à venir n'aurait rien d'une sinécure. « Le problème est celui-ci : mon point fort, ce sont les questions de sécurité nationale, expliqua Ryan. Je ne suis pas un expert en politique intérieure.

— Kealty l'est – du moins est-ce l'image qu'il projette. Il a des failles dans son armure, Jack, et on les trouvera. Toi, tout ce que tu as à faire, c'est convaincre deux cents millions d'électeurs américains que tu es un meilleur candidat que lui.

— À part ça, tu ne demandes pas grand-chose, maugréa Jack. Ça fait un paquet de problèmes à régler. » *Un sacré putain de paquet, même*, ajouta-t-il *in petto*. « Okay. Qui est le premier ?

— George Winston, avec certains de ses amis de Wall Street. George sera ton directeur financier.

— Quel en sera le coût ?

— Au-dessus de cent millions de dollars. Au-delà de tes moyens, Jack.

— Ces gens savent-ils ce qu'ils achètent ? demanda Jack.

— Je suis sûr que George le leur aura expliqué. Il faudra que tu joues le jeu, bien sûr… Eh, prends les choses du bon côté. Ton gouvernement était quasiment irréprochable côté corruption. Les journalistes ont eu beau flairer partout, ils n'ont pas trouvé grand-chose. »

« Jack, ce gars est un loser », annonça George Winston, et chacun d'approuver autour de la table du dîner. « Le pays a besoin d'un autre homme. Toi, par exemple.

— La question est : es-tu prêt à revenir dans la course ? demanda Jack.

— J'ai fait mon temps, répondit l'ancien ministre des Finances.

— C'est ce que j'ai essayé de dire, moi aussi, mais Arnie n'a rien voulu entendre.

— Bon sang, on avait entièrement réformé le système fiscal jusqu'à ce que cette tête de nœud débarque et foute à nouveau le bordel – et il a réduit les revenus au passage ! » souligna Winston, écœuré.

Augmenter les impôts réduisait automatiquement les revenus dès que les comptables se mettaient à appliquer la nouvelle réglementation fiscale. Et celle-ci, censément plus « équitable », était en fait une aubaine pour les spécialistes de l'évasion fiscale.

« *Quid* de l'Irak ? » intervint Tony Bretano, changeant soudain de sujet. L'ancien patron de TRW avait été ministre de la Défense du gouvernement Ryan.

« Eh bien, qu'on le veuille ou non, on est toujours coincés là-bas, admit Ryan. Est-ce qu'on peut s'en retirer d'une manière intelligente ? En tout cas plus intelligente que celle choisie par Kealty ?

— Il y a deux ans, quand Marion Diggs a prononcé son discours, il a bien failli se faire descendre. »

Le général Marion Diggs avait démoli la réputation des militaires de la République islamique unie lors de son passage comme chef d'état-major des armées, mais ses observations sur les conflits plus récents avaient été totalement ignorées par le nouveau gouvernement. Ses successeurs au Pentagone avaient obtempéré aux ordres de la Maison Blanche et fait ce qu'on leur avait dit de faire. C'était un travers désormais répandu chez les chefs militaires, rien de nouveau sous le soleil. Le prix pour décrocher sa quatrième étoile[1] était la castration. La plupart étaient trop jeunes pour avoir servi au Viêt-nam. Ils

1. Dans le système hiérarchique américain, celle qui correspond au grade ultime, celui de général d'armée.

n'avaient pas vu des amis et des copains de promotion mourir par la faute d'erreurs de jugement politique, et les leçons infligées à leurs aînés avaient été perdues au cours d'un processus qu'on osait appeler « progrès ». Que Ed Kcalty ait démantelé deux divisions entières d'infanterie légère, avant de s'engager dans un conflit qui exigeait justement ce genre de formation, voilà un fait qui était resté presque totalement ignoré des médias. Et puis, les chars rendaient tellement mieux en photo.

« Je dois te reconnaître cette qualité, Tony. Tu as toujours écouté les conseils, lui dit Ryan.

— Ça aide à apprendre ce qu'on ne sait pas. Je suis un bon ingénieur, mais je ne connais pas encore tout. Le gars qui a repris mes fonctions se trompe de temps en temps, mais il ne doute jamais. » L'ancien ministre Bretano venait de décrire à l'instant l'individu le plus dangereux sur cette planète. « Jack, je dois te l'avouer d'emblée, je ne reviens pas. Ma femme est malade. Cancer du sein. On espère qu'il a été pris à temps, mais sans aucune certitude encore.

— Qui est ton médecin ?

— Charlie Dean. Université de Los Angeles. Excellente réputation, m'a-t-on dit, répondit Bretano.

— Bonne chance, vieux. Si Cathy peut vous aider, n'hésitez pas, d'accord ? »

Ryan avait eu recours à son épouse pour quantité de diagnostics au cours des années et, contrairement aux personnalités politiques, il ne pensait pas que tous les titres universitaires étaient équivalents, du moins quand il s'agissait de soigner les gens.

« Entendu, merci. » La nouvelle avait refroidi quelque peu l'ambiance. Valerie, mère dynamique de trois enfants, était appréciée de tous.

« *Quid* de l'annonce ? reprit van Damm.

— Ouais, faudra bien y passer, pas vrai ?

— À moins que tu n'optes pour une campagne furtive. Pas évident de gagner dans ces conditions, fit remarquer Arnie. Tu veux que j'appelle Callie Weston, qu'elle te concocte un discours ?

— Elle est douée pour ça, admit Ryan. Quand aurai-je à le prononcer ?

— Le plus tôt sera le mieux. Commence à définir les priorités.

— Je suis d'accord, renchérit Winston. Kealty ne sait pas frapper au-dessus de la ceinture. Des cadavres dans le placard, Jack ?

— Pas que je sache – et ça ne veut pas dire que j'aie oublié. S'il m'est arrivé d'enfreindre la loi, ils auront à m'en apporter la preuve, à moi et surtout à un jury.

— À la bonne heure, observa Winston. Je te crois volontiers, Jack, mais autant jouer l'avocat du diable. L'espèce est répandue à Washington.

— Et du côté de Kealty ? Quel genre de casseroles traîne-t-il ?

— Un paquet, répondit Arnie. Mais tu ne peux utiliser cette arme qu'avec précaution. N'oublie pas, il a l'oreille de la presse. À moins que tu détiennes une bande vidéo, ils passeront au crible tes allégations, et ils essaieront de te les renvoyer dans la figure. De ce côté, je peux te filer un coup de main. Tu me refiles les fuites, Jack, et tu me laisses opérer, moins tu en sauras, mieux ça vaudra pour toi. »

Ryan se demanda – et ce n'était pas la première fois – pourquoi van Damm se montrait un serviteur si zélé. Il était tellement impliqué dans le système politique qu'il faisait et disait des choses qui passaient au-dessus de la tête de Jack. S'il était un bébé perdu dans les bois, alors van Damm était sa nounou. Toujours utiles, les nounous.

55

Les diesels ronronnaient, monotones, tandis que la péniche de débarquement retournait vers l'ouest. Vitaly était à la barre, surveillant le gyrocompas d'un œil distrait, regardant l'eau glisser le long de l'étrave et sur les flancs. Pas le moindre navire à l'horizon. Pas même un chalutier. On était en plein après-midi. Le camion était rangé. Le bidule beige qu'ils avaient pris – *ou bien volé ? Sans doute, oui* – reposait sur le pont maculé de taches de rouille. Il allait devoir gratter celles-ci et repeindre la tôle avant que le temps ne devienne trop froid. Peindre quand il gèle, c'est perdre son temps. Même si la peinture arrivait à sécher, elle s'écaillait ensuite. *Faudra pas que je tarde à m'y mettre*. Ça ferait encore râler Vanya. Comme tous les anciens de la marine soviétique, il considérait ces tâches d'entretien comme une atteinte à sa virilité. Mais Vanya n'était pas le propriétaire du bateau, c'était Vitaly, voilà toute la différence. Leurs clients se détendaient, fumant et buvant leur thé. Bizarre qu'ils ne boivent pas de vodka. Il s'était échiné à trouver de la bonne, pas cette merde de contrebande faite à base de pommes de terre. Vitaly buvait un peu. Mais uniquement de la vodka de qualité, à base de céréales. Parfois, il s'autorisait une folie et buvait de la Starka, la vodka brune réservée naguère aux membres du Politburo et aux apparatchiks. Mais cette époque était révolue – à jamais ? Le temps seul le dirait, en attendant, il n'avait pas l'intention de s'abîmer l'estomac avec du tord-boyaux. La vodka demeurait la seule chose que son pays savait encore faire correctement – en tout cas mieux que tout autre pays au monde. *Nascha lousche*, se dit-il – *la nôtre est la meilleure* – un préjugé russe qui remontait à bien longtemps, même si, en l'occurrence, c'était la vérité. Ce à quoi n'avaient pas touché ces barbares, il comptait bien en profiter d'ici peu.

La carte marine indiquait sa position. Il faudrait vraiment qu'il s'achète un GPS. Même par ici, rien ne valait un positionnement précis en permanence, parce que ces eaux plates et noires cachaient même ce qui ne se trouvait qu'à un mètre de profondeur… *Assez rêvassé*, se morigéna-t-il. Un marin était censé être en permanence aux aguets. Même quand il était à bord du seul navire en vue sur une mer d'huile.

Vanya apparut à ses côtés.

« Les moteurs ? demanda-t-il à son mécano.

— Ils ronronnent comme des chatons. » Des chatons certes, bruyants, mais parfaitement doux et réguliers. « Remercions les ingénieurs allemands.

— Et tu les entretiens comme il faut, nota Vitaly d'un ton approbateur.

— Je n'aimerais pas me retrouver en panne de moteur dans ces parages. Je suis à bord comme toi, camarade capitaine », ajouta Vanya. Sans compter que le boulot était bien payé. « Tu veux que je te remplace à la barre ?

— Volontiers, répondit Vitaly qui s'écarta.

— Pourquoi voulaient-ils ce truc ?

— Peut-être qu'ils ont de grosses lampes torches, dans leur pays, suggéra Vitaly.

— Personne n'est assez baraqué, objecta Vanya avec un éclat de rire.

— Peut-être qu'ils veulent installer leur phare personnel et que ce type de batterie revient trop cher.

— Ça coûte combien à ton avis ?

— Pas un clou, si tu as le camion pour la transporter, constata Vitaly. Il n'y a pas le moindre autocollant d'avertissement posé dessus. En tout cas pour dissuader de la piquer.

— Je n'aimerais quand même pas l'avoir sous mon oreiller. C'est un générateur nucléaire.

— Tu crois ? »

Vitaly n'avait jamais eu la moindre idée de son fonctionnement.

« Oui. Il porte le pictogramme triangulaire sur le côté droit. Je ne risque pas de m'approcher de cette saloperie, annonça Vanya.

— *Hmph* », grommela Vitaly derrière la table à cartes.

Quel que soit cet objet, ses clients devaient être au courant, or ils se tenaient quand même à proximité. Était-il si dangereux que ça ? Mais il décida de ne pas trop s'en approcher. Un truc radioactif. Impossible de voir ou ressentir ses effets. C'est ce qui rendait la chose terrifiante. Eh bien, s'ils voulaient faire joujou avec, libre à eux. Il se remémora cette vieille blague qui avait cours dans la marine soviétique : *Comment reconnaît-on un marin de la flotte du Nord ? Il brille la nuit.* Il avait entendu toutes sortes d'anecdotes sur les hommes qui avaient servi à bord des sous-marins nucléaires. Un travail de misère et, comme l'avaient découvert à leurs dépens les marins du *Koursk*, toujours dangereux. *Franchement, quelle sorte de fou irait en mer sur un bateau conçu pour couler ?* se demanda-t-il. Avec en prime une centrale électrique qui émet des poisons invisibles. Il lui en fallait beaucoup pour le faire trembler, mais cette simple idée y suffit. Un moteur diesel n'était peut-être pas aussi puissant, mais au moins il n'essayait pas de vous tuer quand on passait à proximité. Enfin, à quinze mètres de distance, il ne devait pas y avoir grand risque. Sinon, ses clients ne resteraient pas installés à cinq mètres, sans avoir trop l'air de s'inquiéter.

« Qu'est-ce que t'en penses, Vanya ?

— Cette batterie ? Je ne vais pas me mettre martel en tête. Enfin, pas trop. »

Sa couchette était installée à l'arrière, dans la cale. Dépourvu d'instruction, Vanya savait néanmoins apprivoiser les machines et leur personnalité.

Vitaly considéra la cloison métallique devant la barre. Elle était en acier, après tout, et bien épaisse de sept ou huit millimètres. Suffisante pour arrêter une balle. Et sans doute aussi les radiations, non ? Enfin, bon, on ne pouvait pas non plus s'inquiéter de tout.

Le soleil venait de se coucher quand ils entrèrent au port où l'activité se terminait. Le long du quai principal, un navire roulier était déjà à moitié rempli de sa cargaison de caisses destinées aux champs de pétrole plus à l'est, et les dockers rentraient chez eux, en espérant terminer le chargement le lendemain, tandis que les bars du front de mer nettoyaient les tables pour accueillir la clientèle de la soirée. Bref, un soir engourdi comme les autres dans un port tout aussi engourdi. Vitaly accosta le long du quai muni d'une rampe pour charger camions et remorques. Le quai était désert, comme de juste, le patron des dockers étant sans doute déjà en route vers son bistrot habituel.

« Les jours raccourcissent, capitaine », observa Vanya, qui se tenait à gauche de la barre. D'ici quelques semaines, ils ne verraient quasiment plus le soleil, ce serait la période hivernale d'entretien, sans clients pour louer leur bateau. Même les ours polaires chercheraient un abri pour hiberner, tandis que les humains feraient en gros la même chose, bien aidés par la vodka. Et un phare resterait éteint tout au long de l'hiver… pour l'importance que cela avait.

« Comme ça, on pourra dormir plus longtemps, pas vrai, Vanya ? »

Toujours un bon moyen de passer le temps, songea le matelot.

Leurs passagers étaient toujours sur le pont avant, auprès de leur camion. Pas franchement excités de regagner le port, nota Vitaly. Bon, ils pensaient à leur boulot, et ce n'était pas plus mal. Il avait déjà la moitié de l'argent en poche, le reste ne tarderait pas à venir et qui sait, il pourrait enfin s'acheter un GPS pour se faciliter la navigation, s'il parvenait à décrocher un bon prix. Iouri Ivanov, le shipchandler, devait en avoir tout un assortiment dans sa boutique, et peut-être qu'en échange d'une bouteille de Starka, il aurait droit à une bonne remise dans une économie encore grandement dominée par le troc.

« Reste près des moteurs, Vanya.

— À vos ordres, camarade capitaine », répondit le matelot qui se retourna pour descendre.

Vitaly décida de terminer l'accostage. La rampe était en béton couvert de terre et sa péniche était prévue pour ce genre de contact. Il s'aligna avec soin, avançant à trois ou quatre nœuds, c'était parfait. Le jour décroissait mais il restait encore un peu de lumière.

« Doucement, dit-il dans l'interphone.

— Doucement », répéta le mécano.

La main de Vitaly resta sur la commande des gaz mais sans bouger. *Trente mètres, approche en douceur. Vingt mètres.* Sa vision périphérique ne montrait qu'un chalutier, amarré le long du quai, sans personne en vue. *Voilà... à peu près... maintenant.*

Il y eut un bruit, à vous faire grincer des dents, quand le fond en acier racla la rampe mais bien vite le fracas cessa et Vitaly ramena les gaz à zéro. Ils avaient touché au port, le voyage et la mission étaient terminés.

« Arrêt des moteurs, Vanya.

— Oui, camarade capitaine. Moteurs arrêtés. »

Le vrombissement s'interrompit.

Vitaly tira la poignée de libération de la rampe et celle-ci s'abattit lentement sur le quai. Cela fait, il quitta la timonerie et rejoignit ses passagers sur le pont.

« Merci, capitaine », dit leur chef en souriant. Il s'exprimait en anglais avec un fort accent, même si Vitaly était bien incapable de le relever.

« Tout s'est bien passé ?

— Oui », répondit l'étranger.

Il s'adressa dans une autre langue à l'un de ses amis, mais là, Vitaly ne comprit rien du tout. Ce n'était ni de l'anglais, ni du russe. Bref, pour lui, c'était de l'hébreu… Un des membres du groupe monta dans le camion et démarra, puis il gagna le quai à reculons, leur cargaison se balançant au bout du palan installé à l'arrière. Dans la pénombre grandissante, le triple logo triangulaire du risque radioactif brillait de manière incongrue – sans doute était-ce intentionnel. Peu après, un autre camion apparut sur le quai et l'ancien camion militaire vint se mettre à cul contre celui-ci. Un autre membre du groupe manipula les commandes de la grue pour soulever, puis déposer la cargaison à l'arrière du second poids lourd. Qui que soient ces gens, ils étaient plutôt efficaces. L'un d'eux avait dû prévenir les autres par téléphone mobile, supposa Vitaly.

« Eh bien, voilà votre argent », dit le chef du groupe en lui tendant une enveloppe.

Vitaly la prit, l'ouvrit, compta les billets. Deux mille euros, pas si mal pour un boulot finalement pas si dur. Et largement de quoi se payer son GPS, plus quelques bouteilles de Starka, sans oublier les cent euros pour Vanya, bien sûr.

« Merci, dit poliment Vitaly en prenant la main de l'homme. Si jamais vous avez encore besoin de moi, vous savez comment me contacter.

— Il se peut que je repasse, disons, demain, vers dix heures du matin ?

— Nous serons là », promit Vitaly.

Ils avaient de toute façon prévu de repeindre la timonerie, alors, ce jour-là ou un autre…

« Alors, d'accord, on fait comme ça », acquiesça le chef. Quand ils se furent serré la main, l'homme rejoignit le rivage.

Là, il s'adressa à l'un de ses compagnons, s'exprimant cette fois dans sa langue natale. « Demain, dix heures.

— Et s'il y a du monde sur le port ?

— On opérera à l'intérieur.

— À quelle heure retrouve-t-on l'avion ?

— À midi.

— Excellent. »

Vitaly les vit apparaître un peu avant dix heures. Avec le reste de son argent, espérait-il. Au volant d'un autre véhicule, ce coup-ci. Une berline japonaise. C'est qu'ils étaient partout, ces Nippons. La plupart de ses compatriotes continuaient de bouder les produits allemands, sans doute un préjugé qui tenait moins à l'histoire qu'aux films de guerre que l'industrie russe du cinéma continuait de produire à tire-larigot.

L'homme portait une parka, assez ample pour cacher un chandail en dessous. Il s'approchait du bateau avec un sourire. Alors peut-être bien que oui, ils lui avaient réservé une prime. Les gens étaient en général souriants quand ils vous faisaient ce genre de cadeau.

« Bonjour, capitaine », lança-t-il en entrant dans la cabine. Il regarda alentour. Guère d'activité sur le port, excepté sur le quai principal où se poursuivait

le chargement de caisses, à cinq cents mètres de là.
« Où est votre matelot ?

— Dans la cale, il bricole sur les moteurs.

— Personne d'autre avec vous ? demanda-t-il, quelque peu surpris.

— Non, on se débrouille tout seuls pour l'entretien », expliqua Vitaly, en tendant la main vers sa tasse de thé.

Il ne l'atteignit pas. La balle de 9 millimètres lui transperça le dos sans prévenir, traversa le cœur et ressortit par-devant. Il s'effondra sur le sol de la timonerie, ayant à peine saisi ce qui était arrivé, avant de perdre définitivement conscience.

Puis le chef du groupe des passagers de la veille descendit l'échelle de la salle des machines où Vanya travaillait sur le collecteur du moteur tribord. Le mécano eut à peine le temps de lever les yeux de ses outils et ne vit sûrement pas l'arme se lever et tirer. Deux coups de feu, cette fois-ci, en pleine poitrine, d'une distance de trois mètres. Quand Moussa fut certain de son décès, il rempocha l'arme et remonta. Vitaly gisait à plat ventre sur le pont. Moussa tâta le pouls carotidien, ne détecta rien, et, sa mission accomplie, ressortit de la timonerie et descendit l'échelle, marquant juste un temps d'arrêt pour faire mine de saluer le corps dans la cabine, au cas où quelqu'un le verrait redescendre, puis il rejoignit l'avant et gravit de nouveau la rampe avant de gagner sa voiture de location. Il avait une carte pour le guider jusqu'à l'aérodrome local ; d'ici peu, son séjour dans ce pays d'infidèles prendrait fin.

56

Ils étaient debout peu après six heures le lendemain, regroupant leur matériel sur le pont sous le regard d'un vieux Salytchev grisonnant qui buvait son café. Le vent de veille était tombé, laissant un calme plat sur les eaux de la baie, mis à part quelques vagues sur les rochers à cinq cents mètres de là. Le ciel ne s'était pas dégagé pour autant et restait tout aussi plombé que depuis leur entrée en Russie.

Quand tout le matériel fut rassemblé, Adnan en vérifia une nouvelle fois mentalement la liste avant d'ordonner qu'il soit réparti dans quatre gros sacs à dos à armature tubulaire. Venaient ensuite les deux radeaux pneumatiques, déjà presque entièrement gonflés. Ils étaient noirs, avaient l'air d'antiquités mais leurs moteurs étaient en bon état, tout comme la coque en caoutchouc qui n'avait ni fuites ni rustines. Adnan avait pris bien soin de le vérifier avant de les acheter. Quand le gonflage fut achevé, les hommes introduisirent les planches du plat-bord dans les encoches.

« Attendez, attendez, avertit Salytchev. Pas dans ce sens. » Il s'approcha, ôta l'une des planches et la retourna pour que la courbure du bord corresponde à celle de la coque de l'embarcation. « Comme ça, vous voyez ?

— Merci, dit Adnan. Est-ce que ça fait une différence ?

— Ça dépend si vous voulez vivre ou mourir, j'imagine, répondit le capitaine. Comme vous l'aviez disposée, le fond se serait refermé comme une huître dès que vous auriez posé le pied dedans. Vous vous seriez retrouvé à la baille avant d'avoir eu le temps de dire ouf.

— Oh. »

Cinq minutes plus tard, les deux radeaux étaient complètement assemblés. Les hommes les firent passer par-dessus bord, puis ils arrimèrent les drisses aux taquets à la poupe du chalutier. Puis ce fut le tour des moteurs, des sacs d'équipement et enfin des hommes. Adnan enjamba le dernier le bastingage. « On sera de retour avant la nuit, dit-il à Salytchev.

— Et sinon ?

— On sera là. »

Salytchev haussa les épaules. « Je serais vous, j'aimerais pas me retrouver coincé ici la nuit, à moins que vous ayez prévu tout un équipement polaire dans ces sacs.

— Nous serons revenus, répéta Adnan. Vous, tâchez de bien être au rendez-vous.

— Vous me payez pour ça. »

S'il n'y avait pas eu tous ces packs de glace à la dérive, ils auraient rejoint le rivage en moins de dix minutes, mais il s'en était écoulé près de quarante quand le nez du premier radeau vint racler les galets de la plage. Les deux embarcations furent tirées au sec et les sacs à dos déchargés. Adnan aida chaque homme à l'enfiler, puis il prit le sien.

« Pas très hospitalier », commenta l'un des hommes en scrutant les alentours.

À part une ligne de falaises brunes, quatre kilomètres plus à l'est, le sol était plat, caillouteux, avec des touffes d'herbe brûlée, sous une fine couche de neige qui crissait sous leurs bottes.

« Et les radeaux, on en fait quoi ? demanda l'un des hommes.

— On va les traîner, répondit Adnan. Les galets ne sont pas si rugueux.

— C'est loin ? s'enquit un autre.

— Six kilomètres, répondit Adnan. Allons-y. »

Ils s'ébranlèrent, en remontant le rivage en direction du nord-est, gardant la baie sur leur gauche jusqu'à ce que celle-ci se réduise à un simple détroit large de cent mètres, qui s'incurvait vers la terre, pour venir longer les falaises qu'ils avaient aperçues en accostant. De près, Adnan put constater que lesdites falaises étaient en réalité des collines escarpées, creusées de sillons par des millénaires de coulées de neige et de vent. Après encore deux kilomètres de marche, le chenal s'élargissait à nouveau pour former une seconde baie, celle-ci affectant grossièrement la forme d'un ovale de deux kilomètres dans sa plus grande longueur.

Les navires avaient été mouillés au petit bonheur la chance, constata Adnan, certains appuyés contre leurs voisins, d'autres collés proue contre poupe selon des angles bizarres, tandis que d'autres encore avaient été échoués par des remorqueurs afin de laisser de la place aux nouveaux arrivants. Tous étaient d'origine civile, pour la plupart des cargos, des ravitailleurs ou des navires d'entretien, mais leur taille variait de trente à deux cents mètres de long, et certains étaient si vieux que la rouille avait criblé de trous leur coque.

« Combien y en a-t-il ? demanda l'un des hommes, les yeux écarquillés.

— Dix-huit, environ », répondit Adnan.

C'était une estimation, bien sûr, fondée sur leurs propres renseignements, mais sans doute pas éloignée du chiffre qu'aurait pu donner le gouvernement russe. Cette baie était devenue – officieusement – un cimetière marin au milieu des années quatre-vingt, quand la course aux armements avec l'Occident avait commencé à peser sur l'infrastructure financière soviétique et que des pans entiers de l'économie avaient été sacrifiés pour faire face aux dépenses militaires. Ça revenait moins cher de déshabiller et d'abandonner les navires désarmés que de les démanteler en bonne et due forme. Ce n'était là qu'un parmi les dizaines de cimetières identiques répartis sur les rives des mers de Barents et de Kara, la plupart garnis de navires qui avaient été simplement répertoriés comme « au mouillage en attente de démantèlement ». On n'avait pas dit à Adnan dans quelles circonstances ces cimetières avaient été portés à l'attention de ses supérieurs, tout comme il ignorait les détails de ce qui allait bientôt s'avérer comme l'une des erreurs administratives les plus coûteuses de l'histoire contemporaine.

Le navire avait probablement un nom et un armateur, mais ces données avaient elles aussi été exclues du rapport confié à Adnan. Ce dont il disposait, c'était d'une carte avec les coordonnées de mouillage du bateau, accompagnée d'un plan schématique de la cale avec ses accès sur le pont ; le plan ne provenait ni d'Atomflot ni du chantier naval, mais plutôt d'une source de première main, sans doute un membre d'équipage. Adnan connaissait également l'historique du bâtiment et les raisons qui l'avaient conduit à finir ses jours ici.

Mis en service en 1970 pour Atomflot, ce ravitailleur à propulsion nucléaire était destiné à larguer en mer ou échouer sur le rivage le combustible et les composants contaminés des bâtiments nucléaires civils. En juillet 1986, surchargé de barres d'uranium à haute activité en provenance d'un brise-glace avarié, le navire, pris dans un grain, avait embarqué de l'eau de mer qui avait envahi la cale, libérant les barres radioactives. La contamination avait été si grave et si brusque que l'ensemble de l'équipage, quarante-deux hommes en tout, était décédé avant que les secours aient pu aborder. Inquiets à l'idée de devoir révéler au monde une catastrophe de l'ampleur de celle de Tchernobyl, survenue peine trois mois auparavant, Moscou avait ordonné que l'épave soit remorquée jusqu'à une anse abritée sur la côte est de la Nouvelle-Zemble et abandonnée sur place.

L'erreur qui avait consisté à laisser la procédure se reproduire pour d'autres bâtiments avait été monumentale, mais telle était la nature de la bureaucratie, raisonna Adnan. Le gouvernement avait, à coup sûr, pris conscience de son erreur, mais le mal était fait. La baie avait été classée zone interdite et le secret bien gardé. À intervalles réguliers, on envoyait des équipes vérifier la coque de l'épave contaminée, à la recherche de fuites ou de signes d'intrusion, mais avec le temps, les priorités avaient changé, et l'incident aurait pu disparaître dans les pages de l'histoire secrète de la guerre froide.

Loin des yeux, loin du cœur, en quelque sorte.

Le bateau était mouillé sur le flanc nord, à cinquante mètres au large, caché à la vue par deux vraquiers. Il leur fallut encore quarante minutes pour contourner l'anse.

Ils entreprirent de déballer leur matériel. D'abord, les tenues de protection chimique imprégnées de caoutchouc, suivies par les bottes et les gants. Comme l'essentiel de leur équipement, les tenues provenaient de l'armée : vert olive et raides, empestant la teinture. Après s'être assuré que les fermetures à glissière et les rabats étaient bien scellés, chaque homme coiffa un respirateur GP-6 datant de l'ère soviétique.

« Quelle est l'efficacité de ces trucs ? s'inquiéta un des hommes, d'une voix assourdie.

— Ils sont prévus pour une exposition de courte durée », répondit Adnan.

Quelque chose en lui regrettait le mensonge, mais il n'y pouvait rien. Même si les tenues n'avaient pas eu vingt ans et plus, elles n'étaient de guère d'utilité contre des agents autres que chimiques ou biologiques.

S'il leur dévoilait la teneur exacte du danger qui se présentait, les hommes prendraient sans doute la fuite, et c'était un risque qu'il ne pouvait courir. « Tant qu'on n'y passe pas plus d'une heure, il n'y aura pas de dégâts irréversibles. » Cela aussi, c'était un mensonge.

Ils poussèrent les radeaux à l'eau, puis s'y entassèrent et mirent le cap vers une échelle disposée à mi-longueur de la coque. Elle était restée déployée et le dernier barreau affleurait à une cinquantaine de centimètres au-dessus des flots. Pour quelle raison, Adnan l'ignorait ; peut-être le gouvernement avait-il procédé à une inspection de l'épave à un moment donné.

Ils amarrèrent les radeaux à l'échelle, puis entreprirent son ascension. Les barreaux vibraient et crissaient sous leur poids. Parvenus au sommet, ils trouvèrent la barre du bastingage rabattue, mais après quelques coups de paume, Adnan put sans trop de peine dégager le loquet et l'ouvrir.

« Restez ensemble et faites gaffe aux points faibles sur le pont », prévint Adnan. Il consulta son schéma, puis fit face à l'arrière pour s'orienter. *Seconde cale en partant d'ici, descendre d'un pont, prendre à droite*...

Ils se mirent en route, la démarche raide, légèrement penchés en avant, l'étoffe de leur combinaison leur irritait les aisselles et les cuisses. Adnan bougeait la tête sans arrêt, surveillant à la fois le pont sous ses pieds et les éventuels obstacles au-dessus de lui. Il essayait de ne pas songer aux particules invisibles qui bombardaient sa tenue et pénétraient sa peau. Comme le loquet du bastingage, la poignée de la cale, rouillée, résista à la première pression. Un autre membre de l'équipe se joignit à lui et ensemble ils pesèrent dessus jusqu'à ce qu'elle cède en grinçant.

Chacun des hommes alluma sa torche et, l'un après l'autre, ils enjambèrent l'écoutille et commencèrent à descendre. Arrivés sur le pont inférieur, ils s'engagèrent à gauche dans une coursive. Ils dépassèrent trois coursives perpendiculaires, bordées chacune de portes de cabines et de panneaux mobiles. Des tuyaux et des câbles électriques s'entrecroisaient au plafond comme des veines. À la quatrième intersection, Adnan prit à gauche et s'arrêta devant une porte percée d'un hublot. Il regarda mais ne vit rien.

Il se retourna. « Il y aura sans doute de l'eau dans la cale. Ce sera notre plus gros risque. Ne vous fiez pas trop aux passerelles ou aux mains courantes. Si quelque chose se met à céder, restez immobiles et ne paniquez pas. C'est bien compris ? »

Tout le monde opina.

« Il ressemble à quoi, ce conteneur ?

— À un fût d'huile, mais moitié moins haut. Si Allah le veut, il sera encore arrimé à la cloison de la cale de confinement. » *Et mieux encore, qu'Allah veuille que la porte ne soit pas toujours fermée à double tour*, songea Adnan. Sinon, ils n'auraient pas la moindre chance de trouver ce qu'ils étaient venus chercher avant d'être tués par les radiations. « Pas d'autres questions ? »

Il n'y en avait pas.

Adnan se retourna vers la porte et manœuvra la poignée ; bien protégée de l'air salé, celle-ci pivota sans difficulté. Il poussa lentement sur le battant, juste assez pour pouvoir s'introduire à l'intérieur, mais il garda la main sur la poignée pour ne pas que la porte se referme sur eux. Il hasarda un pas, posant le pied bien à plat sur la passerelle, puis fit porter dessus tout son poids pour s'assurer qu'elle ne cédait pas. Il fit un autre pas, puis tourna à gauche, deux pas encore. Il regarda derrière lui et hocha la tête. Un deuxième homme le suivit.

Pour une cale, celle-ci était plutôt de taille réduite, une quarantaine de mètres carrés et six mètres de profondeur. La passerelle sur laquelle ils se tenaient traversait toute la cloison pour aboutir à une échelle. Une fois le dernier homme à l'intérieur, Adnan s'avança. À mi-distance, il s'arrêta pour se pencher au-dessus de la main courante en prenant garde à ne pas la heurter. Il balaya le vide du faisceau de sa torche et vit le carré de six mètres sur six du plancher de la cale ; sur un bord, il avisa un rai de lumière grise. C'était par là que l'eau de mer était entrée. La cale s'était emplie durant un rouleau à tribord et le joint avait cédé. Il orienta sa torche vers le bas. Comme il l'avait redouté, le pont était inondé, mélange noirâtre d'eau de mer, de débris radioactifs et de fragments de barres de combustible qu'on voyait affleurer à la surface. Quelque part là-dessous devaient se trouver les « sarcophages » bardés de plomb. Combien d'entre eux avaient perdu leur couvercle lors du choc ? Combien de barres de combustible demeuraient arrimées dans les conteneurs ?

Ils se dirigèrent vers l'échelle.

« C'est donc ça ? » demanda l'un des hommes en braquant sa torche vers le bas.

Au fond, à moins de deux mètres au-dessus de la ligne d'eau, on apercevait huit portes genre coffre-fort, bloquées chacune par huit loquets, trois de chaque côté, un en haut, un en bas. À hauteur de taille, sur le battant gauche, un verrou était bloqué par un cadenas.

« Allah soit loué », murmura Adnan.

57

Malgré sa dénomination, l'aéroport international situé à proximité d'Arkhangelsk était pour l'essentiel dévolu aux vols intérieurs, et encore ceux-ci étaient-ils rares, sauf en été. La plupart des voyageurs rejoignaient le Sud par le train, moins coûteux et donc plus accessible aux populations locales. L'Aeroflot gardait cette piètre réputation de sécurité qui lui collait aux basques depuis toujours. Mais il existait un autre terminal plus actif, réservé au fret, surtout le poisson qui exigeait un transport rapide vers les marchés et restaurants internationaux. C'est ainsi que le colis se trouva chargé dans la soute d'un DC-8 vieux de quarante ans, propriété d'Asian Air Freight. Il allait rallier Stockholm et de là, avec un nouvel équipage, mettre cap au sud, faisant escale à Athènes avant sa destination finale, l'aéroport international de Dubaï, aux Émirats arabes unis.

« C'est quoi ce bidule ? demanda l'agent des douanes en contemplant le coffre à batterie tout juste repeint.

— Du matériel scientifique, un appareil de radiographie, un truc comme ça », répondit son collègue.

L'agent vit que les documents réglementaires étaient convenablement remplis et, de fait, c'était la seule chose qui importait pour lui. Ce n'était pas une bombe. Ce genre d'article exigeait des formulaires différents. Aussi signa-t-il sur la ligne verte avant d'apposer un tampon pour officialiser le document. Même pas besoin de lui donner un pot-de-vin. S'il s'était agi de munitions, ils auraient dû lui graisser la patte, mais là, ce n'était manifestement pas une arme. Il ne posa donc pas de questions, et eux restèrent cois. Pour leur plus grand soulagement et sa parfaite indifférence. Un chariot élévateur à gaz souleva le colis – qui faisait quand même ses sept cents kilos – pour le déposer sur la plate-forme devant la soute. De là, il fut poussé à bord et solidement arrimé à la carlingue en aluminium.

Le pilote et le copilote effectuèrent les contrôles pré-vol, tournant autour de l'appareil pour repérer d'éventuelles fuites de liquide et effectuer une inspection visuelle de la cellule. Le transport aérien de fret n'était pas spécialement réputé pour la qualité de ses procédures d'entretien, et les pilotes dont la vie était en jeu faisaient de leur mieux pour compenser. Un des pneus extérieurs du train principal gauche devrait être remplacé d'ici une dizaine de vols. En dehors de cela, l'appareil semblait prêt à voler les huit prochaines heures sans encombre. Ils regagnèrent le mess des équipages pour boire le café local (infect) avec un peu de pain (pas si mauvais). Leurs gamelles de déjeuner étaient déjà à bord, apportées par l'ingénieur mécanicien qui terminait d'apprêter les moteurs.

Ils remontèrent à bord une demi-heure plus tard. Ils durent patienter encore un quart d'heure avant d'être autorisés à rouler jusqu'à l'extrémité de la piste 1-8 et prendre leur envol. Le vieux coucou avait trente-sept mille heures de vol – il avait commencé son existence comme avion de ligne sur United Airlines, effectuant pour l'essentiel des vols intérieurs transcontinentaux, avec quelques vols d'évacuation depuis Saigon, pas un si mauvais souvenir si l'appareil avait été doté de mémoire. L'avion grimpa jusqu'à son altitude de croisière à neuf mille mètres, mit le cap à l'ouest avant d'obliquer vers le sud au-dessus de la Finlande, puis il ralentit en traversant la Baltique avant de redescendre pour se poser à Stockholm. Un vol de routine, qui s'acheva sur la piste 2-6 au bout de laquelle l'avion prit à gauche pour rejoindre le terminal de fret. Un semi-remorque de kérosène s'approcha aussitôt pour refaire le plein des réservoirs d'ailes et, une minute plus tard, l'équipage de relève se présenta, s'enquérant des conditions de vol et de l'état de l'appareil. Les réponses ayant été jugées acceptables, le premier équipage descendit la passerelle pour rejoindre une voiture qui les conduirait à l'hôtel voisin réservé aux personnels de vol. Ils notèrent avec plaisir que l'établissement était doté d'un bar, avec de la bière à la pression. L'équipage de remplacement avait repris l'air avant même qu'ils n'aient achevé leur première pinte.

De son côté, Moussa se trouvait à l'aéroport Domodedovo de Moscou, dans le terminal principal, celui qui a des allures de soucoupe volante (mais c'était déjà un progrès par rapport au style pâtisserie si cher à Staline), en communication téléphonique avec un ami à Berlin. Il informa ce dernier que la voiture avait été convenablement réparée et qu'il accepterait le règlement lors de leur prochaine rencontre. Son ami répondit OK et la conversation en resta là. Moussa et ses hommes se rendirent alors au bar où ils s'autorisèrent plusieurs verres de vodka russe hors de prix – mais au moins était-elle de qualité supérieure – en attendant leur vol KLM pour les Pays-Bas. On leur servit pour accompagner l'alcool de fines tranches de concombre sur du pain. Ils payèrent en euros, laissant un maigre pourboire avant d'embarquer sur le 747, en première, où l'alcool était servi à volonté – et là encore, ils ne se privèrent pas. Moussa ne s'attardait pas trop sur les deux meurtres qu'il avait commis : ils avaient été nécessaires. Il avait accepté cette partie de la mission avant de se rendre en Russie et de louer le navire aux infidèles. Rétrospectivement, il était même surpris que ses amis et lui n'aient pas cédé à la tentation de boire lorsqu'ils étaient à bord, mais comme disait l'adage, on ne mélange pas le plaisir et les affaires, et ne pas mélanger l'alcool et les affaires était sans aucun doute encore plus avisé. Ce Vitaly aurait-il remarqué ce détail et s'en serait-il ouvert à l'un de ses amis au port ? Impossible de dire. Mais comme il ignorait leurs noms et leurs adresses et que personne n'avait pris de photos, quelles traces avait-il laissées ? La Russie lui avait fait penser au Far West des films d'antan, et la désinvolture ambiante n'était guère propice aux enquêtes policières. Ils s'étaient débarrassés des pistolets et, estima-t-il, c'était là l'essentiel. Ainsi rasséréné, il inclina le dossier de son siège et se laissa endormir par l'alcool.

Le 747 atterrit à Berlin Tempelhof à une heure du matin, heure locale. Moussa descendit séparément de ses compagnons, ils s'acquittèrent des formalités d'immigration en utilisant leurs passeports néerlandais, puis allèrent récupérer leurs bagages avant de se rendre à la station de taxis où un Allemand en Mercedes écouta leurs indications, données en anglais. La rue était située dans le quartier des paraboles, ainsi baptisé à cause du nombre d'antennes satellite installées sur les balcons. Elles permettaient aux immigrés, en majorité turcs, de regarder les programmes de télé dans leur langue natale.

Son hôte l'attendait déjà, prévenu par un ami à Amsterdam, de sorte qu'il n'eut qu'à frapper un coup à la porte avant qu'elle s'ouvre. Ils se prirent par la main, s'embrassèrent sur les deux joues et Moussa pénétra dans le séjour du petit appartement. Moustafa, son hôte, porta un doigt à ses lèvres puis à son oreille gauche. La pièce pouvait être sur écoute. De toute façon, on devait toujours prendre ses précautions dans un pays d'infidèles. Moustafa alluma la télé qui diffusait un jeu, comme tous les jours à la même heure.

« Ta mission a-t-elle réussi ? s'enquit Moustafa.

— Complètement.

— Bien. Puis-je te servir quelque chose ?

— Du vin ? » demanda Moussa.

Moustafa se rendit dans la cuisine et revint avec un verre droit rempli de vin blanc du Rhin. Moussa en but une grande lampée, puis il alluma une cigarette. Il avait eu une longue journée, sans compter les deux meurtres qui tendaient à présent à le mettre mal à l'aise, pour quelque raison inexplicable. Quoi qu'il en soit, le sommeil vint vite, une fois que Moustafa eut déployé le lit d'appoint, sitôt qu'il eut terminé son verre de vin. Demain, il se rendrait à Paris, pour y attendre confirmation de l'arrivée du colis, avant de reprendre sa route pour le suivre. Une fois à Dubaï, il pourrait enfin se détendre un peu ; le mécano à qui l'on avait confié le colis était un homme fiable et compétent qui n'aurait pas besoin d'être supervisé. Mais encore une fois, se dit Moussa, quel genre de supervision pourrait-il offrir ? Ce qu'ils comptaient faire du colis dépassait ses compétences.

Drôle de nom pour une ville, se dit Kersen Kaseke. Le site de l'ultime défaite de Napoléon face aux troupes de Wellington. Mais peut-être aussi une métaphore appropriée : un revers de fortune divin pour un tyran qui avait jusqu'ici tenu une bonne partie du monde à sa botte. Pourtant, retrouver un tel lieu au beau milieu de la « ceinture de maïs » avait constitué pour lui une surprise, comme du reste, une bonne partie de l'Amérique. Les autochtones étaient plutôt sympathiques et l'avaient traité correctement, malgré son nom incongru et son accent à couper au couteau. Certes, cela avait dû l'aider qu'il se fît passer pour un chrétien, le fils adoptif de missionnaires luthériens, morts deux ans plus tôt lors d'une attaque au mortier dans la banlieue de Kuching. Malgré sa répugnance à devoir ainsi renier ouvertement l'Islam et le Vrai Prophète, cette histoire avait de fait adouci le cœur des habitants les plus soupçonneux, ouvriers ou fermiers pour la plupart. Non, ce n'étaient pas ces gens qu'il méprisait mais bien plutôt leur gouvernement, toutefois, aussi triste que cela puisse paraître, les citoyens payaient depuis des centaines d'années le prix de politiques brutales et viciées. Pour les Américains, c'était, somme toute, leur destin qui venait les rattraper. Le destin et la volonté divine. En outre, se rappela-t-il, ce qui les attendait ne représentait qu'une fraction de ce qu'avait souffert son propre pays. Si le conte tragique des parents missionnaires n'était qu'une invention, il n'était, dans l'esprit, pas très loin de la vérité. Les rues de Zagreb, de Rijeka, d'Osijek et de dizaines d'autres villes avaient vu couler le sang de musulmans, des décennies durant, tandis que l'Occident ne levait pas le petit doigt. Que serait-il advenu, songea Kaseke, si des enfants chrétiens blonds aux yeux bleus s'étaient fait massacrer dans les rues de Londres et de Los Angeles ?

Conformément aux instructions du message électronique, Kaseke, au volant de son Ford Ranger 1995, se rendit à la gare routière Trailways située sur Sycamore, entre la 3e Rue et Park Avenue. Il gara son pick-up au parking du pub Doyle, puis rebroussa chemin à pied pour entrer dans la gare routière. La clé reçue par voie postale une semaine auparavant correspondait au casier de consigne numéro 104. À l'intérieur, il trouva une grosse boîte en carton emballée dans du papier kraft. Elle était lourde, près de quinze kilos, mais renforcée par du ruban adhésif armé. L'emballage ne portait aucune indication. Il déballa le colis, déposa la boîte par terre entre ses pieds, puis après un regard alentour pour s'assurer que personne ne l'observait, il essuya la clé de la consigne à l'aide de sa manche de chandail. Avait-il touché autre chose ? Laissé ailleurs des empreintes ? Non, juste sur la clé.

Kaseke souleva la caisse et sortit, puis il longea le pâté de maisons pour rejoindre son véhicule. Il ouvrit la portière côté passager et déposa le colis sur le siège. Il fit le tour du véhicule, monta, tourna la clé de contact, puis marqua un temps, en se demandant s'il ne ferait pas mieux de poser la caisse sur le plancher. Si jamais il avait un accident… *Non*, se ravisa-t-il. *Pas forcément.* Il savait ce que contenait le colis, ou du moins il en avait une assez bonne idée, après la formation qu'il avait reçue au camp. On l'avait bien entraîné à faire une chose et une seule.

Ce chargement était parfaitement inoffensif. Pour l'instant.

58

Leurs pistes pour les projets – encore hypothétiques – concernant l'Émir et le CRO étaient au nombre de trois : de vieilles interceptions de courriers électroniques, qui n'avaient pas révélé grand-chose, sinon un faire-part de naissance qui semblait avoir conduit toutes les cellules de l'organisation terroriste au silence radio, ainsi qu'au déplacement de quelques-unes d'entre elles sur l'échiquier ; Hadi, un messager, nouveau venu sur la scène ; et enfin la clé USB que Chavez avait accidentellement découverte sur l'un des terroristes impliqués dans la prise de l'ambassade à Tripoli. Jusqu'ici, le fait que le CRO ait eu recours à la stéganographie ne leur avait rien procuré d'autre que des centaines de giga-octets de photos, issues de sites web affiliés au CRO, dont certaines dataient de huit ans. Retrouver un message de cinq kilo-octets enchâssé dans une image JPG qui faisait deux cents fois cette taille était non seulement long mais décourageant.

Leur toute dernière piste – et jusqu'ici la plus prometteuse – était apparue par accident : un doigt ayant appuyé un peu plus longtemps que prévu sur l'obturateur d'un appareil photo.

Sur les quelque deux douzaines de clichés que Jack avait pris de Hadi à Chicago, il y en avait quelques-uns de valables, présentant le sujet de face, de profil, voire de biais, et pas trop mal éclairé. Mais finalement, ce fut moins le visage que les mains du personnage qui intéressèrent le Campus. En matière de renseignements, Jack le savait, l'essentiel était souvent moins de trouver ce que l'on cherchait que de savoir voir ce qu'on avait sous les yeux.

« Celle-ci », dit Jack en effleurant le bouton de la télécommande. Le cliché apparut sur le moniteur de la salle de conférences. Elle montrait Hadi montant sur le trottoir et esquivant un autre piéton alors qu'il se dirigeait vers la porte. Près du bas du cadre, presque invisible dans l'ombre, la main de Hadi et celle de l'étranger étaient en contact, avec entre elles un objet indistinct.

« Un échange au passage, commenta Clark en s'approchant. Du travail de pro.

— Beau boulot, Jack, commenta Hendley.

— Merci, patron, mais c'était un coup de pot.

— Ça, ça n'existe pas, *mano*, coupa Chavez. La chance est la même pour tout le monde. Le tout est de savoir la saisir.

— Donc, nous avons un second visage, observa Sam Granger. Qu'est-ce que ça nous dit ?

— En soi, rien, répondit Jack. Mais ça pourrait nous mener quelque part. » Il cliqua sur le bouton « avance ». « Là, c'est la valise du bonhomme, agrandie et plus nette. J'ai demandé à Gavin de la traiter avec Photoshop. Regardez l'angle supérieur droit – ce carré blanc racorni. » Jack cliqua de nouveau sur le bouton et, cette fois, le carré blanc s'agrandit et gagna en résolution. « C'est une étiquette de consigne.

— Nom de Dieu, grommela Brian Caruso. Je vais finir par aimer l'informatique. »

Hendley se tourna vers Dominic. « Agent Caruso, j'ai l'impression que ça pourrait être dans vos cordes.

— Je m'y mets, patron. »

Armé du numéro de consigne, d'un horaire approximatif et de son insigne du FBI, Dominic mit moins d'une heure à récupérer un nom, celui d'Agong Nayoan, vice-consul chargé des affaires économiques au consulat général d'Indonésie à San Francisco.

« Rien de spécial le concernant, commenta Dominic. Un vol de Vancouver à Chicago, puis vers San Francisco, le même matin que Hadi. Les Fédéraux de Frisco ont épluché ses antécédents il y a quelques années déjà. Rien n'est apparu. Aucun lien avec des groupes extrémistes, opinions politiques modérées, pas de casier judiciaire…

— Aux dires de Djakarta, fit observer Granger. Ou alors, il s'est trouvé une bonne couverture. On l'a quand même vu procéder à un transfert avec un passeur du CRO. Quelqu'un aura dû oublier un truc quelque part en examinant sa bio. »

Avec une population de près de deux cents millions de musulmans, l'Indonésie était rapidement devenue, d'après bien des sources de renseignement – et pas seulement occidentales –, le centre principal de recrutement pour les groupes terroristes, dont les plus importants – la Djemaah Islamiah, le Front de défense islamique, Darul Islam et le Laskar Djihad –

avaient non seulement des liens opérationnels et financiers avec le mouvement de l'Émir, mais aussi des sympathisants à tous les échelons du gouvernement de Djakarta. L'idée que cet Agong Nayoan, membre du consulat d'Indonésie, pût avoir de telles inclinations ne surprenait pas Jack, mais le fait que l'homme ait choisi de jouer les intermédiaires pour un passeur du CRO signifiait qu'ils avaient décidément affaire à une autre catégorie de gibier.

« Pour qu'un homme comme Nayoan en vienne à s'impliquer personnellement, ce doit être un gros coup, observa Jack. S'il se fait prendre, au pire, ce sera l'expulsion comme *persona non grata*. Pour Djakarta, en revanche, ce sera une autre histoire. Ils risquent de s'en souvenir longtemps. »

L'Agence indonésienne pour la coordination de l'aide au renforcement de la sécurité nationale – la BAKORSTANAS, pour faire court – avait la mission aussi vaste qu'étrangement vague de dénicher, puis d'éliminer, toutes les menaces contre la république, tout cela sans grandes restrictions légales et quasiment sans la moindre surveillance. Si jamais Nayoan se voyait expulsé des États-Unis pour intelligence avec le CRO, il risquait de se retrouver au fond d'une geôle de la prison de Cipinang et passer des lustres à y ruminer ses crimes. Ces dernières années, le gouvernement de Djakarta avait essayé de se sortir de l'ombre économique de la Chine et de se présenter comme un contrepoids pour les marchés occidentaux. Pas évident à concrétiser quand on se traînait une réputation de vivier du terrorisme.

« Des idées ? demanda Hendley en regardant Clark.

— Remonter à la source. Nous savons que Hadi a mis le cap sur Las Vegas et peut-être au-delà. Nous savons où se trouve Nayoan et d'où il venait. Gardons-le à l'œil et voyons où tout cela nous mène. »

Hendley considéra la suggestion ; il regarda Granger, qui acquiesça. « Vous deux, Chavez et toi, dit Granger, commencez par San Francisco. Puis Vancouver. Disséquez-le-moi.

— Et Jack ? suggéra Clark. Une bonne opération pour le mettre dans le bain. »

Là encore, Hendley et Granger échangèrent un regard. Le patron regarda Chavez et les frères Caruso. « Messieurs, pouvons-nous discuter en tête à tête quelques minutes ? » Une fois qu'ils eurent quitté la salle, Hendley s'adressa à Jack : « Vous êtes sûr que c'est ce que vous désirez ?

— Ouais patron.

— Dites-nous pourquoi, lui demanda Granger.

— J'ai déjà…

— Redites-le.

— Je peux me rendre utile, je pense…

— Vous êtes déjà parfaitement utile ici. Sans compter qu'on ne court pas le risque de vous brûler – de faire tuer le fils d'un ancien président. Vous êtes une personnalité, Jack… un visage connu.

— Un parmi d'autres. Je peux compter sur les doigts d'une main les occasions où l'on m'a reconnu ces deux dernières années. Loin des yeux, loin du cœur. C'est valable aussi pour les médias. John et moi avons déjà eu cette conversation, d'accord ? Je n'ai aucune ambition spécifique concernant le travail sur le terrain. »

Hendley regarda Clark qui ouvrit les mains. « Soit c'est un bon comédien, soit il dit vrai. »

Jack sourit. « Eh, dans le pire des cas, je vois comment vit l'autre moitié et ça me rend meilleur analyste, pas vrai ? C'est gagnant-gagnant.

— OK, on vous met sur le coup. Mais gaffe, mettez-y les formes. Plus question de planter les gens avec des aiguilles, ce coup-ci, compris ? »

Jack acquiesça : « Compris.

— John, où en es-tu avec Driscoll ?

— Je lui ai parlé ce matin, pour tâter le terrain. Je pense qu'il a pigé que la commission de la Défense voulait sa tête. Il prend la chose plutôt bien. Il aime son boulot. Je pense que s'il avait une chance de s'en sortir et de remettre la main à la pâte, il ne dirait pas non. Des avancées de votre côté ?

— Je crois qu'on pourrait avoir assez d'influence pour faire reculer le ministre de la Justice, mais sans doute pas pour lui permettre d'endosser à nouveau l'uniforme. Dès ton retour de Chicago, mets-le au jus. »

Clark acquiesça.

« Fais-les rentrer, Sam. »

Sitôt que Chavez et les Caruso furent de retour dans la salle, Brian lança : « Eh, puisque nous avons finalement décidé de reprendre l'initiative sur ce coup-là… si le CRO a fait liquider ce Dirar, c'est pour une bonne raison. D'autres idées pour aller à Tripoli secouer le cocotier ?

— T'espère en voir tomber quoi ? » s'enquit Granger.

Ce fut Dominic qui répondit : « Soit Dirar s'est fait éliminer directement par le CRO, soit ils ont mandaté un complice. Dans l'un ou l'autre cas, si l'on trouve l'auteur, on aura une nouvelle pièce du puzzle – et peut-être une ouverture sur leurs protocoles de communication, leurs moyens de financement… qui sait ? »

Hendley acquiesça. « Sortez vos documents de travail et faites bosser le service déplacement sur les itinéraires. On verra si vous pouvez dégoter un contact à Tripoli – quelqu'un à l'ambassade qui ne répugne pas à une petite conversation au débotté. Et veillez aussi à ce que Brian et Dominic aient un briefing – Jack, peut-être à propos de ce nouveau plan élaboré avec Gavin ?

— C'est jouable, patron. »

Hendley se leva et parcourut du regard l'assistance. « OK, messieurs, au boulot. Nous avons besoin d'un point d'appui, un moyen d'exercer une pression. »

Il faudrait que chaque homme ait sa chambre de motel individuelle, Hadi le savait, située à moins d'une heure de route des installations et pourvue d'un certain confort pour qu'un séjour d'une quinzaine n'éveille pas le soupçon. Les immigrants venus chercher du travail dans un nouveau pays n'avaient pas d'argent à perdre en logements luxueux, et s'il pouvait paraître logique que des amis demeurent réunis lors d'un tel voyage, quatre hommes à faciès d'Arabes demeurant ensemble au même endroit risquaient de piquer la curiosité des forces de police locale.

Il y avait quantité de motels deux étoiles à São Paulo ; Hadi ne se faisait pas de souci, mais c'était la première fois qu'il s'aventurait sur le terrain et il ne voulait rien laisser au hasard – tout comme ils avaient travaillé avec grand soin leurs couvertures respectives.

Chacun d'eux avait étudié, ou en savait déjà suffisamment sur cette industrie pour que leur arrivée et le boulot décroché dans la foulée n'attirent guère l'attention, du moins durant le bref délai où ils comptaient séjourner dans le pays. La nouvelle richesse du Brésil avait entraîné un afflux de travailleurs, pour la plupart venus du Moyen-Orient, las d'être payés là-bas un salaire de misère pour un labeur épuisant et dangereux. Non, songea Hadi, tant qu'ils ne se feraient pas remarquer, quatre Arabes de plus en quête d'emploi ne risquaient pas d'attirer l'attention.

Le plus délicat serait la phase de reconnaissance. Il y avait des kilomètres de route et des centaines de voitures à inspecter ; il était prévu que certains itinéraires, certains emplois du temps soient contrôlés à deux ou trois reprises ; il y avait la topographie et les infrastructures à étudier. Le complexe proprement dit, bien que loin d'être imprenable, disposait de ses propres forces de sécurité, et les recherches préparatoires d'Ibrahim avaient suggéré que l'on y menait régulièrement des exercices mettant en œuvre l'armée et la police, l'une et l'autre dotées de forces d'intervention rapide. Bien entendu, ces forces auraient une efficacité limitée. Si lui et les autres s'organisaient bien et restaient sagement sous la conduite sûre d'Allah, rien ne pourrait les arrêter.

59

Steve avait passé haut la main le tout dernier test, décida Allison. Elle avait annulé à la dernière minute leur rendez-vous à Reno en prétendant que son patron lui avait demandé de la remplacer pour la conférence d'un labo pharmaceutique, à Sacramento. La conférence était bien réelle, tout comme les cartes de visite et les échantillons de médicaments qu'elle emportait dans sa sacoche en cuir chaque fois qu'ils se retrouvaient pour baiser, mais ça n'allait pas plus loin. Elle l'aimait bien, mais dans son métier, ce genre de jugement demeurait relatif. Steve n'était ni répugnant ni agressif, de sorte qu'elle tendait à le classer vers le haut de l'échelle. Non que cela eût une quelconque influence sur ses performances, mais à tout le moins cela rendait-il leurs rencontres supportables.

Comme prévu, Steve s'était montré chagriné et déçu par cette annulation de dernière minute et, de manière tout aussi prévisible, il avait aussitôt proposé une solution de rechange : il prendrait une journée sur son travail afin de la rejoindre en avion à Sacramento pour le week-end, ainsi pourraient-ils passer du temps ensemble. Elle assisterait à sa conférence dans la journée et ils auraient toutes les nuits pour eux. Allison manifesta ce qu'il fallait de surprise et de gratitude à pareille suggestion et lui promit de tout faire pour que leur première escapade de week-end soit un événement inoubliable. À un moment donné, elle s'arrangerait pour le ferrer un peu plus, en suggérant d'un air timide qu'il pourrait la présenter à sa famille. Peut-être arriverait-elle à lui faire le coup de la surprendre en train de fondre en larmes, après quoi elle lui confesserait qu'elle s'était quelque part sentie prise de court par la « relation spéciale » qui les liait.

Comme elle l'avait su d'emblée, la partie délicate serait le laïus. Son « manipulateur » – un terme russe qu'elle n'avait jamais aimé –, l'homme aux mains couvertes de cicatrices de brûlures, lui avait proposé un angle d'attaque qui méritait d'être exploré, mais celui-ci exigeait d'elle qu'elle s'investisse dans une histoire rocambolesque susceptible d'éveiller la curiosité de Steve. D'un autre côté, si dans l'intervalle le garçon n'était pas entièrement tombé sous son emprise, il lui suffirait de faire machine arrière et de changer de tactique. Steve n'était pas stupide mais, en affaires de cœur, les hommes se montraient tout aussi irrationnels que les femmes, si ce n'est plus. Le sexe, malgré son pouvoir, n'était jamais qu'un premier pas, et si elle jugeait bien son client, elle n'était plus très loin du but.

La question qu'Allison évitait de se poser était celle de la nature des informations recherchées par son employeur. Pourquoi diable s'intéressaient-ils à des nappes aquifères au beau milieu d'un désert ?

Comparé aux autres vraquiers de Panamax, le *Losan* était un bâtiment de taille modeste de 2 700 tonneaux et 150 mètres de long, dont la capacité avait été depuis longtemps surpassée par ses descendants des générations ultérieures, mais Tarquay Industries de Smithfield, Virginie, se souciait moins de modernisme que de rentabilité.

Sur les 120 bouteilles de 200 litres de propane qu'il avait vendues au gouvernement sénégalais, quarante-six s'étaient avérées défectueuses, ayant passé au travers des contrôles de qualité malgré leur couvercle mal soudé. En soi, ce n'était pas un problème insurmontable, Tarquay avait du reste proposé de le régler sur place et sans frais, mais un examen effectué par les inspecteurs officiels du gouvernement, accompagnés de l'ingénieur principal de la firme, avait révélé que les soudures avaient compromis l'intégrité des récipients ; aucune des bouteilles incriminées n'aurait pu, en l'état, subir l'épreuve obligatoire de pression maximale.

Comme il s'agissait du tout premier contrat de Tarquay avec le Sénégal et même de son tout premier marché outre-mer, l'entreprise s'empressa de rembourser intégralement la cargaison, remboursement assorti des excuses officielles du conseil d'administration et de l'envoi immédiat d'un autre lot. Sur le port de Dakar, les bouteilles défectueuses furent classées sous l'indicatif R3001c – « réexportation de produits non pétroliers de qualité non conforme après leur stockage transitoire » – puis transférées dans un entrepôt des douanes à Port-Sud avant d'être enfin stockées dans un terrain vague, envahi de mauvaises herbes et entouré par un grillage d'un mètre vingt de haut.

Huit mois plus tard, des dispositions avaient été prises pour le renvoi à Smithfield du lot défectueux. Le *Losan*, qui effectuait son ultime escale avant de traverser l'Atlantique pour regagner les États-Unis, avait suffisamment de place pour embarquer la cargaison.

Deux jours avant l'appareillage, les bouteilles furent donc chargées par un chariot à fourche sur des wagons plats, arrimées, puis transportées à trois kilomètres de là, jusqu'au mouillage du *Losan*, où une grue les chargea dans des conteneurs ouverts – quatre bouteilles par conteneur – puis ceux-ci furent déposés sur le pont du vraquier par rangs de douze.

Ayant été inspectée à son entrée, la cargaison, qui était demeurée sous douane depuis son arrivée, ne fut ni pesée ni contrôlée avant d'être à nouveau chargée sur le *Losan*.

La migraine et la nausée avaient progressivement empiré au cours des dix dernières heures, ce qui ne laissa pas de surprendre Adnan ; il ne s'était pas attendu à ce que les symptômes surviennent aussi vite. Ses mains tremblaient, il avait la peau moite. De toute évidence, ces histoires concernant la toxicité du bâtiment n'avaient pas été des exagérations. *Peu importe*, se dit-il, *l'heure est venue*. D'après la carte de Salytchev, ils n'étaient plus qu'à vingt kilomètres du point de déchargement.

Par la grâce d'Allah, ils avaient trouvé le fût de confinement très précisément là où il devait être, toujours fixé à son étrier contre la paroi de la cale. L'objet avait été moins lourd qu'Adnan l'avait craint, ce qui était à la fois un avantage et une malédiction. Il connaissait le poids approximatif du cœur, il était donc aisé d'en déduire en gros celui de la cellule de confinement ; le fût était manifestement doublé de plomb mais d'une épaisseur inférieure à celle suggérée par leurs renseignements. Ce qui voulait dire que le casier dans la cale n'avait été conçu que comme un écran temporaire... mais cela ne les avançait guère. Toutefois, le fût était resté scellé en place et ne semblait pas avoir subi de dégâts apparents durant cette avarie, bien des années plus tôt.

Ils l'avaient libéré de ses attaches, l'avaient soulevé et sorti en le manipulant par ses quatre poignées soudées, puis ils avaient traversé la cale inondée pour rejoindre l'échelle. Là, en procédant avec un luxe de précautions, ils l'avaient hissé, un barreau après l'autre, jusqu'à la passerelle avant de regagner la coursive principale. Les deux derniers obstacles, l'échelle pour remonter sur le pont principal, puis l'échelle de coupée pour rejoindre les radeaux, furent franchis sans encombre, et bientôt ils étaient de retour sur la grève. Ils se défirent avec soulagement de leurs combinaisons protectrices et de leurs masques à gaz, qu'ils enfournèrent dans un des sacs à dos, puis, après avoir lesté celui-ci d'une pierre, ils le balancèrent à la mer.

Le retour à pied jusqu'au promontoire leur prit une heure. Adnan ordonna aux hommes de déposer le fût et de se reposer, puis il gagna le rivage pour observer la baie à travers la brume. Il entrevoyait juste la silhouette du navire de Salytchev. Il sortit de son sac à dos une torche de détresse qu'il alluma avant de l'agiter au-dessus de sa tête. Trente secondes s'écoulèrent et, enfin, leur parvint du bateau le double clignotement d'une lampe électrique. Adnan se retourna vers ses hommes pour leur faire signe d'avancer.

Trente minutes plus tard, ils étaient de retour à bord et rebroussaient chemin. Ils n'avaient pas encore rejoint la baie principale que le fût de confinement avait été déjà introduit dans une seconde gaine protectrice, plus épaisse, qu'ils avaient pris soin d'apporter avec eux. Salytchev lorgna le conteneur avec soupçon, mais s'abstint de tout commentaire, alors qu'il guidait le bateau vers la haute mer.

Adnan se tenait aux côtés de Salytchev dans la timonerie. Il était près de minuit et dehors ne régnaient que les ténèbres. « Vous avez certainement mérité votre argent, capitaine, observa Adnan. Nous vous en sommes reconnaissants. »

Salytchev haussa les épaules mais ne dit rien.

Tout contre sa hanche, Adnan sentait saillir le boîtier de l'émetteur radio encastré dans le bois de la console de pilotage. Il ôta lentement de sa poche de blouson le canif qu'il ouvrit d'un coup de pouce, avant de poser la lame sur le câble d'alimentation de l'appareil. Le câble se rompit avec un bruit presque imperceptible.

« Je vais aller voir les hommes, dit Adnan. Puis-je vous apporter une tasse de café ? Quelque chose de plus fort ?

— Du café. »

Adnan descendit vers le mess puis emprunta une autre échelle pour descendre au niveau des couchettes.

Il faisait noir, à part le rai de lumière qui filtrait du salon. Les hommes étaient endormis, un par couchette, tous allongés sur le dos. Un peu plus tôt, il leur avait donné ce qu'il avait fait passer pour de l'iodure de potassium ; il s'agissait en fait de Lorazépam introduit dans une gélule de cellulose. Avec le triple de la posologie normale, l'anxiolytique avait suffi à plonger les hommes dans un sommeil profond. *Un soulagement*, songea Adnan.

Ces quatre dernières heures, il avait débattu sur la conduite à tenir – non pas sur sa nécessité mais sur la méthode à employer. Ces hommes étaient déjà mourants, et nul n'y pourrait rien changer ; lui-même était en train de mourir, et là non plus, nul n'y pourrait rien changer. C'était le prix de la guerre et le fardeau du fidèle. Maigre consolation, ils ne se réveilleraient pas, n'éprouveraient nulle douleur. La seule autre contrainte, de fait, demeurait le bruit. Salytchev était âgé mais il avait été endurci par son métier de marin. Mieux valait le prendre par surprise.

Adnan se dirigea vers l'établi fixé sur la cloison arrière et ouvrit le tiroir supérieur gauche. À l'intérieur, se trouvait le couteau qu'il avait découvert lors d'une recherche précédente. Il était doté d'une lame incurvée, particulièrcment aiguisée – sans doute servait-il à dépecer les poissons.

Il saisit le manche en bois, la lame pointée vers le haut et se dirigea vers la première couchette. Il prit une profonde inspiration, posa la main sur le menton de l'homme, tourna sa tête vers le matelas, puis il introduisit la pointe de la lame dans le creux sous le lobe de l'oreille et la fit remonter en suivant la courbe du maxillaire. Le sang jaillit à flots de la carotide sectionnée ; dans l'obscurité, il paraissait noir. L'homme émit un gémissement étouffé sous la paume d'Adnan, puis eut un spasme, un autre, et retomba inerte. Adnan se dirigea vers son voisin et répéta le processus ; pareil avec le troisième. En tout, il ne lui avait pas fallu plus d'une minute et demie. Il déposa le couteau sur le pont, puis remonta vers le mess et lava le sang sur ses mains. Il s'agenouilla près de l'évier, ouvrit le tiroir du bas et en sortit le pistolet Yarygin 9 millimètres qu'il y avait planqué. Il fit coulisser légèrement la culasse pour s'assurer qu'une balle y était déjà engagée, puis il arma, ôta le cran de sûreté et glissa l'arme dans la poche latérale de son blouson. Enfin, il prit sur l'égouttoir un gobelet à café en plastique.

Il remonta vers la timonerie.

« Votre café », dit-il en tendant de la main gauche la tasse à Salytchev. Le capitaine se tourna pour la prendre. Adnan sortit de sa poche le Yarygin et lui logea une balle en plein front. Un mélange de sang et de matière grise éclaboussa la vitre latérale. Salytchev bascula doucement en arrière et glissa le long de la cloison. Adnan bascula l'interrupteur du pilote automatique, puis il saisit Salytchev aux chevilles, le tira jusqu'à l'échelle et le fit basculer dans le mess.

De retour à la barre, Adnan mit une minute pour revérifier leur position sur l'antique Loran-C, puis il déconnecta le pilote automatique et rectifia le cap.

Le trait sombre de l'île surgit à l'horizon une heure plus tard, et après une heure encore, Adnan ralentit les moteurs et se mit à longer la côte vers l'est jusqu'à ce que l'affichage du Loran-C lui indique les coordonnées convenables.

L'île était connue sous le nom de Kolguïev et, s'il fallait en croire la carte d'Adnan, elle faisait partie du territoire autonome des Nenets, un cercle presque parfait de marais, de tourbières et de collines basses, d'un diamètre approximatif de quatre-vingts kilomètres et doté d'un unique village, Bugrino, sur la côte sud-est, habité par quelques centaines de Nenets qui pêchaient, cultivaient et faisaient paître des rennes.

Adnan réduisit l'allure au ralenti et coupa le moteur. Il regarda sa montre : dix minutes de retard. Il récupéra la torche électrique sur l'étagère et gagna le pont. Le signal codé fut aussitôt suivi de la réponse convenue émise depuis la plage.

Cinq minutes plus tard, il perçut le ronflement assourdi d'un hors-bord. Une vedette surgit de l'obscurité et se rangea le long du plat-bord gauche. Quatre hommes étaient à bord de l'embarcation ; chacun était armé d'un AK-47. Adnan n'en reconnut aucun. Peu importait, du reste ; l'échange de signaux codés avait correspondu et, si c'était un piège, il ne pouvait plus rien y faire.

« Es-tu Abdul-Baqi, serviteur du Créateur ? » demanda l'un des hommes, sans doute leur chef, jugea Adnan.

« Non, serviteur de l'Éternel, répondit Adnan. C'est bon de vous voir ici.

— Et toi aussi, mon frère.

— Lance-moi une drisse et montez à bord. Il faudra au moins deux hommes. »

Tandis qu'Adnan enroulait le bout sur un taquet, deux hommes montèrent à bord, défirent les chaînes fixant sur le pont le conteneur de confinement et le ramenèrent vers le plat-bord où deux autres hommes restés dans la vedette s'en emparèrent pour le déposer sur le pont de l'embarcation. Les deux derniers rejoignirent alors leurs partenaires.

« Des problèmes ? demanda le chef.

— Aucun. Tout s'est déroulé comme prévu.

— Tu veux de l'aide, sinon ? »

Adnan fit non de la tête. « Non, merci. C'est à peu près terminé. Il y a du fond par ici, presque trois cents mètres. La mer se chargera du reste. »

60

L'amiral Stephen Netters le savait, la réunion n'allait pas être agréable et, pour une grande part, cela dépendrait de qui allait y assister ou non. Normalement, l'homme assis en face de lui aurait dû être Robby Jackson, or ce n'était pas le cas. Un péquenaud au cœur plein de haine y avait veillé. À la place, ils avaient Edward Kealty. L'homme qu'il ne fallait en aucun cas. Les relations de Netters et Jackson remontaient à l'école navale et leurs carrières s'étaient croisées maintes fois alors qu'ils grimpaient les échelons jusqu'à ce que finalement, dans les derniers mois du gouvernement Ryan, Netters ait été désigné chef du commandement interarmées. Il avait accepté le poste pour toutes sortes de raisons, l'ambition venant en dernier, le respect pour Ryan passant par-dessus tout.

Il avait été difficile de ne pas démissionner ensuite, surtout quand il était devenu manifeste que Kealty allait occuper le Bureau ovale moins à cause de ses mérites que par la collusion d'un destin aveugle et de la tragédie. Mais alors même qu'on comptait les voix et que la carte électorale basculait inexorablement en faveur de Kealty, Netters avait su qu'il resterait en poste, de peur que le nouveau président n'y désigne un de ses « chevaliers porte-coton » issus du Pentagone. Il suffisait de considérer la profondeur (ou plutôt la superficialité) de son cabinet ministériel pour déduire ce que l'homme attendait de ses subordonnés. D'où le hic. Contredire le roi trop souvent ou avec trop de zèle, et l'on s'empresserait de trouver un prince plus docile. Mais s'abstenir de contredire le roi, c'était risquer de livrer le royaume aux barbares.

« Dites-moi ce que je suis en train de contempler, amiral », bougonna le président Kealty en repoussant la photo satellite vers Netters.

« Monsieur le président, ce que nous voyons là est un vaste déplacement de chars et d'infanterie mécanisée faisant mouvement vers l'ouest et la frontière.

— Ça, je suis capable de le voir, amiral. Mais de quels moyens parlons-nous, en termes chiffrés, et que nous mijotent-ils ?

— Pour répondre à votre première question, nous avons identifié une division blindée formée de trois brigades de chars comprenant un assortiment de vieux T-54 et T-62 soviétiques, ainsi que des Zulfiqar ; quatre bataillons d'artillerie ; et deux divisions d'infanterie mécanisée. Quant à ce qu'ils mijotent, monsieur le président, nous ne sommes pas encore en mesure de penser en ces termes. Nous devons d'abord nous concentrer sur leurs capacités et ensuite seulement, en déduire leurs intentions.

— Expliquez-nous cela », intervint Ann Reynolds, la conseillère pour la sécurité auprès du président.

Entendez : *Je n'y pige que dalle.* À l'instar de Scott Kilborn, la député démocrate du Michigan était parfaitement non qualifiée, mais son sexe, génétiquement correct, et son siège à la Commission parlementaire du renseignement avaient fait d'elle une des favorites pour entrer dans le cabinet de Kealty. Au poste de P-DG d'une entreprise Internet de réseaux sociaux installée à Detroit, Reynolds avait fait preuve d'astuce et de compétence, qualités qu'elle avait cru aisément transférables aux fonctions de femme politique et de législateur. Netters la soupçonnait de ne pas s'être encore rendu compte qu'elle était dépassée par les événements, un fait qui lui flanquait une trouille monstre. La conseillère pour la sécurité fonçait tête baissée en espérant que ses stricts tailleurs Donna Karan, ses lunettes à la monture sévère et son élocution au débit de mitraillette suffiraient à tenir les loups à distance.

« Disons que j'ai décidé de battre le record olympique du marathon. Telles sont mes intentions. Le problème est que j'ai les deux jambes cassées et une maladie cardiaque. Telles sont mes capacités. Ces dernières dictent les premières. »

Reynolds acquiesça comme une bonne élève.

Scott Kilborn, le patron du renseignement, reprit la parole : « Monsieur le président, Téhéran s'apprête à baptiser cela un “exercice” mais nous ne pouvons pas ignorer l'évidence : d'abord et avant tout, ces forces font mouvement vers le saillant d'Ilam – à vol d'oiseau, c'est le point de la frontière iranienne le plus proche de Bagdad. Cent vingt kilomètres environ. Ensuite, nous venons tout juste de mettre en œuvre notre plan de retrait de l'Irak. Dans le meilleur des cas, ils envoient aux sunnites un simple avertissement, leur demandant de s'occuper de leurs affaires. Dans le pire, ils ne rigolent pas et préparent une incursion.

— Dans quel but ? »

Kealty avait posé la question, ce qui était bien, songea Netters, mais il n'y avait derrière nulle curiosité. Quand il s'agissait de l'Irak, le président s'arcboutait sur ses certitudes. Depuis le premier jour, il avait clairement exprimé son intention d'en retirer les forces américaines au plus vite, en ne prêtant qu'une attention distraite à la sécurité tactique. Il manquait à Kealty deux ingrédients critiques pour faire de lui un bon dirigeant : la souplesse et la curiosité. Il maniait l'une et l'autre en abondance quand il était dans l'arène politique, mais il ne s'agissait là que de manœuvres de pouvoir, pas de réelle gouvernance politique.

« On lance un ballon d'essai et on voit comment on réagit, répondit Kilborn. Plus on retarde l'échéance, plus on laisse de temps à Téhéran pour travailler en sous-main avec les milices chiites. Si une incursion n'interrompt pas notre retrait, alors ils auront une idée de notre attitude à venir.

— Je ne suis pas d'accord, contra l'amiral Netters. Ils n'ont rien à gagner et tout à perdre à franchir la frontière. Sans compter qu'ils sont un peu légers en matériel antiaérien.

— Comment cela ?

— Ils n'ont déployé que quelques éléments symboliques. Ce n'est pas une négligence. Ils savent pertinemment que si nous nous en prenons à eux, ce sera d'abord depuis des porte-avions croisant dans le Golfe.

— Un message ? demanda la conseillère pour la sécurité.

— Encore une fois, madame Reynolds, cela entre dans la catégorie des “intentions” mais je vais vous dire une bonne chose : les Iraniens ont peut-être bien des défauts, mais ils ne sont pas aveugles, et ils ont une foi inébranlable dans le modèle de l'ordre de bataille soviétique qui s'appuie essentiellement sur les systèmes antiaériens mobiles. Ils ont vu nos actions lors des deux guerres du Golfe et en ont retenu la leçon. On ne se débarrasse pas par plaisir de son élément antiaérien.

— Et la couverture aérienne ? demanda Reynolds. Les chasseurs ?

— Pas de changement, répondit Netters. Aucun mouvement en dehors des vols de patrouille de routine. »

Le président Kealty plissait le front. *Voilà qui tombait comme un cheveu dans sa soupe*, songea Netters. Il avait promis au pays qu'il retirerait les États-Unis de l'Irak, le compte à rebours avait déjà commencé, mais ce n'était pas celui du retrait des troupes ou de la sécurité stratégique du pays, mais plutôt celui de ses chances de réélection. Certes, Netters avait dès le début émis ses propres réserves quant à la guerre d'Irak, et il n'avait pas changé d'avis, mais celles-ci étaient de peu de poids comparées à la possibilité bien réelle d'un fiasco total. Qu'ils le veuillent ou non, les États-Unis étaient embringués jusqu'au cou au Moyen-Orient, plus peut-être que tout au long de leur histoire. Un retrait sans douleur était un doux rêve que Kealty avait pu fourguer à une nation lasse des conflits, pour des raisons bien compréhensibles.

Même si le plan de retrait en cours de réalisation risquait de ne jamais réussir, au moins était-il suffisamment mesuré pour laisser l'Irak lentement sombrer dans le chaos plutôt que replonger tête la première dans le gouffre, auquel cas Kealty aurait tout intérêt à se ressaisir au plus vite et à écouter ses commandants sur le théâtre des opérations.

Dans un sens, Scott Kilborn avait raison : ces mouvements à la frontière pouvaient bien être un avant-goût de la vision ultime par Kealty d'un Irak sans les troupes américaines, même s'il n'était pas certain du tout que l'Iran se hasarde à envahir le pays sitôt les Américains partis. Si oui, ils tireraient sûrement prétexte de violences interreligieuses entre sunnites et chiites pour justifier une telle intervention.

Le jeu que jouaient ici les Iraniens était déroutant. Un retard dans le retrait des troupes américaines semblait contraire aux intérêts de Téhéran – à tout le moins, tels qu'envisagés depuis Washington.

Kealty se cala contre son dossier et joignit le bout des doigts. « Donc, amiral, puisque vous ne voulez pas parler d'intentions, je m'en vais le faire à votre place. Les Iraniens sont en train de jouer les matamores pour tester notre résolution. Ignorons-les, poursuivons notre plan de retrait et donnons-leur nous aussi un message.

— Tel que ? s'enquit l'amiral Netters.

— Un autre groupe de porte-avions. »

Un message. Encore une mission sans objectif. Certes, si l'intérêt essentiel d'un groupe de porte-avions était la projection de forces, le concept n'était pas si différent de celui du B-A-BA du maniement d'armes : ne jamais pointer une arme à feu vers une cible sur laquelle on n'a pas l'intention de tirer. En l'occurrence, Kealty, lui aussi, n'avait que l'intention de faire des moulinets.

« De quelles forces disposons-nous ? » demanda le président.

Avant que Netters ait pu répondre, Kilborn commença : « Le *Stennis*… »

Netters le coupa aussitôt : « Monsieur, nous sommes à la limite de nos moyens opérationnels. Le groupe du *Stennis* vient d'être relevé il y a dix jours. Il était depuis longtemps programmé pour une…

— Sacré bon sang, amiral, je suis fatigué de n'entendre parler que de nos empêchements, est-ce bien clair ?

— Oui, monsieur le président, mais vous devez comprendre le…

— Non. C'est pour cela qu'on vous paie, amiral. Arrangez-vous pour que le boulot soit fait et donnez-moi un plan, ou sinon je trouverai quelqu'un d'autre pour le faire. »

Tariq entra dans le séjour où l'Émir était en pleine lecture et saisit la télécommande. « Un truc qui devrait t'intéresser. » Il alluma la télé et passa sur une chaîne d'infos du câble. Ils prirent la jolie présentatrice blonde aux yeux bleus au beau milieu d'une phrase :

« … Encore une fois, un porte-parole du Pentagone vient de confirmer une dépêche antérieure de la BBC signalant que l'armée iranienne conduisait des exercices à la frontière avec l'Irak. Si le Pentagone admet que le gouvernement de Téhéran a omis de l'annoncer, il a toutefois poursuivi en remarquant que de tels événements n'ont rien d'exceptionnel, citant par exemple un mouvement de troupes et de matériel tout à fait similaire survenu au début 2008. »

Tariq coupa le son.

« Drôle de tandem, murmura l'Émir.

— Pardon ? »

Alors que Téhéran n'avait jamais vraiment soutenu la cause du CRO, il ne leur avait pas non plus mis de bâtons dans les roues, bien conscient qu'on ne savait jamais vraiment quand se recoupaient les intérêts réciproques. En l'occurrence, le VEVAK, ministère iranien du Renseignement et de la Sécurité nationale, avait ces dernières années envisagé comment pourrait se présenter son voisin après l'occupation. Quoique bien représentée par plusieurs milices et soutenue par le Hezbollah et l'aide des Pasdaran, les gardiens de la révolution, la population chiite demeurait minoritaire en Irak et, par conséquent, vulnérable aux persécutions des sunnites, un déséquilibre des forces que Téhéran comme le CRO n'étaient que trop heureux d'exploiter. Alors même que les États-Unis avaient commencé à faire résonner les tambours de guerre dès 2002, l'Émir avait mené, de son côté, son analyse coûts-bénéfices et développé une stratégie visant à poursuivre les objectifs du CRO. Le fait que ladite stratégie soit indirectement basée sur le modèle économique américain dépassait quelque part l'entendement de Washington.

Les États-Unis finiraient par se retirer, ou du moins réduire leur présence à un niveau symbolique, et c'est alors que l'Iran jouerait sa carte pour dominer l'Irak, une perspective qu'il ne pouvait toutefois réaliser sans prendre un avantage sur la majorité sunnite. L'Iran avait son rôle à y jouer.

L'implication du CRO en Irak avait commencé en août 2003 avec un afflux d'hommes, de matériel et d'expertise, dispensés à titre gracieux par des groupes extrémistes sunnites. Fondés sur une haine commune des occupants américains, ces divers groupes partagèrent objectifs et ressources et, dès 2006, le CRO avait acquis une grande influence sur des quartiers entiers de Bagdad ainsi que sur une bonne partie du triangle sunnite. Tel était le service que Téhéran était prêt à payer.

Comme le savaient fort bien Mary Pat Foley et le Centre national antiterroriste, et comme en avait récemment pris conscience Jack Ryan Junior, la disponibilité d'informations à l'ère numérique pouvait être aussi bien un inconvénient qu'un avantage en matière d'espionnage. Les ordinateurs pouvaient catégoriser, collationner et disséminer des quantités massives d'informations, mais l'esprit humain ne pouvait en absorber et traiter qu'une fraction limitée. Or mettre en pratique l'information restait le pivot autour duquel ses décisions – bonnes, mauvaises ou indifférentes – s'articulaient, un fait reconnu depuis bien longtemps par des catégories aussi diverses que les ingénieurs, les garde-chasse, les gérants de casino, comme des centaines d'autres corps de métier. Qui fait quoi et où et quand intervenir ? Pour un urbaniste, une simple liste des intersections sujettes aux embouteillages était virtuellement inutile ; une carte dynamique lui permettant de repérer les points noirs et les tendances de la circulation, inestimable. Hélas, comme c'était trop souvent le cas, le gouvernement américain en était encore à rattraper son retard en matière de visualisation des données et d'architecture de l'information, contraint de sous-traiter ces services à des sociétés informatiques privées, pendant que la bureaucratie fédérale piétinait en jetant par les fenêtres des millions de dollars.

Pour Jack et Gavin Biery, le projet qu'ils avaient finalement baptisé SOC DE CHARRUE avait été d'abord un défi technique : comment assimiler le flot d'informations librement disponibles sur Internet et le réduire à quelque chose d'utile – une lame permettant de trancher pour réduire la surcharge. Au-delà de la métaphore quelque peu tirée par les cheveux, ils avaient effectué de rapides progrès, d'abord en concoctant un logiciel, destiné à collecter les notices nécrologiques depuis la côte Est, avant de cartographier celles-ci selon plusieurs critères : âge, lieu, cause du décès, situation, et ainsi de suite. La plupart des grilles de lecture qui en émergeaient étaient prévisibles – ainsi le pic des décès de personnes âgées dans les maisons de retraite –, mais d'autres ne l'étaient pas, tel que le récent relèvement de l'âge d'interdiction de consommation d'alcool, suite à l'accroissement, dans un État voisin, des accidents mortels impliquant de jeunes conducteurs et après que ce dernier eut libéralisé sa législation sur la vente d'alcool pour les jeunes. Là aussi, c'était en partie prévisible, mais c'était plus évident sur une carte qui, comme on le dit d'un bon croquis, valait toujours mieux qu'un long discours.

L'autre surprise fut la profondeur et l'envergure de l'information en libre accès. Les données réellement utiles, sans être inaccessibles, étaient souvent enfouies dans le dédale des pages des sites gouvernementaux, fédéraux ou locaux, et elles étaient disponibles pour quiconque avait la patience et les compétences technologiques pour les y dénicher. Les pays du Tiers-Monde – ceux-là mêmes où survenaient la majeure partie des attaques terroristes – étaient la proie la plus facile, vu leur incapacité fréquente à assurer l'étanchéité entre information en ligne et sécurité des données sensibles. Des informations par ailleurs confidentielles comme les procès-verbaux d'arrestations et les dossiers d'enquêtes se retrouvaient sur des serveurs non sécurisés sans même un pare-feu ou un mot de passe pour les isoler des portails gouvernementaux accessibles au public.

Et tel était le cas de la Libye. Moins de quatre heures après avoir obtenu le feu vert de Hendley, Jack et Gavin avaient lancé SOC DE CHARRUE et leur programme labourait déjà les giga-octets extraits des sites publics et des bases de données gouvernementales. Deux heures plus tard, SOC DE CHARRUE régurgitait les informations et les intégrait aux données cartographiques de la version de Google Earth Pro installée sur l'ordinateur de Gavin. Jack convoqua aussitôt Hendley, Granger, Rounds et les frères Caruso dans la salle de conférences déjà plongée dans la pénombre. Sur la vue satellitaire de Tripoli se retrouvèrent superposés des traits, carrés et grappes de points multicolores. Jack se tenait près de l'écran, télécommande en main ; Biery était derrière, dos au mur, son ordinateur portable ouvert sur les genoux.

« On dirait une toile de Jackson Pollock, observa Brian. T'essaies de nous flanquer une crise d'épilepsie, Jack ?

— Faites-moi confiance », dit l'intéressé avant de presser une touche de la télécommande.

Le « suivi de données », pour reprendre l'expression qu'ils avaient adoptée, Gavin et lui, disparut du fond de carte. Jack consacra cinq minutes à fournir à ses spectateurs quelques éclaircissements sur SOC DE CHARRUE, puis il effleura de nouveau la télécommande. L'image zooma sur l'aéroport de Tripoli, sur laquelle se superposait désormais une sorte de fleur, avec au centre un stigmate découpé en parts de gâteau et tout autour des pétales tranchés selon des longueurs différentes.

« Le centre de la fleur représente le volume moyen d'arrivées quotidiennes. Les matinées sont les plus chargées, les après-midi les plus calmes. Les pétales représentent la moyenne de fouilles particulières conduites aux divers points de contrôle de l'aérogare. Comme vous pouvez le constater, il y a un pic matinal, entre sept et dix, puis une chute progressive jusqu'à midi. Traduction : le jeudi entre dix heures trente et midi est la meilleure tranche horaire pour faire passer un objet au travers des portiques.

— Pourquoi ? demanda Granger.

— Le matin, le personnel chargé des contrôles est au complet, mais une rotation intervient dès la fin de matinée pour la pause déjeuner ; moins de personnel couplé à plus de passages égale moins de sécurité. Sans compter que près des deux tiers des vigiles et des employés affectés aux écrans travaillent du dimanche au jeudi.

— Donc les jeudis correspondent à nos vendredis, crut bon d'expliquer Dominic. Ils pensent déjà au week-end. »

Jack opina. « C'est ce qu'on s'est dit. Nous avons également un graphe similaire pour les départs. Il pourrait vous être encore plus utile. »

Jack fit défiler une série de calques colorés représentant les schémas de trafic, les actes de violence, les enlèvements, les raids menés par la police et les unités militaires, les manifestations anti-occidentales… le tout classé par dates et heures, démographie, localisation, caractères ethniques, implications étrangères, affiliations politiques et religieuses, pour aboutir finalement à un condensé des données sous la forme d'une sorte de vade-mecum à l'intention de Brian et Dominic : ce qu'il convenait de faire ou ne pas faire, les endroits qu'il valait mieux éviter, avec les heures les moins propices, les quartiers où ils étaient susceptibles de tomber sur une forte implantation du CRO, les rues dans lesquelles se retrouvaient le plus souvent les points de contrôle de l'armée et les descentes de police.

« Jack, c'est du bon boulot, commenta Brian. Genre *Guide du routard* en un peu spécial…

— Dans quelle mesure les données varient-elles ? s'enquit Dominic.

— Elles ne varient pas tant que ça. Quelques fluctuations concernant l'observance des rites religieux, mais à moins de rester sur place plus de dix jours, vous ne remarquerez rien. »

Granger intervint : « Pourront-ils accéder à ces données sur le terrain ?

— Gavin leur a bidouillé deux Sony Vaio, à écran 8 pouces, distribution Linux Ubuntu et version 1.3 de…

— En clair, Jack, coupa Rounds.

— Des ultra-portables. Toutes les données sont en mémoire flash. Ils peuvent charger et manipuler les divers calques de notre logiciel. On leur donnera un aperçu du maniement dès qu'on en aura terminé ici.

— Beau boulot, Jack… et Gavin, commenta Hendley. Des questions, messieurs ? »

Brian et Dominic firent non de la tête.

« OK, alors bon voyage. »

61

Jack Ryan Senior noua sa cravate et se regarda dans la glace, l'air apparemment satisfait de sa mise. Sa tenue porte-bonheur, chemise blanche à manches longues et cravate rouge. Il était allé chez le coiffeur la veille et ses cheveux montraient juste assez de mèches grises pour prouver qu'il n'était plus un gamin, tout en insistant sur son côté jeune quinquagénaire. Petit sourire pour s'assurer qu'il s'était convenablement brossé les dents. *En piste.*

L'épreuve allait commencer dans une heure, devant une vingtaine de caméras de télévision et plusieurs centaines de journalistes et commentateurs dont bien peu avaient une réelle affection pour lui. Leur boulot était de rapporter les faits tels qu'ils les voyaient, de manière équitable et honnête. Ce serait le cas de la plupart – ou au moins d'un certain nombre, Dieu merci. Mais Ryan de son côté devrait ne pas se planter en débitant son texte, ne pas se louper ou trébucher devant les caméras, quand bien même cela ferait le ravissement de Jay Leno dans la soirée.

On frappa à la porte. Ryan s'approcha pour ouvrir. Il n'avait guère à redoubler de précautions. Ses gardes du corps tenaient tout l'étage comme si c'était un silo nucléaire de l'Air Force.

« Eh, Arnie, Callie », dit-il en ouvrant.

Arnie van Damm le toisa. « Eh bien, monsieur le président, content de voir que vous savez toujours vous habiller.

— Nouvelle cravate ? remarqua Callie Weston.

— Un problème avec le rouge ? rétorqua Ryan.

— Un peu trop rentre-dedans.

— Qu'est-ce que vous préféreriez ?

— Bleu ciel serait mieux.

— Callie, j'apprécie votre boulot, mais s'il vous plaît, laissez-moi m'habiller à ma guise, d'accord ? »

Callie bougonna mais laissa tomber.

« Paré ? demanda Arnie.

— Trop tard pour reculer », répondit Ryan.

Et c'était vrai. Il s'était désormais mué en candidat prêt à se jeter dans l'arène. L'œil injecté de sang, le dos rond.

Van Damm reprit : « Bien sûr, je pourrais encore essayer de te convaincre de…

— Non », coupa Ryan.

Arnie, Callie et lui avaient débattu de Georgetown – de l'opportunité ou non d'inclure la tentative d'assassinat dans son discours de candidature. Comme de juste, ils penchaient pour son inclusion, mais Ryan n'avait rien voulu entendre. L'incident viendrait sur le tapis au cours de la campagne mais certainement pas de son fait. Il ne pourrait pas non plus l'éviter.

« Comment est le public ? demanda Ryan, pour clore le sujet.

— Tous sur des charbons ardents, répondit Arnie. De toute façon, il n'y a pas beaucoup d'infos aujourd'hui, ils seront donc trop heureux de te voir. Ça leur procurera bien cinq minutes de temps d'antenne. Tu vas en vendre, du dentifrice, Jack. Merde, tu sais qu'il y en a même qui t'apprécient.

— Vraiment ? Depuis quand ?

— Ce ne sont pas des ennemis. C'est la presse. Des observateurs neutres. Tu devrais traîner avec eux, discuter hors micros. Partager une bière. Les amener à mieux te connaître. T'es un type attachant. Fais-en un atout.

— J'y penserai. Un café ?

— Il est bon, par ici ?

— Pas à me plaindre », leur dit Jack.

Il se dirigea vers le plateau et s'assit pour se servir une autre tasse. La troisième. Ce serait sa limite, s'il ne voulait pas être sur les nerfs. À la Maison Blanche le café était toujours du *Blue Mountain* de la Jamaïque, souvent considéré comme le meilleur du monde. *Ça*, c'était du café. Peut-être à cause de la présence de bauxite dans les fèves.

Son esprit revint à la question essentielle : si jamais il gagnait, comment remettre le pays sur les rails ? Gouverner un pays aussi complexe que les États-Unis était concrètement impossible. Trop d'intérêts en jeu, dont chacun était crucial pour quelqu'un, et ce quelqu'un pouvait se présenter à la télé ou dans les journaux pour garantir que son point de vue obtienne la plus large publicité possible. Le président pouvait ou non y prêter attention. Il était pour cela entouré d'une équipe chargée de filtrer pour lui les informations importantes. Mais du même coup, cela faisait de lui leur otage, et même un homme bien pouvait être victime d'une manipulation ourdie par ceux-là mêmes qu'il avait choisis – sans compter que ce choix avait été délégué à d'autres hauts fonctionnaires gouvernementaux, qui avaient à leur tour leurs priorités personnelles et gardaient en vue leur plan de carrière, comme si un bureau à l'aile ouest de la Maison Blanche ou dans les cabinets ministériels était un don du ciel. De tels individus pouvaient fort bien modeler à leur guise les idées de leur président rien qu'en sélectionnant ce qu'il convenait de lui montrer. *Et tu es prêt à remettre le couvert pour quatre ans ?* se demanda Ryan. *T'es vraiment trop con.*

« Je connais ce regard, observa Arnie. Je sais à quoi tu penses. Que puis-je te dire, Jack, sinon que t'es vraiment le mieux placé pour ce boulot et que c'est nécessaire. J'y crois dur comme fer. Et toi ?

— J'y venais, dit Ryan.

— Tu as vu ce qui se passe en Iran ? insista Arnie.

— Quoi donc ? Leur programme nucléaire ou les manœuvres à la frontière ?

— Les deux.

— Même refrain, seules les paroles changent, coupa Jack. Téhéran sait qu'il leur suffit de brandir une escopette pour faire réagir Kealty illico – et même réagir à l'excès. Qu'est-ce qu'il a convaincu Netters d'envoyer sur zone ? Un groupe de combat entier ?

— Ouais ! L'escadre du *Stennis*. Déroutée en fin de mission.

— C'est idiot. Ils sont en train de le mener par le bout du nez. (Il consulta sa montre.) Combien de temps me reste-t-il ?

— Dix minutes, répondit Callie. Puis-je vous convaincre de passer au maquillage ?

— Surtout pas ! tonna aussitôt Ryan. Je ne suis pas une pute à dix dollars sur la 16e Rue.

— Elles coûtent plus cher aujourd'hui, Jack. L'inflation, t'en as entendu parler ? »

Ryan se leva et se dirigea vers la salle de bains. Mieux valait redoubler de précautions et ne pas avoir de problèmes de vessie, surtout devant les caméras. À mesure qu'il prenait de l'âge, il avait de plus en plus de mal à patienter pour pisser. Bref, il se soulagea, remonta sa fermeture et revint enfiler son veston.

« C'est bon, on peut y aller, les enfants ?

— En piste, monsieur le président. »

Arnie ne tutoyait Jack qu'en privé. Callie Weston avait le même privilège, qui du reste la mettait mal à l'aise. À leur sortie, ils tombèrent sur Andrea Price O'Day, accompagnée des autres membres de la garde rapprochée de Ryan, chacun avec son arme rangée dans son étui.

« SWORDSMAN s'est mis en route », annonça Andrea au reste de ses collègues dans son micro lavallière.

Jack gagna l'ascenseur, qu'on lui avait comme toujours retenu, avec un autre agent armé déjà dans la cabine.

« OK, Eddie », fit Andrea et l'intéressé relâcha la touche d'ouverture de la porte, pour libérer l'ascenseur qui descendit jusqu'au premier étage où se trouvait la salle de réunion réservée pour l'annonce du jour.

Quarante secondes plus tard, les portes coulissaient et les agents de protection sortaient pour ouvrir le bal. Ils se retrouvèrent entre deux rangées de spectateurs, la plupart, assez curieusement, étaient de simples citoyens, mais la majorité était composée de journalistes de diverses provenances, accompagnés de caméras de télévision. Jack leur sourit – un candidat devait sourire en permanence –, avec un petit signe pour ceux qu'il connaissait encore de nom, du temps de son précédent mandat, quatre ans plus tôt. S'il continuait à sourire ainsi, il allait se bloquer la mâchoire, s'avisa-t-il.

« Monsieur le président, si vous voulez bien me suivre », dit le directeur de l'hôtel en les guidant vers le fond de la salle. On y avait dressé un pupitre. Ryan s'y rendit aussitôt. Et en agrippa les flancs de bois si fort qu'il en eut presque mal aux mains. C'était une habitude chez lui, qui l'aidait à rester synchrone avec la tâche en cours.

Il commença : « Mesdames et messieurs, merci de vous être déplacés. Je suis ici pour vous annoncer que je brigue la candidature à la fonction de président des États-Unis, l'an prochain.

« Depuis que j'ai quitté la présidence, il y a trois ans, j'ai observé le mandat de l'actuel président et je dois avouer ma déception. Le président Kealty n'a pas répondu comme il convenait aux défis auxquels notre pays était confronté. En Afghanistan et en Irak, des soldats sont morts pour rien, victimes d'une politique de retrait conduite à l'estime. Même quand une guerre est mal emmanchée, on n'a pas le choix, on doit tout faire pour s'en sortir par le haut. Fuir un conflit n'est pas une politique, ce n'est pas une option. Le président Kealty, quand il était sénateur, n'était déjà pas un ami de nos forces armées et il a aggravé ses erreurs antérieures en les utilisant de manière inefficace en gérant à court terme leurs actions sur le terrain depuis le Bureau ovale, tant et si bien qu'il a fait tuer nos soldats, au lieu de suivre les conseils des commandants sur le terrain.

« Plus grave encore, le président Kealty a également géré à court terme l'économie nationale. Quand j'ai quitté mes fonctions, l'Amérique avait une économie saine et en pleine croissance. Durant ses deux premières années de mandat, la politique fiscale malavisée du président Kealty a stoppé net ce mouvement. Cette année, l'économie a rebondi après avoir touché le fond, mais ce fut en dépit de la politique du gouvernement, certainement pas grâce à celle-ci. De mon temps, nous avions simplifié la politique fiscale. Cela avait certes mis au chômage quantité d'avocats et de comptables – soit dit en passant, je vous signale que je suis toujours expert-comptable et que le nouveau code des impôts est si complexe que même moi, je n'arrive plus à le comprendre. Peut-être le président Kealty est-il ravi que, pour reprendre ses termes, chacun paie une part équitable d'impôts, mais il n'en reste pas moins que les revenus du gouvernement fédéral ont décru, au lieu de grimper durant cette même période, et que le déficit résultant handicape chaque jour un peu plus l'Amérique.

« Je ne peux considérer les trois premières années du mandat de Kealty à la Maison Blanche que comme une erreur pour notre pays, et c'est la raison pour laquelle je suis ici pour tenter de revenir aux affaires afin de rectifier ces erreurs.

« Pour ce qui est de la sécurité nationale, notre pays a besoin d'une vision nouvelle, plus efficace, de notre position sur l'échiquier géopolitique. Qui sont nos ennemis, comment traiter leur menace. Pour commencer, nous devons améliorer nos services de renseignements. Tout régler est une tâche qui prendra des années, mais il faut s'y atteler rapidement. Pour affronter nos ennemis, il faut d'abord les identifier, puis les localiser. On lutte contre eux en soutenant et en exploitant au mieux ses forces militaires. Ce n'est manifestement pas ce qu'a fait le président Kealty. La sécurité nationale est la tâche première du gouvernement fédéral. La vie, comme l'a si bien dit Thomas Jefferson, passe avant la liberté et la quête du bonheur. Protéger l'existence de la nation est la tâche des quatre corps de notre armée. Dans ce but, ils doivent être soutenus de manière efficace, entraînés à la perfection, et enfin être libres d'accomplir leurs missions selon les vœux et l'expertise de leurs officiers, sous l'égide stratégique du président en exercice. Le président Kealty ne semble pas avoir admis ce simple fait.

« Mesdames et messieurs, je suis ici parce que quelqu'un doit remplacer l'actuel président et cette personne, je le pense, est John Patrick Ryan. J'en appelle à votre soutien, au soutien de nos concitoyens. L'Amérique mérite mieux que ce que Kealty a fait et je fais don de moi-même et de ma vision, pour régler les problèmes créés ces trois dernières années. Ma mission est de remettre l'Amérique dans le droit fil des vérités qui ont su nous guider depuis plus de deux siècles. Notre peuple mérite mieux. Je suis ici pour donner aux gens ce qu'ils réclament. Et que réclament-ils ? Je vous le demande.

« D'être libérés de la peur. Les gens ont besoin de savoir qu'ils sont en sécurité chez eux et sur leur lieu de travail. Ils ont besoin de savoir que leur gouvernement est sur le qui-vive, qu'il traque ceux qui cherchent à nuire à notre pays et qu'il est prêt à traduire en justice ceux qui attaquent des Américains sur notre sol ou partout ailleurs dans le monde.

« D'être libres de mener leur vie comme bon leur semble sans l'interférence de gens qui, depuis Washington, cherchent à étendre leur pouvoir sur tous les autres, qu'ils habitent à Richmond, Virginie, ou Cody, Wyoming. La liberté est un droit inné pour tous les Américains, et ce droit, je le protégerai de mon mieux.

« Mesdames et messieurs, ce n'est pas la tâche d'un gouvernement de jouer les nounous. L'Américain moyen est capable de subvenir à ses propres besoins sans l'assistance d'un quelconque bureaucrate installé ici à Washington. L'Amérique a été fondée parce que nos concitoyens, il y a plus de deux siècles, ne voulaient plus être soumis au pouvoir lointain de gens qui ne les connaissaient pas et qui se moquaient bien de leur bien-être. L'essence de l'Amérique est la liberté. La liberté de décider pour soi-même, la liberté de vivre en paix avec ses voisins. La liberté d'emmener nos enfants visiter Disneyworld en Floride, ou aller pêcher la truite dans le Colorado. La liberté, c'est de décider de ce qu'on veut faire de sa propre vie. La liberté est l'état naturel de la nature. C'est ainsi que Dieu a voulu que nous vivions. La tâche d'un président des États-Unis est de préserver, protéger et défendre notre pays. Quand le président accomplit cette tâche, les gens peuvent vivre comme bon leur semble. Tel doit être l'objectif du président : protéger les gens et les laisser tranquilles.

« C'est ce que je me propose de faire. Je reconstruirai notre armée, lui permettrai de former correctement ses soldats, lui fournirai le soutien nécessaire et la lâcherai sur nos ennemis. Je reconstruirai nos services de renseignements pour que nous puissions identifier et contrer ceux qui veulent nuire à notre pays et nos concitoyens avant qu'ils aient eu le temps de lancer contre nous des attaques meurtrières. Je réinstaurerai un système fiscal rationnel qui ne prendra aux contribuables que l'argent nécessaire à assurer les tâches régaliennes de l'État, sans saigner à blanc nos concitoyens tout en leur dictant comment ils doivent vivre.

« Un autre détail a récemment attiré mon attention. Le président Kealty a fait tomber les foudres de la justice sur un honorable soldat de l'armée de terre des États-Unis. Cet homme se trouvait en Afghanistan pour traquer l'Émir, Saïf Rahman Yacine. La mission a échoué, faute sans doute de renseignements adéquats, mais en l'accomplissant ce soldat a tué plusieurs combattants ennemis. Aujourd'hui, le ministre de la Justice le poursuit pour meurtre. J'ai examiné cet incident. Ce soldat a fait très exactement ce que font tous les soldats depuis que le monde est monde : il a tué des ennemis de notre pays. Il est manifeste que le président Kealty et moi avons des vues divergentes sur la mission que sont censées accomplir nos forces armées. Cette mise en examen est une injustice flagrante. Le gouvernement est censé servir les citoyens et un soldat de l'armée américaine est, de fait, un citoyen en uniforme. Je lance un appel solennel au président Kealty pour qu'il fasse immédiatement cesser ce scandale.

« Pour conclure, je vous remercie d'être venus. Ma campagne commence ici et maintenant. Elle sera sans doute dure et difficile, certainement plus que ma première. Mais je suis dans la course et nous verrons ce que le peuple américain décide en novembre. Une fois encore, merci d'être venus. »

Ryan s'écarta du pupitre et prit une profonde inspiration. Il avait besoin d'une gorgée d'eau. Il prit le verre posé près de lui. Puis il se tourna vers Arnie et Callie et vit que tous deux levaient le pouce. OK, c'était fait. La course avait démarré. À la grâce de Dieu.

« L'enculé ! rugit Edward Kealty en lorgnant la télé. Ce putain de môssieur le redresseur de torts qui joue les Zorro pour sauver la nation ! Le pire, c'est que des millions de gogos vont avaler ces bobards ! »

McMullen et son équipe étaient au courant de l'imminence de l'annonce de Ryan et ils avaient préparé leur patron à cette éventualité ; de toute évidence, leurs efforts avaient été vains. La réaction du président était épidermique, McMullen le savait, mais elle révélait toutefois une réelle inquiétude. Une bonne partie de l'opinion américaine demeurait méfiante vis-à-vis de Kealty, en grande partie à la suite du déroulement de l'élection. L'expression « victoire confisquée » avait été répétée à l'envi lors des émissions politiques durant le mois qui avait suivi le scrutin présidentiel, et puisque les résultats chiffrés ne parvenaient pas à refléter réellement l'opinion du pays, McMullen suspectait que beaucoup de gens avaient le sentiment qu'il avait manqué un ingrédient essentiel à cette élection – à savoir, une compétition longue et âprement discutée entre deux candidats qui se seraient dévoilés face aux électeurs. Kealty l'avait fait, plus ou moins, mais son adversaire n'en avait pas eu l'occasion.

« Comment a-t-il fait son compte pour découvrir cette histoire avec le Ranger ? demanda Kealty. Je veux savoir.

— C'est impossible, monsieur.

— Ne me raconte pas de bobards, Wes ! Trouve-le.

— Bien, monsieur. Nous allons devoir cesser les poursuites.

— Du troufion ? Ouais, je sais bien, bordel. Glissez-le dans le communiqué de presse du vendredi. Débarrassez-vous-en. Où en sommes-nous sur la recherche de l'opposition ?

— On bosse toujours dessus. Rien à se mettre sous la dent ; le problème est Langley. Une bonne partie des trucs qu'y a faits Ryan se trouve répartie entre plusieurs services étanches.

— Qu'on y mette Kilborn…

— Il y aura des fuites. Si jamais la presse découvre que l'on fouine dans le passé de Ryan à la CIA, ça va nous revenir dans la tronche. Il faut qu'on trouve un autre moyen.

— Tu as carte blanche. Si ce connard veut remettre ça, libre à lui, mais je veux qu'il le regrette. »

« Bordel de merde, s'exclama Sam Driscoll sur son lit d'hôpital. Un revenant. Qu'est-ce que tu viens fiche ici ? »

Sourire de John Clark. « La rumeur court que tu te serais niqué l'épaule en jouant au badminton.

— J'aurais bien voulu. Assieds-toi, vieux.

— Je ne suis pas venu les mains vides », dit Clark en posant sa mallette sur le lit.

Il l'ouvrit. À l'intérieur, il y avait deux bouteilles de bière Sam Adams. Il en tendit une à Driscoll, puis il ouvrit la sienne.

Driscoll but une lampée et soupira. « Comment tu as su ? Pour la bière, je veux dire.

— Je me souvenais que t'en avais parlé au retour de Somalie.

— Sacrée mémoire ! Je constate aussi que t'as pris quelques cheveux gris.

— Parle pour toi. »

Driscoll reprit une longue lampée. « Bon, alors, c'est quoi, la vraie raison ?

— Je voulais surtout prendre de tes nouvelles, mais j'ai entendu parler de ces conneries de poursuites judiciaires. Où en sont-elles ?

— Aucune idée. On est venu m'interroger trois fois. Pour mon avocat, la seule hypothèse est qu'un quelconque abruti derrière un bureau est en train de chercher de quoi m'inculper. Je suis piégé, John.

— Ça, t'as bien raison. T'es baisé si tu réussis. T'es baisé si tu échoues. Que disent les toubibs au sujet de ton épaule ?

— Je dois encore passer une fois sur le billard. Le rocher a épargné les gros vaisseaux mais a niqué un certain nombre de tendons et de ligaments. Je suis parti pour trois mois de rétablissement, plus trois de kiné. Ils sont plutôt confiants mais je ne crois pas que je pourrai refaire de la barre fixe.

— Et porter un sac à dos ?

— Sans doute pas, non plus. Le toubib qui m'a charcuté ne pense pas que je pourrai lever le coude plus haut que l'horizontale.

— Je suis désolé, Sam.

— Ouais, moi aussi. Ça va me manquer. Mes gars, surtout.

— T'as fait tes vingt ans, pas vrai ?

— Et même un peu plus, mais avec cette histoire d'enquête criminelle… qui sait ? »

Clark hocha la tête, songeur. « Merde, tu t'en es quand même tiré avec les honneurs. T'as récupéré des informations de valeur dans cette grotte. Putain, t'aurais pu te viander au bas de la montagne avec ce plan-relief. »

Driscoll rit, puis : « Attends une seconde. Comment es-tu au courant ? Oh, OK, j'ai rien dit. T'es toujours sur le coup, pas vrai ?

— Ça dépend de ce que t'entends par là. »

Une infirmière entra, munie d'un calepin. Driscoll fourra sa bière sous le drap ; Clark planqua la sienne. « Bon après-midi, caporal Driscoll. Je m'appelle Veronica. Je serai avec vous jusqu'à minuit. Comment vous sentez-vous ?

— Impec, m'dame. Et vous ? »

Veronica cocha consciencieusement des cases sur sa fiche avant de griffonner quelques notes. « Puis-je vous apporter quelque chose ? Quel niveau de douleur ressentez-vous sur une échelle de un à…

— Aux alentours de six, stable, répondit aussitôt Driscoll avec un sourire. Peut-être une glace en dessert au dîner ?

— Je verrai ce que je peux faire. »

Veronica sourit, puis tourna les talons pour regagner la porte. Sans se retourner, elle ajouta : « Et faites en sorte que ces bouteilles aient disparu quand vous les aurez vidées, messieurs. »

Après que Clark et Driscoll eurent fini de rire, Driscoll reprit : « Quand je disais être "sur le coup", je voulais dire, avec le gouvernement.

— Dans ce cas, non. Mais je suis venu te proposer un boulot, Sam. »

Clark savait que là il outrepassait quelque peu ses attributions, mais il savait aussi qu'il n'aurait aucun problème à vendre les qualifications de son poulain.

« Pour faire quoi ?

— Plus ou moins ce que tu faisais, mais sans sac à dos et mieux payé.

— T'es en train de me brancher sur un truc illégal, John ?

— Rien qui puisse te poser problème. Rien de nouveau pour toi. Plus, une libération inconditionnelle. Il faudra toutefois que tu déménages. Les hivers sont plus froids qu'en Géorgie.

— À Washington ?

— Dans les parages. »

Driscoll hocha lentement la tête, soupesant la proposition de Clark. Puis : « C'est quoi, ça ? » Il saisit la télécommande posée sur la table de chevet et remit le son du téléviseur fixé sur une potence murale.

« … Kealty a fait tomber les foudres de la justice sur un honorable soldat de l'armée de terre des

États-Unis. Cet homme se trouvait en Afghanistan pour traquer l'Émir, Saïf Rahman Yacine. La mission a échoué, faute sans doute de renseignements adéquats, mais en l'accomplissant ce soldat a tué plusieurs combattants ennemis. Aujourd'hui, le ministre de la Justice le poursuit pour meurtre. J'ai examiné cet incident. Ce soldat a fait très exactement ce que font tous les soldats depuis que le monde est monde : il a tué des ennemis de notre pays… »

Driscoll coupa de nouveau le son. « Putain… c'est quoi, ce truc ? » Clark souriait. Driscoll insista : « Hein ? C'est toi qui as arrangé ça ?

— Merde, non. C'est intégralement l'œuvre du général Marion Diggs et de Jack Ryan.

— T'as vraiment calculé ton coup de manière incroyable, John.

— Simple coïncidence. Je pressentais qu'il allait faire un truc dans le genre, mais à part ça… » Clark haussa les épaules. « Je dirais qu'au moins ça règle en partie tes problèmes judiciaires, pas vrai ?

— Comment ça ?

— Ryan se porte candidat à la présidentielle, Sam, et il vient de tailler un costard sur mesure à Kealty sur une chaîne nationale. Désormais, il lui reste le choix de laisser traîner encore cette connerie de poursuite judiciaire quelques semaines encore ou bien de carrément laisser tomber en espérant que les gens finiront par oublier. À l'heure qu'il est, la pile d'emmerdes que doit affronter Kealty vient encore de grossir, et tu n'es plus que de la petite bière.

— Ça alors. Merci, John.

— De rien, je n'ai pas fait grand-chose.

— Je n'ai guère de chances personnellement d'avoir Jack Ryan ou le général Diggs au téléphone, alors il faudra que tu t'en occupes.

— T'inquiète, je passerai le message. Réfléchis à ma proposition. On attend que tu sois de nouveau sur pied, puis on t'invite à une réunion de prise de contact. Qu'est-ce que t'en dis ?

— Parfait. »

Quarante-trois heures après qu'Adnan eut ouvert les sabords sur le chalutier de Salytchev pour le couler avec ses trois camarades par deux cents mètres de fond dans la mer de Barents, le second colis parvenait à l'entrepôt de Dubaï.

Depuis l'arrivée de Moussa, le mécanicien n'avait pas chômé, installant sur le sol de l'entrepôt une tente de confinement doublée de plomb, avant de vérifier sa liste de pièces détachées. Comme la tente proprement dite, confectionnée en Malaisie selon des spécifications inspirées d'un manuel de sécurité nucléaire dérobé à Fort Leonard Wood, chaque composant avait été fraisé et tourné au laser en suivant des plans ukrainiens récupérés au Maroc.

La beauté dans la simplicité, songea Moussa. Chacun des composants provenait soit de technologies, soit de plans à usage civil ou militaire, depuis longtemps abandonnés car jugés obsolètes au vu des critères actuels.

L'élément qu'il avait récupéré avec son équipe n'existait que grâce à l'attitude des mouvements écologistes face à ce qu'ils qualifiaient de laxisme des Russes devant le risque nucléaire, mais Moussa savait que ce n'était là qu'une partie de l'équation, les autres étant l'attraction du pouvoir russe pour les programmes nucléaires innovants et sa tendance à la circonspection quand il s'agissait d'ébruiter lesdits programmes.

Essaimés au long des voies navigables septentrionales du pays, on trouvait quelque 380 générateurs radio-isotopiques destinés à alimenter les phares en électricité. La majorité étaient chargés de strontium-90, un radio-isotope à faible radioactivité doté d'une demi-vie de vingt-neuf ans et dont la capacité variait de quelques watts à quatre-vingts. Parmi ces générateurs déclinés en quatre modèles – Bêta-M, Efir M-A, Gorn et Gong –, on en trouvait également un petit nombre d'une catégorie entièrement différente, fonctionnant au plutonium-238, un élément qui, au contraire du strontium, pouvait être utilisé dans la confection d'une bombe sale, capable de fission. Cependant, la quantité de matière fissile nécessaire n'était pas suffisante à elle seule. Il convenait d'y ajouter une seconde source. C'était la tâche d'Adnan. Celle à laquelle ses hommes et lui avaient consacré leur vie. Le butin récupéré sur le brise-glace abandonné sur cette île perdue devait constituer l'élément ultime du puzzle : le cœur d'un réacteur à eau pressurisé OK-900A contenant 150 kilos d'uranium-235 enrichi.

Deux éléments qu'il suffisait de ramasser, songea Moussa. Une sécurité quasiment nulle, des archives à peu près inexistantes. Ces idiots allaient-ils même un jour relever ces disparitions et si oui, combien de temps leur faudrait-il ? De toute façon, il serait trop tard.

Si complexes que fussent les procédures et les théories sous-jacentes au fonctionnement du dispositif, sa construction n'était guère plus complexe que celle d'un moteur quatre cylindres, lui avait expliqué l'ingénieur. L'ajustage devait se faire bien entendu avec une extrême précision, au micromètre, ce qui avait rendu l'assemblage laborieux, mais le choix de cet entrepôt à Dubaï leur assurait intimité et anonymat. Et l'échéancier de l'Émir leur laisserait tout le temps voulu pour travailler dans les meilleures conditions.

L'ingénieur émergea de sous les pans de la tente-atelier fermée par des panneaux à glissière, se débarrassa de sa tenue protectrice dans le sas, puis sortit enfin de l'entrepôt. « Les deux modules ont été convenablement emballés, annonça-t-il en acceptant la bouteille tendue par Moussa. Mises à part quelques traces de radioactivité résiduelle à l'extérieur d'un des conteneurs, je n'ai constaté aucune fuite. J'extrairai les matériaux après déjeuner. Mon principal souci est le second colis.

— Pourquoi cela ?

— Les tubes par lesquels entrent les barres de contrôle pourraient poser problème. Ils ont été sans doute scellés durant l'opération de sauvetage initiale, mais de quelle façon et avec quel succès, cela reste à savoir. Jusqu'à ce que je puisse les examiner, il n'y a aucun moyen de savoir s'ils ont gardé leur intégrité. »

Moussa y réfléchit puis hocha la tête. « Et la production ?

— Là encore, il faudra que je les aie démontés.

— Tu connais la puissance minimale dont nous avons besoin, n'est-ce pas ?

— Oui, et je ne doute pas qu'on puisse l'atteindre, mais je ne peux rien promettre. Une question essentielle : vous êtes bien sûrs qu'aucun des deux ne venait de plates-formes militaires ?

— En quoi est-ce important ?

— C'est fondamental, mon ami. Nous sommes, en gros, en train de démanteler le dispositif pour en comprendre le fonctionnement. Pour compliquer les choses, les éléments proviennent de sources très différentes et ont servi à des usages sans aucun rapport. Savoir comment nous allons démonter tout cela est presque aussi important que savoir comment nous allons l'assembler. Est-ce que tu comprends ?

— Oui, je comprends. Ces éléments ont été obtenus exactement comme nous te l'avons dit. Tu disposes des plans pour chacun d'eux.

— Bien. Donc, j'imagine que nous ne connaîtrons pas de problème insurmontable.

— Combien de temps cela prendra-t-il ?

— Pour le démontage, encore une journée. L'assemblage… deux ou trois de plus. Disons quatre en tout avant que nous soyons prêts à partir. »

62

Le consulat général de la république d'Indonésie est situé sur Columbus Avenue, à quelques rues au sud de l'Embarcadero, entre Telegraph Hill et Lombard Street, en vue directe de l'île d'Alcatraz. Clark trouva une place à une rue du consulat, sur Jones Street, pour garer sa Ford Taurus de location.

« Déjà venu à Frisco, Jack ? demanda Chavez, assis à l'arrière.

— Quand j'étais môme. Tout ce dont je me souviens, c'est du port de pêche, de ce sous-marin converti en musée…

— L'USS *Pampanito*, précisa Clark.

— C'est ça. Et de l'"Île au trésor". D'après mon vieux, j'ai éclaté en sanglots quand il m'a dit que ce n'était pas la même que celle du livre. »

Clark rigola. « C'était avant ou après qu'il t'apprenne la terrible vérité sur le Père Noël ? »

Jack rit de bon cœur. « Le même jour, je crois bien. »

Clark sortit son téléphone mobile, l'un des trois modèles sous blister prêts à l'emploi qu'ils avaient achetés à l'aéroport. Il composa un numéro puis dit après quelques secondes : « Oui, bonjour, est-ce que M. Nayoan est là, ce matin ? Oui, merci. (Puis il raccrocha.) Il est là. Allons faire un tour, explorer les lieux.

— Que cherchons-nous au juste ? demanda Jack.

— Tout et rien, répondit Clark. La carte n'est pas le territoire, Jack. Tu tâtes le terrain. Tu repères les cafés, les distributeurs de billets, les ruelles et les passages, les kiosques à journaux, les cabines téléphoniques. Où sont les meilleurs coins pour héler un taxi ou sauter dans un tram ? Bref, faire comme si t'étais né ici.

— Oh, c'est tout ? »

Ce fut Chavez qui répondit : « Non. Comment les gens se déplacent-ils ? Comment interagissent-ils ? Attendent-ils au feu rouge ou bien traversent-ils n'importe où ? Croisent-ils le regard des badauds dans la rue, échangent-ils des mots aimables ? Combien de voitures de flics vois-tu passer ? Et le stationnement ? Gratuit ou payant ? Repère les entrées du métro express.

— Le BART, Bay Area Rapid Transit, crut bon de préciser Clark, devançant la question de Jack.

— Ça en fait des trucs à digérer.

— C'est le boulot, répondit Clark. Tu veux faire demi-tour ?

— Jamais de la vie.

— C'est une disposition d'esprit, Jack. Savoir changer sa façon de voir le paysage. Les soldats repèrent les planques et les risques d'embuscade ; les espions, les boîtes aux lettres et les "sous-marins". Il y a deux questions que tu dois te poser en permanence : comment m'y prendrais-je pour filer quelqu'un, et comment parviendrait-on à me semer ?

— OK. »

Clark consulta sa montre. « On se prend une heure et on se retrouve à la voiture, voir si Nayoan est prêt pour le déjeuner. Jack, tu prends le sud ; Ding et moi prendrons le nord-est et le nord-ouest.

— Pourquoi cette répartition ?

— Le sud est plus résidentiel. De jour, du moins. Nayoan sera ponctuel – réunions, déjeuner, et ainsi de suite. Donc, prends ton temps pour la visite. »

Comme convenu, Jack descendit Jones Street vers le sud, puis il tourna vers l'ouest pour remonter Lombard, zigzaguant sur les pavés inégaux, avant de parvenir aux courts de tennis de Telegraph Hill, d'où il repartit vers le sud. Les maisons, serrées, avaient des façades bariolées, avec profusion de balcons et de porches fleuris. Jack avait vu quantité de photos du quartier après le séisme de 1906 mais il était difficile de les superposer avec la vue contemporaine. La croûte terrestre se déplace de quelques décimètres, voire quelques centimètres seulement, et une ville entière est réduite en ruine. L'homme n'est rien confronté aux forces de la nature. L'ouragan Katrina l'avait encore rappelé récemment, même si, dans ce dernier cas, la nature n'avait été que partiellement responsable. Il avait fallu compter aussi avec de graves défaillances de logistique et d'approvisionnement. De quoi s'interroger sur ce qu'il adviendrait si jamais une autre catastrophe, d'origine naturelle ou humaine, devait frapper à nouveau le pays. Étions-nous vraiment prêts ? Jack était songeur. Meilleure question : une telle notion était-elle même pertinente ? La Chine, l'Inde et l'Indonésie subissaient tsunamis et séismes depuis des temps immémoriaux et pourtant, même encore aujourd'hui, leur réaction au désastre et la période de réparation ressemblaient toujours à un chaos tout juste maîtrisé. Le problème était peut-être celui d'une définition. Tous les systèmes organisés, qu'il s'agisse de gouvernements, de brigades de sapeurs-pompiers ou de services de police, avaient des points de rupture quand les circonstances outrepassaient les ressources humaines et matérielles. À bien y penser, les hommes étaient sans doute différents, et dans ces conditions, le concept de préparation devient une affaire de vie ou de mort, de survie ou d'extinction. Si après une catastrophe, on se retrouve parmi les survivants, y est-on prêt ?

Redescends sur terre, s'intima Jack.

Au bout de quarante minutes, il tourna les talons au niveau de la célèbre maison octogonale Feusier, sur Green Street, pour regagner la voiture. Comme Clark et Chavez n'étaient pas encore revenus, il alla s'installer sur un banc sous un arbre, de l'autre côté de la rue pour lire les journaux qu'il avait achetés en chemin.

« Pas con de ne pas être revenu directement à la bagnole », observa une voix dans son dos. Clark et Chavez étaient là. « Pourquoi ?

— Par une belle journée comme celle-ci ? Qui ferait ça, à part un flic, un privé ou des hommes de main ?

— Compliments ! Maintenant, lève-toi, viens par ici. Même principe : trois bonshommes ne restent pas réunis ensemble autour d'un banc s'ils n'attendent pas leur bus ou leurs copines. » Jack les rejoignit donc à l'ombre de l'arbre et ils formèrent un demi-cercle. « OK, dit Clark, à présent, nous sommes trois andouilles de cadres en train de discuter du match d'hier ou de notre connard de patron. Alors, qu'est-ce que t'as constaté ?

— Les gens sont plus détendus qu'à New York ou Baltimore, répondit Jack. Ils n'ont pas l'air aussi pressés. Ils sont plus amènes, plus souriants.

— Bien. Quoi d'autre ?

— Bon réseau de transports en commun. Nombreuses stations. J'ai vu cinq voitures de flics mais sans gyrophare ni sirène. Presque tout le monde est en blouson et pantalon de sport. Pas beaucoup de klaxons. Quantité de voitures familiales, d'hybrides, de vélos. Des tas de petites boutiques et de cafés avec une porte de derrière.

— Pas mal, Jack, commenta Chavez. Peut-être un peu d'ADN d'espion, John ?

— Ça se pourrait bien. »

Après dix minutes encore de cette discussion, Clark remarqua : « Bon, c'est presque l'heure du déjeuner. Ding, tu prends le volant. Jack et moi, on zone encore un peu. L'entrée principale du consulat est à l'angle de Columbus et Jones, mais il y a un accès latéral, un peu plus au sud, sur Jones.

— J'y ai vu un fourgon de livraison s'y arrêter durant notre balade, nota Chavez. Et deux types qui fumaient devant la porte.

— Bien. En route. »

Vingt-cinq minutes plus tard, Jack était au téléphone : « Je l'ai. Il est sorti par la porte principale. À pied, direction sud, sur Columbus.

— Ding, tu ne bouges pas. Jack, reste sur lui, vingt bons mètres en retrait. Je suis à un pâté de maisons à l'est de ta position, en train de remonter Taylor.

— Compris. » Puis, une minute plus tard : « Je passe l'auberge Motor Coach. J'arrive à l'angle de Taylor dans une trentaine de secondes.

— Je suis sur place, direction sud, répondit Clark. Peu importe la direction qu'il prendra, tu traverses la rue et tu redescends vers l'ouest sur Chestnut. Je te récupère là.

— Pigé. Il est au carrefour. Il remonte au nord sur Taylor.

— Je le vois. Décroche, continue ta route. »

Jack traversa l'intersection d'un pas tranquille et poursuivit son chemin. Il entrevit Nayoan du coin de l'œil. « Je le perds… ça y est », indiqua-t-il.

Clark : « Il marche vers l'est, droit sur moi. Quitte pas. » Un instant plus tard, la voix de Clark avait changé. « Non, non, moi, je te le dis, leur sélection de lanceurs est total merdique. Ils n'ont aucune profondeur. Mec, tu te trompes. Dix billets qu'ils vont s'étaler dès l'ouverture… » Quelques secondes s'écoulèrent, puis : « Il vient juste de me croiser. Il entre dans un restaurant – Pat's Café, côté est de la rue. Jack, allons manger un morceau. Je nous réserve une table. »

Ding intervint : « Pour moi, ce sera panini au bœuf fumé. »

Jack prit au nord à l'angle de Chestnut et Mason, puis obliqua encore pour rejoindre Taylor. Il retrouva

Clark à une table près de la porte, face à la devanture. Il y avait du monde dans la salle, il était midi passé. Jack s'installa.

« Au bar, indiqua Clark. Le troisième en partant du bout.

— Ouaip, je l'ai repéré.

— Qui est assis de part et d'autre ?

— Hein ?

— Filer ton objectif principal n'est que la moitié du boulot, Jack. A-t-il parlé à quiconque pendant que tu le filais, s'est-il arrêté ?

— Non, et il n'a frôlé personne. »

Clark haussa les épaules. « Même les corniauds doivent se sustenter. »

Jack commanda du thon au rye, Clark un bacon-laitue-tomates et un plat à emporter pour Ding. « Il termine, avertit Clark. Je règle la note. On se serre la main à la porte, on échange un "au mois prochain", puis tu rejoins la voiture. Moi, je raccompagne notre bonhomme puis on se retrouve au Starbucks sur la Baie. »

Une demi-heure plus tard, ils partageaient trois tasses de mélange spécial Gold Coast dans un box près de la fenêtre. Dehors, piétons et voitures cheminaient sous le soleil éclatant. Sur l'écran du téléviseur fixé à l'angle du mur, Jack Ryan Senior était en train de s'exprimer derrière un podium. Le son était coupé mais tous trois savaient de quoi il retournait. Tout comme le reste des clients et des serveurs qui jetaient des regards en coin soit sur l'image, soit sur le bandeau défilant au bas de celle-ci, tout en continuant de vaquer à leurs occupations.

« Bon sang, il a vraiment sauté le pas, commenta Chavez. Ton vieux en a vraiment dans le froc, Jack. »

Jack acquiesça.

Clark était curieux : « Il t'en a parlé, je suppose ? »

Nouveau signe d'assentiment. « Je ne crois pas que la perspective le fasse sauter de joie, mais c'est l'appel du devoir. Plus vous aurez de dons, plus on vous demandera.

— Ma foi, il a déjà eu son compte. Bon, retour au boulot. Qu'avons-nous appris ? »

Jack but une gorgée de café et commença : « Nayoan aime la soupe de pois, et il est radin sur les pourliches.

— Hein ? fit Chavez.

— Il a commandé une soupe de pois et un club-sandwich. Une douzaine de dollars, d'après le menu. Il a laissé quelques pièces de vingt-cinq cents. À part ça, je ne sais pas trop ce que l'on a appris.

— Pas grand-chose, reconnut Clark. Ne t'attends pas à des miracles. S'il est en cheville avec le CRO, ce pourrait n'être que pour une opération ponctuelle. Les chances qu'on le prenne la main dans le sac dès le premier jour étaient nulles.

— Alors, on fait quoi maintenant ?

— D'après le site web du consulat, ils donnent une réception ce soir à l'Holiday Inn Express. Une sorte de soirée de charité organisée en commun avec le consulat de Pologne.

— J'ai laissé mon smok' à la maison, fit remarquer Chavez.

— Pas besoin. L'important, c'est qu'on sache où se trouvera Nayoan ce soir, et que ce ne sera pas chez lui. »

À douze mille kilomètres de là, l'ingénieur émergea de la tente qui tenait lieu de vestiaire et prit un chiffon pour essuyer la sueur qui lui coulait sur le front et dans le cou. Les jambes flageolantes, il se dirigea vers un tabouret et s'assit.

« Alors ? demanda Moussa.

— C'est fait.

— Et la puissance ?

— Sept à huit kilotonnes. Pas grand-chose selon les critères actuels – pour te donner une idée, la bombe d'Hiroshima avait une puissance de quinze – mais ce sera plus que suffisant pour ce que vous envisagez. Ça devrait vous fournir une pression d'un peu plus d'un kilo par centimètre carré à une distance de cinq cents mètres.

— Ça ne paraît pas énorme. »

Sourire las de l'ingénieur. « Une surpression suffisante pour démolir du béton armé. Vous dites que le sol est en terre battue ?

— Exact. Avec juste quelques renforts structurels en sous-sol.

— Alors, pas de quoi s'inquiéter, mon ami. Cet espace clos que vous avez mentionné… vous êtes certains de son volume ?

— Oui.

— Et les couches supérieures ? Quelle est leur composition ?

— On m'a parlé d'ignimbrite. C'est…

— Oui, je connais. Résidu de coulée pyroclastique, des couches de roches volcaniques stratifiées dans une matrice vitreuse. Excellent. Pourvu que la couche soit suffisamment épaisse, l'onde de choc devrait se propager directement vers le bas avec un minimum de perte. Les paramètres de pénétration requis seront atteints.

— Je vous crois sur parole. L'engin est-il prêt pour le transport ?

— Bien sûr. Sa signature radioactive est relativement faible, donc les mesures de détection passive ne devraient pas être un souci. Pour les mesures actives, c'est une autre histoire, toutefois. J'imagine que vous avez prévu de…

— Oui.

— Alors, c'est désormais à vous de jouer », dit l'ingénieur avant de se lever pour regagner le bureau au fond de l'entrepôt. « Je vais aller faire un somme. Je compte sur vous pour que le reste de mon versement soit déposé sur mon compte d'ici demain. »

63

Leur contact les retrouva près de la route d'Al Kurnish, le long du flanc est du parc Sendebad, à un jet de pierre du consulat d'Australie. Hendley s'était refusé à expliquer à Brian et Dominic la nature de sa relation avec l'Australien ; leur patron n'avait pas non plus jugé nécessaire de leur dévoiler son nom, mais aucun des deux frères n'imaginait que ce fût pure coïncidence si leurs faux passeports et visas arboraient un tampon australien.

« Bon après-midi, messieurs. J'imagine que vous êtes les frères Gerry ?

— Je suppose, oui, convint Dominic.

— Archie. » On échangea des poignées de main. « Allons faire un petit tour, ça vous dit ? »

Ils attendirent une pause dans la circulation, puis traversèrent au petit trot Al Kurnish pour rejoindre un parking jouxtant le bâtiment d'Al Fatah en forme de roue de chariot, puis gagner le rivage.

« J'ai cru comprendre que vous étiez lancés dans une petite chasse au gibier d'eau, dirons-nous ? lança Archie en couvrant le bruit des vagues.

— J'imagine qu'on peut dire ça, répondit Brian. Le gars s'est fait assassiner la semaine dernière.

Pendu, puis décapité, avant qu'on ne lui tranche les pieds. »

Archie secouait la tête. « J'en ai entendu parler. Plutôt horrible. Par ici, on appelle ça "donner une bonne leçon". Vous pensez que le mec a franchi la ligne jaune, qu'il aurait essayé de prendre des initiatives personnelles ? »

Dominic acquiesça.

« L'ambassade de Suède, c'est ça ? »

Nouvel acquiescement.

« Et vous cherchez qui est derrière tout ça, j'imagine ?

— On prendra tout ce qui se présente, dit Brian.

— Ma foi, la première chose à savoir en ce qui concerne Tripoli, c'est que c'est une ville bougrement sûre, tout bien considéré. Le taux de criminalité y est plutôt bas, et les voisins s'entraident. La police s'intéresse moyennement aux règlements de comptes entre groupes, sauf si cela fait tache d'huile sur la voie publique ou que l'un d'eux attire un peu trop l'attention sur lui. La dernière chose que veuille le colonel Brushing, c'est une mauvaise image dans la presse internationale, pas après tout le boulot de relations publiques qu'il a abattu jusqu'ici. À vrai dire, le CRO s'est montré plutôt calme ces huit ou dix derniers mois. En fait, le bruit court même, dans la rue libyenne, que l'attaque contre l'ambassade de Suède n'aurait pas été de leur fait.

— Du moins, qu'elle n'aurait pas été sanctionnée comme telle, observa Dominic.

— Ah, je vois. Une tête et des pieds tranchés, ça aurait tendance à envoyer un message d'avertissement fort, non ? Et pourtant, ça aurait pu être pire.

Les bijoux de famille auraient pu en pâtir, également. Enfin, l'appartement où votre gars s'est fait tailler en pièces est situé à proximité de la route d'Al Khums. Un vrai dédale, ce quartier. D'après mes renseignements, l'appartement était vide au moment des faits.

— D'où tenez-vous ça ?

— Je connais quelques expatriés français qui sont assez copains avec les flics.

— Donc, ils auraient juste utilisé l'appartement pour se débarrasser du corps, selon vous ? Un studio ?

— Ouais. Le pauvre bougre a sans doute été tué ailleurs. Vous l'avez vu sur le site web ? Le CRO ou la Djemaah Islamiah ? demanda Archie, évoquant la branche libyenne des Frères musulmans.

— Le CRO, répondit Brian. À qui d'autre auraient-ils pu déléguer la tâche ?

— Ce ne sont pas les candidats qui manquent. Même pas besoin d'un groupe organisé. Vous trouverez dans la médina des gens prêts à vous trancher la gorge en échange de vingt dollars. Je ne parle pas de voleurs, mais de tueurs à gages. Mais cette vidéo… ça paraît un brin sophistiqué pour une brute épaisse.

— Alors, pourquoi ne pas avoir accompli leur forfait tout bêtement dans la médina ? demanda Brian. Ils le tuent, font leur vidéo, puis abandonnent le corps dans la rue ?

— Dans ce cas, les flics auraient dû entrer dans la médina. En procédant comme ils l'ont fait, tout le monde peut prétendre que ça s'est passé ailleurs et ça préserve l'équilibre naturel. Combien de sites ont relayé cette vidéo ?

— On en a retrouvé six, répondit Dominic.

— Bon, il y a quantité de services Internet disponibles mais les groupes qui dirigent ces sites sont également leurs propres hébergeurs, avec leurs serveurs dédiés qu'ils peuvent donc aisément déménager – virtuellement mais surtout physiquement. Si le CRO a commandité le meurtre, alors vous êtes sans doute démunis ; s'ils l'ont perpétré eux-mêmes, ça signifie que le message est venu d'en haut. Ce n'est pas le genre de boulot qui se fait dans l'à-peu-près. Dans ce cas, un certain nombre de données doivent se recouper – un petit chef du CRO doit être en contact avec un des hôtes mobiles.

— J'imagine que ce n'est pas le genre de renseignement qu'on trouve dans l'annuaire, observa Brian.

— En effet. Il se peut que je connaisse quelqu'un. Laissez-moi le temps de passer deux ou trois coups de fil. Où êtes-vous descendus ?

— Au Al Mehari. »

Archie regarda sa montre. « Je vous retrouve là-bas à dix-sept heures ; on boira un verre. »

Il avait une heure d'avance quand il arriva au volant de sa voiture personnelle, une Opel verte datant des années quatre-vingt ; comme presque tout ici à Tripoli, la carrosserie était recouverte d'une fine couche de poussière brun rouge.

« Vous avez loué une voiture ? » demanda Archie, alors qu'ils s'engageaient dans la rue Al Fath au milieu d'une cacophonie de klaxons et de crissements de freins.

« Houlà ! s'exclama Brian sur la banquette arrière.

— Le code de la route ici est quasiment inexistant. On fait dans le darwinisme de base. La survie du chauffeur le plus habile. Je disais donc : la voiture de location ?

— Non, nous n'en avons pas.

— Quand vous l'aurez fait, vous pourrez me redéposer à l'ambassade et vous servir de celle-ci. Gaffe à la seconde. Elle passe mal.

— Tant que vous n'espérez pas trop la récupérer en un seul morceau.

— C'est l'heure de pointe. Ce sera plus calme dans un moment. »

Le labyrinthe cerné de murailles de la médina datait de l'occupation ottomane et, depuis des siècles, il avait à la fois joué le rôle d'élément dissuasif pour les envahisseurs et d'abri pour les commerces. Située près du port et délimitée par les rues Al Kurnish, Al Fath, Sidi Omran et Al Ma'arri, la médina était un dédale de ruelles, d'impasses, de passages couverts et de cours exiguës.

Archie trouva une place pour se garer près de la porte Bab Hawara, le long du mur sud-est. Ils descendirent de voiture et gagnèrent un café, deux rues plus bas. Un homme attablé, pantalon noir et chemisette beige, se leva à l'approche d'Archie. Ils se serrèrent la main, s'étreignirent, puis Archie lui présenta Brian et Dominic, qualifiés de « vieux amis ».

« Je vous présente Ghazi. Vous pouvez lui faire confiance.

— Asseyez-vous, je vous en prie », dit l'intéressé, et ils s'installèrent autour de la table sous le parasol.

Un serveur apparut et Ghazi lui lança quelque chose en arabe. L'homme réapparut une minute plus tard avec un pot, quatre petits verres et une coupe de pignons. Dès que le thé fut servi, Ghazi s'adressa aux jumeaux : « Archie m'a dit que vous vous intéressiez aux sites Internet.

— Entre autres choses, confirma Dominic.

— Il y a quantité de gens qui procurent les services évoqués par Archie, mais un en particulier devrait vous intéresser. Il s'appelle Rafiq Bari. Le lendemain de la mise en ligne de cette vidéo et la veille avant qu'on ne découvre le corps de la victime, il avait déménagé son petit commerce – sans préavis, et durant la nuit.

— Est-ce tout ? demanda Brian.

— Non. Le bruit court qu'il aurait travaillé pour certaines personnes. Sites qui apparaissent et disparaissent – serveurs relais, redirections, changements de nom de domaine, voilà en gros sa spécialité.

— Et les fournisseurs d'accès Internet ? insista Dominic. Serait-il envisageable qu'ils aient créé leur propre FAI plutôt que de se faire héberger par une entreprise commerciale ? »

Ce fut Archie qui répondit : « Trop compliqué question formalités, j'imagine. De toute façon, créer un domaine n'a rien de bien sorcier par ici. Il suffit d'un nom et de donner un numéro de carte de crédit. Les noms de domaine peuvent être enregistrés par séries entières et modifiés en un clin d'œil. Non, ce Bari n'opère pas différemment de la majorité des gens, du moins par ici. »

Dominic se tourna alors vers Ghazi : « Avec qui vit-il ? A-t-il une famille ?

— Pas ici. Mais il a une femme et une fille à Benghazi.

— Quel risque y a-t-il qu'il soit armé ?

— Bari ? C'est peu probable, à mon avis. Quand il se déplace, il bénéficie d'une protection.

— Du CRO ?

— Non, pas directement. Enfin, je ne crois pas. Peut-être ont-ils loué les services d'hommes de main, mais ce ne serait jamais que des voyous de la médina, des gros bras.

— Combien ? insista Brian.

— Les fois où j'ai pu les entrevoir, deux ou trois.

— Où peut-on les trouver ? » demanda Brian.

Lorsqu'ils redéposèrent Archie au consulat, le disque du soleil effleurait presque l'horizon sur la mer. Dans toute la ville, les lampadaires, les phares des voitures et les enseignes lumineuses s'allumaient déjà. Ils avaient décidé que Dominic (qui avait suivi les cours intensifs de pilotage au FBI) prendrait le volant. Comme prévu par Archie, la circulation était un peu plus clairsemée, mais les rues évoquaient plus un circuit routier qu'un environnement urbain.

Archie descendit et s'inclina, les bras posés contre la portière avant droite. « Votre carte de la médina est relativement précise mais loin d'être parfaite, donc restez sur vos gardes. Vous êtes sûrs que ça ne peut pas attendre demain ?

— Sans doute pas, répondit Brian.

— Dans ce cas, détendez-vous et gardez le sourire. Jouez les touristes. Faites du lèche-vitrines ; marchandez ; achetez des babioles. Ne vous déplacez pas comme en terrain conquis.

— Comment ça ?

— Comme des militaires. Vous pouvez vous garer dans une des petites rues près du Corinthia – cette horreur qui tient lieu d'hôtel, que nous avons dépassée en venant.

— Pigé.

— On le voit d'un peu partout dans la médina. Si vous vous perdez, mettez le cap dessus. »

Brian l'interrompit : « Bigre, à vous entendre, on dirait qu'on se jette dans la fosse aux lions.

— L'analogie n'est pas mauvaise. Dans l'ensemble, la médina n'est pas dangereuse la nuit, mais on s'y fait vite remarquer. Encore deux choses : n'hésitez pas à abandonner la voiture si nécessaire. Je signalerai qu'on l'a volée. Ensuite, il y a un sac en papier kraft, sous le pneu dans le coffre, avec quelques trucs utiles à se mettre sous la dent.

— J'imagine que vous ne parlez pas de casse-croûte, observa Dominic.

— Ça, sûr que non, mec. »

64

Nayoan quitta l'ambassade à dix-sept heures, prit le bus pour rejoindre un parking du côté de Columbus et monta dans une Toyota Camry bleue. Clark au volant, ils le filèrent jusqu'à un appartement en rez-de-chaussée situé en lisière sud-ouest de San Francisco, dans le quartier paumé de Tenderloin[1] entre la mairie et Market Street. C'était sans doute le coin le plus pourri de la ville, cumulant pauvreté, criminalité, sans-logis, restaurants exotiques, hôtels borgnes, boîtes mal famées et galeries d'art. Une seule raison avait pu guider Nayoan pour choisir de loger ici, décidèrent Clark et les autres : le quartier hébergeait une forte communauté d'Asiatiques, ce qui lui permettait de se déplacer dans un relatif anonymat.

Au bout de deux heures, Nayoan ressortit de chez lui, vêtu d'un strict complet noir et remonta dans la Camry. Cette fois avec Jack au volant, ils reprirent leur filature qui les mena en centre-ville, à l'Holiday Inn. Ils le virent pénétrer dans le hall, patientèrent dix minutes, puis rebroussèrent chemin vers Tenderloin.

---

1. Littéralement : « filet mignon ».

« Pourquoi ce nom, au fait ? » demanda Chavez alors que Clark quittait Hayes Street pour trouver une place où se garer. Les phares balayèrent des poubelles renversées et des silhouettes assises dans la pénombre des pas de portes.

« Personne ne sait au juste, répondit Jack. C'est plus ou moins une légende urbaine. Ça va de l'allusion au ventre mou de la ville à celle d'un quartier à risque pour les flics, qui pouvaient ainsi se payer de meilleurs morceaux grâce à leur prime.

— Tu lis le *Guide du routard*, Jack ?

— Ça et un peu de Sun Tzu. Connais ton ennemi, tu vois ?

— Faut reconnaître que le coin a du caractère, pas de doute. »

Clark trouva une place sous un arbre entre deux réverbères et s'y gara. Il éteignit les phares, coupa le moteur. L'immeuble de Nayoan était une rue plus loin, sur le trottoir opposé.

Clark regarda sa montre. « Huit heures. Nayoan devrait être à la réception. On se change. »

Ils troquèrent leurs tenues de citadins – pantalon kaki, chandail, anorak – contre celle en cours dans le quartier, achetée un peu plus tôt dans l'après-midi dans une friperie : sweat, chemise de flanelle, casquette de base-ball ou bonnet tricoté.

« Vingt minutes, puis on se retrouve ici, dit Clark. Sur un rayon de trois rues. Même topo que précédemment. Le quartier craint un max, donc prenez la tête de l'emploi.

— À savoir ? » s'enquit Jack.

Chavez répondit : « Tu me fais pas chier, je te fais pas chier. »

Ils se retrouvèrent devant la voiture, puis marchèrent un peu avant de s'arrêter au seuil d'un immeuble. Ce fut Chavez qui commença : « Juste vu une voiture de police. Elle est passée en vitesse, genre j'assure le service minimum.

— Jack ?

— Je n'ai pas vu de lumières dans l'appartement. Il y a un passage à l'arrière, avec une clôture pourrie, fermée par un portillon sans serrure donnant sur un patio en béton. Des chiens deux mètres plus loin, de chaque côté. Ils ont aboyé mais je n'ai vu personne se pointer aux fenêtres.

— Y a-t-il de l'éclairage à l'arrière ? demanda Clark.

— Une simple ampoule. Et pas de porte-moustiquaire.

— Quelle importance ? »

Jack haussa les épaules. « Elles ont tendance à couiner et grincer.

— Bigre, ce mec mérite une médaille. »

Se suivant à trente secondes d'écart, ils contournèrent le bâtiment pour se retrouver dans le passage à l'arrière. Chavez franchit le premier la clôture, escalada les marches du perron, puis dévissa l'ampoule et redescendit. Clark et Jack entrèrent à leur tour. Clark gravit le perron et passa une minute et demie accroupi près de la porte pour crocheter la serrure. Après leur avoir fait signe d'attendre, il se glissa à l'intérieur. Il était de retour une minute plus tard et les invita d'un geste à entrer.

L'intérieur de l'appartement était l'exact reflet de l'architecture de l'immeuble : étroit et long, avec des couloirs exigus, des planchers de bois recouverts de tapis usés, des plinthes et des moulures sombres. Nayoan n'était pas trop branché déco intérieure, nota Jack : une cuisine fonctionnelle, une salle de bains recouverte de carrelage en damier, et un séjour meublé d'un divan convertible, d'une table basse et d'un petit téléviseur. Sans doute n'envisageait-il pas de s'éterniser dans les parages. Pourquoi s'encombrer d'autre chose que du strict nécessaire ? Cela pouvait-il être un indice ? Ça valait peut-être le coup de vérifier combien de temps encore le diplomate devait rester en poste au consulat.

« OK, on fouille tout ça, ordonna Clark. Que tout soit remis en place quand on aura terminé. »

Ils allumèrent leurs torches et se mirent au travail.

Chavez découvrit presque aussitôt un portable Dell, posé dans la chambre sur un petit bureau. Jack l'alluma et entreprit d'en parcourir dossiers et fichiers, d'examiner l'historique du navigateur Internet, le journal des courriers électroniques. Clark et Chavez le laissèrent à sa tâche, consacrant de leur côté une demi-heure à fouiller l'appartement pièce par pièce, en commençant par la recherche des cachettes les plus évidentes.

« OK, conclut Jack. Pas de protection par mot de passe, pas de logiciel de cryptage… en dehors du pare-feu habituel et d'un antivirus, cet ordi est ouvert à tous vents. Il y a là quantité de données mais rien vraiment qui saute aux yeux. Surtout des documents diplomatiques non confidentiels et du courrier, essentiellement professionnel – quelques messages personnels de la famille et d'amis au pays.

— Un carnet d'adresses ? demanda Clark.

— Même topo. Aucune corrélation avec la liste de diffusion du CRO. Il nettoie l'historique de ses navigations sur le web presque tous les jours, y compris le cache et les cookies.

— Les cookies ? interrogea Chavez.

— De minuscules fichiers de données que les sites web laissent sur ton ordinateur à chaque visite. Rien que de très banal.

— Tu peux creuser un peu plus loin ? demanda Clark.

— Ici ? Non, pas vraiment. Je peux transférer tous ses documents et le contenu de ses boîtes aux lettres, mais dupliquer l'intégralité du disque dur prendrait du temps.

— OK, fais au mieux. »

Jack brancha un disque portatif Western Digital Passport sur le port Firewire du portable et entreprit d'y recopier les fichiers, tandis que Clark et Chavez se remettaient en chasse. Quarante minutes passèrent et, cette fois, Chavez murmura, depuis la cuisine : « Gagné. »

Il réintégra la chambre, muni d'un sac à sandwiches hermétique. « Le tiroir à ustensiles avait un double fond. »

Jack prit le sachet, l'examina. « Un DVD réinscriptible. » Il ouvrit le tiroir du lecteur du Dell et y introduisit le disque. Il cliqua sur la lettre correspondant au lecteur et une fenêtre s'ouvrit. « Des masses de données, là, John. Pas loin de six gigas. Pour l'essentiel, des images.

— Ouvres-en deux ou trois. »

Jack cliqua sur un dossier et sélectionna plusieurs vignettes.

« Ça vous dit quelque chose ?

— Pour sûr », confirma Clark.

Jack tapota sur l'écran pour indiquer trois vignettes. « Pas de doute, celles-ci proviennent de sites du CRO.

— Il n'y a pas de fumée sans feu... », observa Chavez.

Clark regarda sa montre. « Copie-moi ça. Ding, on remet tout en place. Il est temps de dégager. »

Une heure plus tard, ils étaient de retour à leur hôtel, un La Quinta Inn près de l'aéroport. Jack recourut à un protocole de transfert sécurisé pour télécharger certaines des images sur le serveur du Campus, puis il appela Gavin Biery, leur sorcier de l'informatique, et le passa sur l'ampli.

« On n'a pas déjà vu ça quelque part ? observa Biery. Sur la clé USB de Tripoli ?

— Tout juste, confirma Jack. On voudrait savoir si ces images contiennent aussi des données stéganographiées.

— Je peaufine l'algorithme de décryptage ; une partie du problème tient au fait qu'on ignore quel genre de programme ils ont utilisé pour l'encodage – un logiciel du commerce ou une création maison. D'après le Centre d'analyse et de recherche en stéganographie...

— Ça existe, un truc pareil ? s'étonna Chavez.

— … il existe à ce jour sept cent vingt-cinq applications disponibles, et ce rien que sur le marché grand public. Quiconque a un minimum de connaissances en programmation pourrait écrire un tel logiciel et le charger sur une clé USB. Suffit de se trimbaler avec, de la brancher sur la prise USB d'un ordi, et hop, on passe en mode stégo.

— Alors, comment fait-on pour casser le code ? demanda Clark.

— Je procède à une analyse en deux phases. D'abord, repérer les anomalies dans le fichier média – qu'il s'agisse de photo, d'audio ou de vidéo. Si j'en trouve une, la seconde partie du problème entre en jeu, en traitant le fichier avec les méthodes de cryptage les plus répandues. Ce n'est pas une méthode raffinée mais il y a de bonnes chances que le CRO ait toujours recours aux mêmes méthodes. Une fois qu'on les a repérées, on peut commencer à accélérer le processus de dissection.

— Ce sera long ? demanda Jack.

— Aucune idée. Je commence à gaver le monstre et je vous recontacte. »

À trois heures du matin, coup de téléphone. Les trois hommes s'éveillèrent aussitôt. « Biery », annonça Jack en se frottant les yeux avant de loucher sur l'écran de son téléphone mobile. Il mit l'ampli.

« Peut-être que je sable le champagne un peu prématurément, dit l'informaticien, mais je pense qu'on est tombés sur le bon filon. Ça, c'est la bonne nouvelle. La mauvaise est qu'ils semblent recourir à trois méthodes différentes de chiffrage, donc ça risque de prendre un certain temps.

— On est tout ouïe, dit Clark.

— Primo : la bannière affichée sur la page d'accueil du site du CRO, celle montrant le meurtre de Dirar – je pense que c'est un masque jetable numérique. En gros, une grille de décodage pour des messages en clair. Mais comme, par définition, elle doit changer chaque fois, on n'est guère plus avancés. »

Jack n'était pas surpris. Rien de nouveau sous le soleil. La technique du masque jetable remontait à loin – et avait toujours fait l'objet de débats parmi les spécialistes –, mais on pouvait dater sa naissance à l'ère moderne à 1917, grâce à un ingénieur d'AT&T du nom de Gilbert Vernam. S'il existait plusieurs variantes du système, l'idée de base restait la même, il s'agissait d'un cryptage par substitution, disposé sous la forme d'une suite alphanumérique parfaitement aléatoire, la contrainte étant que le masque devait avoir la même longueur que le message à coder. À chaque caractère du message originel correspondait le caractère équivalent dans l'ordre de la suite du masque, de sorte qu'il était absolument impossible (si la suite choisie était vraiment aléatoire) de décrypter le message si le récepteur ne disposait pas du même masque que l'émetteur. En revanche, une fois muni du masque adéquat, le décodage devenait simplissime, et quasi automatique. L'autre contrainte était bien sûr qu'il fallait également transmettre ledit masque au récepteur – et si possible par un moyen parfaitement sûr, et indépendant du message crypté, cela va sans dire… En l'occurrence, certains membres du CRO devaient savoir sur quel site télécharger, à quel endroit et à quel moment précis, telle ou telle image qui, après décryptage stéganographique, révélerait un masque jetable grâce auquel on pourrait chiffrer, dans une seconde phase, communications téléphoniques, lettres papier et courriers électroniques afin de les transmettre en toute sécurité.

La question était : pour des raisons logistiques, le CRO prenait-il le risque d'utiliser plus d'une fois les masques jetables mis en ligne ? Le plus simple serait de tenter de vérifier si les messages déjà interceptés correspondaient ou non aux masques diffusés durant le même intervalle de temps sur les sites web de l'organisation.

« Ça pourrait incidemment expliquer pourquoi l'envoi par mail du faire-part de naissance a abouti à une impasse, s'avisa Jack. Dans l'intervalle, ils sont passés à un autre masque en nous laissant avec une étape de retard. »

Clark acquiesça avant de demander à Gavin de poursuivre.

« Second point : une des plus grosses images gravées sur le DVD de Nayoan n'a aucun équivalent sur aucun des sites du CRO. L'algorithme est toujours en train de mouliner dessus mais, d'après ce qu'on a déjà pu en tirer, on a extrait des listes entières de numéros de cartes de crédit et de codes de virement bancaire.

— Nayoan est le trésorier du CRO, conclut Chavez. Ça ne fait pas un pli.

— T'as vérifié les numéros ? demanda Clark, s'adressant à Gavin.

— Pas encore. Qu'est-ce qui est le plus pressé ?

— Les cartes de crédit. Plus faciles à obtenir, et plus facile de s'en débarrasser que d'ouvrir ou fermer un compte bancaire. Commence avec les établissements de San Francisco et de la côte Ouest. Autant en profiter tant qu'on est sur place. »

65

Si leur entrée dans la médina suscita la moindre curiosité, celle-ci resta bien cachée, conclurent les frères Caruso. Il ne faisait pas encore nuit, bien sûr, aussi restait-il encore quantité de touristes occidentaux à déambuler entre les étals des vendeurs et dans les rues étroites ; leur présence passait presque inaperçue. Mais le soleil descendait sous l'horizon et d'ici peu, avec l'arrivée de la pénombre, la médina allait se vider de ses étrangers, ne laissant que les autochtones et quelques touristes épars, soit bien familiers de la ville, soit au contraire ignorants de ses risques. Archie lui avait indiqué qu'on avait recensé quelques meurtres de touristes dans la médina, de nuit ; en revanche, le vol à l'arrachée était quasiment considéré comme un sport local. Les voleurs savaient surtout repérer le faible ou le distrait. Archie ayant pu constater que ce n'était le cas ni de Brian ni de Dom, ils ne risquaient donc pas grand-chose. Sans parler de la présence du sac de l'Australien planqué dans le coffre – avec deux Browning 9 mm semi-automatiques au numéro de série effacé et quatre chargeurs de balles creuses. Les silencieux avaient été tournés à partir de tuyaux en PVC, de la taille de deux canettes de soda mises bout à bout, et peints en noir mat. Ils ne tiendraient pas plus de cent coups avant de perdre toute efficacité, mais comme ils ne disposaient que de quarante projectiles en tout, ce n'était pas un problème.

Ils passèrent vingt minutes à déambuler dans les allées aux murs de brique et de stuc, s'arrêtant de temps à autre devant un stand ou une boutique pour examiner la marchandise, tout en suivant le plan d'Archie que Brian tenait discrètement plié dans une main. Archie leur avait fourni plusieurs itinéraires pour se rendre à l'appartement de Rafiq Bari, et plusieurs voies de sortie dont deux en urgence – un détail qui conforta en eux l'idée que leur contact était un ancien militaire, sans doute du SASR, le Special Air Service Regiment. Ce n'était pas un mince avantage : les Australiens étaient sur la même longueur d'onde qu'eux.

« Humm, ça sent bon », nota Dom en humant l'air.

L'atmosphère baignait de senteurs : charbon de bois, viande grillée, épices, mélangées à l'odeur de transpiration de milliers de corps réunis dans un espace confiné. En outre, le bruit était déroutant, un mélange d'arabe, de français, de berbère et d'anglais fortement accentué. Les foules semblaient se déplacer en masse comme guidées par quelque invisible agent de police, s'évitant mutuellement, s'engageant dans les ruelles ou ressortant des impasses sans même un coup d'œil, sans la moindre hésitation.

« De la viande de chien, frangin ?

— Sûrement pas, ça c'est en Asie, ici, on est en pays musulman, le chien est une viande impure. Non, à coup sûr du mouton ou de l'agneau.

— T'as encore lu tes brochures touristiques.

— Pendant qu'on était à Rome.

— Quelque chose me dit que la propreté n'est pas au nombre de leurs priorités essentielles », observa Brian en regardant un boucher découper un poulet sur une planche en bois ; son tablier était maculé de sang.

La remarque fit rire de Dominic. « Merde, ils ne t'ont jamais fait bouffer d'insectes durant les stages de survie ? »

Comme tous les marines, Brian avait suivi le premier niveau de stage réservé aux recrues, mais il avait également poussé jusqu'aux niveaux B et C, réservés aux unités de combat avancé et aux personnels aériens.

— Ouais, des insectes à Bridgeport et des serpents à Warner. »

Les stages commando avancés de la marine et du corps des marines se déroulaient sur un grand nombre de sites, dont le site de chasseurs alpins de Bridgeport et la station aéronavale de Warner Springs, tous deux situés en Californie.

« Alors, si on se mangeait une brochette ?

— Peut-être au retour, d'accord ? On se rapproche ou non ?

— Ouais, mais on a encore du temps à tuer. On fera un passage devant la maison de Bari en début de soirée, voir la disposition des lieux. Et on attendra la nuit pour entrer.

— Ça me paraît censé. Quelle heure est-… ? »

Comme au signal, un haut-parleur au bout de la rue se mit à crépiter, annonçant l'appel du muezzin à la prière du soir. Autour d'eux, le silence se fit lentement et les gens interrompirent leur activité pour dérouler leur tapis de prière et procéder au rituel. À l'instar des autres non-musulmans, Brian et Dominic se tinrent à l'écart et restèrent immobiles jusqu'à la fin de la prière et la reprise normale d'activité. Les Caruso se remirent en route. L'obscurité s'étendait et des lumières apparaissaient aux fenêtres et aux devantures des cafés.

« Je ne peux pas dire que l'Islam soit mon truc, observa Dominic, mais je dois admettre qu'ils s'y donnent à fond.

— Ce qui est bien le problème avec les fondamentalistes. Ce genre d'attitude est le premier pas vers les attentats suicides et les avions kamikazes.

— Ouaip, mais je ne peux m'empêcher de penser qu'on a parfois trop tendance à généraliser et adopter la théorie du tous pourris.

— Comment ça ?

— Même s'ils sont nombreux, ils ne représentent malgré tout qu'une infime minorité.

— Peut-être bien que oui, peut-être bien que non. De toute façon, c'est en dehors de notre champ de compétences.

— Je veux dire, réfléchis un instant : combien y a-t-il de musulmans de par le monde ?

— Entre un milliard et demi et deux milliards.

— Et combien parmi eux se font sauter ? Plus précisément encore : combien sont des terroristes extrémistes ?

— Vingt, trente mille. Je vois où tu veux en venir, mais ce n'est pas l'immense majorité qui m'inquiète. Chacun vénère le dieu qu'il veut comme il veut – jusqu'au moment où il commence à recevoir des messages divins lui dictant de dégommer des innocents.

— Eh, on se calme. »

Ils avaient déjà eu cette discussion cent fois : mettre dans le même panier un peuple ou une religion entière, était-ce une simple erreur morale ou bien aussi une erreur tactique ? Quand on considère des pans entiers d'une population comme l'ennemi, est-ce que cela n'empêche pas à la fois de repérer les méchants mais aussi de reconnaître un allié potentiel ? Comme presque tous les autres pays, l'Amérique avait vu des amis devenir ennemis et vice versa. Les Moudhjahidin afghans étaient un exemple souvent cité par Dominic. Ces mêmes rebelles que la CIA avait aidés à chasser les Soviétiques de leur pays s'étaient transformés en talibans. Les livres d'histoire débattraient à l'envi des raisons de ce retournement, mais sa réalité était indéniable. Un point sur lequel s'accordaient les frères Caruso était la similitude entre le point de vue du soldat et celui du flic : connaître son ennemi du mieux possible et savoir adapter sa tactique. Sans compter que l'un comme l'autre avaient suffisamment d'expérience pour savoir que rien n'était jamais ou tout blanc ou tout noir – c'était encore plus vrai au sein du Campus où le gris était la norme. Il y avait une bonne raison pour que l'on qualifie les espions de « guerriers de l'ombre ».

« Ne te méprends pas, ajouta Dominic. Je suis toujours ravi de descendre un type qui menace mon pays. Ce que je veux dire, c'est qu'en général celui qui se bat le plus intelligemment est le gagnant.

— Entièrement d'accord. Quoique je suppose que plusieurs millions d'ex-soldats soviétiques pourraient discuter ce point de vue. Staline les a envoyés se faire hacher menu comme du bétail sur le front de l'Est.

— Toute règle a son exception. »

Brian s'arrêta pour consulter son plan. « On y est presque. Prochaine à gauche, puis c'est au bout de la rue. L'appartement de Bari est le troisième sur la gauche. Une porte peinte rouge sang, d'après Ghazi.

— Espérons que ce n'est pas un mauvais présage. »

Dix minutes plus tard, ils avaient trouvé la ruelle et se glissaient sous l'arcade. En bon soldat, Brian avait une vision nocturne plus aguerrie que celle de son frère, aussi fut-il le premier à relever que l'homme qui se dirigeait vers eux n'était autre que Rafiq Bari. Il était flanqué de deux sbires en pantalon noir et chemise blanche manches longues, déboutonnée.

« Des gardes du corps, murmura Dominic.

— Ouais. Laissons-les passer comme si de rien n'était. »

Bari marchait d'un pas pressé, ses gorilles aussi, mais l'attitude des trois hommes révélait que Bari agissait sans contrainte. Leur relation était manifestement d'employeur à employés.

Brian et Dom furent les premiers à parvenir à hauteur de la porte rouge et ils poursuivirent leur chemin, laissant Bari et ses hommes les croiser sur leur gauche. Brian glissa subrepticement un coup d'œil par-dessus son épaule et vit Bari introduire une clé dans la serrure. La porte s'ouvrit, claqua. Les Caruso tournèrent dans la première ruelle à gauche et s'arrêtèrent.

« Ne nous ont même pas adressé un regard », s'étonna Dominic. Les gorilles de Bari étaient sans doute de petites frappes habituées à la violence, et suffisamment formées pour assurer leur mission de protection dans la majorité des cas.

« Pas de veine pour eux, mais une chance pour nous, répondit Brian. Il n'a pas traîné, cependant. Soit il avait peur de rater le début de *La Roue de la fortune*, soit il s'apprête à déménager.

— Je parierais pour la seconde hypothèse. Il est temps d'improviser.

— Méthode marines… »

Quelques mètres plus loin, ils trouvèrent une arcade dégagée sur leur gauche qui leur permit de s'introduire dans une petite cour, ornée en son centre d'une fontaine à sec. Il faisait presque entièrement nuit et les coins étaient plongés dans une ombre profonde. Il leur fallut quelques secondes pour se repérer. Un treillage adossé au mur opposé était recouvert de vigne vierge sèche. Ils s'en approchèrent, tâtèrent le bois. Il était friable.

« Monte », dit Brian en se calant contre le mur pour faire la courte échelle à son frère. Dominic grimpa, tendit le bras, atteignit le haut du mur. Il se hissa, se jucha dessus, fit signe à Brian de patienter et s'éloigna. Trois minutes plus tard, il était de retour. Il hocha la tête pour indiquer à son frère que tout était OK, puis tendit le bras pour le hisser au sommet.

« La porte de Bari donne sur une cour intérieure. Il y a un passage ouvert dans le mur est. Un des gardes du corps est devant. L'autre est à l'intérieur avec son patron. Je les entends d'ici remuer des trucs. Z'ont l'air bougrement pressés.

— On passe à l'action. »

Ils chargèrent leurs Browning, fixèrent les silencieux et traversèrent le toit. Venant de leur gauche, dans la ruelle, ils entendirent aboyer un chien, puis un choc sourd. Le chien glapit puis se tut. Brian leva un poing serré, pour faire signe de s'arrêter. Les deux frères mirent un genou à terre. Puis Brian rampa jusqu'au bord du toit, regarda en bas, revint.

« Quatre hommes déboulent dans la ruelle, murmura-t-il. Genre malfrats – ou flics.

— C'est peut-être pour ça que Bari remballe si précipitamment, observa Dominic. On laisse faire ?

— Si c'est la police, on n'a pas trop le choix. Sinon… »

Dominic haussa les épaules, acquiesça. Ils avaient parcouru du chemin pour rencontrer le bonhomme, ils n'allaient pas laisser tomber à moins de ne pas avoir d'autre option. Le problème était que si ces nouveaux venus avaient l'intention de liquider Bari, allaient-ils le faire sur place ou bien l'emmener ailleurs ?

Brian et Dominic s'approchèrent du feuillage recouvrant la cour de Bari, puis ils se mirent à plat ventre et rampèrent pour mieux voir. Le garde du corps solitaire se tenait toujours près de la porte, ombre indistincte dans le noir. Le bout incandescent d'une cigarette s'illumina brièvement.

Sur leur gauche, le bruit de pas s'intensifia, raclant la terre et le sable, pour s'arrêter sans doute devant la porte de Bari. Les frères Caruso savaient que les prochaines secondes allaient tout leur révéler sur leurs rivaux. La police entrerait en criant ; les autres réagiraient en tirant.

Aucune des deux options ne se réalisa.

Ils entendirent taper doucement à la porte. Le gorille de Bari jeta sa cigarette, se pencha dans l'embrasure, dit quelques mots, puis se dirigea vers l'entrée. Il ne manifestait aucune tension visible ; ne fit pas mine de dégainer l'arme que Brian et Dominic l'imaginaient porter à la ceinture. Les deux frères échangèrent un regard : *Bari s'attendait-il à de la visite ?*

Le garde du corps fit coulisser le loquet et ouvrit la porte.

Pop, pop.

Les coups de feu étaient assourdis, guère plus forts qu'un claquement de paume sur une table. Le garde du corps recula en titubant et s'effondra. Trois silhouettes se ruèrent alors dans le couloir. Une quatrième suivit, s'arrêta à la hauteur du garde du corps et lui logea une dernière balle dans le front avant de poursuivre son chemin.

Deux autres coups de feu assourdis vinrent de l'intérieur, suivis d'un cri, puis ce fut le silence. Dix secondes plus tard, Bari ressortait les mains sur la tête, poussé sans ménagements par les trois intrus. Ceux-ci le forcèrent à s'agenouiller devant le quatrième larron – leur chef, apparemment – qui se pencha pour murmurer quelque chose à l'oreille du prisonnier. Ce dernier fit non de la tête. L'homme le gifla.

« Ils cherchent quelque chose, murmura Dominic.

— Ouais. Ils sont du CRO, tu crois ?

— J'en ai l'impression. À moins qu'il fasse des heures sup' pour quelqu'un d'autre. »

L'interrogatoire se poursuivit deux ou trois minutes encore, puis le chef fit signe à ses trois sbires qui clouèrent Bari au sol. On lui ligota les mains à l'aide de ruban adhésif et on lui enfonça un chiffon dans la bouche. Puis ils le traînèrent à nouveau à l'intérieur.

« M. Bari va perdre quelques ongles, constata Brian.

— S'il a de la chance. On ferait mieux d'intervenir avant qu'ils le démontent entièrement.

— Laisse-leur deux ou trois minutes. Il sera d'autant plus heureux de voir débarquer la cavalerie », nota Brian avec un sourire que son frère jugea sardonique.

« Merde, Bri, ils ne rigolent pas…

— Ça s'appelle mettre la pression. »

Venus de l'intérieur, les cris étouffés commencèrent presque aussitôt. Au bout de cinq minutes précises, Dominic quitta des yeux sa montre et hocha la tête. Brian passa le premier et, s'accrochant à la vigne vierge, il atterrit avec légèreté. Avançant voûté, le Browning pointé vers la porte, il alla se poster près du mur opposé, s'agenouilla et adressa un signe de tête à son frère. Dix secondes plus tard, Dominic l'avait rejoint dans la cour et s'accroupissait près de la porte.

Ils progressèrent alors à l'unisson, glissant le long du mur à la faveur de l'ombre, puis Dominic lui fit signe de s'arrêter. Il poursuivit seul, jusqu'à ce que son angle de vision lui permette de jeter un coup d'œil à l'intérieur. Il indiqua par gestes à Brian : *trois hommes visibles ; pièce à gauche de la porte. Petit couloir. Deux manquants au bataillon.*

Brian acquiesça, puis lui indiqua leur plan pour entrer et obtint en échange un signe d'acquiescement. Dominic parcourut les trois derniers mètres jusqu'à la porte, puis se colla contre l'embrasure. Brian avança pour se poster, accroupi, du côté opposé. Dominic lança un dernier coup d'œil, hocha la tête.

Brian indiqua un… deux… et à trois, il se redressa, franchit la porte et prit à gauche, le Browning levé. Dominic lui emboîta le pas.

Deux des hommes avaient plaqué Bari face contre une table à tréteaux ; la surface était couverte de sang qui luisait, noir, à la lumière d'une lampe à gaz posée par terre dans un coin. Le chef était assis en face de Bari, un couteau à découper dans la main droite ; la lame et sa propre main étaient humides.

L'un des hommes qui tenait Bari leva la tête et vit Brian au moment où ce dernier pénétrait dans la pièce. La première balle de Brian atteignit l'homme à la gorge, la seconde en plein front. Le chef pivota, une arme à la main. Dominic était déjà là. Il frappa l'homme d'un coup de crosse à la tempe et ce dernier s'effondra.

« RAS.

— RAS, murmura Brian. Et lui ?

— Offre-lui une petite sieste. »

Brian lui flanqua un coup de crosse derrière l'oreille, puis vérifia son pouls. « C'est bon. »

Tous deux tournèrent les talons et, à pas de loup, descendirent le hall, regardèrent par la porte grande ouverte et ne virent rien dehors, aussi prirent-ils à gauche pour s'enfoncer dans le couloir. Une silhouette apparut sur le seuil de la porte au bout de celui-ci. Dominic tira deux fois. L'homme s'effondra. À l'intérieur de la pièce, ils entendirent crisser du bois.

« La fenêtre, dit Dominic.

— Vu. »

En trois pas, Brian avait rejoint le seuil. Un coup d'œil dans l'angle lui révéla un homme en train d'escalader une fenêtre au fond de la pièce. Il tira. La balle de 9 mm à fragmentation se logea dans sa cuisse. Sa jambe se déroba et il tomba à la renverse. L'homme tenait un pistolet dans la main gauche. Dominic s'avança et lui logea deux autres balles en plein torse.

« RAS.

— RAS. »

Le reste de l'appartement était composé d'une salle de bains et d'une seconde chambre, l'une et l'autre desservies par un couloir de faible longueur. Les deux pièces étaient vides, tout comme les penderies. Ils trouvèrent le deuxième garde du corps de Bari, tout habillé dans la baignoire, avec un trou bien net dans la nuque. Ils revinrent dans la pièce principale, en fait un séjour-cuisinette. Bari était toujours là où ils l'avaient laissé, le visage collé sur la table, les bras étendus.

« Bon Dieu, dit Brian. Putain, la vache… »

Dans le bref intervalle de cinq minutes où les visiteurs s'étaient occupés de lui, ils avaient réussi à lui sectionner deux doigts de la main gauche.

« Quelqu'un en veut vraiment à ce bonhomme.

— Ouais. La question est pourquoi ? »

66

Agong Nayoan était peut-être un diplomate efficace, mais il apparut bien vite évident à Clark, Jack et Chavez que, question espionnage, soit il manquait d'entraînement, soit il avait délibérément choisi d'ignorer les règles du métier. C'était d'autant plus évident avec le choix de ses mots de passe que Gavin Biery ne mit que quelques heures à craquer, une fois que Clark et sa bande eurent quitté le domicile de l'intéressé. Le navigateur Internet du portable de Nayoan possédait la liste usuelle de signets – de sites d'achats en ligne aux sites de référence et d'information – mais il avait également plusieurs comptes de courrier en ligne, un sur Google, un sur Yahoo et un dernier sur Hotmail. Chaque boîte aux lettres contenait des dizaines de messages, en majorité de la famille et d'amis, plus quantité de messages publicitaires et de courriels surchargés de bannières dont Biery ne manquerait pas de décomposer et d'analyser les images en quête d'éléments stéganographiques.

Nayoan était également un fervent utilisateur de Google Maps, dont Jack trouva les cartes annotées de quantité de « punaises » numériques. La plupart s'avéraient être des restaurants, cafés et autres lieux en vogue de San Francisco à proximité de l'ambassade ou de son domicile. L'un des marqueurs attira toutefois l'attention de Jack, un domicile privé situé à San Rafael, vingt-cinq kilomètres au nord de la ville, sur l'autre rive du Golden Gate.

« Quel est le nom du marqueur ? s'enquit Clark.

— Sinaga, répondit Jack.

— On dirait un nom propre.

— Je vérifie », dit Jack avant même que Clark eût fait la suggestion. Il avait Biery au téléphone une minute plus tard. « J'aurais besoin que tu cherches un nom dans les comptes de Nayoan : Sinaga. »

Biery était de retour au bout du fil dix minutes plus tard.

« Kersan Sinaga. Nayoan lui a signé sept chèques ces deux dernières années, pour des sommes allant de cinq cents à deux mille dollars. L'un des intitulés récupérés sur le site de sa banque précise : "consultation informatique". Mais voici le plus intéressant : j'ai passé le nom au filtre des services de l'immigration ; ils l'ont signalé. Il était censé se présenter pour un entretien il y a huit mois et on ne l'a jamais vu. L'homme est également inscrit sur la liste des personnes à surveiller.

— Coup double ! s'exclama Chavez. Manquer de se présenter à une audition des services d'immigration ne vous place pas illico sur cette liste.

— En effet, admit Clark. Quoi d'autre ?

— Il est recherché par la POLRI, ajouta Biery, faisant allusion à la Polisi Negara Republik Indonesia, la police nationale indonésienne. Il semble bien que notre Korsian Sinaga soit un faussaire de première classe. Il est recherché là-bas depuis quatre ans. »

Le trajet jusqu'au nord de la ville leur prit une demi-heure. D'après les informations recueillies par Jack sur Google Maps, Sinaga vivait dans la banlieue est de San Rafael, dans un camping à mobile homes presque désert. Ils le traversèrent une fois puis firent demi-tour pour venir se garer à cent mètres au nord de la caravane de Sinaga, un modèle déployable en largeur entouré par une clôture basse rouillée bordée par une haie.

« Ding, il y a un calepin dans ma mallette, là, derrière, dit Clark sans se retourner. Tu veux bien me le passer ? »

Chavez le lui tendit. « Tu penses à quoi ?

— À une petite visite des environs. Je reviens dans dix minutes. »

Clark descendit et Jack et Chavez le regardèrent se diriger vers la caravane la plus proche, dont il monta les marches avant de frapper à la porte. Une femme apparut quelques secondes plus tard et Clark discuta avec elle durant quelques secondes, avant de se diriger vers le mobile home suivant où il répéta le même manège, avant enfin d'atteindre celui de Sinaga. Quand il réapparut, ce fut pour entamer trois nouvelles visites, avant enfin de regagner la voiture et de remonter à bord. Il tendit à Jack le calepin. Les pages étaient couvertes de noms, d'adresses et de signatures.

« Tu veux bien nous expliquer ? interrogea Jack.

— Je leur ai dit que j'avais l'intention d'ouvrir un restaurant au bout de la rue et que j'avais besoin de recueillir cinq cents signatures des voisins pour obtenir une licence de débit de boissons. Sinaga n'est pas chez lui. D'après son voisin le plus proche, il bosse à temps partiel à la boutique *Best Buy* à côté de la 101e. Il termine à deux heures. »

Chavez regarda sa montre. « Dans une heure. Trop court.

— On attendra la nuit, dit Clark.

— Et ensuite ? demanda Jack.

— On va enlever cet enfoiré. »

Le raisonnement de Clark se tenait. Nayoan contactait rarement Sinaga et encore, uniquement par mail, de sorte que sa disparition ne risquait pas de susciter l'inquiétude. Mieux encore, s'ils s'y prenaient convenablement, ils pourraient transformer leur relation électronique en source d'infos transmises à son insu par Nayoan. Dans le pire des cas, ils se retrouveraient avec un cadavre tout chaud, qui aurait fort probablement créé des faux documents pour le CRO, aux États-Unis ou à l'étranger. Savoir si Gerry Hendley apprécierait l'idée de voir le Campus manipuler un correspondant du CRO, aucun des trois hommes n'aurait su le dire.

« Toujours plus facile de demander le pardon qu'une autorisation », observa Clark.

Ils se rendirent en voiture jusqu'à la boutique, attendirent que Sinaga en ressorte, puis le suivirent jusque chez lui, après un détour par l'épicerie voisine. Ils attendirent une demi-heure, puis Clark endossa de nouveau son rôle de patron de bar, visitant cette fois-ci les caravanes situées de l'autre côté de la rue avant de traverser celle-ci pour rejoindre celle de Sinaga. Il était de retour cinq minutes plus tard.

« Il est seul. Il joue de la X-box en buvant de la bière. Je n'ai vu aucune trace de présence féminine, il est donc à parier qu'il est célibataire, rapporta Clark. En revanche, il a un chien, un vieux cocker. Le clebs n'a pas aboyé avant que je n'aie frappé à la porte. »

Ils tuèrent le temps jusqu'au crépuscule, puis retournèrent au camping et firent encore une fois le tour des lieux. La voiture de Sinaga, une Honda Civic, était garée sur l'emplacement de parking, sous un auvent, et des lumières étaient visibles à l'intérieur de la caravane. Une ampoule nue éclairait le porche d'une lumière crue. Clark éteignit les phares, coupa le moteur, puis il parcourut le calepin.

« Son voisin – celui qui savait qu'il était au travail – est un certain Hector. Il te ressemble un peu, Ding.

— Laisse-moi deviner : je vais faire le coup du “vous n'auriez pas du sucre ?”.

— Ouaip ! Il n'y a pas de moustiquaire, il lui faudra donc ouvrir la porte. Aussitôt, tu lui fonces dessus, moi, je m'empare du chien et je l'enferme dans la salle de bains. Jack, tu longes la clôture et tu vas surveiller les fenêtres de l'autre côté. Il y a peu de risques qu'il ait le temps de filer par-derrière, mais deux précautions valent mieux qu'une.

— OK.

— Ne traîne pas. Marche d'un pas décidé. Les voisins sont du genre amical, donc si jamais quelqu'un te voit, tu te contentes de saluer et dire bonjour comme si t'étais du coin. Allons-y. »

Ils descendirent de voiture et se mirent en route, bavardant tranquillement, rigolant à l'occasion, trois résidents regagnant leur domicile. Quand ils parvinrent à la hauteur de la caravane, Clark et Chavez obliquèrent vers celle-ci. Jack s'avança dans l'ombre près de la clôture d'où il regarda Clark se plaquer contre la paroi près de la porte tandis que Chavez gravissait le perron. Clark se retourna pour adresser un signe de tête à Jack qui poussa doucement le portail de la clôture pour entrer dans le jardinet. Il n'y avait pas beaucoup de gazon mais plein de mauvaises herbes, de taches brunes et quantité de crottes de chien. Il passa derrière la caravane et s'accroupit de manière à l'embrasser d'un seul regard. Il y avait deux fenêtres mais l'une d'elles était trop petite pour laisser passer un adulte ; la plus proche était de fait l'unique issue possible.

Jack entendit Chavez frapper à la porte, puis, venant de l'intérieur, une voix lancer : « Ouais, qui est là ?

— Hector, ton voisin. Eh, mec, mon téléphone est coupé. Je peux utiliser ta ligne une seconde ? »

Bruits de pas. Crissement de paumelles.

« Eh ? »

Une porte qui claque, suivie par une cavalcade. Jack leva les yeux, soudain aux aguets. *Merde... qu'est-ce que...*

« Il arrive de ton côté ! lança Clark. La fenêtre de derrière ! »

À l'instant même où Clark l'avertissait, la fenêtre coulissa et une silhouette apparut, plongeant tête la première. L'homme atterrit en grognant, fit une roulade et se releva d'un bond.

Jack demeura un instant interdit puis il lança : « Stop, on ne bouge plus ! »

Après un bref coup d'œil à gauche puis à droite, Sinaga pivota pour foncer dans sa direction et, dans la lumière qui filtrait de la fenêtre, Jack entrevit l'éclat de l'acier dans la main de l'homme. *Un couteau.* Mais déjà son adversaire était sur lui, brandissant son arme. Jack battit en retraite. Sinaga avançait toujours. Jack sentit la clôture dans son dos, vit Sinaga lever le bras. Il déporta la tête de côté, sentit un impact sur son épaule droite. Quelque peu déséquilibré par son coup donné au hasard, Sinaga trébucha. Jack en profita pour lui saisir le bras, la main gauche enserrant son poignet, avant de lui donner une vive secousse, tandis qu'il passait le bras droit autour du cou de l'homme, bloquant le larynx au creux de son coude. Sinaga pencha la tête vers l'avant puis la bascula vivement vers l'arrière. Jack avait senti venir le coup mais il ne put que détourner le visage. La nuque de Sinaga entra en contact avec sa pommette. Une douleur fulgurante vrilla les yeux de Jack. Sinaga se débattit, essayant de se libérer, et propulsa de nouveau Jack contre la clôture, mais ce faisant, il trébucha et atterrit sur les fesses. Jack, qui n'avait pas lâché prise, se sentit passer par-dessus la tête de son adversaire. *Tiens bon, tiens bon…* Étranglant toujours Sinaga, il fit une pirouette et entendit un craquement étouffé. Il atterrit en tas, roula sur le côté, certain que l'autre serait déjà sur lui.

« Jack ! » C'était Chavez. Ding accourut. Sans ralentir, il éjecta d'un coup de pied le couteau toujours dans la main de Sinaga. Ce dernier ne bougeait pas. Sa tête était inclinée d'une drôle de façon. Ses yeux clignèrent plusieurs fois, mais ils étaient fixes, le regard vide. Le bras droit, agité de mouvements spasmodiques, raclait doucement le sol.

« Dieu tout-puissant », murmura Jack.

Clark franchit la clôture, s'immobilisa, s'agenouilla près de Sinaga. « Il a le cou brisé. Il est foutu. Jack, ça va ? »

Jack ne pouvait détacher son regard de l'homme gisant au sol. Bientôt, il vit les spasmes s'arrêter.

Clark insista : « Jack, réveille-toi ? T'es OK ? »

Jack opina.

« Ding. Fais-le rentrer. Vite. »

Une fois de retour dans la caravane, Ding installa Jack sur le canapé, puis il gagna la chambre et aida Clark à hisser le cadavre pour le faire rentrer par la fenêtre. Ils se retrouvèrent dans le séjour. Le cocker aboyait dans la salle de bains.

« Rien ne bouge à l'extérieur, signala Clark en refermant la porte d'entrée. Ding, regarde dans le frigo s'il y a quelque chose pour calmer le clebs.

— D'accord. »

Clark revint vers Jack. « Tu saignes.

— Hein ? »

Clark indiqua son épaule droite. L'étoffe de sa chemise était tachée de sang. « Enlève-la. » Jack obéit, révélant une entaille longue de cinq centimètres à la clavicule. Le sang lui dégoulinait sur le torse.

« Euh, marmonna Jack. Je ne me doutais pas. J'ai bien senti quelque chose me toucher à l'épaule, mais je ne m'en étais même pas rendu compte.

— Deux ou trois centimètres plus haut, et t'étais bon, Jack. Pose ton doigt sur la plaie. Eh, Ding, regarde si Sinaga n'aurait pas quelque part de la super-glu. »

Ils entendirent des bruits de tiroir dans la cuisine, et enfin Chavez ressortit de celle-ci et lança un tube à Clark qui le tendit à Jack. « Mets un trait de colle sur la plaie.

— Tu plaisantes ?

— Non. C'est encore mieux que des agrafes. Vas-y. »

Jack essaya, mais ses mains tremblaient. Il les regarda. « Désolé.

— C'est juste l'adrénaline, *mano*, expliqua Chavez en saisissant le tube. Te bile pas.

— Il est vraiment mort ? » demanda Jack.

Clark acquiesça.

« Merde. On avait besoin de lui vivant.

— Son choix, Jack, pas le tien. Tu peux culpabiliser si tu veux. C'est naturel. Mais n'oublie pas : il essayait de te trancher la gorge.

— Ouais, je suppose. J'en sais rien. »

Chavez intervint : « Ne te mets pas martel en tête. T'es vivant ; il est mort. T'aurais préféré l'inverse ?

— Merde, non.

— Alors considère ça comme une victoire et continue sur ta lancée. »

Chavez referma le tube de colle et se releva.

« Continuer ? Comme ça ? C'est tout ?

— Il te faudra peut-être un petit bout de temps pour le digérer, intervint Clark. Mais si tu n'y arrives pas, vaudrait mieux que tu restes derrière ton bureau.

— Bon Dieu, John.

— Si tu te gardes ce boulet dans la tête, tu vas te faire tuer ou faire tuer quelqu'un, ça, je peux te le garantir. Ce job n'est pas fait pour le pékin moyen, Jack. Il n'y a pas de honte à ça. Mieux vaut que tu t'en rendes compte tout de suite. »

Jack soupira, se massa le front. « D'accord.

— D'accord, quoi ?

— D'accord, je vais y réfléchir. » Clark sourit. « Quoi ? s'étonna Jack.

— C'était la bonne réponse. Tu viens de tuer un homme. Je me ferais du souci si ça ne déclenchait pas en toi un minimum d'introspection. »

Du fond de la cuisine leur parvint la voix de Ding : « J'ai trouvé un truc, John. »

Trois jours après avoir été embarqué de Dubaï à bord d'un avion-cargo, l'engin débarqua sur l'aéroport international de Vancouver. Moussa, qui était arrivé la veille, était là pour le réceptionner. Sa carte de visite et une lettre d'introduction lui permirent d'accéder à l'entrepôt des douanes où l'attendait l'inspecteur.

« Silvio Manfredi », se présenta Moussa, en fournissant ses papiers.

« Merci. Phil Nolan. Votre colis se trouve par ici. »

Ils se dirigèrent vers une palette sur laquelle était chargée une caisse en plastique.

Il n'avait pas été bien sorcier de confectionner les documents à l'aide de Photoshop et d'un logiciel d'édition. Certes, une lettre émanant de la chaire de médecine vétérinaire de l'université de Calgary était un prétexte un peu mince, mais on ne pouvait en mésestimer l'effet psychologique. L'inspecteur avait affaire à un concitoyen qui travaillait au sein d'une université canadienne réputée.

Ce que ses quatorze mois d'étude avaient enseigné à Moussa, c'est que, partout sur la planète, les inspecteurs des douanes étaient des gens surmenés et sous-payés qui se fiaient aveuglément aux listes et formulaires. Dans le cas bien particulier de cette cargaison – des matériaux radioactifs –, l'inspecteur exigerait trois types de documents : une facture et un connaissement pour l'appareil ; les tampons et les sceaux délivrés par l'agent de l'IATA, l'Association internationale du transport aérien, en poste à Dubaï, pour établir l'origine de l'expédition. Et enfin, la tonne de paperasses exigée par la Commission canadienne de la sûreté nucléaire, le ministère des Transports, et les autorisations légales de transport de substances radioactives, plus celle de matières dangereuses. Même si aucun de ces documents ne s'était avéré compliqué à reproduire, les recherches nécessaires effectuées par Moussa et son équipe avaient à elles seules pris huit mois.

« Alors, c'est donc ça ? demanda l'inspecteur des douanes.

— C'est un hippo-imageur portatif PXP-40HF.

— Je vous demande pardon ? »

Moussa étouffa un rire. « Pardon pour le jargon. En fait, un banal appareil de radiographie pour chevaux. Un ami du président de l'université habite Dubaï. Il possède un étalon arabe d'une valeur inestimable, représentant plus que ce que vous ou moi pourrons gagner de toute notre vie. Le pur-sang est tombé malade, l'ami l'a rapporté au président, l'université lui a loué la machine. »

L'inspecteur hocha la tête. « Sympa. Et le cheval s'en est sorti ?

— Oui. Vous allez rire : c'était une simple colique. Et voilà comment j'ai passé une semaine à choyer un appareil de radiographie, parce que le vétérinaire du mec n'était pas fichu de diagnostiquer une banale indigestion.

— Ma foi, cela vous aura au moins permis de prendre le soleil. OK… » L'inspecteur feuilleta la liasse de paperasse. « J'aurai besoin du code du radio-isotope, du niveau d'activité, de la dose, des limites de contamination…

— Page quatre et page neuf. Pas bien haut sur l'échelle.

— C'est ce que je vois, en effet. Donc, pas vraiment dangereux ?

— Carrément inoffensif, à moins de vouloir se radiographier deux cents fois les couilles. Là, vous pourriez avoir des problèmes. »

La saillie fit rire l'inspecteur. « Pas vraiment une arme de destruction massive, hein ? »

Moussa haussa les épaules. « Le règlement, c'est le règlement. Mieux vaut redoubler de précaution que l'inverse, j'imagine.

— Ouais. Comment se fait-il qu'ils ne vous l'aient pas envoyé directement à Calgary ?

— Il n'y avait pas de vol disponible avant mercredi. Je me suis dit qu'il serait plus facile de transiter par Vancouver, puis de louer une voiture. Avec un peu de chance, je serai rendu avant la nuit. »

L'inspecteur signa aux emplacements appropriés, puis il fixa des scellés sur la caisse. Il demanda à Moussa de contresigner les documents et jeta dessus un dernier coup d'œil avant de les lui restituer. « Et voilà, vous pouvez y aller…

— Ma voiture est sur le parking…

— Rendez-vous à la barrière. Je vais leur dire de vous laisser passer. »

Les deux hommes se serrèrent la main. « Merci.

— De rien. Bon voyage. »

67

Après avoir arrêté l'hémorragie due aux deux doigts sectionnés, ils installèrent Bari sur une chaise dans le séjour et, à l'aide de ruban adhésif, ils lui ligotèrent les jambes aux pieds de celle-ci. Le chef du commando fut pareillement entravé sur la table à tréteaux. L'un et l'autre étaient toujours inconscients. Finalement, ils allèrent récupérer les corps pour les entasser dans la baignoire, par-dessus celui du deuxième gorille de Bari.

« Je vais faire un petit tour, dit Dominic. Voir si les voisins n'ont pas moufté. Je ne pense pas qu'on ait attiré l'attention mais on ne sait jamais…

— Ça me paraît une bonne idée.

— Je reviens dans cinq minutes. »

Assis dans le séjour, Brian étudia leurs prisonniers tout en faisant le bilan de l'opération. *Pal mal*, estima-t-il. Dominic avait toujours été une fine gâchette, et un vrai pro au stand de tir, mais c'était la première fois qu'ils opéraient de concert sur ce genre d'action. Certes, il y avait eu l'affaire de la galerie marchande, mais ce n'était pas vraiment pareil. Ici, ils s'étaient confrontés pour de bon à des gens du CRO, et sur leur propre terrain. Pas vraiment du genre à faire des prisonniers, les gars, toutefois.

Il allait devoir en tenir compte. La crosse du Browning les avait fait taire tous les deux, mais avec une efficacité toute relative. Peut-être qu'il faudrait recourir à la manière forte. À voir.

Il entendit s'ouvrir la porte sur la cour. Il se leva, alla jusqu'au coin, passa la tête. « C'est juste moi, frérot, annonça Dominic.

— Comment ça se présente ?

— Calme plat. C'est vraiment mort ici, une fois la nuit tombée. Encore deux heures et ce sera une vraie ville fantôme.

— Ce qui est tout bon.

— Pour ces deux-là ? demanda Dominic en indiquant Bari et l'autre type.

— Ouais. S'ils ont des infos, on peut soit tenter de les leur extorquer ici, soit essayer de les évacuer.

— Ma foi, une chose est sûre, on ne va sûrement pas les sortir de Libye tout seuls. Mieux vaudrait filer par la Tunisie.

— On en est loin ?

— Cent cinquante kilomètres, environ. Mais chaque chose en son temps. Commençons par une petite conversation avec Bari, voir où ça nous mène. »

Après un verre d'eau glacée versé sur la tête et deux ou trois gifles, ils réussirent à réveiller le bonhomme. Il cligna des yeux plusieurs fois, regarda autour de lui, puis avisa Brian et Dominic.

Il aboya quelques mots en arabe, puis ajouta en anglais, avec un accent à couper au couteau : « Qui êtes-vous ?

— La cavalerie », répondit Brian.

Brian ferma les yeux et gémit. « Ma main.

— Juste deux doigts, dit Dominic. On a stoppé l'hémorragie. Tenez. »

Il lui tendit une demi-douzaine d'aspirines récupérées dans la salle de bains. Bari se fourra les comprimés dans la bouche, puis accepta le verre tendu par Brian.

« Merci. Qui êtes-vous ?

— Il semblerait qu'on soit les derniers amis qui vous restent dans la médina, observa Dominic. Qui étaient-ils ?

— Ils sont tous morts ?

— Tous, sauf le gars avec le couteau de boucher, répondit Brian. Qui étaient-ils ?

— Je ne peux...

— On parie sur le CRO. Quelqu'un a mis un contrat sur votre tête, monsieur Bari.

— Comment ça ?

— Quelqu'un a ordonné qu'on vous assassine. Que voulaient-ils savoir ? »

Bari ne répondit pas.

« Écoutez, sans aide, ils vont vous choper. Vous pourrez peut-être réussir à vous cacher un moment mais ils finiront bien par vous trouver. Et sans doute aussi votre famille à Benghazi. »

Bari releva brusquement la tête. « Vous êtes au courant ? »

Dominic opina. « Et si nous le sommes...

— Vous êtes américains, n'est-ce pas ?

— Ça a une importance ?

— Non, j'imagine que non. »

Brian reprit : « Aide-nous et on t'aidera – en essayant de t'exfiltrer du pays.

— Comment ?

— Ça, c'est notre problème. Qui étaient-ils ?

— Des membres du CRO.

— Les mêmes que ceux qui ont liquidé Dirar al-Kariim ?

— Qui ça ?

— La vidéo sur le Web. Celle du gars sans tête et sans pieds…

— Oh, oui. C'est eux.

— Quel est son nom ? intervint Dominic. Le gars au couteau ?

— Il m'a dit s'appeler Fakhoury.

— C'est quoi, son boulot ?

— Ce que vous l'avez vu faire ce soir. Exécutions. Torture. Châtiments. Ce type, c'est de la racaille. Il se vantait, pour al-Kariim. Il en parlait partout.

— Pourquoi s'en est-il pris à vous ?

— Je n'en sais rien.

— Mon cul, rétorqua Brian. Toi et tes gardes du corps, vous aviez l'air pressé. Vous saviez que vous aviez Fakhoury à vos trousses. Comment ?

— La rumeur courait que j'avais parlé à la police. Ce n'était pas vrai. Je ne sais pas qui l'a répandue mais avec ces gens-là… la sécurité passe avant tout. Me tuer, c'était une précaution.

— Que te voulaient-ils ? Tu es leur spécialiste de l'Internet, pas vrai ?

— Ouais. Fakhoury voulait savoir si jamais j'avais conservé des données.

— Lesquelles, par exemple ?

— Des noms de domaines, des mots de passe, des documents graphiques…

— Comme les images des bannières ?

— Oui, oui. Il les a réclamées aussi. »

Dominic regarda Brian et murmura : « Stégo.

— Ouaip.

— De quoi parlez-vous ? demanda Bari.

— Alors, quelle est ta réponse ? insista Dominic. As-tu conservé des données par-devers toi ? Une police d'assurance, en quelque sorte ? »

Bari ouvrit la bouche pour répondre mais Brian le coupa : « Tu nous mens, on libère Fakhoury et on se barre.

— Oui, j'ai conservé des données. Elles sont sur une carte SD – comme celles qu'on utilise pour les appareils photo numériques. Planquée sous un carreau dans les toilettes. »

Brian s'y dirigeait déjà. « Vu. » Il était de retour moins de deux minutes plus tard avec une minuscule carte mémoire.

Dominic se retourna vers Bari. « Qui a demandé à Fakhoury de passer à l'action ?

— Je n'ai entendu que des rumeurs.

— Parfait.

— Ce serait un certain Almassi.

— Il habite dans le coin ?

— Non, il a une maison non loin de Zuwarah. »

Coup d'œil de Dominic à son frère : « C'est à une centaine de kilomètres à l'ouest d'ici.

— Quelle est sa position dans la hiérarchie ? Pourrait-il avoir donné son feu vert à l'exécution d'al-Kariim ?

— C'est possible. »

Ils laissèrent Bari pour sortir dans la cour. « Qu'est-ce que t'en penses ? demanda Brian.

— Bari est une bonne prise mais ce serait mieux d'attraper un plus gros poisson. Si cet Almassi est assez influent pour commanditer ce genre d'opération, ça peut valoir le coup d'essayer. »

Brian consulta sa montre. « Il est bientôt vingt-deux heures. Mettons une demi-heure pour retourner à la voiture, puis deux heures de trajet jusqu'à Zuwarah. On récupère Almassi vers deux heures, puis on reprend la route.

— Donc, on emmène Bari avec nous et on essaie de mettre la main sur Almassi.

— Et on laisse donc Fakhoury.

— Un poids mort, frérot. »

Dominic réfléchit un instant et soupira.

Brian précisa : « C'est un meurtrier de sang-froid, Dom.

— Pas possible. J'avais du mal à faire mentalement la connexion, tu vois ?

— Tu y es déjà parvenu. Rappelle-toi l'histoire du violeur d'enfants.

— C'était un brin différent.

— Pas tant que ça. C'est le genre de nuisible qui ne va pas cesser ses activités de son propre chef. Pareil ici. »

Dominic considéra la remarque puis il hocha la tête. « Je m'en occupe.

— Non, frangin. Cette fois, c'est mon tour de m'y coller. Prends en charge Bari. Moi, je m'occupe du nettoyage. »

Quelques minutes plus tard, Dominic et Bari se retrouvaient dans la cour. Brian sortit et déposa un fourre-tout en toile aux pieds de Dominic. « Une demi-douzaine de semi-automatiques et dix chargeurs.

Je reviens tout de suite. » Et Brian retourna à l'intérieur.

« Que fait-il ? » demanda Bari.

Leur parvint un claquement assourdi, suivi d'un autre.

« Fakhoury ? lança Bari en regardant Dominic. Vous l'avez tué.

— Tu l'aurais préféré en vie pour te courir au train ?

— Non, mais qui me dit que vous n'allez pas faire pareil quand vous en aurez fini ?

— Moi. Dans le pire des cas, on te laissera filer.

— Et dans le meilleur ?

— Tout dépendra de ta contribution. »

Brian ressortit dix minutes plus tard. Les deux frères se dirigèrent vers le mur opposé et Brian hissa sur le toit Dominic. Ce dernier était de retour dix secondes plus tard avec leurs sacs à dos. Les trois hommes se dirigèrent alors vers la porte donnant sur la rue.

Brian se tourna vers Bari : « Que les choses soient bien claires : tu cours, ou tu attires l'attention sur nous, on te loge une balle dans la tête.

— Pourquoi ferais-je une chose pareille ?

— J'en sais rien et je m'en fous. Mais si tu nous joues un tour de cochon, tu seras le premier à mourir.

— Compris. »

Quarante minutes plus tard, ils émergeaient de la médina sur Sidi Omran et parcouraient deux pâtés de maisons sur la rue de Corinthe pour rejoindre l'endroit où ils avaient garé l'Opel. Encore cinq minutes plus tard et ils étaient sur Umar al Mukhtar, filant vers l'ouest pour sortir de la ville. Le ciel était dégagé, révélant un quartier de lune et un poudroiement d'étoiles.

Ils roulèrent en silence, Bari allongé sur la banquette arrière, jusqu'à ce qu'ils aient dépassé Sabratah, à soixante kilomètres de Tripoli sur la côte. « Tu peux te rasseoir, dit Dominic, assis dans le siège du passager. Comment va cette main ?

— J'ai horriblement mal. Qu'est-ce que vous avez fait de mes doigts ?

— Je les ai balancés dans les chiottes », répondit Brian.

Ç'avait été la corvée la plus facile lorsqu'il avait réintégré le domicile de Bari. Puis il avait inspecté Fakhoury et ses hommes, à la recherche de tatouages ou autres signes d'identification. Pour les tatouages, chou blanc, mais pour le reste, la récolte avait été bonne, qui avait garni son sac fourre-tout. Puis il avait logé trois balles dans la nuque de chacun des hommes. Les balles à fragmentation avaient rempli leur tâche, transformant les visages en bouillie méconnaissable. La police finirait bien sûr par les identifier, mais le temps que le CRO comprenne qu'il avait perdu plusieurs de ses éléments, tous trois auraient déjà quitté le pays.

« Vous avez largué mes doigts dans les chiottes ? répéta Bari. Pourquoi ? »

Ce fut Dominic qui répondit : « Pour ne laisser aucune trace de toi. Moins ils auront d'indices, mieux ce sera. Où se trouve la maison d'Almassi ?

— À l'est de la ville. Je reconnaîtrai la bifurcation. C'est juste après l'ancienne raffinerie. » Vingt minutes plus tard, Bari annonça : « Ralentissez. Ce sera la prochaine à gauche. »

Brian ralentit et s'engagea sur le chemin de terre. Presque aussitôt, la pente s'accentua ; le chemin sinuait au milieu de collines basses recouvertes d'une végétation rabougrie. Au bout de cinq minutes, la route tournait brusquement sur la droite. Bari, qui surveillait par la vitre côté conducteur, tapota dessus. « Là. La maison avec les lumières. C'est celle d'Almassi. »

Quatre cents mètres plus bas, au pied d'une pente érodée, Brian et Dominic aperçurent une bâtisse en pisé d'un étage, entourée d'un mur bas de briques sèches. Cinquante mètres plus à l'ouest, on distinguait un petit groupe de quatre cabanes en terre. Juste derrière la maison, on voyait une grange ou une étable.

« Une vieille ferme ? demanda Dominic.

— Oui. Un élevage de chèvres. Almassi l'a achetée pour se retirer, il y a trois ans.

— T'as vu les antennes sur le toit, Bri ? observa Dominic.

— Ouais. Le gars m'a l'air hyper-connecté. »

Ils roulèrent encore huit cents mètres, la ferme disparut de leur champ visuel derrière une colline, et ils ralentirent alors à un croisement. Sur un coup de tête, Brian prit à gauche. Le chemin de terre se rétrécit sur une longueur de cinquante mètres avant de s'élargir soudain pour déboucher sur ce qui semblait être une carrière.

« Ça devrait faire l'affaire », commenta Dominic.

Brian éteignit les phares, ralentit en roue libre, coupa le moteur. Les deux frères se retournèrent alors pour regarder Bari. Brian ouvrit le feu : « Que sais-tu d'autre de cet endroit ?

— À part l'adresse, rien.

— Jamais venu ?

— Une fois. Je suis juste passé devant.

— Tiens donc ! Simple curiosité ? »

Bari hésita. « Dans mon milieu, ça paie toujours de savoir à qui l'on a affaire. Je savais que Fakhoury rendait compte à Almassi. Je me suis dit que ça pourrait valoir le coup un de ces jours de traiter directement avec lui, alors j'ai mené ma petite enquête.

— Diligent, avec ça, remarqua Dominic. Donc, tu n'as jamais mis les pieds dans la place ?

— Non.

— Et les gardes du corps ? demanda Brian.

— Je suis sûr qu'il en a, mais j'ignore combien. » Les deux frères le dévisagèrent. « C'est la vérité, je le jure sur la tête de mes enfants.

— Des chiens ?

— Je ne sais pas.

— Donne-moi tes mains, ordonna Brian. Pose-les sur l'appui-tête. »

Bari obéit tant bien que mal. Brian et Dominic lui ligotèrent les mains aux montants. « Est-ce vraiment indispensable ?

— On n'en est pas encore aux relations de confiance, expliqua Dominic. Ça n'a rien de personnel. On revient.

— Et sinon ?

— Sinon, t'es vraiment mal barré », conclut Brian.

Ils descendirent, ouvrirent la malle pour récupérer le sac en jute, s'assirent par terre et firent le tri dans l'arsenal. En complément de leurs Browning, il y avait quatre semi-automatiques calibre 9 mm MAB P15 de fabrication française, et deux revolvers 32 à canon court.

— Il y a soixante projectiles pour les P15, dit Brian. Des Parabellum. Compatibles avec nos Browning. Mais si on a besoin de plus de soixante balles, ça voudra dire qu'on est fichus, de toute manière. »

Ils rechargèrent les Browning, puis divisèrent en deux le reste de cartouches de P15 qu'ils fourrèrent dans leurs poches de treillis. Enfin, ils rangèrent diverses autres bricoles dans leurs sacs à dos. Dominic s'approcha de la vitre arrière de l'Opel. « J'ai encore besoin d'aspirine », lui dit Bari.

Brian récupéra le tube dans son sac et le retourna. Dominic lâcha une demi-douzaine de cachets dans la bouche de Bari, puis lui offrit une lampée de leur gourde.

« Tu restes ici bien sage et tu ne fais pas de bruit, lui ordonna Dominic avant de se retourner vers son frère : Prêt ?

— Je veux ! Allons à la pêche au gros. »

68

« Comment tiens-tu le coup ? » s'enquit Gerry Hendley alors même que Jack s'asseyait en face de lui dans son bureau. Sam Granger se tenait un peu à l'écart, appuyé à la fenêtre, les bras croisés.

« En dehors du fait qu'on me pose sempiternellement la même question, plutôt pas mal, répondit l'intéressé. C'était juste une éraflure, Gerry. Un filet de super-glu et il n'y paraît plus.

— Ce n'est pas de cela que je voulais parler.

— Je sais de quoi vous voulez parler.

— Jack, il y a moins de douze heures, tu as tué un homme. Si tu me dis que ça ne te turlupine pas, je t'enchaîne à ton bureau.

— Patron…

— Il est sérieux, insista Granger. Que ça te plaise ou pas, tu es le fils du président Jack Ryan. Si tu crois que ça ne nous donne pas à réfléchir, penses-y à deux fois. Et si, rien qu'une seconde, on estime que tu n'as plus vraiment la tête sur les épaules, on t'assigne à résidence derrière ton écran.

— Que voulez-vous de moi, en fin de compte ? Si je veux être sincère, j'ai les mains qui tremblent encore un peu, et l'estomac encore retourné. Je n'avais pas hésité à poinçonner MoHa avec la seringue parce qu'il le méritait. Pour ce Sinaga... je n'en sais trop rien. Peut-être que oui, peut-être que non. Il s'est jeté sur moi, a essayé de me tuer... » Jack hésita, se racla la gorge. « Est-ce que je voulais le tuer ? Non. Suis-je content que ce soit lui plutôt que moi. Je veux, mon neveu. »

Gerry rumina quelques instants sa repartie, puis il opina. « Tu y réfléchis encore et tu me donnes ta réponse demain. Quelle qu'elle soit, tu auras toujours une place ici.

— Merci.

— Sam, demande-leur de monter, veux-tu ?

— Attendez une seconde, coupa Jack. J'ai déjà abordé la question avec John et Ding... Vous vous souvenez de ce faire-part de naissance électronique ? » Hendley acquiesça. « Il n'est jamais arrivé nulle part. Aucune réponse. Personne ne l'a fait suivre. Évaporé dans les airs... j'ai l'impression que ce mail était en fait un ordre de "changement de canal".

— Explication, ordonna Granger.

— Nous savons désormais que le CRO utilise la stéganographie pour communiquer. Sans doute par le truchement des bannières affichées sur leurs sites Internet. Et ils doivent procéder ainsi depuis un bout de temps. Et si ce courrier électronique était juste un message pour indiquer aux cellules de basculer en mode stégo exclusif – une sorte d'équivalent du silence radio ?

— Dans quel but ?

— Les espions basculent en silence radio quand ils sont prêts à passer à l'action. Peut-être l'Émir leur a-t-il donné le feu vert pour une opération.

— On avait relevé une baisse du trafic avant le 11-Septembre, observa Granger. *Idem* avant les attentats de Bali et de Madrid. »

Hendley acquiesça. « Jack, je veux que tu te mettes à la colle avec Biery. À vous deux, démontez-moi les infos récupérées de Nayoan.

— D'accord.

— Fais-les entrer, Sam. »

Granger ouvrit la porte et Clark et Chavez vinrent s'asseoir près de Jack. Hendley se tourna vers Clark. « Tu es au courant ?

— De quoi ?

— Les poursuites contre Driscoll sont arrêtées.

— Voyez-vous ça, fit Clark avec un grand sourire.

— Le secrétariat de presse de Kealty l'a annoncé hier en fin de soirée. Juste assez tard pour que ça passe inaperçu en début de week-end. Sam en a parlé à un vieux copain à Benning. Driscoll est lavé de tout soupçon. Libération honorable, retraite complète plus pension d'invalidité. Son épaule pourrait-elle poser un problème ?

— Sauf si tu l'engages pour défoncer ton bureau, Gerry.

— Bien. Parfait, bon, je suis tout ouïe.

— On n'a rien trouvé dans la caravane de Sinaga, hormis un reflex numérique, dit Clark. Un Nikon, milieu de gamme. Il y avait dans le boîtier une carte SD avec quelques centaines de photos. Des paysages pour la plupart, mais aussi une douzaine de portraits.

— Destinés à des passeports, précisa Chavez. Que des hommes. Levantins ou Indonésiens. Plus un qu'on n'avait pas encore vu. Vous vous souvenez du porteur de valises qu'on a filé ? Shasif Hadi ?

— Non, pas possible ! s'exclama Granger.

— Mais attendez, ce n'est pas tout, intervint Jack. Sur le portrait pris par Sinaga, Hadi est rasé de près. Quand on le filait, il portait barbe et moustache. Qu'il rase le tout, utilise un nouveau passeport, et c'est parti… »

Clark reprit : « Ça pourrait répondre à la question de sa destination après Las Vegas – du moins en partie. Il aura quitté le pays. »

Hendley opina. « Oui mais pour où ? Et pourquoi ? Sam, qu'avons-nous d'autre sur Sinaga ?

— Il était surveillé de près à Djakarta. J'en ai parlé à un ami d'un ami qui est chef de poste à Surabaya. Ce gars était un bon. Un véritable artiste en matière de faux passeports.

— Où en sommes-nous côté reconnaissance faciale ? »

Ce fut au tour de Jack de répondre : « Biery a un logiciel en version bêta, mais nous ne savons pas grand-chose de ceux employés par les services de l'Immigration ou de la sécurité intérieure. Leurs paramètres pourraient être différents des nôtres.

— Et au FBI ? suggéra Granger.

— Probablement le même système. Au pire, ils échangent des données, de toute façon.

— Dès que Dom revient, demandons-lui de lancer un ballon d'essai. Puisque Hadi est notre seul paramètre connu dans l'équation, on va d'abord se concentrer sur lui. Trouver quelle était sa destination après Las Vegas. Monsieur Clark, où en êtes-vous resté à San Francisco ?

— La question Nayoan est réglée. On a tout laissé en l'état, mais on a téléchargé quantité de données.

Gavin est en train de les passer à la moulinette à l'heure qu'il est. Une certitude, pourtant, Nayoan est le grand spécialiste en logistique pour le CRO. Fonds, documentation... Dieu sait quoi encore. Quant à Sinaga, on a organisé un cambriolage. Il a perdu le combat contre le braqueur et s'est fait tuer. On lui a piqué son lecteur de DVD et du liquide, pour donner un peu de consistance au truc.

— On va garder l'œil sur les infos, voir si ça donne quelque chose. Ça devrait. Mais restons prudents.

— Entendu. Bref, on attend que notre petit génie de l'informatique dégote quelque chose. Eh bien, merci, messieurs. Monsieur Clark, pouvez-vous rester encore une minute ? »

Une fois la porte refermée sur Jack et Chavez, Hendley se tourna vers Clark : « Alors ? »

Clark haussa les épaules. « Il est OK. Savoir s'il a pris goût au travail sur le terrain, seul le temps le dira, mais il assume. C'est un garçon intelligent.

— Qu'est-ce que l'intelligence a à voir dans tout ça ?

— D'accord, eh bien disons qu'il est équilibré. Tout comme son père.

— Vous le reprendriez en mission ?

— Sans hésiter une seconde, patron. Il a de l'instinct, de bonnes facultés d'observation, et il apprend rudement vite. Plus, ce côté un peu gris chez lui, ce qui ne gâche rien.

— "Gris" ? s'étonna Hendley.

— L'homme en gris, précisa Clark. Les meilleurs espions savent se fondre dans le paysage, par leur démarche, leur habillement, leur élocution. On les croise dans la rue sans jamais les remarquer. Jack sait le faire. C'est un don.

— Encore l'ADN de Ryan ?

— Peut-être. N'oubliez pas, son éducation a été très encadrée. Sans même s'en rendre compte, il a été grandement influencé par son environnement. Les mômes sont futés. Jack a sans doute deviné très tôt ce que faisaient tous ces types armés en costume sombre qui traînaient en permanence autour de la famille. Il a fait fonctionner ses antennes.

— Vous pensez qu'il va en parler à son père ?

— Du Campus ? Oui. Ce n'est la faute à personne, à vrai dire, mais Jack vit dans l'ombre de son père – et c'est une ombre sacrément imposante. Une fois qu'il aura décidé de ce qu'il veut faire ici, il trouvera bien moyen de mettre le sujet sur la table. »

Avec l'aide d'un employé des douanes, Moussa chargea le conteneur dans la benne de son Subaru Outback de location, puis, après un signe de main à l'inspecteur, il franchit la barrière. Bien entendu, il n'entama pas, comme il l'avait dit à ce dernier, le long trajet de retour jusqu'à Calgary mais se contenta de parcourir une vingtaine de kilomètres jusqu'à Surrey, dans la banlieue sud de Vancouver, où il se gara sur le parking de l'Holiday Inn Express. Il trouva une place juste au pied de sa chambre au rez-de-chaussée, puis il entra dans le motel où il passa le reste de la journée à somnoler en zappant distraitement d'une chaîne à l'autre jusqu'à ce qu'il se cale enfin sur CNN. Sa chambre était équipée en wifi et il dut résister à l'envie de connecter son portable et se mettre à jour. Il avait un disque flash sur lequel étaient chargés les derniers masques jetables ainsi que le logiciel de décryptage stéganographique, mais se connecter à l'un de leurs sites secondaires si tôt dans le déroulement de la procédure eût été imprudent. C'était le lendemain midi qu'était prévue l'ultime vérification en ligne, et même cette dernière serait très brève. En l'absence de contre-ordre, il devrait assumer que tous les autres éléments de l'opération étaient déjà en place.

Moussa contempla le plafond et laissa le babil de la télé se fondre à l'arrière-plan pour réviser mentalement sa liste de tâches. Il connaissait par cœur les distances et les itinéraires, et sa documentation résisterait à l'examen même le plus minutieux. Certes, l'inspecteur des douanes à l'aéroport avait été un boulet, mais ce n'était rien comparé aux mesures de sécurité en vigueur aux États-Unis. Leurs services de police étaient curieux, minutieux et d'une vigilance extrême. Mais d'un autre côté, se remémora-t-il, d'ici quelques jours, les forces de sécurité fédérales et nationales auraient largement de quoi s'occuper, tandis qu'il aurait déjà rejoint sa destination.

Il somnola jusqu'à ce que sa montre le réveille à dix-neuf heures. Il se rassit sur le lit, se frotta les yeux. Derrière les rideaux tirés, il vit que disparaissaient les dernières lueurs du jour. Il alluma la lampe de chevet. À la télé, un présentateur interrogeait un spécialiste de Wall Street qui ressassait le même discours sur l'économie américaine : « A-t-elle touché le fond ? demandait le journaliste. La reprise est-elle en vue ? » *Les idiots. L'Amérique n'a pas encore vu le fond. Mais ça ne va plus tarder.*

Moussa se rendit dans la salle de bains, s'aspergea le visage, puis enfila son blouson. Il revint dans la chambre, réfléchit, puis retourna dans la salle de bains et s'empara d'une serviette. Repartant alors à reculons, il entreprit d'essuyer tout ce qu'il avait touché : la tablette, le siège des toilettes, le bouton de la chasse d'eau, le lavabo, les robinets, l'interrupteur… Il termina par la table de chevet, la télécommande et la lampe. Il avait payé sa chambre d'avance, ce qui lui évitait de devoir repasser par la réception. On lui avait dit qu'il pouvait laisser sur place la carte d'accès, ce qu'il fit, après l'avoir essuyée elle aussi, avant de la déposer sur le téléviseur. Il fourra la serviette dans sa poche de pantalon. Quoi d'autre ? Avait-il oublié un détail ? Non, estima-t-il. Il sortit, ferma la porte derrière lui, puis gagna la Subaru, vérifia que le conteneur était toujours bien arrimé à l'arrière. Il déverrouilla les portières, monta, démarra.

Une fois sorti du parking, il emprunta l'autoroute n° 1 sur quarante kilomètres en direction du sud-est, jusqu'à la sortie vers Fraser, qu'il parcourut vers l'est sur une douzaine de kilomètres, jusqu'à la hauteur de la 264e Rue qu'il prit sur la droite. Il roula quatre minutes encore. Bientôt, il avisa, droit devant lui, les projecteurs sur mât qui éclairaient l'échangeur en feuille de trèfle de la 13 et de la 539, à cheval sur la frontière américano-canadienne. Moussa sentit son cœur battre plus vite. Il poursuivit sa route.

Quelques centaines de mètres avant l'échangeur, la route formait un embranchement, la voie de gauche traversait l'échangeur et passait la frontière tandis que celle de droite s'incurvait pour rejoindre la voie marquée Avenue Zéro sur sa carte. Il remit à zéro le compteur journalier et jeta un coup d'œil dans le rétro. Personne derrière lui. Il enfonça l'accélérateur, jusqu'à la vitesse limite autorisée, puis releva légèrement le pied et enclencha le régulateur de vitesse.

Bizarre, se dit-il, que cette banale route à deux voies longée de chaque côté par des champs et des arbres constitue en fait la frontière entre deux pays. La seule trace visible était la clôture basse servant de pare-vent, qui longeait le côté sud. Il est vrai que les Américains aimaient bien les clôtures.

Il roula une douzaine de kilomètres, regardant le soleil se coucher et les étoiles se lever. Ses phares caressaient le bitume gris, les lignes jaunes disparaissaient sous le capot et, après ce qui lui parut une éternité, apparut une intersection. À son approche, il déchiffra le panneau indicateur : 216e Rue. Bien. Il approchait. Vinrent ensuite la 212e, puis la 210e. Il coupa le régulateur de vitesse et laissa la voiture courir sur son erre. Devant lui, sur la droite, il avisa les lumières de plusieurs maisons, derrière un rideau d'arbres. Il regarda par la vitre de son côté, ralentissant toujours… *là !*

Après une rangée de pins, une ouverture dans la clôture pare-vent. Une pancarte indiquait : PROPRIÉTÉ PRIVÉE. DÉFENSE D'ENTRER. Moussa regarda devant lui sur la route, ne vit pas de phares, vérifia dans son rétro. La voie était libre. Il repassa en feux de croisement, freina, puis vira à gauche, traversa la route et s'engagea à travers la clôture.

Il était en Amérique.

La route descendit presque aussitôt, le chemin de terre se creusant d'ornières. Sur sa droite, un arpent de terrain dénudé où seules des souches de pin sortaient de terre. Une entreprise d'abattage avait dû acheter ce coin de forêt pour y faire des coupes claires.

La route devint de moins en moins praticable mais cela ne posait pas de problème pour le 4×4. Le chemin de coupe descendait en sinuant vers le sud-est, sur environ huit cents mètres, jusqu'à parvenir à une fourche entre trois routes forestières. Moussa prit celle de gauche. La chaussée s'aplanit et, au bout de quelques minutes, il avait rejoint une autre intersection. Moussa prit de nouveau à gauche, repartant vers l'est sur quelques centaines de mètres avant de remettre bientôt le cap plein sud. Cinq minutes plus tard, il débouchait sur une route goudronnée. Ce devait être la route de H-Street. Il laissa échapper un soupir. S'il avait dû se faire prendre à la frontière, c'eût été avant. Pour lui, la voie était libre. Pour l'instant.

Il ralluma les phares et prit à droite. D'ici huit kilomètres, il aurait rejoint la rue H, puis à gauche l'embranchement de l'autoroute 543 pour rejoindre la 5 au nord de Blaine, dans l'État de Washington. De là, il prendrait la direction du sud. Trois jours de trajet peinard sur de grandes routes.

69

La maison d'Almassi était adossée à une colline basse, recouverte de broussailles, dont la pente opposée débouchait juste au-dessus de la carrière. Dominic et Brian prirent leur temps pour remonter, cheminant le long des ravines jonchées de rocaille qui serpentaient sur la pente. Au bout d'une vingtaine de minutes, ils avaient rejoint la crête. Ils se mirent à plat ventre et avancèrent en rampant.

Au bas de la pente, à une vingtaine de mètres, se dressait le mur arrière de l'étable. Sur sa droite, les cabanes en pisé. Pas la moindre lumière aux fenêtres. Sur leur gauche, la porte de derrière du corps principal de logis. Une lumière unique brillait derrière une fenêtre à l'étage.

« Bientôt trois heures, chuchota Brian. On reste accroupis. Si Almassi a des gars en patrouille, on finira bien par les voir. »

Dix minutes s'écoulèrent, puis vingt. RAS.

« On tâte le terrain ? suggéra Dominic. En commençant par l'étable.

— Pourquoi pas ? »

Brian remonta vers la crête, y ramassa une poignée de cailloux, puis revint. Il balança le premier caillou haut dans les airs. La pierre heurta le toit de l'étable puis dévala les bardeaux en cliquetant avant de tomber par terre.

Pas un mouvement. Pas un bruit.

Brian lança un nouveau caillou, cette fois-ci selon une trajectoire tendue. La pierre frappa le mur de l'étable. Cinq minutes passèrent.

« Ça va faire une demi-heure.

— L'étable d'abord, puis les cabanes ? demanda Dominic.

— Ouais. S'il y a des renforts, c'est là qu'ils doivent se trouver. »

Ils s'éloignèrent du sommet de la colline et, en rampant sur leur droite, rejoignirent le mur du fond de l'étable. Les planches étaient usées, friables et pleines de trous. Brian et Dominic jetèrent un œil à l'intérieur mais rien ne bougeait. Brian indiqua de la main les cabanes.

Avançant voûtés pour rester cachés derrière les broussailles, ils longèrent la base de la colline. Au bout d'une cinquantaine de mètres, ils atteignirent un étroit sentier. Juste de l'autre côté se trouvaient les cabanes en pisé. Vingt mètres à découvert. Le corps de ferme se dressait à une trentaine de mètres sur leur gauche. Au-dessus du porche arrière, la fenêtre était toujours éclairée.

Brian indiqua par gestes : *T'y vas ; je te couvre.*

Dominic acquiesça, jeta un dernier coup d'œil alentour, puis il traversa au pas de course le sentier pour rejoindre la cabane la plus proche. Il inspecta les deux coins, puis fit signe à son frère qui le rejoignit dix secondes plus tard. Quelques pieds au-dessus de leur tête, s'ouvrait une mince fenêtre horizontale. Venant de l'intérieur, ils entendirent des ronflements.

Je m'occupe des deux du côté nord, indiqua Dominic.

Ils se retrouvèrent deux minutes plus tard. Brian mit les mains en coupe autour de l'oreille de son frère et chuchota : « Deux hommes, un par cabane. Chacun avec une AK-47. »

Dominic acquiesça, leva deux doigts, puis quatre. Quatre au total. Il fit glisser le pouce le long de son cou, haussa les épaules : *On les élimine ?*

Brian secoua la tête et indiqua la ferme. Dominic opina. Brian passa le premier et ils contournèrent les cabanes jusqu'au côté est, le point le plus proche de l'entrée arrière de la ferme. Encore un tronçon de terrain dégagé, mais pas plus de six ou sept mètres cette fois-ci.

Browning dégainé, le canon balayant tous les azimuts, Brian couvrit la distance, puis vint s'accroupir près des marches du perron. Au bout de deux minutes, il fit signe à Dominic de le rejoindre. Brian indiqua du doigt les marches en bois et se passa le pouce en travers de la gorge : *trop vieilles, trop bruyantes*. Dominic acquiesça. Il s'avança en crabe jusqu'au bord du porche et testa la solidité de la rambarde. Il se retourna et leva le pouce à l'intention de son frère. Trois minutes plus tard, ils avaient enjambé la rambarde et se retrouvaient sur le perron. Ils s'approchèrent de la porte, chacun d'un côté. Brian testa le bouton. La porte n'était pas verrouillée. Il l'entrouvrit, s'arrêta, attendit. Il finit de l'ouvrir, jeta un coup d'œil, recula. Il secoua la tête.

Ils franchirent le seuil, le pistolet levé, prêt à tirer. Ils se trouvaient dans une entrée carrelée. Devant, sur la droite, un escalier menait à une galerie en surplomb qui commandait plusieurs portes. Sur leur gauche et leur droite, des salons. Les murs étaient recouverts de stuc blanc, immaculé. On aurait dit qu'ils luisaient dans le noir. Dominic pointa le doigt vers lui-même. Brian acquiesça et s'écarta et, ensemble, ils pénétrèrent dans le séjour, puis dans la salle à manger qui suivait. Là, une porte à gauche donnait sur une cuisine. À l'intérieur de celle-ci, une seconde porte ouvrait sur le salon situé du côté opposé de l'entrée.

Brian indiqua l'escalier et son frère acquiesça. Dominic regagna l'angle de l'entrée pour couvrir le rez-de-chaussée tandis que Brian gravissait les marches. Une fois à l'étage, il embrassa les lieux du regard, avant de faire signe à Dominic de le rejoindre.

Le couloir desservait quatre portes latérales plus une au fond. Ils inspectèrent les pièces à la file. La première était une chambre. Vide. Le lit fait. L'air sentait le renfermé, comme si la pièce n'avait pas été occupée depuis un bout de temps. La deuxième et la troisième pièces étaient également des chambres, vides aussi. Derrière la quatrième porte une pièce était équipée comme un bureau, avec une table en chêne, un standard téléphonique, un scanner-fax-photocopieur et un moniteur à écran plat. Brian entra et inspecta les lieux. Encastré dans le mur opposé, il découvrit un coffre-fort.

Ils gagnèrent la porte du fond. Dominic colla l'oreille au battant, puis se recula pour articuler : *Des ronflements*. Par gestes, il ajouta : *Je m'occupe d'Almassi ; toi, tu nettoies la pièce.*

Brian opina.

Dominic tourna le bouton, entrouvrit le battant, passa un œil par l'ouverture. Il se retourna, hocha la tête, puis ouvrit entièrement la porte. En trois enjambées, il était devant le lit à baldaquin. Almassi était étendu sur le dos, les bras le long du corps. Brian entra dans la pièce, inspecta les coins et recoins. Il adressa un signe de tête à Dominic qui empoigna le bras d'Almassi, le rabattit sur son ventre, avant de lui enfouir le visage dans son oreiller. Almassi se réveilla aussitôt et se débattit. Dominic lui colla le silencieux contre la base de la nuque.

« Un bruit et tu es mort. Hoche une fois la tête si tu as compris. »

Almassi hocha la tête.

« On repart, et tu viens avec nous. Tu nous compliques la vie, et je ferai en sorte que tu meures dans d'horribles souffrances. Il y a dans ton bureau un ordinateur et un coffre. Tu vas nous donner le mot de passe et la combinaison, d'accord ? »

Almassi acquiesça derechef.

Brian tendit à Dominic un rouleau de ruban adhésif ; il attacha les mains d'Almassi, puis lui rendit le rouleau. Après avoir fait le tour du lit, il fit signe à leur prisonnier de se lever. Ce dernier obéit. Brian ouvrant la marche, ils regagnèrent le couloir puis entrèrent dans le bureau.

Dominic alluma l'ordinateur d'Almassi, un boîtier tour Dell haut de gamme. Le logo de Windows Vista apparut, suivi par un écran d'ouverture de session. Sortant du tiroir un carnet et un crayon, il les passa à Almassi. « Nom d'utilisateur et mot de passe. »

Almassi ne broncha pas.

Brian tira une chaise et força leur prisonnier à s'asseoir. Il plaqua le canon du Browning contre son genou droit. « On va commencer par là. Les genoux, puis les chevilles, puis les coudes. » Récupérant calepin et stylo, il les lâcha sur les cuisses d'Almassi. « Nom d'utilisateur et mot de passe. »

Cette fois, l'homme n'hésita plus. Quand il eut terminé, Brian tendit le carnet à son frère qui se connecta et entreprit aussitôt de scruter les répertoires du disque dur. « Fais-lui ouvrir le coffre, dit Dominic, pendant que je commence à télécharger les données. Puis j'irai fouiller sa chambre. » Il brancha un disque dur externe dans l'un des ports USB de la tour et entreprit le transfert.

Brian fit lever Almassi et le poussa vers le coffre. « Ouvre-le.

— Mes mains.

— Tu y arriveras. »

Almassi se laissa tomber à genoux et entreprit de faire tourner le cadran.

« Je reviens de suite », dit Dominic en sortant.

Almassi leva les yeux vers Brian : « C'est fait.

— Ouvre-le puis recule-toi. »

Almassi obéit, toujours à genoux. Brian s'agenouilla devant le coffre. Il était vide, hormis un CD-ROM dans une pochette en papier. Il glissa la main à l'intérieur. Du coin de l'œil, il vit alors les mains ligotées d'Almassi faire mouvement vers l'étagère voisine. Il pivota, vit le pistolet dans ses mains, leva aussitôt le Browning tout en s'écartant. Il y eut un craquement. Un éclair orange. Brian tira, touchant Almassi en plein sternum. L'homme bascula sur le côté.

« Brian ! » Dominic surgit et, en deux enjambées, fut auprès d'Almassi et d'un coup de pied chassa l'arme de sa main. Puis il s'agenouilla, vérifia le pouls. « Il est mort.

— Il a brandi un pistolet, haleta Brian. Je ne l'ai quitté des yeux qu'une seconde. Merde.

— Waouh. Assieds-toi, Brian, assieds-toi.

— Quoi ?

— Tu saignes.

— Hein ? »

Dominic le poussa vers la chaise, lui prit la main droite, la pressa contre le haut de l'abdomen. Brian sentit qu'elle était mouillée et la retira pour regarder ses doigts. « Ouille, merde.

— Continue d'appuyer.

— On va avoir de la compagnie. Tu ferais mieux de surveiller. »

Dominic se dirigea vers la fenêtre, écarta les rideaux. En bas, il vit des lumières s'allumer dans les cabanes. « Ils arrivent. » Il se retourna vers son frère qui avait déboutonné sa chemise. Il y avait un trou du diamètre du petit doigt, une douzaine de centimètres sous le mamelon droit. Il plaqua les doigts autour de la blessure et grimaça. Le sang jaillit à flots.

« Une côte cassée ? demanda Dominic, toujours aux aguets près de la fenêtre.

— Ouais, j'en ai bien peur. Ça aura ralenti la balle. Putain, ce que ça fait mal. Merde, merde et merde. Récupère ce CD que j'ai laissé tomber, veux-tu ? Il était dans le coffre. »

Dominic récupéra son sac à dos laissé par terre, farfouilla à l'intérieur, en ressortit une demi-douzaine de compresses. Il les tendit à son frère, puis regagna la fenêtre. « On aurait dû apporter la trousse.

— T'inquiète, ces compresses sont parfaites, elles étanchent bien le sang. » Il en ouvrit une et la plaqua contre son torse. « Tu vois quelque chose ?

— Des lumières. Ils se radinent. Tu peux bouger ?

— Ouais.

— Je vais voir si je peux les ralentir. »

Dominic ramassa le pistolet d'Almassi – un Beretta Tomcat semi-automatique.

« Quel genre de projectiles ? » s'enquit Brian.

Dominic éjecta le chargeur et vérifia. « Des calibre 32 à fragmentation.

— OK. Perds pas de temps. »

Dominic sortit en trombe, dévala l'escalier, sortit. Il s'accroupit à l'abri du perron, visa la cabane la plus à l'ouest et tira trois balles à travers la fenêtre. Il entendit des cris retentir à l'intérieur. La lumière s'éteignit. Dominic retourna au pas de course à l'intérieur, verrouilla la porte, puis tourna à droite rejoindre la fenêtre d'angle. Il l'ouvrit et tira à quatre reprises sur la cabane la plus à l'est, puis logea cinq projectiles dans la porte d'entrée. La coulisse du pistolet s'ouvrit. Il l'abandonna, remonta l'escalier au pas de charge. Brian s'était mis debout et s'appuyait au bureau.

« Ça va mieux. L'hémorragie a ralenti. T'as un plan ?

— Ouaip. » Dominic récupéra au sol le CD-ROM, le fourra dans son sac à dos, puis se pencha pour débrancher le disque dur externe raccordé au port USB de la tour. « Le perron est juste à la verticale de cette fenêtre. Dès qu'ils seront passés à l'action, tu sors et tu t'aplatis sur le toit. Lorsque t'entendras du grabuge à l'intérieur, tu te laisses glisser au sol et tu fonces vers l'étable. Si tu t'en sens la force, rejoins la voiture. Je te rattraperai en chemin. File-moi ton flingue.

— Dom…

— La ferme et donne-moi ton arme. Tu peux porter ton sac ? » Brian acquiesça. Dominic le lui tendit. « T'as l'air blême. T'es vraiment sûr d'être en état de bouger ?

— On a le choix ?

— Non.

— Surveille la fenêtre, tiens-moi au courant.

— Entendu. »

Dominic posa sur le bureau les deux Browning, puis scruta la pièce. Il saisit le fauteuil d'Almassi et le poussa vers la porte, puis il fit de même avec une table basse. Enfin, il poussa fauteuil et table dans le couloir et les fit basculer dans l'escalier. Les meubles atterrirent en tas au pied des marches.

« Comment ça se passe ? lança-t-il.

— Toujours rien… attends. J'ai une ombre qui sort, le type file vers l'ouest. Il est armé d'un AK. »

Dominic entra dans la première chambre d'amis et y récupéra une table de nuit, un lampadaire et une chaise, qu'il envoya à leur tour valser au bas des marches.

« Putain, mais qu'est-ce que tu fabriques, Dom ?

— J'improvise une barricade. »

Il répéta le manège dans la chambre suivante, puis réintégra le bureau. Saisit le sac à dos, l'enfila, récupéra les Browning et en ôta les silencieux avant de les glisser à sa ceinture.

À la fenêtre, Brian lança : « Vas-y, cow-boy. Les trois autres viennent de sortir... deux se dirigent vers le perron, le troisième vers la façade. Le premier des trois est en train de contourner le flanc est. Eh, je viens de trouver une surprise dans ce placard ! » Il indiqua l'angle contre lequel était appuyé un fusil à pompe. « Un Mossberg 835 calibre 12. Chargé de six cartouches. »

Dominic s'approcha de Brian et ouvrit discrètement la fenêtre. Il aida son frère à l'enjamber puis le retint jusqu'à ce qu'il se soit allongé sur les bardeaux surmontant le porche. Puis il précisa : « Je m'en vais attendre jusqu'à ce qu'ils soient tous entrés. Je crierai pour réclamer des munitions. Dès que tu m'entends, tu files. Combien de temps te faudra-t-il ?

— Deux minutes.

— Je te talonnerai. On ne peut pas se permettre de les avoir au train. »

Dominic referma la fenêtre, tourna les talons, récupéra le fusil, regagna le couloir. Un bruit de verre brisé lui parvint du salon ouest. À l'entrée, on cognait à la porte. Au troisième coup, le jambage craqua, fléchit. Dominic arma le fusil à pompe, se jeta à plat ventre et fit dépasser le canon de deux centimètres entre les montants de la balustrade de l'étage. Venu du salon, il entendit un pied de chaise crisser sur le plancher. Une tête apparut au seuil de l'entrée, recula, réapparut. Dominic se figea. Retint son souffle. *Rien à voir par ici, connard.* Le martèlement sur la porte s'amplifia. L'homme dans le salon jeta un dernier coup d'œil, puis il avança de côté, l'AK levé, suivant des yeux le balcon. Il contourna une des tables de nuit renversées et retourna vers la porte. Sa main gauche lâcha la mitraillette pour saisir le bouton.

Dominic ajusta son tir, visant le haut du torse, et tira. L'homme recula en titubant, s'effondra contre la porte et glissa au sol. Dehors, on entendit des pas s'éloigner précipitamment du perron. Quelques instants plus tard, nouveau bruit de verre brisé. *Un de moins, restent trois.* Une idée traversa Dominic. Il se leva, retourna dans le bureau, ouvrit la fenêtre. Il tendit à son frère un des Browning. « Au cas où ils décideraient d'escalader la façade. » Il referma la fenêtre et retourna dans le hall.

En bas, rien ne bougeait. Une minute entière s'écoula, puis quelque part sur sa droite, Dominic entendit une voix. Soudain une main apparut sur la gauche, lançant un projectile au sommet des marches. *Une grenade*, songea-t-il au moment même où celle-ci rebondissait sur le balcon. La forme lui indiqua que ce n'était pas un modèle à fragmentation, mais une grenade assourdissante. Ils ne voulaient pas courir le risque de tuer Almassi. *Trop tard, les gars.* Dominic se releva d'un bond, roula dans le couloir pour retraverser la porte du bureau, et se couvrit les oreilles tout en fermant hermétiquement les yeux. Il y eut une détonation fracassante. Un éclair blanc lui traversa les paupières. Le sol trembla sous lui. Il roula sur le ventre et rampa jusqu'à la porte. Sur sa gauche, une silhouette grimpait l'escalier au pas de charge, tout en tirant. Les balles criblèrent le mur. Parvenu en haut des marches, l'homme s'arrêta, accroupi derrière le poteau d'angle. Dominic prit le Browning à sa ceinture, visa, tira. Le projectile traversa la rotule de l'homme qui poussa un hurlement avant de basculer à la renverse dans l'escalier. Dominic reprit le fusil à pompe, se releva, dévala le couloir. Il tira vers une tête qui était apparue au seuil du salon. *Raté*. Il engagea un nouveau projectile, pivota vers la droite et tira à hauteur de hanche, atteignant l'homme en train de dévaler les marches. Ce dernier atterrit sur le sol de l'entrée où il resta inerte. Dominic pivota dans la direction opposée, plongea dans la première chambre d'amis et se jeta à plat ventre.

« Presque à court de munitions ! s'écria-t-il. Rapporte-m'en ! »

Dominic regarda sa montre. Deux minutes. Il fit le point. Il lui restait presque deux chargeurs entiers pour le Browning et six cartouches dans le fusil. Il roula sur la gauche, se releva, jeta un œil sur le seuil. Dans le hall, rien ne bougeait. Il fit un pas dans le couloir, en restant à l'abri du pilier. Après une seconde vérification, il se lança vers le bout du couloir. Une grêle de projectiles cribla le mur derrière lui. Il se pencha pour couvrir les trois derniers mètres et plongea dans la chambre d'Almassi.

« Eh frangin, où sont ces foutues munitions ? » s'écria-t-il. Il compta jusqu'à dix, puis ressortit, tira deux fois en direction de l'entrée et referma la porte du bureau avant de réintégrer la chambre principale. Il claqua la porte assez fort pour qu'on l'entendît bien. Une fois qu'ils auraient rejoint l'étage, il leur faudrait visiter les chambres d'amis, puis le bureau, gardant la chambre d'Almassi pour la fin. Combien de temps leur faudrait-il, telle était la question. Combien de temps avant que l'un d'eux prenne l'initiative de ressortir pour couper toute issue par les fenêtres ?

Il verrouilla la porte, colla l'oreille au battant. Une minute s'écoula, puis deux. Venant du hall, il entendit un crissement de meuble sur le carrelage. Puis entendit grincer un pas sur une marche. Dominic rampa jusqu'à la fenêtre, l'ouvrit, l'enjamba, sortit sur le toit. Il laissa la fenêtre ouverte. Regarda alentour, ne vit personne. À croupetons, il gagna le bord du toit. Un saut de trois mètres. Il coinça le fusil entre le sac et ses omoplates, puis roula sur le ventre et laissa ses jambes et son torse pendre dans le vide. Il lâcha prise. Dès que ses pieds eurent touché le sol, il fléchit les genoux et roula sur lui-même. Puis il se redressa et sprinta vers le côté est, gravit le perron et localisa la fenêtre brisée. Il se glissa à l'intérieur et se faufila dans le salon en direction du hall d'entrée. Un coup d'œil sur le seuil lui révéla une silhouette unique sur la mezzanine. L'homme lui tournait le dos, au seuil de la seconde chambre d'amis. Dominic s'avança, se frayant un passage au milieu des débris de mobilier qui jonchaient le sol de l'entrée. Il dégaina son Browning, visa l'individu et lui logea une balle dans l'occiput. L'homme n'était pas à terre que Dominic avait déjà foncé se planquer sous les marches. Il rengaina le Browning, sortit le fusil.

Cavalcade sur la mezzanine au-dessus de lui, puis le silence. Les pas reprirent, cette fois, avec précaution. Une porte s'ouvrit en grinçant. *Le bureau.* Il s'écoula trente secondes. Les pas ressortirent, marquèrent un temps d'arrêt. La porte de la chambre principale fut ouverte d'un coup de pied.

Regarde la fenêtre, connard...

Trente secondes encore s'écoulèrent.

« *Yebnen kelp !* » aboya une voix.

Dominic avait une maîtrise limitée de l'arabe mais le ton était sans équivoque, ce devait être un juron.

De nouveau, une cavalcade dans le couloir, puis dans l'escalier et enfin sur le carrelage de l'entrée. Il entendit le cliquetis d'un loquet qu'on ouvrait. Dominic avança en crabe, de deux pas, leva le fusil et logea deux balles dans les jambes du type. L'impact le propulsa contre la porte. En glissant, il lâcha son AK qui résonna sur le carrelage. Dominic se leva et jeta le fusil. Il sortit le Browning, se dirigea vers l'homme qui gémissait en se tortillant au sol. Il vit Dominic et leva les mains : « S'il vous plaît…

— Trop tard. »

Dominic lui logea une balle en plein front.

Il retrouva Brian assis par terre derrière l'étable, le dos calé contre la pente. En voyant son frère, il leva la main. « Tu les as eus ?

— Jusqu'au dernier. Comment va ? »

Brian branla doucement du chef. Il avait le teint cireux, le visage luisant de transpiration. « J'ai une confession à te faire.

— Quoi ?

— La balle a raté les côtes, elle est passée au travers. Elle s'est logée dans le foie, Dom.

— Bon Dieu, t'en es sûr ? »

Il voulut ouvrir la chemise de son frère mais ce dernier retint sa main.

« Le sang est vraiment foncé, presque noir. La fragmentation m'a sans doute déchiqueté le foie. Et je sens à peine mes jambes.

— Je te conduis à l'hôpital.

— Non. Trop de questions.

— Ta gueule. Zuwarah n'est qu'à quinze kilomètres d'ici. »

Dominic s'agenouilla, saisit l'autre bras de Brian, le passa par-dessus ses épaules. Il s'accroupit puis se redressa. « Tu tiens le coup ?

— Ouaip », grogna Brian.

Remonter péniblement la colline leur prit dix minutes et il en fallut dix de plus à Dominic pour redescendre le flanc opposé. Dès qu'il fut parvenu au pied de la carrière, il se lança au petit trot pour rejoindre l'Opel. « T'es toujours avec moi ?

— Hon-hon. »

Arrivé à la voiture, il s'agenouilla pour déposer son frère au sol. Sur le siège arrière, Bari demanda : « Que s'est-il passé ?

— Il a reçu une balle. Y a-t-il un hôpital à Zuwarah ?

— Oui. »

Dominic ouvrit la portière arrière et libéra Bari à l'aide de son canif. À deux, ils hissèrent Brian sur la banquette arrière.

« Tu connais le chemin ? »

Bari acquiesça.

« Alors, tu prends le volant. À la première escapade, je te fais sauter la tête, compris ?

— Oui. »

Bari s'assit au volant, lança le moteur. Dominic contourna la voiture pour s'installer à l'arrière avec son frère.

« Démarre ! »

70

Leur objectif n'était pas à São Paulo même, il était situé à cent vingt kilomètres au nord, en plein centre de la nouvelle pétro-économie florissante du pays. La plus grande raffinerie du pays, l'usine REPLAN de Paulinia traitait près de 400 000 barils de pétrole par jour. Assez, avait lu quelque part Shasif Hadi, pour remplir plus de trente piscines olympiques. Bien entendu, comme le lui avait expliqué Ibrahim durant leur briefing initial, saboter une telle installation n'était pas tâche facile. Il y avait des myriades de procédures de sécurité redondantes à envisager, sans parler des simples mesures matérielles. Pénétrer à l'intérieur des installations n'était pas bien sorcier (la clôture la plus haute ne mesurait guère plus de trois mètres), mais, une fois à l'intérieur, ils ne pouvaient pas faire grand-chose. Des explosifs pouvaient certes faire sauter les réservoirs de stockage mais ces derniers étaient trop espacés pour pouvoir espérer un effet domino. De même, les centaines de vannes de contrôle qui permettaient de couper les circuits en cas d'alerte et de réguler le flux de liquide dans le labyrinthe des colonnes de distillation, tours de fractionnement, unités de craquage, réservoirs de mélange et de stockage, ces vannes étaient pour ainsi dire invulnérables car on les avait récemment équipées d'un système de protection, régulé depuis le poste de commande centralisé ; or, d'après leurs reconnaissances initiales, ce dernier était installé dans un véritable bunker souterrain. Shasif n'y comprenait pas grand-chose, mais il avait saisi l'essentiel du message d'Ibrahim : les chances de provoquer une fuite catastrophique à l'intérieur même de la raffinerie REPLAN de Paulinia étaient quasiment nulles. Mais, le mot important, se remémora Shasif, c'était *à l'intérieur*. Il y avait d'autres moyens de commencer à faire basculer les dominos.

Comme prévu, chacun était descendu dans un hôtel différent, et avait loué sa propre voiture. En échelonnant leurs départs toute la matinée, chaque homme emprunta l'autoroute SP-348 pour sortir de São Paulo par le nord et rejoindre Campinas, trente kilomètres au sud de Paulinia. À midi, ils se retrouvèrent dans un restaurant, le *Fazendão Grill*. Shasif arriva le dernier. Il avisa Ibrahim, Fahd et Ahmed, assis dans un box d'angle, et se dirigea vers eux.

« Comment s'est passé le trajet ? demanda Ibrahim.

— Sans problème. Et vous ?

— Pareil, répondirent en chœur les trois hommes.

— Ça fait du bien de vous revoir tous les trois », dit Shasif.

Les hommes autour de la table acquiescèrent.

Ils étaient dans le pays depuis cinq jours, chacun d'eux chargé d'une tâche spécifique. Les explosifs – du Semtex H de fabrication tchèque – avaient été introduits par des transporteurs commerciaux classiques, répartis par blocs de cinquante grammes, pour réduire les risques d'interception. Même s'il était fiable, le Semtex avait toutefois un dangereux défaut : un marqueur chimique ajouté durant le processus de fabrication pour faciliter la détection par les « renifleurs ». Jusqu'en 1991, ces marqueurs n'existaient pas, mais ces lots inodores avaient une durée de conservation limitée à dix ans, de sorte que l'an 2000, en plus d'être une année charnière sous bien des aspects, avait également marqué un tournant pour les terroristes ; ces derniers avaient, en effet, dû soit confectionner eux-mêmes leurs propres explosifs, soit concevoir de nouvelles façons de manipuler les lots marqués en y introduisant du dinitrate de glycol ou bien un composé plus complexe, le 2,3 diméthyl 2,3 dinitrobutane – ou DMDNB –, l'un et l'autre étant des substances volatiles à diffusion lente, destinées à brouiller l'odorat des renifleurs.

Par chance pour Shasif et ses complices, ils n'avaient besoin que d'un peu moins de huit cents grammes d'explosif, de sorte qu'il leur avait suffi de quelques semaines seulement pour en constituer un stock. À partir de cette livre et demie de Semtex, ils avaient fabriqué six charges – cinq de cent grammes, une de cent cinquante.

« J'ai procédé hier à une ultime inspection des lieux. Comme nous l'avions espéré, le talus et le canal de dérivation ne sont pas encore achevés. Si on se débrouille bien, ils seront incapables d'arrêter la fuite.

— Quel volume, à ton avis ? (La question venait d'Ahmed.)

— Difficile à dire. La ligne de raffinage est désormais entièrement fonctionnelle et la capacité est de près de 12 milliards de litres par an – près de 30 millions de litres par jour. À partir de là, les calculs deviennent complexes. Disons que la quantité sera largement suffisante pour remplir nos objectifs.

— Pas de changement dans le plan d'exfiltration ? » demanda Fahd.

Ibrahim le fixa. Il baissa le ton. « Aucun changement. N'oubliez pas, cependant : qu'on vive ou qu'on meure, on doit réussir. Allah a les yeux sur nous. S'Il le désire, nous survivrons tous. Ou peut-être pas. Ces préoccupations sont secondaires, est-ce bien compris ? »

Chaque homme acquiesça tour à tour.

Ibrahim regarda sa montre : « Sept heures. On se retrouve là-bas. »

Après l'excitation initiale de leur première escapade en week-end et après que la passion physique fut retombée, elle se mit à prendre ses distances par rapport à lui, regardant par la fenêtre, déclinant ses suggestions de sortie, esquissant une légère moue… Au bout de trente minutes de ce manège, Steve demanda : « Qu'est-ce qui se passe ?

— Rien, répondit Allison.

— Il y a quelque chose. Ça se voit sur ton visage. Tu as cette moue. » Il s'assit près d'elle au bord du lit. « Dis-moi.

— C'est idiot. Ce n'est rien.

— Allison, s'il te plaît. Ai-je fait quelque chose de mal ? »

C'était la question qu'elle attendait. Steve le cœur d'artichaut, toujours inquiet de la perdre. « T'es sûr que tu ne vas pas rire ?

— Promis.

— J'ai discuté avec ma sœur Jan, hier. Elle me disait qu'elle avait vu ce documentaire, je ne sais plus si c'était sur Discovery Channel ou National Geographic. À propos de la géologie de…

— De l'endroit où je travaille ? Allison, je t'ai déjà dit…

— Tu m'as promis de ne pas rire.

— Je ne ris pas. D'accord, continue.

— Elle a dit que des tas de scientifiques étaient opposés au projet. Qu'il y avait en permanence des manifestations contre. Et des plaintes en justice pour tenter d'arrêter les travaux. Ils ont relevé qu'il y avait des failles sismiques dans tout le secteur. Et ils parlaient aussi des nappes aquifères, au cas où se produirait une fuite.

— Il n'y aura pas de fuites.

— Oui mais si ? insista Allison.

— La plus infime serait aussitôt détectée. Ils ont installé des capteurs partout. Par ailleurs, la nappe phréatique est à trois cents mètres de profondeur.

— Mais le sol ? N'est-il pas mou ? Perméable ?

— Oui, mais il y a tout un tas de systèmes, à chaque niveau, et les matériaux seront scellés dans des châteaux étanches. Tu devrais les voir, c'est comme des…

— Je me fais du souci pour toi. Et si jamais il arrivait quelque chose ?

— Il n'arrivera rien.

— Tu ne peux pas te trouver un autre boulot ? Si toi et moi… je veux dire, si on continue tous les deux… je me ferai du souci en permanence.

— Écoute, à l'heure qu'il est, rien n'est encore opérationnel. Pour te dire, on s'apprête juste à envisager de simuler une livraison.

— Comment cela ?

— Juste une simulation. Un test. Un camion entre. On décharge le château. Tu vois, on épluche toute la procédure pour s'assurer que tout marche comme prévu. »

Allison soupira, croisa les bras.

Steve reprit : « Eh, je ne vais pas mentir. Je trouve sympa de ta part de te faire du souci pour moi, mais franchement, il n'y a pas de quoi s'inquiéter.

— Vraiment ? Tiens, regarde plutôt ça. »

Allison se dirigea vers la table de nuit, prit son sac à main, revint. Elle farfouilla dedans durant plusieurs secondes avant d'exhiber une feuille de papier pliée. « Jan m'a envoyé ça par mail. » Elle lui tendit la feuille.

Même si la coupe n'était qu'un croquis, elle était suffisamment détaillée pour montrer le rez-de-chaussée des installations, deux sous-sols et, loin en dessous, sous plusieurs strates de « roche » grise et brune, une bande horizontale bleue était légendée « nappe aquifère ».

« Où a-t-elle trouvé ça ? demanda Steve.

— Grâce à Google.

— Ah… eh bien, c'est nettement plus compliqué que ce… schéma.

— Je le sais. Je ne suis pas idiote. »

Elle se leva, gagna la fenêtre du balcon, regarda dehors.

« Ce n'est pas ce que je voulais dire. Je ne te prends pas du tout pour une idiote.

— Alors, Jan a-t-elle tort ? Es-tu en train de me dire que personne là-bas ne se pose la moindre question ?

— Bien sûr que si. C'est une affaire sérieuse. Tout le monde en est bien conscient. Le ministère de l'Énergie bosse depuis des années sur le projet. Il a déjà dépensé des dizaines de millions rien qu'en études de faisabilité.

— Mais cet article de vulgarisation… il insiste constamment sur ces failles dans le sol. Des points faibles. »

Steve hésita. « Ally, je ne peux vraiment pas parler de…

— Très bien, laisse tomber. Je vais cesser de m'inquiéter. Ça te va ? »

Allison sentait son regard peser sur sa nuque. Il devait avoir pris son air de chien battu, les mains fourrées dans les poches de son jean. Elle laissa le silence se prolonger. Au bout de trente secondes, il concéda : « D'accord, si c'est si important pour toi…

— Ce n'est pas ça. C'est pour toi que je me fais du souci. »

Les bras toujours croisés, elle se retourna vers lui. Elle se força à avoir les larmes aux yeux. Il lui tendit la main.

« Viens…

— Pourquoi ?

— Viens, ne discute pas. »

Elle s'approcha, prit la main tendue. Il lui dit : « Je veux simplement que tu ne dises à personne que je t'en ai parlé. Ou ils me jetteraient en prison. »

Elle sourit, essuya une larme. « Promis. »

Le *Losan*, un cargo de la Panamax, était encore à trois jours de sa destination. Il avait traversé presque tout l'Atlantique sur une mer calme et sous des cieux cléments. Son capitaine, un Allemand de quarante-sept ans du nom de Hans Groder, était en poste depuis huit ans, durant lesquels il était resté en mer dix mois sur douze. Un emploi du temps autrement plus chargé que son boulot précédent – à la barre d'un ravitailleur de l'armée allemande type 202, classe Berlin – mais certainement mieux payé et avec un stress bien moindre. Avantage supplémentaire, le *Losan* était un bâtiment de haute mer, un changement bien agréable après vingt-deux années passées à sinuer dans le labyrinthe des passes autour d'Eckendorf et des bases navales de Kiel. C'était un tel plaisir de n'avoir qu'à pointer son étrave vers l'Atlantique et de mettre le cap plein ouest ou plein est, avec des centaines de brasses sous sa quille, et pas le moindre bout de terre sur son radar. Bien sûr, dans ses moments d'introspection, Groder se laissait aller à cette mélancolie que partagent tous les anciens marins ou soldats, une fois qu'ils ont quitté l'uniforme mais, d'un autre côté, il appréciait cette existence et l'autonomie qu'elle lui procurait. Il ne devait répondre qu'à une seule personne, l'armateur, pas à une chaîne d'officiers engoncés dans leur uniforme et pas fichus de faire la différence entre une drisse et un taquet.

Groder arpenta la passerelle et jeta un coup d'œil au radar. Il y avait un autre bâtiment à moins de vingt milles. Leur radar de navigation n'était pas le plus puissant du monde mais il suffisait amplement à leurs besoins. Pour un capitaine et un équipage attentifs, une telle distance était suffisante pour rajuster le cap. Groder s'approcha des vitres pour balayer du regard le pont avant et surveiller machinalement le calage des conteneurs. Certains avaient légèrement glissé, la faute surtout à ces satanées bouteilles de propane. Elles étaient arrimées par blocs de quatre, mais leur forme ne permettait pas un calage aussi parfait que les caisses et les palettes. Enfin, ça aurait pu être pire. Au moins étaient-elles vides.

71

Par la suite, Gerry Hendley devait se faire la réflexion que la partie la plus délicate de toute cette fichue histoire – outre l'événement déclencheur, bien entendu – avait été simplement de trouver un endroit discret pour les faire venir. L'ancien président Ryan s'était enfin décidé à franchir le pas, en donnant un coup de fil au chef d'état-major de l'armée de l'air qui, à son tour, avait appelé le commandant du 316e escadron, hébergé à la base d'Andrews.

Ils arrivèrent à bord de deux Chevy Tahoe noirs. Hendley, Jerrry Rounds, Tom Davis, Rick Bell, Pete Alexander et Sam Granger dans le premier ; Clark, Chavez et Jack Ryan Junior dans le second. Les deux véhicules prirent à gauche dans la rue C pour s'arrêter près d'un hangar en bord de piste. L'ancien président Ryan arriva cinq minutes plus tard dans une berline Lincoln Town Car flanquée par deux Suburban remplis d'agents du service de protection.

Le Gulfstream V se posa onze minutes plus tard – avec trois minutes de retard sur l'horaire – et roula pour s'immobiliser à cinquante mètres du hangar. Les moteurs ralentirent et l'escalier fut amené contre la carlingue pour venir se verrouiller devant la porte principale d'accès.

Jack Ryan Junior descendit du gros 4×4, suivi par le reste de la troupe, à quelques pas en retrait.

La porte du Gulfstream s'ouvrit et, trente secondes plus tard, Dominic Caruso apparut sur le seuil. Il plissa les yeux au soleil, puis descendit les marches. Il avait les traits tirés et une barbe de cinq jours. Jack s'avança pour l'accueillir. Ils tombèrent dans les bras l'un de l'autre.

« Je suis tellement désolé, vieux », murmura Jack.

Dominic ne répondit pas mais relâcha son étreinte et hocha la tête. « Ouais, dit-il enfin.

— Où est-il ?

— À l'arrière. Ils n'ont pas voulu que je le prenne avec moi en cabine. »

Au sortir de la carrière, Bari avait foncé à toute vitesse, tous feux éteints, pour rejoindre la route nationale en moins de dix minutes. Ils allèrent plein ouest en longeant la côte. La tête posée sur les genoux de Dominic, Brian perdait conscience par moments, Dominic serrait sa main très fort. De sa main libre, il pressait sur la blessure d'où continuait de suinter un sang noir qui dégoulinait sur sa main et son avant-bras avant de maculer le siège entre ses jambes. À douze kilomètres de Zuwarah, Brian se mit à tousser, doucement au début, puis sa toux devint spasmodique, son corps fut pris de soubresauts, tandis que Dominic se penchait vers lui pour lui murmurer de tenir bon. Au bout de quelques minutes, Brian parut se détendre et sa respiration se stabilisa. Puis cessa. Dominic ne s'en rendit compte que bien plus tard, mais il avait perçu cet instant, cet interstice bien trop mince entre la vie et la mort. Dominic se redressa sur la banquette et découvrit que la tête de son frère avait roulé sur le côté, avec ses yeux qui fixaient sans le voir le dossier du siège.

Il dit à Bari de se garer et d'arrêter la voiture, puis Dominic ôta les clés du contact et s'éloigna d'une dizaine de mètres. À l'est, les premiers pâles rayons de soleil teintaient de rose l'horizon. Dominic s'assit, en silence, et regarda le soleil se lever, ne voulant pas se retourner pour voir Brian, espérant à moitié découvrir que son frère respirait à nouveau et le contemplait avec un sourire un peu niais. Bien entendu, rien de toute cela ne se produisit. Au bout de dix minutes, il remonta en voiture et ordonna au Libyen de quitter la route nationale pour leur trouver une planque à l'abri. Après une demi-heure de conduite, Bari avisa une palmeraie et s'y arrêta.

Dominic appela Archie sur son mobile ; il ne pouvait pas compter sur le Campus, ça prendrait trop longtemps. En deux phrases lapidaires, il informa l'Australien des événements, puis tendit le téléphone à Bari pour qu'il lui indique où les retrouver. Cela prit deux heures. Archie arriva au volant d'un Range Rover et, sans un mot, il fit sortir Dominic de l'Opel, le fit asseoir à l'arrière du Range, puis ouvrit le hayon et récupéra un sac en plastique avant de retourner à l'Opel, où avec l'aide de Bari il fit glisser avec précaution le corps de Brian à l'intérieur du sac avant de le refermer. Après avoir déposé ce dernier à l'arrière du Range, il retourna une dernière fois à l'Opel, qu'il nettoya et vida entièrement, en récupérant le matériel et les armes rangés dans la malle. Une fois assuré d'avoir fait place nette, il vida un jerrycan d'essence dans l'habitacle avant d'y mettre le feu.

Ils étaient de retour à Tripoli pour midi. Archie ne s'arrêta pas au consulat. Il se rendit directement à ce qui devait être une planque, du côté de Bassel-el-Asad, non loin du stade. Bari, pieds et poings liés, fut bouclé dans la salle de bains, puis Archie, après s'être assuré que le brouilleur de la ligne téléphonique était opérationnel, laissa Dominic appeler le pays.

« Qui d'autre est au courant ? demanda Dominic à son cousin.

— Personne, répondit Jack. Juste ceux qui sont ici. Je me suis dit que ce serait ton désir. Ou si tu veux, je peux…

— Non. »

Jack reprit : « Tu veux rentrer à la maison.

— Non. On a récupéré des trucs. Je suis sûr que ça va vous intéresser. Retournons au bureau. Il faut que Hendley ou quelqu'un d'autre aille retrouver Archie à Tripoli. Si l'on veut récupérer Bari, il va falloir que…

— Dom, ne te fais pas de souci pour ça. On s'en occupe. »

L'ancien président Ryan s'approcha à son tour et lui aussi prit Dominic dans ses bras. « L'affliction est un mot bien faible, fils, mais c'est ce que je ressens. »

Dominic hocha la tête, puis s'adressant à Jack : « Allons-y, d'accord ?

— Bien sûr. »

Jack se retourna et fit signe à Clark et Chavez qui s'approchèrent pour escorter Dominic jusqu'au second 4×4. Jack se tourna vers son père : « Je peux monter avec toi ?

— Bien sûr. »

Jack adressa un signe de tête à Hendley puis suivit son père jusqu'à la Lincoln.

Ils roulèrent en silence jusqu'à ce qu'ils aient franchi la grille principale, puis Ryan Senior observa : « Le pire, c'est qu'on ne saura probablement jamais ce qui s'est produit. Même si ça me démange, jamais je ne poserai la question à Gerry.

— Pose-la-moi.

— Quoi ?

— Ils étaient à Tripoli, papa, en pleine traque.

— De quoi parles-tu ? Et comment le sais-tu ?

— À ton avis ? »

Ryan Senior ne répondit pas d'emblée. Il se contenta de dévisager son fils. « Tu es sérieux ?

— Oui.

— Bon Dieu, Jack.

— Tu m'as toujours dit que je devais trouver moi-même ma propre voie. C'est ce que je fais.

— Depuis combien de temps ?

— Un an et demi. Disons qu'un faisceau d'indices m'a permis de comprendre que la boutique de Gerry n'était pas seulement ce qu'elle laissait paraître. Alors j'y suis allé et je lui ai parlé. On peut voir ça comme un entretien d'embauche.

— Pour faire quoi ?

— Pour l'essentiel, de l'analyse.

— Pour l'essentiel, ça veut dire quoi ? »

Le ton de Ryan Senior était devenu un peu plus sec.

« Je suis allé un peu sur le terrain. Pas trop, juste histoire de me plonger un peu dans le bain.

— Pas question, Jack. On a déjà donné. Je ne veux pas te voir…

— Ce n'est pas à toi de décider.

— Sûrement pas. Mais le Campus était mon idée. Je suis allé voir Gerry et…

— Et c'est son affaire, c'est ça ? Je ne suis pas né de la dernière pluie, papa. Je n'ai pas besoin que tu me couves. On a fait du bon boulot, là-bas. Le même genre de trucs que tu faisais dans le temps. Si c'était bon pour toi, alors pourquoi pas pour moi ?

— Parce que t'es mon fils, putain de merde. »

Là, Jack ne put retenir un demi-sourire. « Alors, peut-être que j'ai ça dans le sang.

— Foutaises.

— Écoute, j'ai tâté de la finance et c'était parfait, mais il ne m'a pas fallu longtemps pour me rendre compte que je n'allais pas y passer le reste de ma vie. Je veux faire quelque chose de concret. Marquer une différence, servir mon pays.

— Dans ce cas, tourne-toi vers l'enseignement et la formation.

— Ça vient juste après sur ma liste. »

Soupir de Ryan Senior. « Enfin, tu n'es plus un môme, j'imagine.

— Nan.

— Bon, ça ne veut pas dire que je suis forcé d'apprécier, et ce ne sera sans doute jamais le cas, mais j'imagine que c'est mon problème. Avec ta mère, en revanche, ça risque d'être une tout autre chanson.

— Je lui parlerai.

— Non. C'est moi qui m'en chargerai. Le moment opportun.

— Ça me déplaît de lui mentir. » Ryan Senior ouvrit la bouche pour répliquer mais Jack s'empressa d'ajouter : « Et ça me déplaisait de vous mentir à tous les deux. Merde, si ça n'avait pas été par respect pour John, je ne t'en aurais même peut-être jamais parlé.

— John Clark ? »

Jack opina. « Il est plus ou moins mon instructeur. Avec Ding.

— Tu ne pouvais pas tomber mieux qu'avec ces deux-là.

— Alors, t'es d'accord ?

— Je me fais une raison. Je vais t'avouer un secret, Jack. Plus on se fait vieux, moins on apprécie le changement. La semaine dernière, Starbucks a supprimé de sa carte mon mélange favori. Ils ne m'ont plus revu de plusieurs jours. »

Jack rigola. « Moi, c'est les Dunkin' Donuts qui me font craquer.

— C'est bon, aussi. Tu fais bien attention, hein ?

— Avec le café ? Oui, bien sûr.

— Joue pas au con.

— Ouais, je fais attention.

— Alors, sur quoi bosses-tu en ce moment ? »

Nouveau sourire de Jack. « Désolé, papa. Ton habilitation à savoir a expiré il y a quelque temps. Si tu remportes l'élection, on en reparlera. »

Ryan Senior hocha la tête. « Ah, ces foutus espions. »

Frank Weaver avait passé quatre ans dans l'armée de terre, il était donc accoutumé aux méthodes parfois alambiquées du gouvernement ; mais il avait cru avoir laissé tout cela derrière lui après avoir été démobilisé et avoir passé son permis poids lourds. Il était routier depuis dix ans déjà, conduisant son semi d'une côte à l'autre, emmenant parfois sa femme avec lui, mais le plus souvent avalant les kilomètres avec, pour seule compagnie, des classiques du rock transmis par la station satellite Radio XM. Et Dieu merci, le gouvernement allait lui laisser son bahut pour cette nouvelle activité. Il avait apprécié modérément l'idée de bosser de nouveau pour l'État, mais la paie était trop alléchante, sans compter les primes de risque. Ce n'était pas exactement le terme qu'ils employaient, mais ça revenait au même. Il avait suivi un entraînement particulier, subi une recherche d'antécédents par le FBI, mais il n'avait rien à cacher et c'était un excellent chauffeur. À vrai dire, on ne lui demandait rien de bien extraordinaire : en dehors de la cargaison, certes, mais il n'aurait jamais à y toucher. Il lui suffisait de se présenter au point d'embarquement, de laisser quelqu'un d'autre s'occuper de charger la marchandise, puis de la transporter en toute sécurité jusqu'à sa destination où quelqu'un d'autre la déchargerait. On l'avait, pour l'essentiel, formé aux procédures d'urgence : que faire si quelqu'un tentait de détourner le chargement ; que faire en cas d'accident ; que faire si un OVNI descendait du ciel et le téléportait hors de son camion… les instructeurs du ministère de l'Énergie et de la Commission de sûreté nucléaire avaient des procédures pour toutes les situations « et si » imaginables, plus une centaine d'autres que nul n'aurait pensées possibles. En outre, il ne ferait jamais le trajet seul. On ne lui avait pas dit si son escorte était formée de voitures banalisées ou non, mais on pouvait parier que leurs occupants étaient armés jusqu'aux dents.

Pourtant, ce coup-ci, il n'y avait aucun garde, ce qui ne laissa pas de surprendre Weaver. Certes, il ne s'agissait que d'un parcours d'essai, avec un chargement factice, mais compte tenu du fait que le ministère de l'Énergie jouait à fond la carte du réalisme, il s'était attendu à une escorte. Mais encore une fois, peut-être lui avaient-ils menti. Peut-être n'était-il pas censé remarquer la présence de celle-ci. De toute façon, ça ne changeait rien à son boulot.

Weaver rétrograda et freina, puis il vira pour faire pénétrer son attelage dans l'enceinte de la centrale nucléaire de Callaway. Cent mètres devant lui, il avisa la guérite du gardien. Il freina, s'arrêta, exhiba ses papiers. Le passage était bloqué par cinq plots en béton à noyau d'acier.

« Coupez le moteur, s'il vous plaît. »

Weaver obéit.

Le vigile examina sa carte d'identité, puis il la glissa dans la poche de devant de sa chemise et lui fit signer un formulaire. Le semi-plateau de Weaver était vide, mais l'homme accomplit son boulot, faisant d'abord le tour complet de l'attelage avant de vérifier le dessous du châssis à l'aide d'un miroir monté sur un chariot à roulettes.

Le garde réapparut en dessous de sa vitre.

« Veuillez descendre, je vous prie. » Weaver descendit. L'homme examina une nouvelle fois ses papiers, prenant dix bonnes secondes pour s'assurer que la photo d'identité et le visage correspondaient. « Veuillez vous placer près de la guérite. »

Encore une fois, Weaver obéit, et l'homme monta dans la cabine pour l'inspecter en détail durant deux bonnes minutes avant de redescendre. Il rendit enfin à Weaver ses papiers.

« Quai numéro quatre. On vous indiquera le chemin. La vitesse limite est de quinze kilomètres-heure.

— Pigé. »

Weaver remonta au volant et lança le moteur. Le vigile prit son talkie-walkie et murmura quelque chose dans le micro. Quelques instants plus tard, les plots de béton s'enfoncèrent dans le sol. L'homme fit signe à Weaver de passer.

Le quai numéro quatre n'était qu'à une centaine de mètres, à l'arrière de la centrale. À mi-chemin, un homme en bleu de travail coiffé d'un casque rigide lui fit signe d'avancer. Weaver manœuvra pour se placer à cul contre le quai, puis il coupa le moteur.

Le contremaître s'approcha de sa portière. « Vous pouvez attendre à l'intérieur, si vous voulez. On en a pour une heure à peu près. »

Cela prit près de quatre-vingt-dix minutes. Même si Weaver avait vu des photos de l'objet durant sa formation, il ne l'avait jamais observé pour de vrai. Les chauffeurs l'avaient surnommé « Haltères de

King-Kong » mais les ingénieurs du ministère de l'Énergie s'étaient sérieusement trituré les méninges pour arriver à cette configuration. L'objet, officiellement dénommé « Conteneur pour déchets nucléaires transportable type GA-4 », était imposant. Weaver ignorait pourquoi il avait la forme d'un haltère, mais il supposait qu'elle avait un rapport avec sa résistance. D'après les instructeurs, ils avaient soumis l'objet à toutes sortes de tortures, chutes verticales, incinération, perforation et submersion. Pour chaque tonne de déchets nucléaires en provenance d'un réacteur, il fallait compter quatre tonnes de blindage protecteur.

Merde, se dit Weaver, *il était aussi difficile de pénétrer cette enceinte que de la dérober, à moins d'avoir un camion, une grue, voire un hélico gros-porteur.* Ce serait à peu près aussi idiot que s'attaquer à un distributeur de billets en l'arrachant du mur avec un treuil, avant de le traîner pour l'abandonner quelque part, faute d'avoir réussi à l'ouvrir.

« Je n'en avais jamais vu un de près, observa Weaver en se tournant vers le contremaître.

— Ouais, ça a l'air tout droit sorti d'un film de S-F, hein ?

— On peut dire ça. »

Selon le protocole instauré, tous deux firent le tour de la remorque, vérifiant à mesure les divers éléments à cocher sur leur liste « pré-vol ». Chacune des chaînes d'arrimage était neuve et avait subi des tests de traction à l'usine, tout comme les cliquets de serrage, bloqués chacun par un double cadenas. Ainsi rassurés que le chargement ne risquait pas de s'égarer avant d'être parvenu à destination, Weaver et le contremaître signèrent et contresignèrent le formulaire, en gardant chacun un exemplaire.

Weaver salua d'un signe de main et remonta dans sa cabine. Dès que le moteur fut en route, il alluma le GPS fixé au tableau de bord, puis fit défiler le menu sur l'écran tactile pour sélectionner son itinéraire. Une douzaine avaient été programmés à l'avance. Encore une mesure de sécurité, lui avait-on dit. Aucun chauffeur ne connaissait l'itinéraire choisi avant d'avoir chargé sa cargaison.

La route apparut sur l'écran, tracé pourpre superposé à une carte du pays. *Pas si mal*, considéra Weaver. Des autoroutes pour la majeure partie du trajet, 2 625 kilomètres en tout. Quatre jours.

72

« Un texto de notre copine russe », annonça Tariq en pénétrant dans le séjour. Debout devant la fenêtre, l'Émir contemplait le désert. Il se retourna.

« Bonnes nouvelles, j'imagine.

— On le saura dans soixante secondes. »

Tariq alluma son ordinateur portable, ouvrit le navigateur Internet et se rendit sur le site store-spot.com, l'un des nombreux sites de stockage gratuits disponibles sur la Toile. Pour l'utiliser, il suffisait d'ouvrir un compte en choisissant un nom d'utilisateur et un mot de passe, de fournir une adresse mail – et dans ce dernier cas, d'autres sites pouvaient vous fournir des « adresses jetables » qui s'autodétruisaient automatiquement.

Tariq se connecta à son compte, cliqua sur trois liens et se retrouva dans la zone de téléchargement. Un fichier l'attendait dans son répertoire, un simple texte. Il constata que le fichier avait été chargé vingt minutes plus tôt. Tariq l'ouvrit, en copia le contenu dans le presse-papiers, puis l'effaça du serveur. Il ouvrit alors son traitement de textes, créa un nouveau fichier, y copia le message. Il lui fallut deux minutes pour en parcourir le contenu.

« Tout y est. Tout ce dont nous avons besoin.

— Quelle entrée ?

— Sud. »

L'Émir sourit. Dieu était avec eux. Des deux accès aux installations, c'était celui-ci qui voyait l'activité la moindre. Ce qui signifiait moins de personnel de surveillance. « Où au juste ?

— La troisième veine, à cinq cents mètres de l'entrée et trois cents de profondeur. D'après Jenkins, c'est la zone qui préoccupe le plus les ingénieurs. La semaine prochaine, ils doivent d'ailleurs avoir une réunion avec le ministère de l'Énergie et la Commission de sûreté nucléaire pour discuter de l'éventualité de combler et murer toute cette veine avant de se mettre à accepter des livraisons. »

Il y avait toutefois un inconvénient à utiliser l'entrée sud, l'Émir en était conscient. Quelques minutes après que le semi-remorque aurait quitté la nationale 95 pour s'engager sur la route de desserte, des capteurs et des caméras allaient sans nul doute enregistrer son passage et le signaler au centre de surveillance situé près de l'entrée principale. Une fois que le personnel se serait rendu compte que le camion se dirigeait vers l'entrée sud, comment allaient-ils réagir ? Il semblait peu probable qu'on déclenche aussitôt l'alarme ; il ne s'agissait après tout que d'un essai, avec un chargement factice, et le tout premier, de fait. Il était plus probable que le personnel de surveillance se dirait que le chauffeur n'avait pas tourné au bon endroit. On passerait des coups de fil, on enverrait peut-être un véhicule récupérer le semi égaré. Moussa et ses hommes sauraient s'en occuper.

Parmi toutes les études de faisabilité que le CRO avait engagées dans les premiers stades de l'opération Lotus, le point le plus intrigant et le plus nébuleux avait été celui de la sécurité sur place des installations, une donnée qui, bien sûr, n'avait jamais été abordée publiquement par les autorités compétentes, que ce soit pour des raisons évidentes de sécurité ou peut-être à cause d'hésitations en interne. À mesure toutefois que progressait l'organisation de Lotus, il apparut manifeste pour l'Émir qu'ils devaient envisager le scénario catastrophe, ce qui, dans le cas d'une installation nucléaire, impliquait la présence des forces de la NNSA, une unité de protection paramilitaire supérieurement entraînée et équipée, placée sous le contrôle du ministère de l'Énergie.

Comme avec bien des facettes du pouvoir et de la société américains, le 11-Septembre avait brutalement mis en lumière la nécessité de programmes de contrôles matériels plus robustes, et il fallait reconnaître au ministère de l'Énergie qu'il n'avait épargné aucun moyen pour y parvenir. Les forces de protection de la NNSA étaient formées aux tactiques antiterroristes avec des unités réduites, équipées d'engins blindés et d'armes de gros calibre, dont des lance-grenades, des balles perforantes, et même, sur certains sites sensibles, de systèmes de mitrailleuse Gatling Dillon M164D sur affût fixe ou mobile.

Aucun des éléments d'information recueillis par le CRO n'indiquait que la NNSA avait déjà pris en charge ces installations, mais l'Émir avait été très clair avec Moussa : *Faites comme si vous alliez rencontrer une solide résistance. Faites comme si vous n'aviez que quelques minutes pour réussir votre mission.*

« Où en sommes-nous avec les autres éléments ? demanda l'Émir à Tariq. Le camion.

— Il a quitté la centrale cet après-midi. Le trajet dure quatre jours. Ibrahim et son équipe sont sur place. À moins qu'on lui envoie le signal d'annulation, ils devraient intervenir – Tariq consulta sa montre – dans trois heures. Le navire est à deux jours du port ; nos hommes à Norfolk sont prêts. À ce qu'il paraît, le bâtiment devra probablement mouiller au large le premier soir avant de se voir assigner un emplacement à quai.

— Bien. Et les hommes de M. Nayoan ?

— En place, parés. Ils n'attendent que votre ordre pour bouger. Il leur faudra toutefois un délai de vingt-quatre heures. » L'Émir acquiesça, puis Tariq demanda : « Que voulez-vous faire de la fille ?

— Laisse-la filer. Elle ne sait rien de nous et Beketov est mort. Le lien avec nous est désormais rompu. Même si elle se fait ramasser, la seule piste qu'elle pourra offrir soit n'aboutira nulle part, soit là où l'on veut qu'elle les mène. Elle a bien mérité son argent.

— Elle connaît le complexe.

— Et alors ? Elle s'est fait recruter par un quelconque mouvement écolo marginal pour dénicher des infos sur les installations. C'est tout. C'est une mercenaire, Tariq. Elle prend son fric et bonsoir. »

Tariq envisagea ce point de vue avant d'acquiescer. « Fort bien.

— Encore un détail : je me joindrai à Moussa pour cette mission.

— Pardon ?

— J'enregistrerai un message avant de partir. Une fois que nous aurons réussi, tu feras en sorte qu'il tombe entre de bonnes mains. » Tariq ouvrit la bouche pour répliquer mais l'Émir le fit taire d'un geste. « Mon vieil ami, tu sais que c'est nécessaire. Ma mort, et ce que nous faisons ici, tout cela ne fera qu'attiser notre guerre pour les générations à venir.

— Quand avez-vous pris cette décision ?

— C'était le plan dès l'origine. Pourquoi sinon serais-je venu ici – dans ce coin perdu ?

— Laissez-moi me joindre à vous. »

L'Émir secoua la tête. « Ton heure n'est pas encore venue. Tu dois me faire confiance. Promets-moi de faire selon ma volonté. »

Tariq acquiesça.

73

Entrant dans la ville de Paulinia juste après le crépuscule, Shasif Hadi put distinguer les lumières de la raffinerie, pourtant encore à six kilomètres de distance, bien avant de découvrir le complexe proprement dit. Huit cent cinquante hectares de colonnes de distillation, de tours de craquage et de réservoirs protégés par une enceinte électrifiée, le tout décoré de feux clignotants rouges pour détourner les avions, une précaution bien inutile, estima Hadi : si un pilote réussissait à ne pas voir les dizaines de mâts d'éclairage au sodium éclairant le site, c'est qu'il méritait bien de se crasher.

La SP-332, la route nationale en provenance de Campinas, sinuait dans les faubourgs nord de Paulinia avant d'obliquer d'abord vers l'ouest, puis au nord, et enfin de contourner la raffinerie par la gauche. Hadi passa devant le complexe et poursuivit sa route sur quinze cents mètres avant de parvenir à son embranchement, une route bitumée à deux voies qui se dirigeait plein est. Au bout de deux kilomètres, après un nouveau virage, le bitume laissait place à un chemin carrossable. Encore cent mètres, et ce qui ressemblait à un pont enjambant la chaussée apparut dans le faisceau de ses phares. Hadi sentit son pouls accélérer. Ce n'était pas un pont mais un oléoduc transportant de l'éthanol. En passant dessous, il entrevit sur la droite une clairière herbeuse fermée par une clôture à bétail. Garé devant celle-ci, le capot tourné vers la route, un pick-up blanc. Hadi passa sans s'arrêter pour tourner à nouveau, cette fois vers le sud, sur un chemin de terre. Au bout de cinquante mètres, il ralentit, scruta le rideau d'arbres sur sa gauche. Il avisa une trouée, ralentit, s'arrêta, éteignit ses phares. Un coup d'œil à sa montre : pile dans les temps.

Il descendit, verrouilla la portière, puis gagna les arbres sur le bas-côté. Sur sa droite, à huit cents mètres, une paire de phares apparut au bout de la route. La Volkswagen Fox bleue d'Ibrahim ralentit à sa hauteur dans un léger crissement de freins.

« Pas de problème ? demanda Ibrahim.

— Pas le moindre. »

Hadi monta à l'arrière. Fahd était assis à côté de lui, Ahmed était à l'avant. Dans le cadre de leur plan d'exfiltration, Fahd et Ahmed avaient garé leurs voitures sur des chemins de traverse, aux angles sud-est et nord-est de la raffinerie, où les avait récupérés Ibrahim. Si, pour une raison quelconque, le groupe devait se séparer, ils se retrouveraient à l'une de ces voitures pour rejoindre la côte.

Ahmed tendit à Hadi un pistolet, un Glock 17 de 9 millimètres muni d'un silencieux. « Le camion est là, précisa-t-il. Je ne pourrais pas le garantir, mais j'ai cru voir deux personnes assises à l'intérieur.

— Bien. Ahmed, c'est toi qui t'en chargeras. »

Tous feux éteints, Ibrahim embraya et refit en sens inverse l'itinéraire parcouru par Hadi. Parvenu à cinquante mètres de la conduite d'éthanol, il s'arrêta. Ahmed descendit, passa derrière la voiture et s'enfonça entre les arbres. Les autres demeurèrent silencieux, tandis qu'Ibrahim surveillait sa montre. Au bout de deux minutes, il alluma les phares et redémarra. Hadi et Fahd se tapirent sous le niveau des vitres. Quand la voiture parvint à la hauteur du pick-up, Ibrahim ralentit et descendit. Il tenait une carte dans sa main droite. Il s'approcha du véhicule.

« Excusez-moi, lança-t-il en portugais. Je me suis perdu. Pouvez-vous me dire comment rejoindre Paulinia ? »

Personne ne répondit.

« Excusez-moi, insista-t-il. J'aurais besoin d'aide. Pouvez-vous… »

Une main apparut à la portière côté conducteur et lui fit signe d'approcher. Ibrahim s'avança. La portière portait inscrite la mention : PETROBRAS SÉCURITÉ.

« Je crois que j'ai dû rater un croisement quelque part. Est-ce qu'on est loin de Paulinia ?

— Non, non, pas loin, dit le garde. Suivez cette route jusqu'à ce que vous tombiez sur la nationale et là, prenez à gauche. »

Par la portière ouverte côté droit, Ibrahim vit la silhouette d'Ahmed émerger du couvert des arbres et s'approcher du pick-up.

Ibrahim redemanda : « C'est loin ? »

Avant que le chauffeur ait pu répondre, Ibrahim recula d'un pas. Il y eut un premier coup assourdi et la balle se logea dans la tempe du garde assis à droite ; la seconde pénétra dans le cou du chauffeur qui glissa sur le côté. Le silencieux, bricolé avec des boîtes de conserve garnies de fibre de verre, avait parfaitement rempli son office. Les coups de feu n'avaient guère été plus bruyants qu'un claquement de main étouffé.

« Encore une chacun », ordonna Ibrahim.

Ahmed obéit, logeant une balle dans la tête du premier garde, puis, tendant le bras, dans l'oreille du second. Ibrahim se retourna et fit signe à la Volkswagen. Hadi se mit au volant et engagea la voiture dans la clairière. Ibrahim et Ahmed avaient déjà sorti les deux corps du pick-up.

« Les clés », dit Ahmed avant de les lancer à Ibrahim.

Ils traînèrent les deux cadavres vers le rideau d'arbres. Hadi sortit deux serviettes blanches récupérées à l'hôtel, il en tendit une à Fahd et tous les deux entreprirent de nettoyer l'habitacle. Les balles à fragmentation du Glock s'étaient désintégrées à l'intérieur du crâne des victimes, ne laissant aucune blessure de sortie, si bien qu'il y avait plus de sang que de matière grise. Quand il eut terminé, Hadi lança sa serviette à Fahd qui alla les jeter toutes les deux dans les fourrés.

Ibrahim retourna dans la clairière, ouvrit la barrière et lança les clés à Hadi. Ce dernier, accompagné de Fahd, monta dans le pick-up et ils s'engagèrent à reculons, aussitôt suivis par Ibrahim et Ahmed dans la Volkswagen. Hadi referma la barrière dès qu'Ibrahim eut garé la voiture à l'abri des arbres.

La route de service longeait l'oléoduc qui était posé sur des plots en béton d'un mètre cinquante, espacés d'une quinzaine de mètres. Enserrée de chaque côté par les arbres et creusée de profondes ornières, la route avait été tracée pour permettre le passage du matériel de chantier durant la construction de la ligne et servait à présent de voie de service pour les personnels d'entretien et de sécurité de la raffinerie.

Au bout de quinze cents mètres, la route virait à droite, tandis que la canalisation partait sur la gauche. Entre les deux, un bosquet au-dessus duquel se détachaient les lumières de la raffinerie. Ibrahim arrêta le pick-up et les deux hommes descendirent. « On se change », ordonna-t-il.

Les bleus de travail bleu marine avaient été choisis pour leur permettre de passer plus facilement inaperçus. C'était la tenue de la majorité des ouvriers du complexe. Si jamais on les repérait, Ibrahim et ses hommes pourraient toujours, de loin, être pris pour du personnel d'entretien. Ils n'étaient plus à présent qu'à huit cents mètres de la clôture des installations que longeait une route.

Une fois changés, ils traversèrent le bosquet et débouchèrent dans une clairière. Ils y retrouvèrent la canalisation qui, après un zigzag, repartait en ligne droite, traversait la route et, au bout de cinq cents mètres, passait sous la clôture de sécurité pour pénétrer dans la raffinerie.

La canalisation transportant l'éthanol au-dessus de leurs têtes datait de moins d'un an et partait de Goiás, huit cents kilomètres au nord, traversait Paulinia puis se poursuivait pour aboutir au terminal de Japeri, à Rio, trois cent cinquante kilomètres au nord-est. Cent vingt millions de mètres cubes d'éthanol transitaient par là chaque année sur un quart de la largeur du Brésil.

Même si le CRO n'avait pas réussi à découvrir le débit précis de la canalisation, les moyennes estimées avaient suffi à convaincre l'Émir que le plan était réalisable. Avec une disponibilité moyenne de 85 %, la conduite débitait ses 120 millions de mètres cubes sur une période de 310 jours, ce qui signifiait que chaque jour de fonctionnement, c'étaient près de quatre millions de mètres cubes qui étaient acheminés de Goiás à Rio. À chaque heure du jour, sur une longueur de quinze kilomètres d'oléoduc, il y avait assez d'éthanol pour remplir vingt semi-remorques.

« Il y a quatre vannes de barrage entre ici et le périmètre, murmura Ibrahim. Une charge pour neutraliser chacune, une pour le point médian entre les deux derniers supports, et une pour la détonation. Ces deux-là, je m'en occupe. Ahmed, tu prends la première ; Fahd, la deuxième ; Shasif, les trois et quatre. Quand j'aurai fixé ma charge, je reculerai et me gratterai la tête. Déclenchez alors vos chronos. Quatre minutes pile. Souvenez-vous : vous rejoignez le pick-up. Ne courez pas. Quiconque ne sera pas revenu au moment de la première détonation sera abandonné. Des questions ? » Il n'y en avait pas. « Que Dieu soit avec nous », dit Ibrahim.

Ils partirent en groupe, discutant avec nonchalance, comme de banals ouvriers d'entretien cherchant à meubler le temps pendant leur service de nuit. À deux cents mètres du bosquet, ils parvinrent à la première vanne. Ahmed s'agenouilla derrière celle-ci, accompagné de Fahd et enfin de Shasif.

« On se retrouve à la camionnette », dit Ibrahim avant de poursuivre sa route.

La route circulaire était à cinquante mètres devant lui. À sa droite, un pick-up blanc apparut et ralentit, tandis que, côté passager, un vigile brandissait sa torche électrique sur la clôture grillagée. Ibrahim vérifia sa montre. *En avance. D'un quart d'heure !* Cassiano, leur agent, avait pourtant affirmé être sûr des itinéraires et des horaires des agents de sécurité. Soit il s'était trompé, soit leur planning avait changé. Si c'était le dernier cas, pourquoi ? Un changement de programme ou autre chose ? La camionnette de sécurité, Ibrahim le savait, allait parcourir le chemin de ronde, puis sortir par la porte ouest avant de reprendre sa route en direction du nord, et finir par passer devant la clôture à bétail par laquelle lui et ses hommes étaient entrés. Quand les gardes ne verraient pas le véhicule de leurs collègues, comment réagiraient-ils ? Ibrahim décida que mieux valait ne pas se poser la question.

Ils avaient douze minutes devant eux. Soit quatre pour placer les charges et huit pour regagner leur point de départ. Ça risquait d'être limite. Ou, songea-t-il, il existait une autre option.

Le cœur battant, il ralentit le pas. La camionnette fit de même, s'arrêtant presque. Ibrahim agita la main et lança en portugais : « *Boa tarde !* » – « Bonsoir. » Il arqua légèrement le dos pour s'assurer que le Glock était toujours bien en place.

Après cinq interminables secondes, le chauffeur répondit à son salut : « Comment ça se passe ? » demanda-t-il.

Ibrahim haussa les épaules. « *Bem* » – « Bien. » L'air de rien, il se rapprocha. *Jusqu'où ?* Pour tuer les deux hommes avant qu'ils aient eu la possibilité de saisir leur radio, il allait devoir se trouver à moins d'une dizaine de mètres. Allaient-ils se méfier dans l'intervalle ? Se mettre à lui tirer dessus ? *Non*, décida-t-il. Ils redémarreraient plutôt sur les chapeaux de roues. Ibrahim s'immobilisa.

« Qu'est-ce que vous faites ? s'enquit le chauffeur.

— Contrôle des soudures, répondit Ibrahim. Notre chef a décidé qu'il fallait qu'on s'occupe. »

Le chauffeur rigola. « Je connais la chanson. À plus ! »

Le chauffeur embraya, la camionnette avança, puis s'arrêta. Les feux de recul s'allumèrent et le véhicule recula jusqu'à revenir à la hauteur d'Ibrahim. « Vous êtes entrés par la clôture à bétail ? » demanda le chauffeur.

La gorge serrée, Ibrahim acquiesça.

« Il y avait un pick-up, là-bas ?

— Pas vu. Quel est le problème ?

— Paiva et Cabral ne répondent pas à la radio. »

Ibrahim indiqua du pouce les autres hommes essaimés le long de la conduite derrière lui. « Les nôtres ont déconné aussi toute la soirée.

— Des interférences dues aux taches solaires, sans doute, dit le chauffeur. (Puis :) Dis, t'as un drôle d'accent…

— Angolais. Je suis arrivé l'an dernier. »

Le chauffeur haussa les épaules. « OK, pas de problème. »

Le pick-up redémarra et disparut au bout de la route. Ibrahim attendit de ne plus entendre le moteur pour laisser échapper un soupir. *On y est presque. Que Dieu me guide.* Il traversa la route, descendit dans le fossé de drainage, puis remonta de l'autre côté. La clôture était visible à cent mètres de là. Il dépassa le dernier support et se mit à compter ses pas. À mi-chemin, il s'arrêta, s'agenouilla. La conduite passait juste au-dessus de sa tête. Il entendait gargouiller le flot du carburant derrière la paroi d'acier.

La première des deux charges, la plus puissante de l'ensemble, pesait deux cent cinquante grammes mais tenait aisément dans la poche de cuisse de sa salopette. La seconde charge, cinquante grammes celle-ci, tenait dans la paume de sa main. Il régla la minuterie numérique de la première sur quatre minutes et dix secondes ; la seconde, sur cinq minutes. Il ferma les yeux, prononça une brève prière, puis se leva, fixa la charge principale sous le tuyau et déclencha la minuterie. Il entendit le déclic des deux premières secondes, ressortit à découvert, se retourna et se gratta ostensiblement la tête. Il attendit que les trois autres aient bien reçu le signal, puis déclencha la minuterie de la dernière charge qu'il enferma dans un cocon de plastique bulle fermé par du ruban adhésif.

Puis il balança le tout par-dessus la clôture, tourna les talons et s'éloigna.

74

Hendley, Granger et Rick Bell consacrèrent une partie de l'après-midi et du début de soirée à débriefer Dominic dans la salle de conférences. Assis le long du mur, Jack Junior et John Clark écoutaient en silence ; Jack était de la famille et un ami proche, et même si Dominic semblait tenir le choc, Hendley avait jugé que sa présence pourrait être utile. Pour ce qui était de Clark, Hendley désirait avoir son regard de professionnel.

Jack regarda attentivement son cousin tandis que ce dernier dévidait en détail leur mission à Tripoli : la rencontre initiale avec Archie, l'incursion dans la médina pour récupérer Bari, le trajet jusqu'à la maison d'Almassi, et enfin la mort de Brian. À chaque étape, Dominic répondit à leurs questions de manière brève mais détaillée, sans jamais perdre patience ou hésiter. Et sans montrer la moindre trace d'émotion, constata Jack. Son visage, son attitude ne dévoilaient rien. Il restait neutre.

« Reparlez-nous de Fakhoury, dit Sam Granger.

— D'après Bari, c'était juste une petite main, un homme de paille. On a donc convenu qu'Almassi constituerait une meilleure cible. On ne voulait pas laisser de témoin de la disparition de Bari, alors on a décidé de ce qu'il fallait faire de lui.

— Qui a pris la décision de le tuer ?

— Ce fut une décision collective. Je n'étais pas sûr, mais Brian… ses arguments étaient logiques.

— Qui s'en est chargé ?

— Brian.

— En comptant Fakhoury, combien de morts en tout ? (La question venait de Bell.)

— Six. Dont quatre de notre main.

— Passons tout de suite à la maison d'Almassi », intervint Hendley.

Dominic répéta son récit : garer la voiture dans la clairière… s'introduire dans la maison… l'ordinateur et le coffre… la balle reçue par Brian… la fusillade et leur exfiltration. Dominic se tut. « Le reste, vous connaissez.

— Bilan ? demanda Granger.

— Cinq.

— Pas de blessé ? »

Dominic haussa les épaules. « Pas après mon départ.

— Ce qui veut dire ? insista Rick Bell.

— J'ai fait en sorte qu'il ne reste pas de témoins. Et aucun indice pour indiquer au CRO qui était sur place et ce qui s'était passé. C'est en gros le but de notre action, non ? »

Hendley acquiesça. « Certes. » Puis il se tourna vers Bell et Granger. « D'autres questions ? » Les deux hommes firent signe que non. « Très bien, Dom, merci. »

Dominic se leva pour sortir.

Hendley intervint : « Dom, nous sommes désolés pour Brian. »

Dominic hocha simplement la tête.

« Je vais demander une voiture pour qu'on te ramène.

— Non, merci, je vais juste me trouver un divan quelque part et roupiller. »

Granger : « Si vous voulez qu'on se charge des dernières dispositions pour Brian.

— Je me débrouillerai. »

Dominic sortit, ferma la porte sur lui. Hendley se tourna : « Jack ?

— Difficile à dire. Je ne l'ai jamais vu ainsi ; mais encore une fois, ce n'est pas une situation banale. Pour personne. Je pense qu'il est simplement assommé. Et épuisé ; il a vu son frère jumeau mourir sur ses genoux ; et, à tort ou à raison, il culpabilise sans doute. Une fois qu'il en aura pris conscience, il va s'effondrer, puis il se ressaisira.

— T'es d'accord, John ? »

Clark prit son temps pour répondre. « Sur l'essentiel, mais ça l'a manifestement changé. Un déclic s'est produit.

— Explique, demanda Bell.

— Il hésitait à éliminer Fakhoury. Brian a dû le convaincre et il a sans doute dû s'en charger lui-même parce qu'il savait que Dom n'y était pas vraiment prêt. Trois heures plus tard, ils se retrouvent chez Almassi. Brian se fait tirer dessus et, avant de quitter la maison, Dom liquide les blessés. C'est le jour et la nuit en un sacré bref laps de temps.

— D'où cette hypothèse du déclic ? observa Hendley. Est-ce mauvais ?

— Je n'en sais rien. Ça dépendra de la façon dont il réagit. Pour l'heure, il a ce regard perdu à mille années-lumière. C'est en général à ce moment que les agents ont le choix entre deux voies : s'accommoder de leur tâche et la remettre en perspective, ou se laisser bouffer par elle.

— Est-il OK pour repartir en mission ?

— Ce n'est pas une science exacte, Gerry. Chacun est différent.

— Ton avis. Est-il OK pour repartir en mission ? »

Clark soupesa la question. « Pas en solo. »

Hendley se tourna vers Rick Bell : « Qu'en est-il des éléments rapportés par Dom ?

— Un disque rempli de fichiers copiés de l'ordinateur d'Almassi, et un CD-ROM. Les fichiers, ça va prendre du temps pour les éplucher ; mais le CD est déjà une mine d'or : trois cent soixante-cinq images JPG de masques jetables – sous la forme de caractères alphanumériques de substitution disposés en carrés de neuf sur neuf. Je n'ai pas le chiffre en tête, mais cela doit engendrer des millions de combinaisons.

— Un an de travail environ, estima Hendley. Une image par jour. Fais-moi plaisir, dis-moi qu'elles sont datées. »

Bell sourit. « Je veux, mon neveu. Elles remontent aux dix derniers mois, ce qui veut dire qu'à moins qu'ils débranchent la prise, on dispose désormais d'une réserve de deux mois de masques encore inutilisés.

C'est ainsi qu'ils procèdent, marmonna Jack.

— Quoi ? fit Clark.

— Ils redoublent leur cryptage. D'abord la stéganographie, pour incruster les masques jetables dans les images de leurs sites web. Les destinataires sélectionnent celles-ci, puis ils utilisent un programme afin d'extraire le masque valable pour le jour donné. Ensuite, ce n'est qu'une affaire de substitution : se rendre sur un forum ou un tchat quelconque, trouver le poste, afficher une chaîne de quelque deux cents caractères alphanumériques, les passer au crible du masque, et ainsi récupérer ses instructions.

— D'accord sur l'essentiel, dit Granger, mais pas pour l'idée du forum. Je ne vois pas le CRO balancer ainsi à tout vent de tels messages. Ils veulent certainement ne toucher avec précision que des destinataires bien définis. Nous savons déjà qu'ils ne passent pas par le courrier électronique, d'accord ?

— C'est douteux, en effet. De ce côté, leur trafic est quasiment tombé à zéro.

— *Quid* des messageries en ligne ? demanda Bell. Google, Yahoo… Agong Nayoan avait bien un compte Gmail, n'est-ce pas, John ?

— Ouais, mais nos spécialistes des technologies de l'information les ont déjà épluchés. Chou blanc. J'ai dans l'idée que si le CRO a laissé tomber la messagerie électronique privée, ce n'était pas pour passer sur celle en ligne.

— Donc, ce qu'il leur faut, c'est un serveur central, conclut Hendley. Un endroit où ils peuvent se connecter chaque jour pour y récupérer les messages qui leur sont exclusivement destinés.

— Bon sang, mais c'est bien sûr », dit Jack. Et il se mit à pianoter sur son portable. « Un site de stockage en ligne.

— Tu peux répéter ? demanda Clark.

— Il existe quantité de sites qui offrent la possibilité d'héberger des données personnelles. Imaginons que tu aies un paquet de fichiers MP3 et que tu n'aies pas envie de les perdre en cas de plantage de ton disque dur. Tu t'inscris sur l'un de ces sites, tu y transfères tes fichiers, et ils restent bien au chaud sur leurs serveurs.

— Il y en a beaucoup, de ces sites ?

— Des centaines. Des milliers. Certains sont payants, mais la majorité sont gratuits si l'on se contente de fichiers de taille réduite – en général, moins d'un giga-octet de données.

— Ce qui représente quoi, en gros ? »

Jack réfléchit quelques secondes. « Si tu prends un fichier texte Word, ça correspond à quelque chose comme un demi-million de pages.

— Bigre.

— Mais voilà le plus beau. Imaginons qu'à Tanger, un militant du CRO se connecte sur l'un de ces sites et y charge un document texte contenant une chaîne de deux cents caractères, puis qu'un autre militant, au Japon, télécharge ce fichier, l'efface du serveur, puis le fasse correspondre à un masque jetable incrusté par stéganographie dans une image récupérée sur un des sites de l'organisation. Et hop, il a son message.

— Que faut-il pour s'inscrire sur l'un de ces sites ? demanda Hendley.

— Pour les gratuits… une adresse électronique, et là, on a le choix. On trouve même des sites qui procurent des adresses jetables qui s'autodétruisent au bout d'un quart d'heure.

— Le comble de l'anonymat, constata Rick Bell. Écoutez, je suis prêt à gober tout ce montage. Il se tient, mais ça nous mène où ? »

La porte de la salle de conférences s'ouvrit, livrant passage à Chavez. « Il y a un truc que j'aimerais vous montrer. » Il s'empara de la télécommande, alluma l'écran plat et passa sur CNN. Le présentateur était au milieu d'une phrase.

« … Encore une fois, il s'agit d'une image en direct transmise par un hélicoptère de la chaîne brésilienne Record News. La déflagration s'est produite un peu après vingt heures, heure locale… »

Jack s'avança sur sa chaise. « Dieu du ciel… »

À première vue, l'hélico filmait d'une distance de sept ou huit kilomètres, au bas mot, et pourtant les deux tiers de l'écran étaient occupés par des volutes de flammes et un épais rideau de fumée noire. Au travers de celle-ci, on apercevait des structures métalliques verticales, un entrelacs de canalisations et des réservoirs de stockage cylindriques.

« C'est une raffinerie », constata John Clark.

Le commentateur poursuivait : « D'après Record News, l'incendie s'est produit dans une raffinerie appartenant à Petrobras, le complexe REPLAN de Paulinia. Paulinia est une ville de soixante mille habitants située à cent vingt kilomètres au nord de São Paulo. »

Hendley se tourna vers Jack. « Peux-tu… »

Jack avait déjà ouvert son ordinateur portable. « Je suis dessus… »

« Le complexe REPLAN est la plus grosse raffinerie du Brésil, il couvre près de neuf cents hectares et avec un débit de près de quatre cent mille barils par jour, c'est…

— Un accident ? suggéra Rick Bell.

— J'en doute, répondit Clark. Neuf cents hectares, c'est énorme. Et il semble bien que tout le complexe soit la proie des flammes. Écoutez, quand j'étais encore un bleu, on procédait en permanence à des simulations de ce genre. Les raffineries constituent une cible de choix, mais il faudrait au bas mot une demi-douzaine de bombardiers Paveway pour incendier tout un complexe. Bon sang, nos raffineries existent depuis des décennies et on peut compter les accidents sur les doigts d'une main. Il y a bien trop de systèmes de sécurité. »

Jack, qui continuait de pianoter sur son ordi, renchérit : « Et les installations de Paulinia sont toutes neuves. Elles datent de moins de dix ans.

— Combien d'employés ?

— Un bon millier. Peut-être douze cents. C'est l'équipe de nuit, donc il y a moins de personnel en poste, mais il doit bien y avoir au moins quatre cents personnes sur place.

— Là ! s'écria Clark. Juste là ! » Il s'approcha du poste et tapota sur un emplacement à l'intérieur du complexe. « Ces flammes se déplacent ; c'est du liquide, et il y en a une quantité. »

Tandis qu'ils regardaient, l'hélicoptère de la télévision s'était rapproché du brasier, tout en contournant les installations pour en présenter le côté nord.

Jack dit : « OK, pigé. Paulinia sert également de terminal pour un oléoduc d'éthanol. Qui arrive par le nord.

— Ouais, je le vois maintenant », dit Rick Bell.

Il s'approcha à son tour de l'écran pour indiquer un point précis près de l'enceinte nord. À quelques dizaines de mètres de la clôture, la conduite déchiquetée laissait échapper un geyser d'éthanol en flammes.

« Ouais, dit Clark. Il leur a fallu neutraliser plusieurs vannes de barrage… » Son doigt remonta le long du tracé de la canalisation jusqu'à ce qu'il ait localisé une poche de flammes isolée. « Celle-ci, déjà…

— Et il y en a trois autres un peu plus en retrait, ajouta Granger. Ça représente quelle longueur en tout ?

— Plus ou moins huit cents mètres, répondit Clark.

— Environ trente-sept mille litres », dit Jack en quittant des yeux son écran.

« Quoi ? fit Chavez.

— Cette conduite transporte plus d'un milliard de mètres cubes chaque année. Compte tenu de ce débit et de son diamètre, le calcul est assez facile, cette seule section contenait sans doute l'équivalent d'un semi-remorque d'éthanol. Une petite partie aura été absorbée par le sol, mais on peut s'imaginer que le reste s'est déversé dans le complexe.

— Et là-dessus, tout s'embrase, conclut Clark. Les cuves de mélange et de stockage… les tours… ils vont tous rôtir là-dedans. »

À l'instant même où Clark prononçait ces mots, la caméra de l'hélicoptère enregistra trois explosions coup sur coup, qui projetèrent un champignon de flammes et de fumée noire jusqu'à quinze cents mètres dans les airs.

« Putain, ils vont devoir évacuer toute la région ! s'écria Sam Granger. Donc, on est bien d'accord : ce n'est pas un accident.

— Sûrement pas, dit Clark. L'opération a été savamment planifiée. Tant du côté travail préparatoire que du côté renseignements.

— Le CRO ? hasarda Chavez.

— Pourquoi le Brésil ? s'étonna Hendley.

— Je ne pense pas que ça ait un rapport quelconque avec le Brésil, dit Jack. C'est à nous que le signal est adressé. Kealty vient de signer un marché avec Petrobras. Pour la livraison de pétrole brésilien à un tarif inférieur à celui de l'OPEP. C'était prévisible. Rien qu'à eux seuls, les gisements de Lara et de Tupi pourraient faire grimper les réserves du Brésil aux alentours de vingt-cinq milliards de barils. C'est une partie de l'équation. L'autre partie est le retard pris par Petrobras dans la construction de raffineries. Paulinia était leur cheval de bataille. Le nouveau complexe de Maranhão fournira six cent mille barils par jour, mais il n'entrera pas en service avant l'année prochaine.

— Donc, le Brésil dispose du pétrole mais pas des moyens de le traiter, résuma Hendley. Ce qui signifie que notre marché tombe à l'eau.

— Pour un an au moins, voire deux. »

Le logiciel de courrier de Jack carillonna. Il parcourut le message. « Biery a obtenu une corrélation avec son logiciel de reconnaissance faciale. Sur trois des photos des passeports détenus par Sinaga. Il s'agit de deux Indonésiens qui ont débarqué à Norfolk il y a quinze jours – Citra et Purnoma Salim.

— Citra, c'est un prénom de femme, constata Rick Bell. Un couple ?

— Le frère et la sœur. Dix-neuf et vingt ans, respectivement.

— D'après leur formulaire d'immigration, ils sont ici en vacances. Quant à la troisième occurrence, il s'agit tout bonnement de notre mystérieux messager : Shasif Hadi. Il voyage désormais sous le nom de Yacine Qudus. Deux jours après que nous avons perdu sa trace sur le chemin de Las Vegas, Hadi a embarqué à San Francisco sur un vol United à destination de São Paulo.

— Une sacrée coïncidence, nota Sam Granger.

— Les coïncidences, je n'y crois pas, répondit Hendley. Monsieur Chavez, que diriez-vous d'aller faire un tour là-bas ?

— Pas de problème.

— D'accord pour emmener Dom ? »

Chavez réfléchit quelques instants. Il avait vu quantité d'hommes dans la même situation que Dominic : assommés, culpabilisés, se rejouant le scénario du « Et si j'avais pu agir autrement ? » Se sentir coupable de la mort de l'autre, et coupable d'être encore en vie… c'était une position insoutenable, mais Chavez avait lu dans les yeux de l'ancien agent du FBI : Dominic allait vite remonter la pente et serait prêt à se venger, mais il restait contrôlable.

« Bien sûr, dit enfin Chavez. Si ça le branche, moi aussi. Une question, toutefois : que ferons-nous, une fois sur place ? Le Brésil, c'est vaste et Hadi et ses éventuels complices ont déjà dû se planquer.

— Voire quitter le pays, ajouta Clark.

— Supposons qu'ils s'y trouvent encore, répondit Hendley. Jack, revenons à la question de Rick : à supposer qu'on soit sur la bonne piste avec cette hypothèse du stockage de fichiers en ligne, on fait quoi ?

— On fonce, répondit Jack. Pour l'heure, Hadi reste le plus gros poisson que nous ayons réussi à localiser au sein du CRO, correct ?

— Ouaip, dit Chavez.

— Et on sait qu'il est allé de Las Vegas à San Francisco avant de s'envoler pour São Paulo, sans doute pour y récupérer son passeport au nom de Qudus des mains d'Agong Nayoan. Ce qui veut dire que ces deux-là sont en contact direct – à tout le moins – pour que Nayoan ait pu lui demander de passer le prendre en main propre.

— Continue, dit Hendley.

— Nayoan est flemmard. Quand on a fouillé chez lui, on a découvert qu'il n'avait jamais nettoyé l'historique de sa navigation Internet. » Jack fit pivoter son portable pour montrer à tout le monde son écran. Ce dernier affichait des centaines de lignes d'adresses web. « Pendant que nous discutions, j'ai parcouru ces adresses. Depuis que le CRO est passé en silence radio, Nayoan a visité des sites de stockage en ligne, trois fois par jour, en changeant d'adresse tous les deux jours.

— Bon sang ! s'exclama Sam Granger. Beau boulot, Jack.

— Merci. Jusqu'ici, Nayoan a tourné sur treize sites de stockage. Dix contre un qu'on retrouvera les mêmes sur l'ordinateur de Hadi.

— Ce n'est qu'une partie du chemin, le tempéra Bell. Il nous faut à présent son nom d'utilisateur et son mot de passe.

— Simple question de statistiques, répondit Jack. Quatre-vingt-cinq pour cent des internautes utilisent leur adresse mail ou une variante de leur nom. Laissons Biery nous concocter un script pour automatiser tout cela. On vérifiera chaque site en essayant plusieurs permutations à partir de l'adresse mail de Hadi. Ensuite, on s'attaquera à son mot de passe par la force brute. Une fois sur le serveur, il ne nous restera plus qu'à utiliser les masques jetables trouvés chez Almassi pour commencer à démêler l'écheveau.

— Un problème toutefois, l'interrompit Hendley. Tout ceci repose sur l'hypothèse que Hadi vérifie bel et bien son site de stockage en ligne.

— Eh bien, donnons-lui une bonne raison pour ça, répliqua John Clark.

— À quoi penses-tu ?

— On lui fout la trouille. On lâche un tuyau anonyme à la télé brésilienne. Une vague description de Hadi avec quelques détails fragmentaires. Le gars voit ça, panique et vérifie aussitôt s'il n'a pas reçu de nouvelles instructions. Et nous, on s'assure qu'un message l'attend bien.

— Il y a un inconvénient malgré tout, dit Rick Bell. Si les flics brésiliens l'alpaguent avant nous, on est marron. »

Clark sourit. « Qui ne tente rien n'a rien. »

Hendley demeura silencieux quelques instants. « Ce n'est pas évident, mais ça vaut le coup d'essayer. Jack, tu mets Biery sur le coup. »

Jack opina. « Et pour les Indonésiens de Norfolk ?

— John et toi.

— Je ne voudrais pas jouer les oiseaux de mauvais augure, mais j'ai un mauvais pressentiment, dit Chavez.

— Du genre ? (La question venait de Granger.)

— Du genre que l'histoire de cette raffinerie ne constitue qu'une première étape. »

75

Peu après neuf heures du matin, Moussa traversa Yakima, dans l'État de Washington et roula quelques kilomètres encore jusqu'à Toppenish où il quitta l'autoroute. Il entra en ville et s'y arrêta devant un restaurant, le *Pioneer Kitchen*. Le parking était aux trois quarts vide. Moussa avait appris depuis belle lurette que les Américains n'aimaient pas perdre leur temps, surtout à se nourrir. Même s'il n'en avait pas vu, il supposa que Toppenish avait son lot de McDonald's, Burger Kings et autres Arby's. Toujours actifs, toujours pris par leurs affaires si importantes, les Américains ne s'asseyaient pour manger que dans un canapé devant la télévision. Une pilule pour chaque maladie, et traiter comme une maladie chaque défaut de caractère.

Il trouva une place près de l'entrée et pénétra dans l'établissement. Une pancarte à la caisse l'invitait à choisir sa place. Il avisa un box près de la devanture, d'où il pourrait garder l'œil sur le Subaru, puis il s'assit. Une serveuse vêtue d'un corsage blanc et d'un tablier jaune moutarde s'avança. « Bonjour ; je peux vous servir du café ?

— Oui, volontiers.

— Je vous laisse le temps de consulter le menu ?

— Non. Toasts. Sans beurre. Et des fruits rafraîchis.

— Bien sûr. Aucun problème. Je reviens tout de suite. »

Elle revint avec un pot de café et une tasse, puis tourna les talons.

Derrière lui, il entendit une voix demander : « Eh, c'est votre voiture ? »

Moussa se retourna. Et découvrit un policier en uniforme. La cinquantaine bedonnante, cheveux en brosse. Mais l'œil semblait vif. Un regard de flic. Moussa inspira un grand coup et dit : « Je vous demande pardon ?

— Ce véhicule, c'est le vôtre ?

— Lequel ?

— Le gros break, là-bas.

— Le Subaru ? Oui.

— Vous avez laissé le plafonnier allumé. Je l'ai remarqué en passant.

— Oh merci, j'ai dû l'oublier. Mais je ne traîne pas. Je ne pense pas que la batterie va en souffrir.

— Non, sans doute pas. Simple curiosité, c'est quoi, cette grosse caisse, à l'arrière ?

— Vous n'allez jamais me croire.

— Dites toujours.

— Un appareil de radiographie portable pour chevaux. »

Le flic rigola. « Savais même pas qu'il existait de tels trucs. Quelle est votre destination ?

— L'école de médecine vétérinaire de l'UNLV – Las Vegas.

— Une sacrée trotte.

— Ils se sont mélangés les pinceaux avec la paperasse ; la compagnie aérienne n'a pas voulu le prendre en soute. J'ai décidé qu'une petite balade en voiture ne me ferait pas de mal. En plus, ça me rapporte trente centimes du kilomètre.

— Eh bien, bonne route.

— Merci. »

Le flic s'installa sur un tabouret au comptoir. Quelques minutes plus tard, la serveuse revenait avec la commande de Moussa. « Willie a fourré le nez dans vos affaires ? demanda-t-elle.

— Pardon ? »

Elle indiqua le flic d'un signe de pouce. « Willie est notre chef de la police. Compétent, mais curieux comme une fouine. L'an dernier, j'ai rompu avec mon ami et Willie était au courant avant ma mère. »

Fiche le camp, femme. Moussa haussa les épaules. « Ah, les petits patelins.

— Je suppose. Profitez bien de votre petit déjeuner. Je repasserai voir si tout va bien dans quelques minutes. »

Elle repartit.

Allah, donne-moi de la patience, songea Moussa. Pour dire vrai, il trouvait la majorité des Américains plus ou moins supportables, quoique un poil trop loquaces. Ça ne serait sans doute pas le cas s'il avait le teint plus sombre ou bien un accent. Le destin vous jouait parfois de curieux tours. Des gens qui, par ailleurs, menaient une vie insouciante vénéraient le mauvais dieu et cherchaient à trouver un sens à une existence qui n'en avait aucun en dehors de l'Islam. Les Américains aimaient ce qu'ils appelaient leur « zone de confort ». La vaste majorité d'entre eux n'avaient jamais mis les pieds hors des États-Unis et ne le feraient pas à l'avenir, si sûrs qu'ils étaient que le reste du monde n'avait rien à offrir, sinon peut-être des lieux de villégiature exotiques. Même les événements du 11-Septembre ne leur avaient pas dessillé les yeux pour leur faire découvrir le vrai monde hors de leur petite bulle. Tout au contraire. Encouragés par leur propre gouvernement, nombre d'entre eux s'étaient encore un peu plus rétractés dans leur coquille, rassurés par leur manie de coller des étiquettes et d'énoncer des platitudes : islamo-fascistes. Extrémistes. Malfaiteurs qui haïssent notre liberté. Tous ceux dont le but était de détruire l'Amérique.

L'Amérique ne pouvait pas être détruite de l'extérieur, Moussa en était certain. De ce côté, l'Émir avait vu juste. Au cours de l'Histoire, tous les empires qui s'étaient effondrés avaient pourri de l'intérieur, et il en irait de même de l'empire américain. Embourbé dans deux guerres, avec une économie désorganisée, des banques et des grandes entreprises touchées par la faillite… ces conditions pouvaient changer, et même s'améliorer, mais les historiens de l'avenir y liraient sans aucun doute les signes annonciateurs du déclin. La triste vérité était que l'Amérique était impossible à détruire, de l'intérieur ou de l'extérieur, ou par le fait de simples mortels. Si cela devait se produire, ce serait par la main d'Allah et au moment qu'Il aurait choisi. Mais contrairement aux leaders qui l'avaient précédé, l'Émir en était conscient et il avait modifié sa stratégie en conséquence.

Encore quatre jours, songea Moussa, et ce monde terrifiant que l'Amérique s'efforçait tant de tenir à distance, ce monde allait lui tomber sur la tête.

Clark et Jack devaient embarquer dès six heures du matin à Dulles sur un vol d'American Airways à destination de Norfolk ; Chavez et Dominic prirent un vol de nuit sur Northwest pour Rio de Janeiro. Les uns et les autres se poseraient en gros à la même heure.

À Paulinia, quatre-vingt-dix minutes après le début de l'incendie, tandis qu'au-dessus de la côte une fumée noire couvrait déjà le ciel, São Paulo fermait son espace aérien à tout trafic. Hendley et Granger y virent un bon présage : avec un peu de chance, les auteurs de l'attentat à la raffinerie n'auraient pas eu le temps de s'échapper avant la fermeture de l'aéroport. Ils devaient presque à coup sûr avoir un plan B pour leur exfiltration, mais dans quel délai, impossible de le savoir.

Pendant que les autres patientaient dans la salle de conférences pour observer les reportages sur l'attentat de Paulinia, Jack retrouva Dominic en salle de détente, assis, les mains croisées posées sur la table devant lui. Son regard se perdait dans le vide. Ce ne fut que lorsque Jack arriva près de lui que Dominic leva les yeux.

« Eh, Jack.

— Ding t'a mis au courant ? Pour São Paulo ?

— Ouais.

— Si tu ne te sens pas à la hauteur de la tâche, je suis sûr…

— Pourquoi ne le serais-je pas ? »

La question surprit Jack. « À ta place, je pense que je réagirais pareil. Dom était mon cousin et je l'aimais, mais toi, c'était ton frère.

— Où veux-tu en venir ?

— Au fait que vingt et quelques heures après la mort de Brian, tu reprends le collier et, quand je te pose la question, ta réponse est pour le moins biaisée. C'est juste un peu bizarre, c'est tout.

— Désolé.

— Je ne cherche pas une excuse. Je veux que tu me parles.

— Brian est mort, Jack. Je le sais parfaitement. D'accord ? J'ai vu l'étincelle de vie s'éteindre dans ses yeux. » Dominic claqua des doigts. « Juste comme ça. Tu sais quelle fut ma première idée après ça ?

— Dis-moi.

— Que s'il n'y avait pas eu cet enculé de Bari, Brian serait probablement encore avec nous.

— Tu le crois vraiment ?

— Pas vraiment, mais j'ai réellement dû prendre sur moi pour ne pas descendre de cette voiture et lui loger une balle dans la tête. J'avais même déjà la main sur la poignée de portière. J'avais envie de le tuer, puis de retourner chez Almassi vérifier si l'un de ces salopards était encore vivant, auquel cas je l'aurais liquidé lui aussi.

— Tu étais sous le choc. C'est encore ce que tu ressens ?

— Je ne ressens pas grand-chose, Jack. C'est ça, qui me fout la trouille.

— C'est précisément cela, l'état de choc. Il se peut que ça dure un petit moment. Chacun est différent. Tu y feras face à ta manière.

— Ouais, et qu'est-ce qui fait de toi un expert dans ce genre de bla-bla ?

— T'as entendu parler de Sinaga ?

— Le faussaire ? Qu'est-ce qu'il a fait ?

— Je surveillais les arrières quand John et Ding ont forcé sa porte. Il s'est échappé en sautant par la fenêtre, puis tout d'un coup, voilà qu'il me fonce dessus avec un couteau. On a lutté ; je le tenais par le cou et, soudain, il a trébuché ou je ne sais pas quoi. Mais quand j'ai relevé les yeux, il gisait par terre, agité de soubresauts. Et il me fixait, le regard absent. Je ne sais pas comment j'ai fait mon compte, mais je lui ai rompu les vertèbres. »

Dominic accusa le coup mais son visage demeura impassible. « Je suppose que c'est à mon tour de te demander comment tu réagis.

— Ouais, c'est sans doute logique. Je ne pense pas que j'oublierai jamais son visage, mais c'était lui ou moi. Je culpabilise un max, mais sûrement pas d'être encore en vie.

— Dans ce cas, t'as un point d'avance sur moi, cousin. Parce que si je pouvais troquer ma place contre la tienne, je n'hésiterais pas.

— Es-tu en train d'essayer de me dire quelque chose ?

— À ton avis ?

— Par exemple, que je ferais mieux de planquer tous les couteaux à steak quand je t'inviterai à venir voir un match de foot.

— Non, Jack. Mais je vais te dire une chose : avant que cette histoire soit terminée, je compte bien venger Brian, et je m'en vais commencer dès São Paulo. »

Jack ouvrit la bouche pour répondre mais il fut interrompu par la main levée de Dominic. « La mission d'abord, Jack. Ce que je veux dire, c'est que si jamais l'un de ces mecs passe dans ma ligne de mire, je le descends pour égaliser avec Brian. »

En dehors des regards surpris des autres automobilistes quand ils découvraient le château du GA-4 en doublant son semi-remorque sur l'autoroute, la première journée du trajet de Frank Weaver se déroula sans incident. Comme il s'agissait d'un essai à blanc, ce conteneur n'était en fait qu'une coquille vide, dépourvue de boucliers antiradiations. En outre, aucune inscription, aucun marquage extérieur spécifique ne permettait d'en trahir la destination. Rien d'autre qu'un gros conteneur en acier Inox brossé posé sur un semi-remorque surbaissé. Les plus curieux avaient été les petits mômes qui collaient leur nez au carreau pour contempler, les yeux écarquillés, l'étrange attelage quand leurs parents le dépassaient.

Sept cent cinquante kilomètres et huit heures après son départ de la centrale de Calloway, Weaver quitta l'autoroute 70 à la sortie 159 pour s'engager sur Vine Street, en direction du sud. Le motel Super 8 était à quatre cents mètres de là. Il suivit la pancarte ACCÈS POIDS LOURDS et s'arrêta sur le parking entre les bandes jaunes. Trois autres semis étaient garés à proximité.

Weaver descendit de la cabine et s'étira.

Une journée de passée. Encore trois à tirer.

Il verrouilla la cabine, fit le tour de l'attelage, vérifia le bon verrouillage de tous les cadenas, la tension des chaînes d'arrimage. Aucun problème. Il traversa le parking pour gagner la réception.

À cinquante mètres de là, une Chrysler 300 bleu marine se garait sur son emplacement réservé. À l'avant, un homme saisit une paire de jumelles pour regarder Weaver pénétrer dans le bâtiment.

Comme il le faisait quatre fois par jours ces deux dernières semaines, Kersen Kaseke alluma son ordinateur portable, ouvrit son navigateur Internet et se rendit sur le site de stockage en ligne. Il nota avec surprise qu'un fichier l'attendait dans sa boîte de réception. L'image JPG d'un oiseau quelconque – un geai, apparemment. Il transféra l'image sur son disque dur, l'effaça du site et referma son navigateur.

Il rouvrit le fichier, fit un clic droit dessus et l'ouvrit avec un logiciel de traitement graphique bien particulier. Cinq secondes plus tard, une fenêtre s'ouvrit, montrant l'image du geai qui passa rapidement en noir et blanc, avant de devenir granuleuse. Lentement au début, puis de plus en plus vite, des blocs entiers de pixels se mirent à disparaître. Au bout de trente secondes, ne subsistaient que deux lignes de couples de caractères alphanumériques. Cent soixante-huit en tout. Ensuite, Kaseke fit un double clic sur le masque jetable du jour pour l'ouvrir. Le décodage fut laborieux et lui prit près de dix minutes mais lorsqu'il eut terminé, il se retrouva avec ces deux lignes de texte en clair :

```
Dimanche. 08 : 50
Église congréganiste du Sacré-Cœur
```

Une église chrétienne, se dit Kaseke. Encore mieux qu'une bibliothèque ou même une école. Il savait où se trouvait l'édifice et soupçonnait que, à l'instar de la plupart des autres à Waterloo, celui-ci devait organiser plusieurs services religieux dominicaux dans la matinée. Huit heures cinquante, ça devait correspondre à la sortie du premier et au début du suivant. En laissant aux fidèles le temps de récupérer leurs affaires et de gagner la sortie… Lors de ses reconnaissances initiales, il avait étudié leurs allées et venues. Ils semblaient adorer se réunir devant l'église entre les services pour se saluer, rire et bavarder de choses et d'autres. Quelle frivolité. Galvauder de la sorte ce qui se voulait un culte.

8:50. Oui, c'était parfait. Il y aurait au bas mot une centaine de personnes sur le perron et le trottoir. Parmi celles-ci, sans aucun doute un certain nombre d'enfants, toutefois, une idée que n'appréciait pas particulièrement Kaseke, mais Allah le pardonnerait. En sacrifier quelques-uns pour le bien général était chose acceptable.

On était vendredi soir. Il consacrerait l'essentiel du samedi à examiner les environs, puis la soirée pour s'assurer que la machine infernale était en ordre de marche. Ce ne serait pas long. Sa tâche était simple : poser la bombe, déclencher le minuteur, s'éloigner et trouver un observatoire pour constater les résultats.

76

L'incendie était superbe, jugea Shasif Hadi. Même à cinq kilomètres de distance, le ciel au-dessus de la cime des arbres était presque aussi brillant qu'en plein jour. Et puis étaient venues les explosions, de grands champignons de flammes et de fumée bouillonnante et noire, s'élevant en silence dans le ciel nocturne, suivies quelques secondes plus tard par un grondement si intense que Hadi le sentit monter du sol, à travers la chaussée, à travers les pneus de sa voiture et faire vibrer son siège. *Grâce à nous quatre, la main de Dieu a frappé à mort cette raffinerie.*

Après avoir disposé les charges, ils avaient suivi les instructions d'Ibrahim et longé, en file indienne, la conduite pour regagner le bosquet où ils s'étaient changés. Sans autre explication, Ibrahim ordonna alors : « Courez ! » avant de prendre ses jambes à son cou. Ils n'étaient plus qu'à deux cents mètres de la clôture à bétail quand la première charge détona.

Par la lunette arrière, Hadi avait regardé les vannes sauter une par une, suivies par la charge principale, la plus forte. Ensuite, pendant une minute et cinquante secondes, on entendit seulement retentir la sirène d'alarme de la raffinerie. Les équipes de pompiers venaient juste d'atteindre sans doute le lieu du sinistre quand l'ultime charge avait mis le feu à l'éthanol en train de se répandre comme un jusant à l'intérieur du complexe. Ces hommes avaient dû mourir presque instantanément. Une fin sans douleur, espéra Hadi. Le Brésil était certes un pays chrétien, et donc essentiellement ennemi de l'Islam, mais cela ne voulait pas dire que ces gens ne méritaient pas de miséricorde. S'ils avaient souffert, c'était par la seule volonté de Dieu ; si leur fin avait été expéditive, il en allait de même. Quoi qu'il en soit, leur commando avait réussi sa mission.

Une fois à la barrière, ils avaient poussé le camion sous les arbres, puis ils étaient remontés dans la Volkswagen, étaient ressortis de l'enclos, avaient refermé la barrière derrière eux. Une minute et demie plus tard, ils avaient rejoint la voiture de Hadi. Conformément au plan, Hadi avait alors suivi Ibrahim et les autres jusqu'à l'endroit où Fahd avait laissé son véhicule, quelques kilomètres plus loin sur le chemin de terre. Lorsqu'ils s'arrêtèrent à la hauteur de la voiture, Ibrahim descendit et fit signe à Hadi d'approcher.

« On a négligé un détail d'importance, dit alors Ibrahim. La météo.

— Je ne saisis pas », dit Ahmed.

Ibrahim pointa le doigt vers l'ouest, en direction de la raffinerie. Les flammes atteignaient à présent plus de cent mètres de haut, surmontées par un épais nuage de fumée noire. Ils virent celle-ci lentement dériver vers le sud-ouest.

« Le nuage se dirige vers São Paulo. Ils ne vont pas tarder à fermer l'aéroport. Si ce n'est pas déjà fait.

— Il a raison, répondit Hadi. N'empêche, de toutes les erreurs qu'on aurait pu commettre, c'est encore la moins préoccupante. Si l'on s'en sort, tant mieux. Sinon, eh bien au moins mourrons-nous avec la satisfaction du devoir accompli. »

Fahd étouffa un rire. « Tu as raison, bien sûr, mais j'aimerais mieux rester en vie pour voir les fruits de nos efforts. Que Dieu me pardonne ma vanité.

— *Inch' Allah*, répondit Ibrahim. Nous avons encore une chance. Vous connaissez tous l'itinéraire de secours. (Il regarda sa montre.) Rendez-vous demain midi à Rio, au Jardin botanique. Si, pour une raison quelconque, l'un d'entre vous était retardé, on se retrouve au point de rencontre numéro deux un peu plus tard. Bonne chance. »

Même s'ils n'avaient pu dormir que deux heures avant de quitter l'aéroport, leur heure de départ, entre chien et loup, les avait rendus nerveux. La bonne nouvelle était que, faute de sièges libres en classe touriste, ils voyageaient en première aux frais du Campus. Et, en prime, le café n'était pas si mauvais.

« Tu sais, je n'arrive pas à piger, John, commença Jack.

— Quoi donc ? répondit Clark.

— Les deux individus que nous devons traquer… le frère et la sœur. Ils ont tout juste la vingtaine. Qu'est-ce qui peut bien les pousser à se rendre dans un pays étranger pour tuer des gens qu'ils n'ont jamais vus ?

— Pour commencer, on ne sait rien d'eux, à part qu'ils sont entrés munis de faux passeports.

— Certes, mais il y a de grandes chances qu'ils ne soient pas venus pour un tournoi de beach-volley.

— En effet. Ce que je veux dire, c'est que, dans notre boulot, il n'est pas utile d'extrapoler. Il faut prendre les choses comme elles se présentent. Les intuitions, ça peut être utile, mais ça peut aussi te faire tuer.

— Compris.

— Pour répondre malgré tout à ta question, je ne crois pas qu'il y ait de réponse. Du moins de réponse simple. Ce que tu demandes, c'est : comment devient-on terroriste ? La pauvreté, le désespoir, une ferveur religieuse pervertie, le besoin de sentir qu'on participe à quelque chose qui vous transcende… fais ton choix.

— Bon sang, John, on finirait par croire que tu sympathises.

— En effet. Mais jusqu'au point où ces motivations vont pousser un individu à saisir une arme ou passer une ceinture d'explosifs. Après cela, les jeux sont faits…

— Tu veux dire que ta sympathie cesse comme ça, d'un coup ?

— C'est à toi de choisir, Jack, mais pour faire notre boulot, il faut en partie accepter d'avoir des œillères. Ne voir que ce qui se présente droit devant soi. Chaque terroriste a un père et une mère. Peut-être des enfants, des gens qui l'aiment. Merde, peut-être bien que six jours sur sept, c'est un honnête citoyen, mais le jour où il décide de prendre un fusil ou de poser une bombe, il devient une menace. Et si tu t'interposes entre lui et des vies innocentes, seule la menace doit compter pour toi. Tu piges ? »

Jack acquiesça. « Ouais, je crois. » Alors que le monde réel était surtout composé de teintes de gris, quand venait l'instant de vérité, il n'y avait plus place que pour le noir et le blanc. Jack sourit et porta un toast avec sa tasse de café. « Tu es un sage, John.

— Merci. La sagesse vient avec l'âge. Enfin, c'est ce qu'on dit. Il y a bien sûr toujours des exceptions. Tiens, ton vieux, par exemple. Il est bien plus sage que le laisserait paraître son âge. Et ça, je l'ai su dès l'instant où je l'ai rencontré.

— Ah ouais, et ça remonte à quand ?

— Pas mal essayé, Jack. Lui as-tu déjà parlé ?

— Du Campus ? Ouais, dans la voiture, au retour d'Andrews. Au début, il était en rogne, mais ça s'est passé bien mieux que je ne l'avais redouté.

— Laisse-moi deviner : il veut se réserver l'exclu d'en parler à ta mère ? »

Jack opina. « Et soit dit entre nous, j'en suis bigrement content. Mon père est chiant, mais ma mère… quand elle a ce regard. Tu vois ce que je veux dire ?

— Ouaip. »

Ils dégustèrent leur café en silence durant quelques instants, puis Jack reprit : « Je repensais à Dom…

— Il s'en sortira. Il ne faut pas que t'oublies que, peut-être toi mis à part, c'est pour lui que la transition fut la plus dure. Il est passé d'agent du FBI à espion. D'un service basé sur le respect des lois et des règlements à une agence de courtage bidon qui traque les nuisibles au mépris de la loi. Quant à ce qui est arrivé à Brian… » Clark haussa les épaules. « Par quelque côté que tu le prennes, c'est un plan merdique.

— Je me disais juste qu'il était peut-être un peu trop tôt pour qu'il reparte en mission.

— Ding ne pense pas et son avis me suffit. *Idem* pour Gerry. Plus le fait qu'il ne reste plus que nous quatre et qu'on a un sacré terrain à couvrir. » Clark sourit. « Merde, n'oublie pas avec qui il fait équipe. Un gars à qui j'ai confié ma fille, Jack, et je ne l'ai jamais regretté une seule seconde. Il fera tout pour que Dom s'en sorte. »

Bien que séparés par près de six cents kilomètres, Raharjo Pranata et Kersen Kaseke avaient quasiment suivi la même routine depuis des semaines : se rendre aux cours, ne pas attirer l'attention et attendre les ordres. Ceux de Pranata lui étaient parvenus quelques heures seulement après Kaseke, lors de l'ultime vérification quotidienne de sa messagerie en ligne. Il avait été si surpris de voir le fichier texte déposé dans son espace perso qu'il avait foiré sa première tentative de décodage.

L'emplacement qu'ils lui avaient choisi était situé à moins de quinze cents mètres de son appartement. Il passait devant presque tous les jours. Pour une cible, c'était presque idéal : assez vaste pour accueillir plusieurs centaines de personnes et, dans le même temps, encadré de tous côtés par des bâtiments. L'heure choisie pour l'attaque se tenait également. Pranata avait vu des publicités pour l'événement en question affichées dans toute la ville, même s'il n'avait alors que peu prêté attention aux détails. Une célébration quelconque. L'inauguration d'une statue ou d'une fontaine. Peu importait.

Des trois cibles pour lesquelles on lui avait dit de se préparer, c'était celle qui offrait le plus grand potentiel en pertes humaines. Quelle était l'expression déjà : un vrai tir au pigeon ?

Les plans qu'il avait utilisés pour ses préparatifs n'avaient pas été difficiles à obtenir ; plusieurs provenaient du reste de l'office du tourisme. La carte topographique émanait pour sa part d'un site web célèbre dédié à la randonnée ; s'il ne s'intéressait guère aux chemins et aux promenades, les distances et les altitudes étaient reportées en détail, et une petite balade aux alentours, muni de son GPS portatif, lui avait permis de confirmer la précision des données.

Une fois assuré d'avoir recueilli tous les éléments nécessaires, il n'avait plus eu qu'à entrer les valeurs dans les équations appropriées pour obtenir les réglages adéquats.

Commençait désormais la partie la plus difficile : l'attente. Il allait tuer le temps en s'entraînant à monter et démonter son équipement.

La deuxième journée au volant de Moussa fut relativement brève, le conduisant de Toppenish, dans l'État de Washington, à Nampa, Idaho, ville dont le seul titre de gloire, s'il fallait en croire une pancarte à son entrée, était d'être non seulement la plus vaste du comté de Canyon, avec une population de 79 249 âmes, mais aussi celle au développement le plus rapide. Une autre pancarte, cent mètres plus loin, proclamait en outre que « Nampa était un lieu de résidence formidable ! »

Lorsqu'il avait établi son itinéraire depuis Blaine, Moussa avait décidé de faire étape dans des villes de taille moyenne – pas trop vastes, pour éviter une police agressive ou trop bien formée, et pas trop petites non plus pour éviter que l'apparition d'un étranger à peau mate ne suscite une curiosité déplacée. Toppenish, avec ses huit mille habitants seulement, aurait pu tomber dans cette dernière catégorie, si elle ne s'était pas trouvée si près de Yakima. Il n'empêche, sa rencontre fortuite avec Willie, le chef de la police de la bourgade, avait semé le doute dans son esprit. La situation n'avait pas dégénéré – et même au cas où le flic se serait montré plus curieux, il n'y aurait pas eu de bobo car il était muni de biscuits : après l'épisode avec la documentation bidon qu'il avait exhibée au douanier de Vancouver, Moussa était désormais armé de toute une panoplie de cartes de visite, de lettres à en-tête et de formulaires arborant cette fois le sceau de l'université du Nevada à Las Vegas. Sa couverture demeurait toutefois en gros la même : un propriétaire fortuné et quelque peu névrosé, dont le haras était situé à Bellingham, et qui n'avait aucune confiance dans l'équipement radiographique de son vétérinaire.

C'est en milieu d'après-midi qu'il quitta l'autoroute 84 / 30 pour entrer sur le parking du motel Fairfield Inns & Suites. Il coupa le contact, puis ouvrit l'atlas de voyage posé sur le siège à côté de lui. Il n'y avait consigné aucune note, marqué aucun itinéraire. C'était inutile ; il connaissait la route et les distances par cœur.

Encore un peu plus de mille kilomètres à tracer. S'il le voulait, il pourrait décoller demain dès potron-minet et couvrir le reste de la distance jusqu'à Beatty, Nevada, dans la journée. C'était tentant, mais il avait décidé que non. Les ordres de l'Émir étaient catégoriques. Il suivrait l'emploi du temps imposé.

77

Lors de la descente de l'avion depuis six mille mètres d'altitude pour rejoindre Rio de Janeiro, Chavez et Dominic purent apercevoir, au ras de l'horizon, le rideau de fumée grasse qui recouvrait São Paulo, plus au sud le long de la côte. Au nord de la métropole, l'incendie continuait de faire rage à Paulinia. La veille, en se rendant à l'aéroport, ils avaient entendu aux infos que les pompiers et les secouristes à l'œuvre sur place avaient changé de stratégie, renonçant à éteindre la fournaise, pour se concentrer sur l'évacuation et le confinement du sinistre. L'éthanol avait cessé de fuir moins d'une heure après l'explosion initiale, mais dans ce bref intervalle, c'étaient quelque trente-huit mille litres de combustible qui s'étaient répandus dans la raffinerie, et même si une partie de celui-ci brûlait encore, l'essentiel de l'incendie était alimenté désormais par les dizaines de cuves de mélange et de stockage. La conflagration finirait par s'éteindre d'elle-même, mais les experts américains et brésiliens étaient en désaccord sur le délai nécessaire. Certains parlaient de quatre jours, d'autres évoquaient deux semaines ou plus. Là où tous s'accordaient, cependant, c'était sur le coût du sinistre pour l'environnement. Déjà, les suies recouvraient les cultures et les bâtiments vers le sud jusqu'à Colombo. Partout, les urgences étaient débordées par l'afflux de patients affectés de problèmes respiratoires.

« Si ce n'est pas l'enfer sur terre…, commença Dominic en regardant par le hublot.

— Entièrement d'accord. Comment te sens-tu ? »

Alors que Ding avait plus ou moins somnolé tout au long du vol, Dominic était resté catatonique jusqu'à une heure auparavant.

« Mieux, je pense. J'ai reçu un sacré coup sur la tête.

— C'est le moins qu'on puisse dire, *mano*. Je sais que je radote, mais je suis vraiment désolé pour Brian. C'était un gars bien.

— Merci. Bon, alors, une fois qu'on sera posé, quel est le plan ?

— On appelle le bercail, qu'ils scrutent les infos pour voir si le message concernant Hadi a déjà été diffusé. Si oui, on se met en chasse aussitôt. Sinon, on se planque et on attend. »

Une fois descendus et sitôt passée la douane, ils se rendirent au comptoir Avis. Dix minutes plus tard, ils attendaient sur le trottoir la Hyundai Sonata qu'ils venaient de louer. « Climatisée ? s'enquit Dominic.

— Oui, mais boîte manuelle. On ne peut pas tout avoir. »

La berline vert foncé déboucha du coin. L'employé en descendit, fit signer le reçu par Chavez, hocha la tête et s'éloigna. Les deux hommes montèrent et démarrèrent. Dominic fouilla dans son sac pour y pêcher son téléphone satellite et appeler le Campus.

« On est posés, dit-il à Hendley, puis il mit le haut-parleur.

— Bien. Je vous ai passés sur l'ampli. Sam et Rick sont avec moi. Biery arrive. »

Dominic entendit une porte s'ouvrir, puis une chaise craquer. La voix de Berry se fit entendre : « Dom, tu es là ?

— Ouais. On est là tous les deux.

— On est sur le coup. On a parcouru dix sites de stockage en ligne avant de faire mouche. Il a choisi un hébergement chez filecuda.com. Et, ainsi que l'avait deviné Jack, il a pris comme identifiant une variante de son adresse électronique. Quant au mot de passe, on l'a craqué en dix minutes. Pour l'instant, sa boîte de réception est vide. »

Rick Bell intervint : « Nous avons concocté à son intention un message qui, selon nous, devrait l'orienter dans notre direction. Mais Sam va vous fournir les détails. »

Granger prit le relais : « Comme on redoute un peu de voir Hadi flipper pour de bon à cause de cette fuite, on a décidé d'y aller sur la pointe des pieds en le baladant d'un point à un autre. Il sera sur ses gardes, on s'est donc dit que s'il se déplaçait vers le premier sans tomber aussitôt dans une embuscade, il commencerait à se sentir un peu plus à l'aise. Une fois qu'on aura jugé l'avoir bien appâté, on lui donnera rendez-vous dans la Rocinha…

— La quoi ?

— C'est du portugais, intervint Ding. Ça veut dire "le petit ranch". C'est le nom de la plus grande favela de Rio.

— On a prévu de le balader deux ou trois fois avant de l'envoyer dans la favela. Tout dépendra de sa réaction. Je vous enverrai une liste et un emploi du temps.

— Pourquoi à cet endroit ?

— La police de Rio ne s'y rend qu'en cas d'absolue nécessité. Ça vous facilitera la tâche.

— Quand lâchez-vous le scoop sur Hadi ? s'enquit Dominic.

— Dans quarante minutes. Par fax adressé à la chaîne Record News. On a déjà préparé notre propre portrait-robot avec un signalement – assez proche pour que l'intéressé se reconnaisse lui-même, mais assez vague pour qu'il ne risque pas de se faire choper illico.

— Est-on sûr que la chaîne l'utilisera ? » s'inquiéta Chavez.

Ce fut Hendley qui répondit : « Question de survie du plus fort. Il s'agit d'une chaîne d'infos et toutes se battent pour saisir leur part de marché lors de la plus grande catastrophe que le Brésil ait jamais connue. Ils prendront ce tuyau pour un don du ciel.

— Je sens que je vais aimer de plus en plus le milieu du journalisme, plaisanta Ding.

— On reçoit toutes les chaînes, ici. Dès que l'annonce est diffusée, on vous rappelle. »

Dominic raccrocha. Il se tourna vers Chavez : « En chasse ?

— Un peu ! Mais une étape, auparavant. Je connais un gars qui connaît un gars…

— Qui sait où on peut mettre la main sur des flingues ?

— T'as tout pigé. »

Frank Weaver s'éveilla à cinq heures du matin, but deux tasses de café – la chambre était dotée d'une machine –, puis lut le journal pendant vingt minutes avant d'aller prendre une douche et filer vers le hall profiter du petit déjeuner offert. À sept heures et quart, il avait remballé et quittait le motel.

Son attelage l'attendait là où il l'avait laissé la veille, sans grande surprise en fait : le ministère de l'Énergie l'avait équipé d'un blocage de sécurité qui coupait l'alimentation en gazole si on essayait de faire démarrer le moteur sans clé de contact. Malin ! Quant au conteneur arrimé sur la remorque, personne ne risquerait de filer avec. Sauf peut-être King-Kong, croyant qu'on lui avait piqué un de ses haltères…

Il procéda à son inspection habituelle, vérifiant les cliquets, les cadenas et les chaînes. Tout était en ordre. Il déverrouilla la porte de la cabine et monta. Il allait introduire la clé dans le contact quand il s'arrêta…

Quelque chose…

Au début, il n'aurait su dire pourquoi, mais il lui apparut peu à peu que quelqu'un avait visité son camion. C'était pourtant impossible. Comme tout le reste de l'attelage, la portière était sécurisée. Forcer la serrure n'était pas à la portée du premier venu. Weaver parcourut du regard l'habitacle. Rien ne semblait avoir été déplacé. Il vérifia dans la boîte à gants et dans la console centrale : rien ne manquait. *Idem* avec le compartiment couchette. Tout était comme il l'avait laissé.

Le flingue.

Il glissa la main sous son siège. Le P 38 était toujours là, dans l'étui de cuir fixé au cadre de l'assise.

Weaver demeura assis, en silence, une demi-minute encore avant d'écarter d'un haussement d'épaules ce sentiment étrange. Peut-être que le café de l'hôtel était un peu plus fort qu'il n'avait cru. Ça l'avait rendu nerveux.

Il alluma son GPS et attendit que le programme se charge, puis il introduisit le reste de son itinéraire. Troisième journée sur quatre. Quatre cent cinquante bornes, tranquille, jusqu'à Saint George, Utah.

Tariq trouva l'Émir dans sa chambre en train de ranger dans un carton ses quelques biens personnels. « Quand j'aurai enregistré mon testament et aurai rejoint Moussa, brûle tout ceci.

— Entendu. Mais j'ai deux nouvelles. La première : chacun des quatre hommes du groupe de Nayoan a accusé réception du message pour passer à l'action. La première aura lieu à Waterloo, dimanche matin.

— Bien.

— En second lieu, notre homme a repéré le camion sans problème. Nous avons désormais en notre possession l'itinéraire du chauffeur, avec ses points d'arrêt pour repos et ravitaillement. Il doit arriver au complexe entre deux heures trente et trois heures, après-demain. »

L'Émir opina et ferma les yeux pour récapituler dans sa tête la chronologie des événements. « C'est parfait, mon ami. Moussa sera en place avec au moins quatre heures d'avance. Va régler la caméra. C'est l'heure. »

78

Le temps pour Clark et Jack de débarquer de l'avion et de récupérer leur voiture de location, il était sept heures du matin, et grand temps de prendre un petit déjeuner avant de rappeler le bercail. Armés des seuls noms des frère et sœur – Citra et Purnoma Salim – et du jour de leur arrivée à Norfolk, les deux hommes n'avaient d'autre choix que de compter sur le Campus pour leur donner un point de départ.

Ils s'arrêtèrent dans une cafétéria sur l'autoroute, à quinze cents mètres au sud de l'aéroport, s'installèrent dans un box, commandèrent du café, des œufs et des crêpes. En attendant qu'on les serve, Clark appela Rick Bell.

« Tout ce qu'on a pour l'instant, c'est le nom de l'hôtel que les Salim ont noté sur leur formulaire d'immigration, indiqua-t-il à Clark. S'ils n'y sont pas descendus, faudra que vous fassiez preuve d'imagination. L'ambassade d'Indonésie à Washington tient une liste de ses ressortissants qui voyagent aux États-Unis pour leurs vacances mais, comme ils sont entrés munis de faux passeports, il y a une chance sur deux qu'ils soient fichés.

— On va commencer par l'hôtel, répondit Clark. Il faut bien qu'ils dorment quelque part. »

Bell leur donna le nom de l'établissement et raccrocha.

« L'Econo Lodge à Little Creek, indiqua John à Jack. Mets-t'en plein la lampe, on risque d'avoir à se remuer pas mal aujourd'hui. »

Ils trouvèrent l'Econo Lodge à trois kilomètres environ de la base de sous-marins et à quatre cents mètres du chenal de Little Creek. Jack demanda : « Les SEAL sont bien basés dans le coin, non ?

— Ouaip ! Le deuxième groupe spécial d'intervention – les unités deux, quatre et huit, plus une équipe amphibie motorisée.

— Ça te manque ?

— Parfois mais, la plupart du temps, je n'y pense pas. Ce sont surtout les gars qui me manquent, le boulot aussi, bien sûr, mais on a eu pas mal de moments vraiment moches.

— Tu peux être plus explicite ? »

Clark le regarda en coin et sourit. « Non. C'est la nature de la tâche des plongeurs commando, Jack. Ils vont dans les coins où personne d'autre ne veut aller et font les trucs que personne d'autre ne peut faire. Aujourd'hui, on parle de "zones interdites" mais dans le temps, on appelait ça "aller en territoire indien". Les SEAL sont bien plus surveillés aujourd'hui que de mon temps et je t'avoue que je le regrette. Moins on parle de toi, mieux tu fais ton boulot.

— Alors, qu'est-ce qui a changé ?

— Je ne sais pas vraiment. Je reste en contact avec mes anciens compagnons, mais ils sont aussi perplexes que moi. Ils voient désormais débarquer des troupeaux de jeunes mecs qui confondent les commandos avec le Club Med – sans doute à cause du trident du sigle de l'unité… une virée à la plage, quelques pompes et une bonne bière. La plupart ne tiennent pas plus d'une semaine.

— Il faut toujours trier le bon grain de l'ivraie, observa Jack.

— Certes, mais avec un taux de perte de soixante-quinze pour cent. Ah, nous y voilà… » Clark quitta la route pour venir se garer près de l'entrée. « Il va peut-être falloir les rouler un brin pour obtenir les infos nécessaires.

— C'est toi qui vois, moi, je te suis. »

Ils entrèrent et se dirigèrent vers la réception. Une jeune blonde, la vingtaine, bronzage artificiel, les salua.

« Bonjour. » Clark exhiba son insigne. « US Marshal. On cherche deux jeunes gens qui seraient descendus ici depuis une quinzaine de jours.

— Waouh. Qu'ont-ils fait ?

— Ça dépendra de la vitesse à laquelle on leur met la main au collet. Passé minuit, nous aurons besoin d'un mandat. Disons qu'on cherche à éclaircir une vieille affaire. Leur nom est Salim – Citra et Purnoma Salim.

— Ça sonne arabe. (Elle fronça les lèvres.)

— Comment ça ? »

Clark avait pris un ton cinglant. La fille se tassa un peu et dit : « Non, rien, désolée… euh, donc, vous vouliez juste savoir s'ils sont descendus ici ?

— Pour commencer. »

La fille se rassit derrière son ordinateur et se mit à tapoter. « Vous avez une date ? »

Clark la lui donna en précisant : « À un ou deux jours près.

— Entendu. Ouais, je les ai. Ils ne sont restés qu'une nuit, puis ils ont réglé leur note.

— Liquide ou carte ?

— En liquide, mais on a relevé leur numéro de carte, en garantie pour les dégâts éventuels.

— Vous l'avez toujours ?

— Je ne sais pas si je suis habilitée à vous le donner. Je pourrais avoir des ennuis, non ? »

Clark haussa les épaules. « Pas de problème, je comprends. » Il se tourna vers Jack. « Passe-moi le secrétaire du ministre de la Justice. »

Jack ne broncha pas. Il sortit son mobile, pressa une touche et se dirigea vers l'autre bout du hall.

La fille s'étonna : « Qui ça ?

— Le secrétaire du ministre de la Justice. J'aurai besoin de votre nom pour l'établissement du mandat.

— Hein ?

— Nous devons établir celui-ci à l'attention de quelqu'un. C'est la procédure. Nous aurons également besoin du nom de votre patron. Alors, comment vous appelez-vous ?

— Euh, Lisa… »

Jack se tourna vers Clark : « Lisa… » puis de nouveau vers la jeune fille, l'air interrogatif : « Je voudrais aussi votre nom de famille, votre numéro national d'identité…

— Euh, attendez une seconde… il ne vous faut que le numéro de carte de crédit, c'est ça ?

— Ouais. Mais ne vous prenez pas la tête. On aura des collègues qui se radineront ici dans une vingtaine de minutes. À quelle heure finissez-vous ?

— Neuf heures du matin. »

Clark rigola. « Désolé, pas aujourd'hui. »

Lisa se remit illico à taper sur son clavier. « C'était une carte Visa, numéro… »

« Malin, admit Jack alors qu'ils remontaient en voiture.

— Personne ne cherche les emmerdes. J'appelle ça la théorie du moindre mal. Donner l'impression que la faveur réclamée est vraiment rien du tout en comparaison des conséquences éventuelles. Alors, qu'est-ce que t'en penses ? C'est ton genre ?

— La fille ? Plutôt mignonne, mais quelque chose me dit qu'elle n'est pas trop futée. »

Cela fit rire Clark. « Alors comme ça, il te faut la beauté *et* la cervelle ?

— Ça te pose un problème ?

— Que non. Appelle pour la carte. Que Bell bosse dessus. »

Cela prit vingt minutes. « Pas de frais supplémentaires, mais le jour où ils ont quitté le motel, ils ont effectué une demi-douzaine d'autres règlements par carte : boutique de souvenirs, McDo, Starbucks… que des trucs anodins, et que pour ce seul jour. Je transmets par mail les détails, plus une localisation Google Map.

— Pourquoi la carte ? s'étonna Jack.

— Toutes les dépenses ont été effectuées dans un rayon maximal d'un kilomètre. »

Jack raccrocha et mit Clark au parfum. « Donc, ils ont dû changer de carte et de nom, aussitôt après, conclut Clark. Bon signe.

— Comment ça ?

— Le citoyen lambda ne se comporte pas ainsi, Jack. »

Le mobile de Jack pépia, annonça l'arrivée d'un mail. Il l'ouvrit.

« Alors, où va-t-on ? demanda Clark.

— Virginia Beach. »

« OK, les gars, il faut qu'on se décide, annonça Sam Granger. En clair ou chiffré ? »

Granger, Hendley et Bell en discutaient depuis maintenant une heure : à présent que Hadi et son équipe s'étaient planqués après l'attentat de Paulinia, et avec le CRO qui changeait tous les jours de masque jetable, Hadi avait-il encore la possibilité matérielle de décrypter des messages ? Mieux encore : avaient-ils même la capacité de récupérer les données intégrées aux images par stéganographie ? Granger et Bell ne le pensaient pas mais Hendley restait inquiet.

Par le passé, le CRO avait mené ses opérations d'envergure en suivant la politique de la terre brûlée : une fois l'ordre de mission donné, il n'était plus question de revenir sur ses pas et de l'annuler. Ce changement était survenu après l'échec de l'attentat contre le métro de Berlin quand, peu après que le commando eut reçu le feu vert, son chef avait été capturé à Munich par la police allemande et persuadé de rappeler ses hommes. Bien entendu, dans un contexte plus général, c'était de moindre importance. Quelle que fût la tactique adoptée, Hadi recevrait ou non le message. S'il était en mesure de le décrypter, un texte reçu en clair risquait de l'effrayer et de ruiner tous leurs espoirs.

« Écoutez, insista Bell, nous devons prendre le risque. On se sert de notre message pour l'inquiéter mais en notre faveur. Qu'on le déstabilise suffisamment et il est possible qu'il zappe le fait que le message est en clair. »

Hendley considéra ce raisonnement, puis il se tourna vers Granger : « Sam ?

— D'accord, on y va. On ne le fait bouger qu'une fois, en lui expliquant que c'est une manœuvre de blanchiment, puis on l'envoie dans la Rocinha, où Chavez et Dominic n'auront plus qu'à le cueillir. »

Bell se leva et se dirigea vers la porte. « Je mets en ligne le message. » Il se leva.

Une minute plus tard, le téléphone de Hendley sonna. C'était Gavin Biery. « Vous avez déjà déposé le message sur le site ?

— Rick vient de le faire à l'instant.

— Zut. Arrêtez tout. Je monte vous rejoindre. »

79

Deux minutes plus tard, Biery débarquait dans le bureau de Hendley. « J'ai trouvé un motif, annonça-t-il. Vous envoyez ce truc en clair, et Hadi saura illico que c'est bidon. »

Sa toute dernière interception de Rick Bell avait été le résultat d'une nuit blanche passée à éplucher les résultats du traitement, par son tout nouvel algorithme, des masques jetables du CRO. Même si, par définition, les suites de caractères composant un masque étaient censées être aléatoires et, par conséquent, impossibles à casser de l'extérieur, Biery était capable de repérer des motifs censément indiscernables. Comme il l'avait un jour expliqué à Jack, c'était un peu comme avec le programme SETI de recherche d'intelligence extraterrestre : « Il n'y a sans doute rien là-haut, mais ce serait tout de même sympa si c'était le cas, non ? » Toujours est-il que Biery avait découvert un motif commun aux masques jetables du CRO.

« La technique du masque jetable est sans doute la forme la plus simple de cryptage impossible à casser, même si rien n'est jamais sûr à cent pour cent, avait-il expliqué à Rick dès son retour. C'est en fait une simple question de probabilités… »

Granger le coupa : « Une autre fois, Gavin.

— D'accord… Bref, comme vous l'avez deviné, l'Émir – ou le concepteur du dispositif – a dû se poser la question de la mise en pratique de la procédure pour ses hommes sur le terrain. Comme il est un peu idiot de se trimbaler avec un masque jetable sur soi – ou stocké sur son ordinateur portatif –, ils ont concocté un système qui permet de recréer le masque au jour le jour. Cela prend du temps mais c'est réalisable.

— Voyons voir, dit Bell.

— Ils recourent à la méthode dite du carré médian. C'est un algorithme générateur de nombres pseudo-aléatoires proposé en 1946 par le mathématicien hongrois von Neumann. En gros, il s'agit de prendre un nombre quelconque, pourvu qu'il soit composé d'un nombre pair de chiffres, de l'élever au carré, puis de prendre les chiffres du milieu – encore une fois, en nombre pair – et de les utiliser comme graine pour l'itération suivante. Comme nos gars travaillent sans doute à la main, ils se seront basés sur des petits nombres pour établir la séquence. Tenez… »

Biery s'empara du bloc posé sur le bureau de Hendley et se mit à écrire :

49 × 49 = 2401.
Nouvelle graine : 40

« Pour des raisons trop longues à expliquer, le zéro étant interdit, on arrondit à la valeur supérieure. La nouvelle graine est donc 41 qu'on élève à son tour au carré, ce qui donne » – et il se remit à écrire :

41 × 41 = 1681
Nouvelle graine : 68

« Et ainsi de suite, jusqu'à ce qu'on ait rempli la trame du masque jetable.

— Et les nombres sont vraiment aléatoires ? demanda Granger.

— Pseudo-aléatoires, seulement. Et c'est loin d'être la méthode la plus efficace. Mais il faudrait avoir plusieurs masques jetables sous la main pour la déjouer. Bien évidemment, plus la formule est compliquée, plus les suites seront aléatoires, mais à partir d'un certain moment, il devient impossible de faire les calculs à la main.

— Bref, s'ils utilisent bien cette formule, quelle graine initiale utilisent-ils ?

— Le mois, le jour et l'année, dont ils font la somme des chiffres… Prenons aujourd'hui, 21 mai 2010. »

Il écrivit :

21 + 5 + 2010 = 2036

« Vous prenez les deux chiffres du milieu, en arrondissant bien sûr pour supprimer le zéro.

— Ce qui donne 13 comme nouvelle graine, dit Hendley.

— Vous avez tout pigé.

— Et tous leurs masques jetables utilisent la même méthode ?

— En tout cas, tous ceux que nous avons récupérés dans le coffre d'Almassi.

— Sacré bon boulot, Gavin.

— Merci. »

Biery ressortit.

« Ce garçon vient de nous sauver la mise », constata Granger.

Sachant que Dieu y verrait le signe d'un manque de foi, Hadi avait toujours évité de croire aux présages mais la proximité du Jardin botanique de Rio avec la statue du Christ rédempteur avait quelque chose de déroutant. D'un autre côté, cette statue semblait omniprésente à Rio, perchée à quelque sept cents mètres au sommet du pic du Corcovado, au milieu d'une forêt classée réserve nationale. Avec près de quarante mètres de hauteur pour un poids de plus de onze cents tonnes, ce monolithe de stéatite sur une structure en béton, O Cristo Redentor, était pour Hadi le rappel qu'il se trouvait en terre infidèle.

Hadi n'avait pas perdu de temps après s'être séparé d'Ibrahim et des autres, mais il avait passé les deux premières heures du trajet, les mains crispées sur son volant, à regarder dans son rétroviseur toutes les vingt secondes.

Une heure après l'aube, il s'était garé dans la ville de Seropédica, dans la lointaine banlieue de Rio. La ville proprement dite était encore à quarante-cinq kilomètres de là, avec ses douze millions d'âmes – près de la moitié de la population de l'Arabie Saoudite regroupée dans une seule agglomération. São Paulo était encore plus vaste, mais il s'y était posé de nuit et avait contourné la lisière nord de la ville sans y pénétrer pour rejoindre son hôtel à Caieiras.

À l'entrée du jardin, il acheta un ticket et une brochure avec un plan des lieux. La brochure lui apporta des données factuelles : cent soixante-dix hectares, sept mille espèces de plantes tropicales, des laboratoires de recherche… il la feuilleta pour trouver la liste des sites spécifiques. Il chercha la volière… Il s'orienta et se mit en route. La journée était ensoleillée et l'humidité déjà presque insupportable. Loin au sud, il apercevait la chape de fumée noire qui recouvrait la région de São Paulo, comme si la nuit était tombée sur cette section de la côte.

À mi-chemin de sa destination, il passa devant un marchand de glaces et jeta un coup d'œil à l'intérieur du stand. Un téléviseur fixé à la cloison était réglé sur Record News. Des images de l'incendie de la raffinerie, certaines prises du sol, d'autres d'hélicoptère, passaient en boucle derrière le visage de la présentatrice. Elle se tourna vers une autre caméra – changement de sujet – et soudain, un portrait-robot apparut à l'écran. La ressemblance n'était pas parfaite, mais suffisante pour que Hadi sente son cœur tressaillir.

Ce n'est pas possible. Qui a pu me voir ? Ils n'avaient laissé aucun témoin, c'était une certitude. La camionnette des vigiles qui était passée pendant qu'ils déposaient leurs charges était trop loin pour que ses occupants aient pu le voir. *Une caméra de surveillance, peut-être ?* Non, impossible. S'ils avaient eu une image de lui, ils l'auraient diffusée – pas un simple dessin.

Il continua de suivre le reportage, pensant que les portraits-robots de ses camarades allaient apparaître mais non, lui seul demeurait à l'écran.

Réfléchis, réfléchis…

Il avisa une boutique de souvenirs, juste en face. Il traversa la route, y entra. Il chercha des mini-téléviseurs ou des postes de radio ; il n'y en avait pas, aussi, pour ne pas avoir l'air trop pressé, il parcourut les rayons et finit par porter son choix sur une casquette de base-ball arborant le logo du Jardin botanique. Il la paya en liquide, refusa le sac proposé, puis il ressortit en coiffant la casquette, rabattant la visière au-dessus de ses yeux. Il regarda sa montre. Il avait une heure dix d'avance sur son rendez-vous. Il se dirigea vers un parterre de fougères et s'assit sur le rebord en béton qui entourait celui-ci.

Ibrahim et les autres étaient-ils au courant pour le portrait-robot ? Si oui, ils risquaient de ne pas se présenter. Ils avaient discuté des risques de poursuite, de capture, de décès d'un membre du commando en cours de mission, mais pas de cette éventualité.

Il demeura assis cinq minutes, le regard dans le vide, songeur, puis parvint à une décision. Il feuilleta la brochure jusqu'à ce qu'il y trouve ce qu'il cherchait.

Le cybercafé était situé en lisière est des jardins. Il acheta une demi-heure de connexion et la responsable lui indiqua l'un des terminaux. Il s'installa dans le box et ouvrit aussitôt le navigateur Internet. Il lui fallut un moment pour se rappeler l'adresse du site. Aujourd'hui, on était le cinq, donc ce devait être… bitroup.com

Quand la page d'accueil s'afficha à l'écran, il se connecta et se rendit dans la zone de messagerie. Il fut surpris de découvrir qu'on y avait posté un fichier texte. Un double clic l'ouvrit. Il contenait deux lignes de paires de caractères alphanumériques. Il les consigna sur une page de garde de la brochure. Il y en avait 344 en tout. Il se déconnecta et ressortit.

Il lui fallut trente minutes pour créer la grille de décodage, et vingt de plus pour décrypter et vérifier le message :

> `Vu portrait-robot à la télé. Suspect compromis, un de notre équipe. Rompez contact. Rdv cybercafé Tá Ligado, Rua Bráulio Cordeiro et attendre instructions. 14 heures. Accuser réception de ce message en encodant :`
> `9M, 6V, 4U, 4D, 7Z.`

Hadi avait lu deux fois le message. *Compromis ?* Un vertige le prit. Ce n'était pas possible. Ibrahim ou l'un des autres l'auraient trahi ? Pourquoi ? Rien de tout cela ne se tenait, mais le message était authentique. *Rompez contact.* Un coup d'œil à sa montre : onze heures quarante-cinq. Pressant le pas désormais, il coda les paires de l'accusé de réception, puis retourna au cybercafé, composa la réponse en mode texte et la posta sur le site.

Ibrahim passa devant les voitures d'Ahmed et de Fahd en entrant sur le parking. Il trouva une place libre, s'y gara, coupa le moteur. Ses deux camarades étaient garés dans la rangée derrière lui, à six emplacements d'écart. Par la vitre du passager, il vit Hadi sortir par l'entrée principale du jardin. Il hâtait le pas, semblait tendu. *La police ?* Ibrahim continua d'observer, s'attendant presque à voir surgir des hommes à ses trousses mais rien ne se passa.

C'est quoi, cette embrouille ?

Hadi rejoignit sa voiture, monta.

Ibrahim se décida aussitôt. Il attendit que la voiture de Hadi ait gagné l'allée d'entrée, puis il redémarra, recula et partit à sa poursuite. Il ralentit à la hauteur de la voiture d'Ahmed et lui fit signe de les suivre.

Que mijotes-tu, mon ami ?

80

« Ils l'ont repéré, annonça Chavez en coupant le téléphone satellite. À deux heures de l'après-midi, dans un cybercafé de la Rua Bráulio Cordeiro.

— Super. Et ça se trouve où ? » répondit Dominic en faisant une brusque embardée pour éviter un taxi ; le chauffeur gueula et klaxonna. « Peu importe de toute façon. Je doute qu'on y parvienne entiers. »

Chavez parcourait du doigt un plan de la ville. « Continue vers l'est. Je te guiderai.

— Je suppose qu'on ne va pas l'alpaguer là-bas ?

— Non. Primo, on s'assure qu'il est seul. On lui a dit de rompre tout contact, mais qui sait ? En plus, on aura besoin d'un minimum de discrétion pour faire ce qui doit être fait.

— À savoir ?

— Prendre les mesures nécessaires. »

Le sourire de Dominic était sombre.

Ils trouvèrent le cybercafé et firent par deux fois le tour du pâté de maisons pour tâter le terrain, puis ils dénichèrent un emplacement où se garer, dans la rue, à cinquante mètres au nord, après un carrefour. Ils descendirent et rebroussèrent chemin à pied.

Coincé entre une pharmacie et un réparateur de pneus, ils avisèrent un court passage qui débouchait sur une décharge sauvage encombrée de machines à laver rouillées, d'essieux de voitures et de vieux tuyaux de fonte. Chavez prit les devants et passa derrière le tas de détritus. Derrière les lattes espacées d'une clôture en bois, ils pouvaient distinguer le cybercafé de l'autre côté de la rue.

« Merde, fit Chavez.

— Quoi ?

— Je viens de remarquer un passage, juste à droite du café.

— Une deuxième issue, peut-être ? » Dominic regarda sa montre. Encore vingt minutes à patienter. « Je vais faire un tour, pour voir. »

Dix minutes plus tard, le téléphone de Chavez pépia. Il appuya sur la touche verte. « Vas-y.

— Il y a bien une sortie par-derrière, mais elle est bloquée par une benne à ordures, précisa Dominic.

— Mauvais pour la sécurité incendie mais bon pour nous. OK, tu peux revenir. »

À peine Chavez avait-il pressé sur la touche rouge qu'un break Chevrolet Marajó de couleur verte passa au ralenti devant le cybercafé. Malgré la vue de biais, Chavez put noter que l'homme était seul au volant. La Marajó poursuivit sa route, avant de s'arrêter un peu plus loin et d'entamer un créneau pour se garer.

« Dom, où es-tu ?

— Presque revenu au carrefour.

— Ralentis. Il se pourrait que notre gars ait débarqué.

— Compris. »

Un peu plus haut dans la rue, le chauffeur de la Chevrolet descendit et se dirigea vers le café.

Chavez pressa la touche verte. « C'est bien notre bonhomme. » Il donna rapidement le signalement de la voiture de Hadi, puis ajouta : « Retourne à la Hyundai. Ça ne devrait pas lui prendre trop longtemps. »

Chavez eut pour toute réponse un double clic du bouton d'appel : *Compris*. Il appela aussitôt le Campus. Sam Granger décrocha. « Il est dans la place, l'informa Chavez.

— Le message a été téléchargé. On va l'expédier dans une académie de billard à l'angle de Travessas Roma et d'Alegria, c'est à la lisière sud de la Rocinha.

— Quelle heure ?

— Dix-neuf heures. »

Chavez raccrocha. Dix minutes s'écoulèrent et puis Hadi ressortit du café. Il scruta les deux côtés de la rue, regagna sa voiture et monta à bord.

« Il bouge », annonça Chavez. Il retraversa la cour à toute vitesse, enfila le passage, déboula dans la rue. Sur sa gauche, la Marajó de Hadi venait de marquer l'arrêt au carrefour.

« Je le vois », dit Dominic.

Hadi prit à gauche.

« Je passe te prendre, lança Dominic.

— Négatif. Reste où tu es. » Chavez remonta la rue au pas de course. En trente secondes, il avait rejoint la Hyundai. « OK, dit-il sitôt monté à bord, démarre. Prends à gauche au carrefour, puis encore à gauche et arrête-toi au stop. »

Dominic suivit les instructions. Quand ils arrivèrent au stop, Hadi fila juste sous leur nez, se dirigeant vers le nord. Dominic laissa passer deux autres voitures, puis il s'engagea dans la même direction.

Quinze minutes plus tard : « Quelqu'un nous file, observa Dominic. Nous ou Hadi. »

Coup d'œil de Chavez dans le rétro latéral. « La Lancia bleue ?

— Et deux autres encore derrière. Une petite Fiat verte, et une Ford Corcel rouge.

— Putain ! T'es sûr ?

— J'ai remarqué la Fiat et la Ford qui faisaient deux fois le tour du pâté de maisons pendant que je passais derrière le café. Ça ne peut pas être les flics.

— Ah ouais, pourquoi ?

— Ils s'y prendraient mieux. Merde, ceux-là roulent en convoi. »

Chavez examina son plan. « Tâchons d'en avoir le cœur net. »

Dominic avisa une place de parking, ralentit et mit son clignotant. Derrière lui, la Lancia klaxonna. Il descendit la glace et sortit la main pour lui faire signe de passer. La Lancia déboîta et les doubla. Chavez reluqua le chauffeur. Il fit pareil pour la Fiat.

« M'ont l'air de la même origine que Hadi. Ses copains, tu crois ?

— Ça se pourrait. Peut-être qu'il a eu un problème. »

Dominic laissa passer la troisième voiture, la Corcel, puis il attendit cinq ou six secondes pour redémarrer et la suivre.

Le troisième jour de trajet de Moussa se passa sans anicroche, comme les deux précédents et, en fin d'après-midi, il atteignait sa dernière étape nocturne : Winnemucca, Nevada ; population : 7 030 habitants. À quelque cinq cents kilomètres au nord-ouest de Las Vegas.

81

À son crédit, Hadi avait fait de son mieux pour échapper à toute filature en se rendant à la Rocinha : il écuma les taudis pendant deux heures, tournant en rond, revenant sur ses pas, pour s'assurer que personne n'était lancé à ses trousses. La Lancia, la Fiat et la Corcel demeuraient en convoi, toujours dans le même ordre, et jamais à plus de cent mètres derrière lui.

« Il faut qu'on prenne une décision, nota Dominic. Mieux vaut le faire tout de suite, avant de se la voir imposée. » Si Chavez et lui avaient une chance d'épingler Hadi et ses trois complices, allaient-ils se lancer ou bien seulement se concentrer sur Hadi ?

« Plus on est de fous, plus on rit, conclut Chavez, mais il ne faut pas oublier que nous sommes seuls contre quatre et que les flics de Rio ne feront pas la différence entre sa bande et nous, si jamais l'affaire devait tourner au vinaigre. »

À dix-huit heures quinze, ils lâchèrent Hadi pour le laisser pénétrer seul dans la Rocinha par l'entrée sud. C'était un risque pour lui, ils en étaient conscients, mais aucun des trois hommes ne savait au juste où devait se tenir la rencontre ; ils devaient espérer que ses poursuivants n'allaient pas décider de l'intercepter dans les quarante-cinq prochaines minutes.

Le soleil se cachait derrière les montagnes, illuminant les taudis d'une lueur dorée.

À part le fait que Rocinha signifiait « Petit Ranch », Dominic et Chavez ne savaient pas grand-chose de la favela. Couvrant environ un kilomètre du nord au sud et étalé sur quatre cents mètres, le bidonville était situé dans une étroite vallée pentue bordée de chaque côté par des falaises et des collines boisées. Des rues étroites où s'entrecroisaient cordes à linge, bâches et auvents improvisés serpentaient entre de petites maisons couleur pastel collées à flanc de coteau, si serrées parfois que leurs balcons se touchaient et leurs toits se confondaient. Des escaliers de brique et de béton, délabrés et couverts de lierre, partaient des rues pour disparaître entre les bâtisses. Des poteaux électriques et téléphoniques étaient garnis de centaines de mètres de fils dénudés et de câbles qui partaient dans tous les sens. Tout au long de chaque venelle, s'élevaient des dizaines de masures faites de planches et de plaques de tôle ondulée. Les eaux usées s'écoulaient par des caniveaux étroits encombrés de détritus.

« Incroyable, s'exclama Dominic.

— Combien de gens vivent ici ?

— Cent, cent cinquante mille. »

Ils trouvèrent une place libre pour se garer en contrebas de l'académie de billard et descendirent.

« Tu passes par-derrière, moi, par-devant. Tu me laisses quinze minutes, puis tu entres.

— Entendu. »

Dominic tourna au coin de la rue. Chavez la traversa, acheta un Coca à un vendeur ambulant, puis alla s'adosser contre un mur sous un store. Au bout de la rue, un lampadaire s'alluma en clignotant. Dix minutes s'écoulèrent. Pas trace de Hadi ou des trois voitures. Chavez finit son Coca, rendit la cannette au vendeur puis traversa la rue pour entrer dans la salle.

Celle-ci consistait en fait en un espace de la taille d'un double box pour voitures, avec deux tables de billard au milieu, un bar sur la droite et une rangée de chaises alignées du côté opposé. Derrière le bar, il y avait une petite zone dotée de quatre tables rondes avec des sièges. À l'angle, trois marches descendaient vers une porte marquée SORTIE en portugais. Éclairés par des suspensions en plastique coloré, des hommes étaient réunis autour des tables de billard, au milieu d'une fumée dense.

Ding s'installa au bar et commanda une bière. Cinq minutes plus tard, la porte de derrière s'ouvrit et Dominic apparut. Il se dirigea vers le bar, commanda lui aussi une bière, qu'il emporta pour aller s'installer à une table au fond.

À sept heures cinq, la porte sur la rue s'ouvrit et Hadi entra. Il resta près de la porte, scrutant nerveusement la salle. Dominic leva son verre de bière et lui adressa un signe de tête. Hadi hésita avant de se diriger vers lui.

La porte principale se rouvrit. Le chauffeur de la Lancia entra. Comme Hadi, il demeura une trentaine de secondes immobile, le temps d'examiner les lieux. Les pans de sa chemise étaient sortis et, sur sa hanche droite, Chavez nota une excroissance familière. Le regard de l'homme s'arrêta sitôt qu'il eut repéré Hadi qui s'approchait de la table de Dominic. Aussitôt, il s'avança. Ding le laissa passer, puis il quitta son tabouret.

« Où est mon argent, connard ? » lança-t-il à l'homme, en portugais.

L'autre pivota, les poings déjà levés. Chavez leva les deux mains. « Du calme, du calme… »

Puis, du plat de la main, il écrasa soudain le nez du bonhomme. Le gars recula en titubant et Chavez, sans le lâcher, lui balança un coup de pouce, dans le creux sous la pomme d'Adam. Le type s'effondra. Les autres clients observaient avec curiosité, mais en se gardant bien d'intervenir. Une dette, c'est une dette.

Au fond de la salle, Dominic avait déjà bondi de son siège et conduisait Hadi, *manu militari*, vers la porte de service.

Chavez se pencha sur le chauffeur de la Lancia, tout en lui écrasant la main droite, le temps de subtiliser l'arme qu'il portait à la ceinture. « Tu parles anglais ? »

L'homme bredouilla.

« Hoche la tête si tu parles anglais. »

L'autre opina.

« Lève-toi ou je te loge une balle dans le carafon. »

Dominic attendait dans le passage. La nuit était tombée. Sur la gauche, le passage se terminait contre un mur percé d'un escalier qui plongeait dans l'obscurité ; sur leur droite, à vingt mètres de là, le passage débouchait sur la rue.

Hadi se tenait contre le mur de brique, à côté d'une rangée de poubelles. Dominic avait dégainé son arme qu'il tenait plaquée derrière sa cuisse. Chavez poussa « Lancia » qui s'affala en titubant contre le mur à côté de son complice.

« Qui êtes-vous ? demanda Hadi.

— La ferme », grogna Dominic.

Chavez voyait les doigts de Dom triturer nerveusement la crosse de son arme. « On se calme, Dom. » Ramassant par terre un vieux journal, il le lança au chauffeur de la Lancia. « Essuie-toi le nez.

— Allez vous faire foutre. »

Derrière eux, la porte s'ouvrit brusquement. Découpée à contre-jour par la chiche lumière de la salle de billard, Chavez aperçut une silhouette qui se tenait en retrait du seuil. La main de l'homme se leva, tendue vers eux. Chavez lui logea deux balles coup sur coup dans la poitrine et l'autre bascula à la renverse. D'un coup de pied, Chavez referma la porte.

« Vas-y, Dom. (Il braqua son arme vers Hadi et Lancia.) File. »

Au débouché de l'allée, une silhouette courait dans leur direction. Un éclair orange jaillit d'un canon, suivi de deux autres. Chavez fit un pas de côté pour s'abriter derrière les poubelles et tira deux coups de feu. La silhouette s'écarta.

« L'escalier », ordonna Chavez.

Poussant Hadi et Lancia devant lui, Dom se dirigea vers les marches.

Chavez les couvrit à reculons jusqu'à ce qu'il sente son épaule heurter le mur. Alors il se retourna et les suivit.

Escaladant les marches sur les talons de Dominic, Chavez déboucha à son tour au sommet de l'escalier sur une ruelle transversale. Il regarda de chaque côté. Au-dessus d'eux, des balcons en surplomb. Derrière eux, sur la droite, un autre rectangle découpé dans un mur de brique. Chavez l'indiqua. Dominic acquiesça et poussa Hadi et Lancia pour leur faire gravir les marches. Derrière, Chavez entendit des pas et se retourna. Leur poursuivant passait la tête au débouché du premier escalier. Chavez se plaqua contre le mur, immobile. Au bout de dix secondes de silence, les pas résonnèrent de nouveau.

Chavez fourra son arme à sa ceinture, fit encore deux pas sur la droite, puis il leva les bras en l'air et saisit la rambarde inférieure du balcon. Il se hissa, agrippa la barre supérieure et enjamba la balustrade. Il s'aplatit sur le balcon.

Les pas approchaient toujours. Un pas, une pause… Un pas, une pause. Au loin, des sirènes retentissaient. Une fusillade allait-elle suffire à conduire la police à pénétrer dans la favela ? Il ferma les yeux, tendit l'oreille. Les pas résonnaient-ils toujours dans l'escalier ?

Un pas, une pause… cette fois, plus d'écho. L'homme passa sous le balcon, hésitant apparemment : *la ruelle ou l'escalier ?* Il choisit ce dernier. Chavez se mit à genoux sans bruit, passa le canon de son arme à travers la balustrade et tira un seul coup, logeant une balle dans la nuque du bonhomme.

Il sauta au sol, courut vers le corps, le fouilla prestement, puis enfila l'escalier au pas de charge. Dominic l'attendait en haut, tapi derrière une benne à ordures, avec Lancia et Hadi. À une centaine de mètres de là, la ruelle débouchait sur un parking chichement illuminé par des réverbères. Non loin d'eux, ils entendaient rebondir un ballon de basket et des gamins échanger des cris.

« Plus que deux, annonça Chavez.

— On va leur régler leur compte. »

Chavez déposa au sol les objets qu'il avait récupérés sur le cadavre : un passeport, une liasse de billets, un jeu de clés de voiture. Il saisit ces dernières et les agita sous le nez de Lancia et Hadi. « Laquelle ? La Fiat ou la Corcel ? »

Aucun des hommes ne répondit.

Dominic empoigna Hadi par les cheveux, lui ramena la tête en arrière et lui enfonça le canon de son arme entre les lèvres. Hadi résista en serrant les dents. De son autre main, Dominic lui expédia une gifle sur le côté du cou. L'homme hoqueta. Dominic lui enfourna le canon dans la bouche.

« Cinq secondes et je t'explose la cervelle. » Hadi ne réagit pas. Dominic enfonça le canon un peu plus. Hadi se mit à avoir des haut-le-cœur. « Quatre secondes, trois... »

Chavez regarda son partenaire, fixant ses yeux. On pouvait simuler une expression, mais il était plus difficile de tricher avec les yeux. En les scrutant, Ding comprit que Dominic ne rigolait pas.

« Dom...

— Deux secondes…

— Dom ! » insista Chavez, d'une voix rauque.

Hadi hochait la tête, les mains levées, implorantes. Dominic retira son flingue et Hadi répondit : « La Ford Corcel. »

Lancia grogna : « Traître ! »

Dominic pointa le pistolet sur l'œil gauche de Lancia. « T'es le suivant. Où est-elle garée ? »

Lancia ne broncha pas.

« Cette fois, je ne te laisse que trois secondes », dit Dominic et il plaqua le canon contre le genou de Lancia. « Et c'est une canne pour la vie.

— Une rue à l'est de l'académie de billard, au milieu du pâté de maisons, du côté droit. »

Chavez s'adressa à Dom : « Va la récupérer. Je m'occupe de nos amis. »

Un quart d'heure plus tard, Chavez entendit un coup de klaxon et regarda au bout de la ruelle. La Corcel était là, portière latérale ouverte. Il fit lever ses deux prisonniers et les poussa devant lui. Arrivé à la voiture, il les fit monter à l'arrière.

« J'ai trouvé ça dans le coffre », dit Dominic en tendant un petit rouleau de fil de fer.

Chavez se retourna et se pencha par-dessus le siège. « Donnez-moi vos mains. »

Dominic démarra.

« On va avoir besoin d'un peu d'intimité », annonça Chavez. Il s'assit de biais et cala son arme sur le dossier.

« Je crois que j'ai trouvé l'endroit qu'il nous faut. Je l'ai repéré en arrivant », dit Dominic.

Le bâtiment était presque identique aux autres, rectangulaire, trois étages, une seule porte et des fenêtres donnant sur des balcons, à la seule exception que toutes les ouvertures étaient obturées par des planches. Sur le côté, des marches recouvertes de mauvaises herbes se perdaient dans les ténèbres. Une pancarte officielle était scellée sur la porte d'entrée, indiquant en portugais que l'accès était condamné.

« Là, dit Dominic. Je reviens tout de suite. »

Il descendit, se fraya un passage au milieu des mauvaises herbes et disparut. Deux minutes plus tard, il était de retour. Il adressa un signe de tête à Chavez qui descendit à son tour, puis fit passer devant lui leurs deux prisonniers. Ensemble, ils suivirent Dominic dans l'escalier. Au bout d'une trentaine de marches, les mauvaises herbes se raréfiaient et l'escalier tournait à droite pour donner accès à un perron. Comme au niveau inférieur, la porte était scellée mais ne tenait que par sa paumelle inférieure. Dominic souleva le battant et le déposa sur le côté. Chavez ordonna à leurs deux prisonniers d'entrer.

À la lueur de la petite torche à diodes de Dom, ils comprirent aussitôt pourquoi l'immeuble avait été condamné. Les murs, le sol et le plafond étaient noirs de suie et, en certains endroits, totalement carbonisés. Le sol était un damier de dalles de lino fondues, de contreplaqué calciné et de trous béants par lesquels ils apercevaient les étages inférieurs.

« Asseyez-vous, ordonna Chavez.

— Où ça ? aboya Lancia.

— Là où il n'y a pas de trous. Assis ! »

Ils obéirent.

Dominic annonça : « Je fais un petit tour du propriétaire. »

Chavez s'assit en face des prisonniers. Il entendait Dominic fourrager dans les autres pièces. Il revint muni d'une lampe à pétrole. Il la secoua : elle était pleine. Il la posa dans un coin et l'alluma. Une lumière jaunâtre envahit la pièce avec un sifflement.

Chavez regarda Dom et haussa les épaules. Dominic répondit : « C'est toi le patron, à toi de jouer. »

Chavez se leva, s'approcha de Lancia et Hadi, puis s'agenouilla de nouveau. « Je vais vous dire une chose. Je veux que vous m'écoutiez attentivement. Je ne vais pas vous raconter d'histoires et vous n'allez pas m'en raconter non plus. Si on s'entend bien tous les trois, vous aurez de plus grandes chances de voir le soleil se lever. Vos noms ? »

Aucun des deux hommes ne répondit.

« Allons, juste les prénoms, qu'on puisse causer.

— Hadi. »

L'autre hésita, bouche cousue. Finalement, il lâcha : « Ibrahim.

— À la bonne heure. Écoutez, vous deux, nous savons que vous et vos deux chers copains avez fait sauter la raffinerie de Paulinia. Nous le savons, donc on n'en parle plus. Nous ne sommes pas des flics, et nous ne sommes pas venus vous arrêter pour ça.

— Dans ce cas, qui êtes-vous ? s'étonna Hadi.

— Des autres.

— Qu'est-ce qui vous fait croire qu'on a un rapport avec cette histoire ? demanda Ibrahim.

— À ton avis ? »

Chavez l'avait lancé avec un demi-sourire et un regard en coin à Hadi.

« Pourquoi me regardez-vous ? »

S'adressant cette fois à Ibrahim, Chavez reprit : « Pourquoi courais-tu après Hadi ? » Ibrahim ne répondit pas, aussi Chavez poursuivit-il : « Je m'en vais hasarder une hypothèse : vous avez fait sauter la raffinerie mais vous n'aviez pas envisagé que la fumée contraindrait à la fermeture de l'aéroport de São Paulo, vous avez donc dû vous rabattre sur votre plan B – venir à Rio. Vous arrivez ici, mais les choses tournent mal. Hadi doit prendre la fuite ; Ibrahim, tu te lances à ses trousses. Pourquoi ?

— Pourquoi ne pas vous occuper plutôt de la raffinerie ? contra Ibrahim.

— Ce n'est pas notre pays, ce n'est pas notre problème. Pourquoi lui courais-tu après ?

— C'est un traître. »

Hadi aboya : « Menteur ! C'est toi, le traître. Toi, ou Ahmed ou Fahd. Vous avez balancé le portrait-robot.

— Quel portrait-robot ?

— Celui qu'ils ont passé à la télé. Je l'ai vu ; il me ressemblait. Qui d'autre aurait pu leur refiler ?

— Qui t'a raconté ça ?

— L'Ém... quand j'ai vu le dessin, j'ai pris contact. Un message m'attendait. Il disait que vous m'aviez trahi et que je devais m'enfuir.

— On t'a embobiné.

— J'ai vérifié. Le message était authentique. »

Ibrahim hochait la tête. « Non, tu te trompes. On ne t'a pas trahi. »

Chavez intervint : « Donc, tes amis et toi, vous vouliez juste le rattraper pour avoir une petite discussion, c'est bien ça ?

— Oui. »

Chavez se pencha vers Hadi : « C'est des conneries, et tu le sais parfaitement. Que le message soit ou non authentique, tout ce qu'ils savaient, c'est que tu filais. Sans doute voir la police. Ils n'allaient pas prendre un tel risque. Tu sais que c'est la vérité. »

Hadi resta muet.

« Bien. Alors, voilà le marché, proposa Chavez. Pour ce qui nous concerne…

— On ne sait toujours pas qui vous êtes.

— Notre accent ne vous donne-t-il pas un indice ?

— Américains.

— Exact. Pour ce qui nous concerne, donc, la raffinerie n'est pas notre bizness. Ce qu'on veut savoir, c'est qui opère aux États-Unis. Combien vous avez de cellules, où elles sont situées… tout le toutim.

— Va te faire foutre », dit Ibrahim.

Chavez entendit Dominic se lever dans son dos. Il se tourna et le vit se diriger vers la cuisine. Il reporta son attention sur Hadi. « Et toi ? On te demande juste de nous donner… »

Il entendit les pas de Dominic qui revenait, mais la démarche était plus rapide, décidée. Il se retourna. Son pistolet drapé dans un torchon couvert de moisissures, Dominic s'approcha d'Ibrahim, plaqua le canon contre son genou gauche et tira. Le torchon étouffa la déflagration. Ibrahim hurla. Dominic lui fourra un second torchon dans la bouche.

Chavez intervint : « Dom, bon Dieu… »

Dominic déplaça son arme et logea une autre balle dans le genou droit d'Ibrahim. Ce dernier se débattit en poussant un hurlement étouffé par le torchon et sa tête heurta le mur derrière lui. Dominic s'accroupit à côté de lui et lui expédia une claque, une autre, encore une autre. Ibrahim se tut. Des larmes ruisselaient sur son visage. Hadi s'était ratatiné dans un coin, cherchant à se couler le long du mur.

Chavez pointa le doigt sur lui. « Pas un pouce de plus. »

Dans le même temps, il avait agrippé Dominic par le bras pour essayer de le forcer à se relever. Dominic ne bougea pas, restant accroupi au-dessus d'Ibrahim, le fixant droit dans les yeux.

« Dom ! Lève-toi. »

Dominic détacha enfin son regard d'Ibrahim et se redressa. Chavez l'attira dans la cuisine. « Putain, mais qu'est-ce qui t'a pris ?

— La thérapie conversationnelle ne marchait pas, Ding.

— Ce n'était pas à toi de décider. Ressaisis-toi, bordel ! C'est un poids mort à présent. Une balle dans chaque genou… on pourra s'estimer heureux s'il arrive à aligner trois mots d'affilée. »

Dominic haussa les épaules. « De toute façon, c'est Hadi qui nous intéresse. C'était le porteur de valises. Ibrahim est juste un chef de cellule. Il connaît Paulinia, point-barre.

— Ça, on n'en sait rien. Tu me laisses faire à ma guise, veux-tu ?

— OK, bien sûr.

— Tu m'entends ?

— Ouais, bordel, je viens de te le dire. »

Chavez réintégra la pièce et s'agenouilla de nouveau, pour s'adresser à Ibrahim : « Je vais retirer le torchon. Si tu cries, je le remets. »

Ibrahim acquiesça. Son visage était luisant de sueur. Sous chacun de ses genoux, des flaques de sang larges comme des Frisbee imbibaient le contreplaqué.

Chavez ôta le torchon. Ibrahim haleta mais referma aussitôt la bouchc. Sa lèvre inférieure tremblotait. « Mon ami est un brin nerveux aujourd'hui. Désolé. Parlons des États-Unis ; donne-nous quelque chose et on te conduit à l'hôpital. »

Ibrahim secoua la tête.

S'adressant alors à Hadi : « Et toi ? Donne-nous ce qu'on cherche et on ne te ramènera pas avec nous. »

Ibrahim intervint d'une voix rauque : « Non, Shasif… »

Dominic vint s'agenouiller auprès de Chavez. D'un signe de la main, il lui fit comprendre qu'il était OK. « Hadi, je vais être clair avec toi : quelqu'un t'a-t-il vu lors de l'opération à la raffinerie ?

— Non, je ne pense pas.

— Dans ce cas, qui savait à quoi tu ressemblais ? Qui pouvait avoir laissé fuir ce portrait ? C'est soit Ibrahim, soit quelqu'un plus haut placé. Personne d'autre.

— Mais pourquoi ?

— Une manœuvre désespérée. Peut-être quelqu'un a-t-il jugé que tu n'étais plus fiable. Réfléchis-y. Ibrahim reçoit d'en haut l'ordre de te tuer ; le portrait-robot et le message te contraignent à fuir. Sinon, Ibrahim doit les convaincre de tuer leur ami sans raison valable. À ton avis, qu'est-ce qui est le plus simple ? »

Hadi réfléchit quelques instants, puis il coula un regard de biais à Ibrahim qui hochait la tête en signe de dénégation. Des filets de salive coulaient à la commissure de ses lèvres. « Ce n'est pas vrai. »

Dominic renchérit : « Hadi, il t'a trahi, et maintenant il est assis à côté de toi et continue de mentir. Ça ne te met pas en rogne ? »

Hadi opina.

« Je sais que ça te fout vraiment les boules. »

Dominic releva soudain son pistolet, le braqua vers Ibrahim et lui tira une balle dans l'œil. Du sang et de la matière grise éclaboussèrent le mur. Ibrahim glissa de biais et resta immobile, excepté son bras gauche, qui demeura encore agité de soubresauts pendant une dizaine de secondes.

Chavez écarta brutalement le bras de Dominic. « Bon Dieu ! C'est quoi, ce bordel ! »

Dominic se releva, recula de quelques pas. Hadi se blottit en position fœtale et se mit à gémir. Dominic s'avança de nouveau et colla le canon du pistolet contre sa tempe.

Chavez hurla : « Non ! Ne bouge plus d'un poil, Dom. »

Dominic lui jeta un regard en coin. Chavez avait levé son arme, prêt à intervenir contre Dominic, qui se contenta de hocher la tête avant de reporter son attention sur Hadi.

« Dom, ne fais pas ça… »

Dominic se pencha et dit à leur prisonnier : « À moins que tu aies quelque chose à nous dire, tête de nœud, j'en ai fini avec toi. Je vais te loger une balle dans l'oreille. À mon signal, ou tu acquiesces ou tu crèves. »

82

Jack et Clark étaient à Virginia Beach en vingt minutes et ils trouvèrent un parking public à une rue de la plage. Tous les achats faits par les deux jeunes Salim s'étaient déroulés dans un périmètre de trois pâtés de maisons.

« Alors, qu'est-ce que t'en penses ? demanda Jack comme ils descendaient de voiture.

— Ils sont descendus dans un des hôtels du coin en utilisant leur nouvelle carte mais ils ont dû faire quelques achats avec l'ancienne. On rejoue le numéro du marshal et de son adjoint, et on montre leurs bobines. »

Durant l'heure qui suivit, ils passèrent d'un hôtel à l'autre, les cochant à mesure sur la liste établie par Jack. Ils entraient sur le parking de l'Holiday Inn situé à l'angle d'Atlantic et de la 28e rue quand Jack lança : « Ils sont ici.

— Ah ouais, où ça ?

— À la piscine. Allongés près du plongeoir.

— Je les vois. Continue d'avancer. »

Ils entrèrent dans le hall. Clark s'arrêta, fit la moue. « Tu te souviens du fleuriste devant lequel nous sommes passés dans la 27e Rue ? Retournes-y et achète un bouquet de fleurs quelconques. Et prends aussi une carte de vœux.

— Hein ?

— Je t'expliquerai. Ne prends pas le même chemin pour revenir. Retrouve-moi au parking. »

Jack était de retour un quart d'heure plus tard. Il retrouva Clark sur le parking de derrière, près d'un bac à ordures. « Ils se sont inscrits sous les mêmes prénoms, mais avec comme nom de famille Pasaribu. Leur chambre est sur la façade nord, du côté opposé à la piscine.

— Alors, on force la porte et on la visite.

— Il y a des femmes de chambre dans les étages. Les fleurs seront plus efficaces. »

Muni du bouquet de fleurs, Jack monta le premier. Clark prit l'escalier opposé et s'arrêta tout en haut, pour se planquer dans un angle. Parvenu devant la porte des Salim, Jack s'arrêta pour y taper, attendit dix secondes, tapa de nouveau. Quatre portes plus loin, une femme de chambre sortait pour aller prendre des serviettes sur un chariot. « Excusez-moi, mademoiselle, dit Jack.

— Oui, monsieur ?

— J'apportais ce bouquet pour ma copine. Je dois regagner ma base, mais je tenais à les lui laisser. Le problème, c'est que j'ai déjà rendu ma clé. Vous pensez que vous pourriez m'entrouvrir la porte ? Je dépose les fleurs sur le lit et je suis ressorti dans les cinq secondes.

— Je ne suis pas censée…

— J'entre et je ressors, cinq secondes en tout. »

Un temps. « Bon, ben, d'accord. »

Elle ouvrit la porte et s'effaça.

« Merci », dit Jack.

Clark apparut alors à point nommé. « Mademoiselle, eh, mademoiselle…

— Oui, monsieur ?

— J'aurais besoin de serviettes. »

Clark s'approcha du chariot et se mit à fourrager dans les fournitures, renversant savonnettes et flacons de shampooing. La femme de chambre s'approcha en hâte : « Attendez, laissez-moi… »

Dans la chambre des Salim, Jack déposa les fleurs sur le lit et regarda alentour. La clé… la clé. Il l'avisa posée dans un cendrier, la récupéra, retourna vers la porte. Une fois dehors, il lança : « Encore merci ! » et se dirigea vers l'escalier. Clark récupéra ses serviettes et repartit dans la direction opposée, pour revenir, après avoir parcouru le couloir circulaire, rejoindre Clark sur le palier de l'autre escalier. Ils attendirent que l'employée soit retournée faire le ménage dans sa chambre, puis ils se dirigèrent vers la porte des Salim, introduisirent la clé et se glissèrent à l'intérieur.

« Comment avais-tu deviné pour la clé ? demanda Jack.

— Pour un couple, ils en donnent toujours une à chacun mais la plupart des gens n'en prennent qu'une lorsqu'ils redescendent ensemble, surtout si c'est pour se rendre à la piscine.

— Que cherche-t-on ?

— Des cartes de crédit et des pièces d'identité. À part ça, tout ce qui pourra attirer ton regard. »

En trois minutes, ils étaient ressortis. Clark appela le Campus pendant qu'ils regagnaient leur voiture. « Ils ont quatre autres cartes de crédit et trois passeports chacun, annonça-t-il à Rick Bell. Je t'envoie les détails par mail. »

En dehors de leur nouvel hôtel à Virginia Beach et de nouveaux repas chez McDo et des frappuccinos chez Starbucks, les Salim n'avaient effectué qu'une autre dépense par carte : la location d'une Dodge Intrepid chez Budget. Jack et Clark regagnèrent le Holiday Inn et trouvèrent l'Intrepid gris platine sur le parking à l'arrière.

« À présent, on attend », dit Clark.

Peu après quatorze heures, Citra et Purnoma sortirent de l'hôtel par-derrière et montèrent dans la Dodge.

Ils quittèrent Virginia Beach par l'est en empruntant la 264, traversèrent Norfolk puis gagnèrent Portsmouth par la 460 avant de tourner vers le nord en empruntant le tunnel qui traversait la baie d'Hampton Roads. Sur la rive opposée, ils sortirent à Terminal Avenue, puis empruntèrent Jefferson jusqu'à King Lincoln Park, à l'extrémité du cap de Newport News. Clark se gara comme eux au parking et les regarda descendre de voiture et se diriger vers le parc. Ils leur laissèrent cent mètres d'avance puis sortirent, se séparèrent, et leur filèrent le train.

Le parc ne mesurait que quatre cents mètres de long. À mi-distance, Clark et Jack se retrouvèrent près des terrains de basket où des ados étaient en train de jouer.

« Où diable vont-ils ? » s'étonna Jack. Le parc était bordé par les eaux de part et d'autre. « Troquer la capitale des vacances ensoleillées de la Virginie pour un coin pareil...

— Ça ne colle pas », convint Clark.

Les Salim parvinrent à l'extrémité du parc qui formait un coin entre le rivage et l'avenue Jefferson. À ce moment précis, la fille sortit un appareil photo et se mit à mitrailler. Non pas l'océan, mais l'autre côté de la route.

« Le terminal porte-conteneurs », murmura Clark.

« Ils font une reconnaissance », annonça Clark à Hendley et ses collègues au téléphone une heure plus tard. Continuant de filer la Dodge des Salim, ils venaient de regagner l'hôtel ; ils étaient à présent assis sur Atlantic Avenue, une rue plus loin, ce qui leur permettait de surveiller les entrées et sorties du parking. « Le terminal du port militaire de Newport News. J'ignore ce qui les intéresse au juste, mais ils ont pris des dizaines de photos.

— Pas de bâtiment militaire au mouillage ? Pas de chimiquier ? De pétrolier ?

— Rien. On a vérifié. Quasiment que des porte-conteneurs ou des vraquiers. On les file depuis ce matin. En dehors de la piscine et du terminal, ils ne sont allés nulle part et personne n'est monté dans leur chambre.

— S'ils font du repérage d'objectif, intervint Granger, cela pourrait prendre des semaines. On n'a pas vraiment les moyens en hommes pour planquer indéfiniment. Moi, je pense qu'on devrait refiler le bébé au FBI.

— Laissez-nous encore une journée, objecta Clark. Si ça ne donne rien, on décroche et on rentre au bercail. »

Descendu au Claridge Inn de Saint George, Utah, Frank Weaver était en train de se décrasser sous la douche après une journée de route, et il se préparait à se faire une soirée séries télé quand il entendit frapper à sa porte. Il s'enveloppa dans une serviette et traversa la chambre, pieds nus. « Qui est là ?

— C'est la réception, monsieur Weaver. Nous avons un problème avec votre carte de crédit. »

Weaver déverrouilla la porte et l'entrouvrit. Celle-ci fut repoussée violemment et alla cogner le mur. Deux hommes entrèrent, le premier referma le battant, l'autre se précipita sur Weaver qui n'eut pas le temps de reculer. Il sentit qu'on plaquait quelque chose sur son plexus solaire, puis éprouva deux décharges coup sur coup, comme des coups de massue. Il se sentit choir à la renverse. Il rebondit contre le rebord du lit et s'étala sur le dos. Il releva la tête pour regarder son torse. Juste sous le sternum, du sang s'écoulait par deux trous de la taille d'un crayon. L'homme qui lui avait tiré dessus s'avança, le toisant de toute sa hauteur, une jambe passée de chaque côté de son corps. Frank Weaver vit le canon d'une arme s'approcher de son visage et il ferma les yeux.

83

Le frère et la sœur Salim quittèrent l'hôtel à vingt et une heures et, presque aussitôt, Jack et Clark comprirent qu'ils retournaient au terminal maritime de Newport News. À Portsmouth, ils quittèrent toutefois l'autoroute pour gagner l'entrepôt d'un garde-meubles sur Butler Street. Clark passa devant, tourna sur Conrad, coupa ses phares, puis fit demi-tour pour s'arrêter à trois mètres de l'intersection.

Un peu plus loin, l'Intrepid était entrée dans le parking pour se garer près de la première rangée de boxes. Citra Salim descendit de voiture et trottina jusqu'à l'un des boxes qu'elle ouvrit avec une clé.

« J'aime pas ça, commenta Jack. Qu'est-ce que deux jeunes en vacances viennent faire dans un garde-meubles ?

— Je ne vois pas trop, moi non plus », admit Clark.

Citra était déjà ressortie. Elle referma et verrouilla le box, puis retourna vers la Dodge. Elle portait deux petits sacs à dos en toile.

Au bout de quelques minutes, ils étaient de retour sur l'autoroute en direction du tunnel sous la baie. Passé de l'autre côté, l'Intrepid reprit le chemin inverse de l'aller, pour aboutir une fois encore au parc King Lincoln. Ils ne firent toutefois pas halte au parking mais poursuivirent leur chemin pour tourner à droite sur Jefferson, toujours comme à l'aller.

« Tu crois qu'ils nous ont repérés ? demanda Jack.

— Non. Ils sont juste prudents. Pas de lézard. »

Ils traversaient à présent une zone industrielle : entreprises de transport, dépôts de sable et gravier, casses, chantiers de réparation navale. L'Intrepid tourna de nouveau à droite.

« Douzième rue, observa Jack. Ils repartent vers l'est. »

Clark les laissa prendre un peu d'avance, puis il éteignit ses phares, vira à son tour et se gara le long du trottoir. Trois cents mètres plus loin, l'Intrepid tournait à gauche, dans un groupe d'immeubles d'habitation.

« Une visite à de nouveaux amis ?

— Allons voir ça », répondit Clark.

Il ralluma les phares et redémarra. Lorsqu'ils parvinrent à la hauteur des immeubles, ils virent deux silhouettes sortir du parking et emprunter l'allée. Les Salim. Lestés des sacs à dos. Clark les dépassa et regarda dans le rétro. Ils retournaient vers Jefferson. Clark tourna à la rue suivante, s'arrêta de nouveau juste à l'entrée, coupa les phares.

« Tu les vois ? demanda-t-il à Jack.

— Ouaip, je les ai repérés. »

Arrivés avenue Jefferson, ils traversèrent la rue et s'enfoncèrent dans les herbes du terre-plein latéral de l'autre côté duquel se trouvait le dépôt d'un transporteur.

« C'est le moment de passer à l'action », dit Clark.

Sur quoi, toujours tous feux éteints, il recula pour revenir dans la 12e et rejoindre Jefferson. Parvenus à l'intersection, ils virent les Salim tourner à gauche et disparaître derrière la clôture de l'entreprise de transport.

« Ils vont bientôt se casser le nez », observa Jack. L'entrepôt était en effet adossé à la 664, une autoroute en surélévation.

« Continuons à pinces », dit Clark.

Ils se garèrent, descendirent et traversèrent la chaussée jusqu'au terre-plein latéral. Derrière l'entrepôt de transport, ils tombèrent sur un ruisseau marécageux longé par un étroit sentier qui serpentait dans les herbes hautes. Ils étaient à moitié descendus vers l'eau quand Clark se repéra. « C'est le chenal qui longe la 664. Tu te rappelles, sur la droite, au débouché du tunnel ? » Ils avaient remarqué des dizaines de yachts et de vedettes mouillées dans le chenal.

En bas du sentier, ils entendirent un moteur démarrer. Clark et Jack piquèrent un sprint. À cinquante mètres de là, à la pointe de l'embarcadère, les Salim s'étaient installés dans un canot rapide. Le garçon s'installa aux commandes et mit les gaz. L'embarcation s'écarta du quai et s'engagea dans le chenal.

Une minute plus tard, Jack et Clark étaient de retour à leur voiture. Ils s'engagèrent sur Jefferson en direction du sud. Après quelques intersections, le chenal apparut du côté droit. Ils aperçurent le canot des Salim qui se dirigeait vers son embouchure.

« Ils se dirigent vers le terminal, observa Clark.

— Et la patrouille fluviale ?

— Jack, une fois qu'ils auront contourné la jetée, ils ne seront qu'à quatre cents mètres du premier mouillage. On a cinq minutes, et encore. »

Clark fit demi-tour et repartit dans l'autre sens.

Ils passèrent sous la 664 et prirent vers le sud dans la direction du terminal. Au bas de la rampe, une fourche desservait d'un côté un terminal pétrolier. Clark prit à droite pour emprunter une route sinueuse et non revêtue. À mi-parcours, Clark pila. Cent mètres plus loin, il avisa une guérite de gardien. Une barrière basculante bloquait le passage.

« Merde.

— Tu ne sors pas ton insigne de marshal pour nous faire passer ?

— Une fois dans la place, pas de problème, mais depuis janvier dernier, l'entrée principale est passée sous la responsabilité du TWIC – Transportation Worker Identification Credential. Le service d'habilitation des transporteurs routiers. Pas de carte, pas d'accès.

— Comment sais-tu tout ça ?

— Rainbow Six avait une cellule exclusivement consacrée à nous tenir à jour de tous les protocoles d'identification. Les indésirables ont tendance à vouloir fourrer leur nez là où ils n'ont pas le droit. Découvrir ce qu'ils cherchent à contrefaire, c'est en bonne partie découvrir leurs objectifs. »

Clark repartit à reculons, le bras passé au-dessus du siège pour se guider par la lunette arrière, jusqu'à ce qu'ils aient rejoint la fourche. Cette fois, il prit à gauche et se gara sur le rond-point gravillonné devant la clôture du terminal pétrolier.

« On continue à pied. »

Sur leur gauche, de l'autre côté, ils apercevaient les voitures qui fonçaient sur le viaduc de la 664. Sur leur droite, de l'autre côté du chemin, un talus herbeux. Ils s'y dirigèrent, l'escaladèrent et traversèrent le rideau de végétation au sommet pour redescendre de l'autre côté. Ils se retrouvèrent dans un terrain vague de la taille d'un terrain de foot. Tout au bout, ils avisèrent la guérite repérée un peu plus tôt. Ils traversèrent les herbes folles, gravirent un autre talus, franchirent un autre rideau de broussailles, débouchèrent sur un chemin de terre. Sur leur gauche, un parking en terre battue sur lequel s'alignaient des rangées de conteneurs et deux baraquements préfabriqués.

Clark et Jack prirent le chemin et, trente secondes plus tard, ils se retrouvaient au milieu des conteneurs. Ils s'arrêtèrent une seconde pour reprendre leur souffle.

Puis ils s'avancèrent entre les rangées de conteneurs afin de gagner la lisière du parking. Cinquante mètres plus loin, c'étaient les quais, avec trois appontements perpendiculaires qui s'avançaient dans la rade ; un bâtiment était mouillé de chaque côté, soit six en tout.

« Un sacré bout de terrain dégagé jusque-là-bas. Et éclairé comme en plein jour. On se croirait sur un stade. Quel navire ?

— Au pif, je dirais celui qui n'est pas encore déchargé. » Il indiquait un porte-conteneurs amarré à l’extrême droite. Des cadres, ou conteneurs de vrac encombraient le pont avant. « T’arrives à déchiffrer le nom ? »

Jack plissa les paupières. « Le *Losan.* »

À trois cents mètres de là, Citra et Purnoma Salim étaient en train d’accoster le long du quai sous la poupe du *Losan.*

« T’es sûre que c’est celui-ci ? chuchota le frère.

— Sûre. Tiens. »

Elle saisit le sac à dos et l’enfila.

Purnoma tendit le bras, saisit l’échelle d’acier et fixa un bout au montant. Il stabilisa leur embarcation et sa sœur entreprit l’ascension. Quand elle fut parvenue au dernier échelon, elle tendit les bras au-dessus de sa tête, fit passer le bout par-dessus le bastingage, puis, d’une poussée, se hissa sur le pont. Dans l’intervalle, Purnoma avait déjà suivi. Il la rejoignit une minute plus tard.

« Il ne devrait pas y avoir plus de deux matelots à bord. Tu vas leur causer et moi, je vais vers les bouteilles. Dès que t’as terminé, tu me préviens et je m’y mets. »

« Souviens-toi, tu fais comme si t’étais chez toi », dit Clark, puis il se redressa et pénétra dans le parking. Jack le suivit. Devant les préfabriqués, trois hommes les observaient, cigarette au bec. Clark leva le bras. « Salut les gars, comment va ?

— Ça roule. Et vous ? »

Clark haussa les épaules avec emphase. « Une journée comme d'hab, quelques biftons comme d'hab. »

Les types rigolèrent.

Clark et Jack continuèrent d'avancer ; ils quittèrent le parking pour se retrouver entre deux rangées de semi-remorques. Ils émergèrent enfin sur le quai et prirent à droite, passant devant les bateaux. Ils parvinrent à l'appontement du *Losan*.

« C'est trop facile, marmonna Jack.

— Va pas nous porter la poisse, mec. »

Ils s'engagèrent à gauche sur l'embarcadère. Au bout de cinquante mètres, ils notèrent que l'échelle de coupée du *Losan* était descendue, sa base reposant à quelques dizaines de centimètres du quai.

« Ils doivent avoir quelqu'un de garde ? se demanda Jack.

— Écoute, fiston. Dans la marine, on parle de "quart". Cela dit, on ne va pas tarder à en avoir le cœur net. »

Ils gravirent l'échelle. Leurs pas résonnaient sur les barreaux métalliques. Au sommet, le bastingage était ouvert, mais le passage barré par un câble. Clark le défit et ils passèrent. Sur leur droite, une arche donnait sur le pont avant ; sur la gauche, un pont couvert s'étendait jusqu'à la proue. Trois écoutilles s'ouvraient dans la cloison. Clark dégaina son arme. Jack l'imita. Ils se dirigèrent vers la première écoutille, la déverrouillèrent sans bruit, puis l'ouvrirent. Du pont inférieur, leur parvint un bruit évoquant deux raquettes de ping-pong que l'on frappe. Clark mima un pistolet, Jack acquiesça.

Un second coup de feu.

Puis, venant de l'avant, le petit bip d'un talkie-walkie ou d'un téléphone mobile en mode ampli.

Clark se désigna, désigna le bas de l'échelle, puis il désigna Jack et le pont avant. Jack acquiesça et Clark disparut à l'intérieur.

Jack fit deux pas avant de s'immobiliser. Son cœur battait la chamade. Il inspira à fond pour se calmer. Glissa le pistolet dans sa main gauche pour s'éponger la paume sur sa jambe de pantalon. *Du calme, Jack. Respire.* Comme au stand de tir. Bien sûr, ce n'était pas pareil, il en était conscient, mais il faisait de son mieux pour ne pas y penser. *John se débrouillera. Ne t'en fais pas pour lui. Concentre-toi plutôt sur ce qui t'attend...* Il avançait toujours, pas à pas, prudemment, le pistolet tenu à deux mains, scrutant la superstructure au-dessus de sa tête. Il atteignit l'écoutille d'accès au pont avant. S'arrêta. Toujours se méfier des recoins, lui avaient répété Dominic et Brian. Les flics détestent les recoins. *Ne jamais négliger le moindre recoin*, se remémora-t-il. *Jeter un œil, jauger la situation, puis dégager*.

C'est ce qu'il fit précisément : un coup d'œil, puis on se retire. Sur sa gauche, il avait aperçu une muraille d'acier haute d'une quinzaine de mètres. Les conteneurs de vrac. Par rangs de douze et empilés par quatre. Leur bord antérieur était calé contre le rebord en surplomb de la cale avant. Jack jeta encore un coup d'œil, cette fois pour scruter le pont devant l'ouverture de la cale. Il était sur le point de battre en retraite quand il aperçut une silhouette qui filait derrière l'empilement de conteneurs avant de s'agenouiller au-dessus de l'écoutille de la cale. L'individu se mit à déverrouiller celle-ci. Quand il eut terminé, il l'entrouvrit en la faisant coulisser d'une cinquantaine de centimètres avant de disparaître au pas de course.

Du côté tribord lui parvint le couinement d'une écoutille qu'on ouvrait puis refermait. Des pas résonnèrent sur le pont. Suivis d'un murmure de voix. Jack s'avança pour se couler à l'abri de la dernière rangée de conteneurs. Il rampa jusqu'au bout, jeta un œil au coin. Rien.

Puis un cliquetis, suivi d'un autre, d'un autre encore. Il lui fallut quelques secondes pour identifier le bruit : des pas sur des échelons métalliques. *Qu'est-ce que tu fabriques, mec ?* Un seul moyen de savoir : il rengaina son arme, saisit l'échelon du bas, se mit à grimper. En haut, l'échelle de la rangée supérieure de conteneurs était décalée de soixante-quinze centimètres, ce qui l'obligea à tendre le bras pour attraper l'échelon suivant. Il se retrouva le pied ballant.

C'est alors qu'il entendit un bruit en dessous et baissa les yeux. Même s'il faisait trop sombre pour qu'il pût distinguer ses traits, Jack reconnut Citra Salim à ses longs cheveux bruns. Elle leva son arme. La main droite de Jack lâcha l'échelon pour dégainer son pistolet. Déséquilibré, Jack oscilla encore un peu plus de côté. Un éclair orangé jaillit du canon de l'arme de Citra. Jack sentit le vent brûlant du projectile qui lui effleura la joue avant d'aller se loger en résonnant dans la paroi d'acier derrière sa tête.

Venant de l'autre côté du conteneur, il entendit alors une voix masculine : « Citra ? »

Jack voulut à nouveau reprendre son arme mais il comprit, à l'instant où ses doigts atteignaient la crosse, qu'il était trop tard.

Vraiment con de partir comme ça.

Derrière Citra, une silhouette apparut sous l'arcade métallique. John Clark avança d'un pas décidé, leva son arme et logea une balle dans la nuque de la jeune femme. Elle piqua du nez.

« Citra ? T'es là ? »

Jack pointa son arme côté bâbord. Clark opina et se dirigea dans cette direction. Jack plaqua la main contre sa joue ; ses doigts étaient ensanglantés. *Juste une estafilade*. Heureusement. Il reprit son ascension, gagnant le troisième niveau de conteneurs. À mi-hauteur de l'ultime rangée, il s'arrêta, dégaina, repartit. Parvenu au sommet, il marqua un temps. Sur sa gauche, les baies vitrées de la passerelle et le surplomb de l'avant-toit le dominaient d'un mètre environ. Il jeta un coup d'œil par-dessus le rebord supérieur du conteneur.

Quatre bouteilles de propane cylindriques, ressortant en blanc dans l'obscurité, étaient posées côte à côte, deux à l'avant, deux à l'arrière. Cinq conteneurs plus loin, Jack vit un objet argent mat voler dans les airs et dégringoler en cliquetant dans son conteneur. Jack se dévissait le cou pour localiser l'objet quand il vit une lueur jaune crachotante apparaître sous l'avant de l'une des bouteilles de gaz.

« John !

— Je suis là.

— Il a un truc… je ne sais quoi… une bombe, une grenade. »

Un autre objet décrivit un arc dans les airs. Cette fois, Jack l'observa plus attentivement. Une grenade tuyau[1]. Jack enjamba le rebord du conteneur, se coula vers l'avant, descendit entre les bouteilles. De l'autre côté, Clark était en train de le rejoindre.

« Les charges sont amorcées, John », dit Jack.

Il se redressa, passa la jambe par-dessus le rebord, s'agenouilla.

« Tu le vois ? » lança Clark.

Un torse sortit de l'un des conteneurs, l'homme tira sur Clark avant de se planquer à nouveau.

« Et merde », grommela Jack qui se mit à courir, les bras écartés comme un funambule. Il passait au-dessus du sixième conteneur quand Purnoma Salim apparut au-dessus du rebord du huitième avant de débouler dans le suivant. Il s'était déjà relevé pour se retourner vers Clark qui était en train de sauter d'un rebord à l'autre. Purnoma leva son arme. Jack se releva aussitôt et se tourna vers Clark qui était juste en train de sauter d'un conteneur à l'autre. Il vit alors Purnoma relever son arme. Sans ralentir, il fit pivoter son bras droit armé du pistolet – le bras gauche toujours étendu pour garder son équilibre – et se mit à tirer en essayant de viser au torse. Purnoma s'effondra. Jack cessa le feu. Deux conteneurs derrière lui, il entendit un craquement. La pile de conteneurs trembla. *Crac*.

« John, sors de là ! » hurla Jack, courant toujours.

Crac.

---

1. *Pipe bomb* : grenade artisanale confectionnée à partir d'un fragment de tuyau métallique.

Le rebord se déroba sous les pieds de Jack qui trébucha et bascula de biais dans le conteneur. Il vit le fond d'une bouteille de propane se ruer sur lui. Il eut juste le temps de se tortiller pour atténuer l'impact avec le bras et l'épaule, puis il glissa le long du cylindre et se retrouva coincé entre celui-ci et la cloison métallique.

Quelque part dans le terminal, on entendit retentir une sirène d'alarme.

« Jack ?

— Je suis OK ! »

Il entendit un sifflement. Regarda partout. Juste en dessous de lui, venant de la partie inférieure du cadre, il aperçut une lueur jaune. *Ah merde.*

« John, bouge-toi, file ! »

Un cadre plus loin, un autre claquement.

Jack roula sur le dos et se rassit, puis se jucha sur la bonbonne. Il se remit debout, regarda autour de lui. Aucune issue. Quinze mètres de chute de chaque côté, l'échelle la plus proche à plus de sept mètres. *La timonerie.* Il sprinta le long de la bouteille, puis bondit, agrippa le surplomb, passa une jambe, la bloqua avec la cheville, puis réussit à se hisser sur l'avant-toit de la passerelle.

Crac.

Jack roula sur le ventre, regarda en contrebas. De l'intérieur du conteneur lui vint comme un clapotis. L'odeur le frappa. Ses yeux se mirent à larmoyer.

« John !

— Ouais, je suis à bâbord !

— Tu sens cette odeur ?

— Ouais. Bouge ton cul. »

Jack se releva, traversa le toit au sprint, retrouva l'échelle de superstructure, entama la descente. Clark l'attendait en bas.

« C'est quoi, ce putain de truc ?

— Du gaz de chlore, Jack. »

Quarante minutes plus tard, trempés, épuisés, ils retrouvaient leur voiture et redescendaient Terminal Avenue. Dans leur rétro, ils pouvaient voir des grappes de gyrophares bleu et rouge d'un bout à l'autre du terminal. Conscients que leur présence risquait plus de susciter des problèmes que d'en résoudre, ils avaient plongé du *Losan* pour rejoindre le rivage à la nage, quelques centaines de mètres plus loin, avant de retraverser à pied le terminal de fret en tâchant d'éviter les voitures de police et de pompiers, jusqu'à ce qu'ils aient rejoint le terminal pétrolier.

Clark remonta sur la 664 et se dirigea vers le nord-est et Newport News où ils trouvèrent une cafétéria ouverte vingt-quatre heures sur vingt-quatre. Jack appela le Campus. Hendley répondit. « Ce bordel, à Newport News… c'est vous ?

— C'est déjà aux infos ?

— Sur toutes les chaînes. Que s'est-il passé ? »

Jack lui narra les événements puis demanda : « C'est grave ?

— Ça aurait pu être pire. Jusqu'ici, seule une trentaine de dockers sont à l'hôpital. Pas de morts. C'était quoi, quel genre de réservoirs ?

— Des bouteilles de propane, je pense. Une quinzaine. Ils ont balancé dessus une demi-douzaine de bombes artisanales, mais je parie qu'ils en avaient bien plus dans leurs sacs à dos.

— Ils sont morts tous les deux ?

— Oui.

— Je veux que vous ralliiez l'aéroport. On vous a réservé une place sur un 330 pour que vous rentriez illico.

— Que se passe-t-il ?

— On a eu des nouvelles de Chavez et Caruso. Ils ont chopé Hadi et il parle. »

84

Quand ils se posèrent à Dulles, Hendley et Granger les attendaient avec un Chevrolet Suburban. « Où va-t-on ? demanda aussitôt Clark.

— Andrews. Un Gulfstream nous attend, répondit Hendley. On a déjà embarqué du matériel et des vêtements. Mais chaque chose en son temps : le *Losan*. Tu avais raison, Jack. Les Salim avaient deux douzaines de bombes artisanales. Le manifeste indiquait une cargaison de quarante-six bouteilles de propane, censément défectueuses et vides, renvoyées du Sénégal vers le fabricant, Tarquay Industries, dans la banlieue de Smithfield.

— Eh bien, on sait déjà qu'elles n'étaient pas vides, remarqua Clark.

— Exact. On n'aura pas de certitude avant quarante-huit heures, mais les équipes de protection contre les risques chimiques estiment qu'il y avait l'équivalent de neuf cents litres, soit d'ammoniac, soit d'hypochlorite de sodium dans chaque bouteille.

— De l'eau de Javel, dit Jack.

— Ouais. On dirait bien. De la banale eau de Javel. Tu mélanges les deux, et tu dégages du chlore. Tu fais le calcul et tu as de quoi générer au moins trente-cinq tonnes de gaz. En fait, seul un mètre cube environ a été produit. Le reste a pu être contenu.

— Nom de Dieu, fit Jack. Trente-cinq tonnes. Quel genre de dégâts cela aurait-il pu produire ?

— Ça dépend de tout un tas de paramètres, répondit Granger, le vent, l'hygrométrie et la température, mais on aurait pu s'attendre à plusieurs milliers de morts. Plus des milliers de blessés par brûlure de la peau et des muqueuses, œdème pulmonaire, cécité… une vraie saloperie. »

Hendley embraya. « Point suivant : Chavez et Caruso ont alpagué Hadi.

— *Quid* des autres membres de son groupe ?

— Morts dans la favela. Il se peut qu'il y ait un rapport, mais une fois que Hadi s'est mis à table, il n'a plus arrêté.

— On le détient toujours ?

— Non. Ils l'ont ficelé comme un saucisson et lâché devant un commissariat de police, avec un mot attaché au colis. Il risque de finir ses jours dans une prison brésilienne.

— En gros, on avait raison à son sujet. C'était depuis longtemps un porteur de valises du CRO, recruté au dernier moment pour l'attentat de Paulinia. Lors de sa dernière mission – de Chicago à Frisco via Las Vegas –, il avait fait étape pour rendre visite à un vieil ami. »

L'expression de Hendley répondit à la question de Jack et Clark sans qu'ils aient à la poser.

« Non, ce n'est pas une blague. L'Émir est venu de Suède à bord d'un Dassault Falcon, il y a un mois environ. Il vit depuis aux environs de Las Vegas.

— Et Hadi savait où…

— Ouais.

— C'est des conneries, rétorqua Jack. S'il est ici, c'est pour une raison précise. L'attentat de Paulinia, le *Losan*... Ding a raison. Les grêlons commencent à dégringoler.

— Entièrement d'accord, dit Granger. C'est pourquoi vous allez nous le récupérer. Chavez et Caruso sont déjà en vol. Ils devraient se poser une heure après vous.

— Donc, on l'alpague et on le remet au FBI ? demanda Clark.

— Pas directement, et en tout cas pas avant qu'on ait eu une chance de lui tirer les vers du nez.

— Ça risque de prendre un bout de temps.

— On verra. »

Hendley avait accompagné sa remarque d'un sourire proprement sardonique.

À la base d'Andrews, le Gulfstream était prêt à décoller, la porte ouverte et l'escalier déployé pour les accueillir. Jack et Clark récupérèrent leurs affaires à l'arrière du Suburban, serrèrent la main de Granger et Hendley, puis ils embarquèrent. Le copilote les accueillit à la porte. « Vous prenez un siège à votre guise. » Il remonta l'escalier, rabattit la porte et la verrouilla. « On commence le roulage dans cinq minutes, décollage dans dix. Profitez du frigo et du minibar. »

Jack et Clark se dirigèrent vers l'arrière de la cabine. Assis dans la dernière rangée, ils découvrirent un visage familier : le Dr Rich Pasternak.

« Gerry ne m'a pas raconté grand-chose, avoua Pasternak. Dites-moi, je vous en prie, que j'ai une bonne raison de traverser le pays au beau milieu de la nuit. »

Sourire de Clark. « Rien n'est gravé dans le marbre, doc, mais je pense que ça vaut le déplacement. »

Grâce aux quatre heures de décalage horaire pour une durée de vol de quatre heures vingt, ils se posèrent en définitive à Las Vegas vingt minutes seulement après avoir quitté Andrews. Pour Jack, c'était le genre de paradoxe temporel propre à vous flanquer la migraine.

Entre deux petits sommes, Clark et lui avaient disséqué la mission *Losan*, discuté de base-ball et farfouillé dans le frigo et le minibar. De son côté, Pasternak était resté dans son fauteuil, somnolant parfois, mais le plus souvent le regard perdu dans le vide. Jack savait que bien des choses devaient lui trotter dans la tête. L'homme avait perdu son frère en cette affreuse matinée de septembre, neuf années avaient passé, et il survolait le pays pour rencontrer l'homme qui peut-être avait organisé tout cela. Mais d'un autre côté, « rencontrer » n'était peut-être pas le terme adéquat. Ce que Pasternak réservait à l'Émir, Jack ne le souhaitait à personne. Enfin, presque personne.

L'avion s'immobilisa, les moteurs ralentirent. Jack, Clark et Pasternak récupérèrent leurs affaires personnelles et se dirigèrent vers la porte. Le copilote sortit du poste de pilotage, ouvrit la porte, déploya l'escalier. « Docteur, vous voulez qu'on aille faire chercher votre matériel ?

— Non, on va l'attendre.
— Quel matériel ? demanda Clark, alors qu'ils attendaient sur le tarmac.
— Les instruments du métier, monsieur Clark », répondit Pasternak sans l'ombre d'un sourire.

Une navette les déposa à la gare routière et dix minutes plus tard ils roulaient vers le sud sur Rancho Drive à bord d'un mini-van Ford. Ils entrèrent dans le parking de courte durée de McCarran et trouvèrent un emplacement. Jack composa le numéro de Dominic ; ce dernier répondit à la deuxième sonnerie. Jack demanda : « Vous êtes posés ?
— Depuis cinq minutes. Vous êtes où ?
— On passera vous prendre aux arrivées. »

Chavez et Dominic balancèrent leurs sacs à l'arrière avant de monter. On échangea des saluts. Chavez remarqua : « Bon Dieu, John, jamais je n'aurais imaginé te voir au volant d'un bus de patronage.
— Ah, c'est malin, ça. »
Clark démarra et se dirigea vers l'autoroute.

Il leur fallut un quart d'heure mais bientôt ils pénétraient dans le lotissement huppé. Selon les indications données par Chavez, Clark passa devant la maison sans s'arrêter, puis il vira pour revenir vers l'entrée du lotissement. Au stop, il coupa le moteur et éteignit les phares.

« On a environ deux heures avant l'aube et aucune info sur ce qui se trouve à l'intérieur, c'est bien ça, Ding ?

— Hadi a vu le garage, la cuisine et le séjour. Rien de plus.

— Des systèmes d'alarme ?

— Il n'a pas souvenance d'avoir remarqué de digicode. Une certitude, l'Émir a un garde du corps, un certain Tariq. Un type d'allure normale, taille moyenne, cheveux châtains, mais aux mains couvertes de cicatrices de brûlures. Hadi en ignore l'origine.

— Donc, au moins deux personnes à l'intérieur, c'est sûr, reprit Clark. Ça fait sans doute un bout de temps que l'Émir a joué au petit soldat, mais considérons qu'ils nous donneront tous les deux du fil à retordre. Des questions ? »

Il n'y en avait pas.

« On va s'introduire discrètement par la porte du garage, puis on passera dans la cuisine. Deux groupes. Quelqu'un voit l'intérêt d'un tir groupé ?

— Négatif », répondit Chavez.

Jack nota que Dominic avait légèrement penché la tête et regardait dehors. Clark se tourna vers lui : « Dom ?

— On colle bien ensemble. J'ai un peu déconné mais c'est une affaire réglée, pas vrai ? »

Ding acquiesça. « C'est bon pour moi.

— OK, dit Clark. Deux équipes, méthode habituelle. On tâche de récupérer le maximum d'individus en vie, mais l'Émir demeure notre cible principale. Le mieux serait qu'aucun coup de feu ne soit tiré. Avec un tel voisinage, on se retrouverait avec les flics sur le dos dans les cinq minutes. Doc, je vais vous demander de rester ici et de tenir la place. On vous appelle dès qu'on a terminé. Si c'est possible, vous entrez directement dans le garage. Sinon, rangez-vous dans l'allée. »

Ils garèrent le minibus au bout de la zone pavillonnaire et terminèrent le chemin à pied. Le ciel était dégagé, avec une pleine lune ; l'air était froid, de ce froid qu'on ne rencontre la nuit qu'en plein désert.

Clark prit la tête, remonta l'allée, franchit le portillon sur le côté et gagna la porte latérale. Le verrou était simple, et il ne lui fallut que quarante secondes pour forcer la serrure. Ils se dirigèrent vers le garage. Dominic, qui fermait la marche, repoussa doucement la porte. Le garage était vide. Ils restèrent quelques instants immobiles, le temps que leurs yeux s'habituent à la pénombre.

Clark se dirigea vers la porte de la cuisine, essaya le bouton. Il se retourna vers les autres et hocha la tête. Chacun dégaina son arme. Clark tourna le bouton, marqua un temps d'arrêt, tendit l'oreille, puis ouvrit complètement la porte. Il resta une vingtaine de secondes sur le seuil pour examiner le chambranle, guettant le bip caractéristique d'une centrale d'alarme. Le silence se prolongea. La cuisine et le coin-repas étaient sur la droite ; sur la gauche, de l'autre côté d'une arcade, le séjour.

Clark prit à droite, suivi de Jack, tandis que Dominic et Chavez se dirigeaient sur la gauche. Au signal de Clark, ils entreprirent l'inspection des lieux. De l'autre côté de la cuisine, un passage ouvert donnait sur un couloir. Clark jeta un coup d'œil. Trois mètres sur sa gauche, la tête de Ding apparut derrière le coin opposé. Le couloir s'étendait sur la droite. Trois portes, une de chaque côté et une au fond. Clark fit signe à Ding et Dominic de s'occuper de la porte de gauche. Dans le même temps, Clark et Jack se glissaient vers celle de droite. Les deux équipes entrèrent au même moment et ressortirent dix secondes plus tard. Deux chambres d'amis, l'une et l'autre vides.

Les quatre hommes se regroupèrent devant la porte au fond du couloir. Du geste, Clark indiqua : *deux par deux, gauche et droite*. Tout le monde acquiesça. Clark essaya le bouton, se retourna vers les trois autres, hocha la tête. Ils poussèrent le battant, chaque binôme couvrant un côté de la pièce à la pointe du pistolet. Clark leva le poing – *stop* – puis indiqua une masse sous les couvertures du lit. Il indiqua alors Chavez, puis la penderie. Ding inspecta celle-ci, hocha la tête.

Clark s'approcha du lit à pas de loup. Jack et Dominic se postèrent au pied, Ding couvrait l'autre côté. Les quatre hommes braquèrent leur arme sur la silhouette emmitouflée. Clark rengaina son arme, puis alluma sa torche à diodes, saisit le bord du drap, le rabattit brusquement.

« Et merde. »

85

Kersen Kaseke quitta sa maison à quatre heures du matin, fit une brève pause à une station-service ouverte de nuit pour prendre une grande tasse de café. Après tout, c'était son seul vice. Il ne fumait pas, ne buvait pas et s'efforçait de ne pas se laisser distraire par la relative nudité des femmes dans ce pays.

Il remonta en voiture et se dirigea vers l'église congréganiste du Sacré-Cœur. Les rues de la ville, déjà peu encombrées en temps normal, étaient particulièrement tranquilles. Il pleuvait depuis l'après-midi de la veille et les rares à se trouver dehors à cette heure-ci étaient ceux qui y étaient contraints et forcés : travailleurs matinaux, livreurs, policiers… ces derniers toutefois brillaient par leur absence. Il y vit le signe qu'Allah était avec lui.

Il fit une fois le tour de l'église, puis se gara deux rues plus au nord, sur le parking d'un vidéo-club. Par habitude, il ne se rendit pas directement au lieu de culte mais prit un chemin détourné. Finalement, certain de ne pas avoir été suivi, Kaseke traversa la pelouse de l'église pour s'approcher des haies bordant les marches du porche. Il s'agenouilla.

Il sortit de son paquetage la première mine. De type M18A1 et vulgairement surnommée « Claymore », c'était une arme antipersonnel. En forme de parallélépipède convexe, sa conception était simple : une couche de plastic C4 sur laquelle étaient posées sept cents billes de roulement en acier prises dans une gangue de résine. Lors de la détonation du plastic, les billes d'acier étaient projetées vers l'extérieur à une vitesse de douze cents mètres par seconde. Selon les instructions qu'il avait reçues, Kaseke avait la veille au soir démonté la coque extérieure pour répandre avec soin sur les billes près de deux cents grammes de granulés de mort-aux-rats. Le principe actif, la Diféthialone, était un anticoagulant ; de sorte que même les plus infimes blessures pouvaient devenir mortelles. C'était une tactique que ses frères palestiniens avaient utilisée avec succès dans la bande de Gaza et en Cisjordanie. Il n'avait pas fallu longtemps aux Israéliens pour découvrir le fin mot de l'histoire, mais dans l'intervalle, plusieurs dizaines de soldats avaient trouvé la mort, saignés à blanc malgré des lacérations somme toutes mineures. N'ayant encore jamais vu d'attaque de ce type, les secouristes d'ici se trouveraient confrontés à la même horreur, la même confusion.

Après avoir soigneusement réparti les granulés, Kaseke avait fixé le poison à l'aide d'une mince couche de cire à bougie, avant de refermer la coque de la mine. Le manuel recommandait l'usage de mouchoirs en papier recouverts de colle à tissu en bombe, mais la cire ferait tout aussi bien l'affaire, il le savait. Il s'assura enfin du bon serrage de toutes les vis de fixation, une fois le capot correctement aligné. Le manuel était également explicite à ce sujet. Toute erreur d'alignement risquait de réduire la force d'impact des projectiles. Il suivit donc les instructions à la lettre.

Kaseke déploya les pieds de l'engin. Il s'assura ensuite que l'étiquette *Placer ce côté face à l'ennemi* était bien positionnée vers le porche de l'église qui, d'ici quelques heures, serait bruissant d'activité ; il ficha alors les pieds dans la terre meuble sous la haie. Il se mit ensuite à plat ventre pour regarder par le cran de visée fixé au-dessus de la mine.

Parfait. Il avait choisi l'emplacement idéal. La déflagration balaierait non seulement les marches et l'entrée mais une partie du trottoir devant l'édifice.

Il vérifia le calage de l'horloge sur sa propre montre. Elles étaient synchrones. Il régla la minuterie, appuya sur le bouton de lancement, puis attendit quelques secondes avant de se relever et de s'éloigner.

Comme d'habitude en fin de semaine, Hank Alvey se leva tôt le dimanche matin et alla réveiller les trois gamins, leur servit leurs flocons d'avoine et leurs gaufres aux myrtilles, puis il les installa devant la télé – le volume baissé. La pluie de la nuit avait cessé, laissant un ciel d'un bleu éclatant. Le soleil baignait le séjour et caressait le plancher de bois sur lequel étaient installés les enfants, fascinés par les dessins animés.

Peu avant sept heures, il prépara pour Katie son café et sa tartine de pain au levain grillé, puis alla la réveiller et lui servit le petit déjeuner au lit. Sa boutique de réparation de pneus fermait le dimanche, de sorte que c'était le seul jour où il pouvait soulager son épouse de ses tâches quotidiennes. S'occuper des mômes pour qu'elle puisse dormir une heure de plus était si romantique, ne cessait-elle de lui répéter – et si sexy – que bien souvent, le dimanche soir, une fois les enfants couchés, elle lui prouvait à quel point elle appréciait le geste.

Mais ça, ce serait pour plus tard, se dit Hank tout en versant le café dans la tasse posée sur le plateau à côté du pain beurré. La plupart du temps, il arrivait *presque* à rejoindre leur lit avant que Katie ne se retourne pour lui adresser un sourire ensommeillé. Comme aujourd'hui.

« Qu'est-ce qu'il y a à manger ?

— Devine.

— Ah, ce que je préfère. » Elle s'assit et cala les oreillers derrière son dos. « Qu'est-ce que t'as fait des enfants, tu les as bouclés dans la penderie ?

— Ils sont en train de regarder *Yo Gabba Gabba* ! Je crois bien que Jeremy en pince pour Foofa. »

Katie mordit dans sa tartine. « C'est laquelle, celle-là, déjà ?

— L'espèce de bulbe de fleur rose.

— Ah oui, c'est vrai. On va à l'église ?

— On a intérêt. On a raté les deux derniers dimanches. On peut aller au service de neuf heures, puis on conduira les enfants au parc.

— Entendu. Je vais me faire belle.

— C'est déjà fait, répondit galamment Hank avant de se diriger vers la porte. Bon, je m'en vais les sortir de la penderie. »

Katie était au pied de l'escalier, habillée, coiffée et maquillée, avant même que Hank ait terminé la corvée des chaussures. Josh, l'aîné, était capable de nouer ses lacets tout seul, mais ce n'était pas le cas d'Amanda et de Jeremy. Hank et Katie se répartirent donc la tâche et bientôt ils récupéraient manteaux et clés de voiture, puis allaient s'assurer que la porte de derrière était bien verrouillée.

« On va être en retard », lança Katie.

Hank regarda sa montre. « Il n'est pas encore moins le quart. On y sera dans cinq minutes. OK, les enfants, on y va… »

Ils sortirent.

Installé sur le banc d'un arrêt d'autobus à quelque distance de l'église, Kaseke sirotait sa troisième tasse de café de la journée. De cet emplacement, il avait une vue idéale sur le parvis. *Là*. Les portes s'ouvrirent et les fidèles commencèrent à sortir. Il regarda sa montre : 8 : 48. Et voici que par le sentier venant du parking situé derrière, les premiers fidèles de l'office de neuf heures se présentaient déjà. Ouvrant la marche, un jeune couple avec trois enfants, deux garçons et une fille, qui les précédaient, main dans la main. Kaseke ferma les yeux et pria Allah qu'il lui donne de la force. C'était nécessaire. Et puis les enfants, si petits, seraient tués sur le coup, si bien qu'ils ne se ressentiraient même pas la douleur.

Le petit groupe arriva au bout de l'allée pour se joindre au reste de l'assemblée des fidèles, au pied des marches.

Kaseke regarda sa montre. Moins d'une minute maintenant.

Ainsi placé à cent mètres de l'endroit où il avait déposé la mine, il ne pouvait voir que son plan était en train d'échouer, et ce n'est que plus tard, après sa capture, que la police devait lui expliquer son échec.

Durant les cinq heures où la mine était restée, d'abord sous la pluie, puis sous les premiers rayons du soleil levant, la cire de bougie que Kaseke avait utilisée pour fixer les granulés de poison aux billes d'acier noyées dans la résine, cette cire avait commencé à se fissurer. Ce seul détail aurait déjà nui au fonctionnement de l'engin mais ce que Kaseke ignorait, c'était que ce modèle précis de Claymore – tout comme huit autres – datait de plus de vingt ans et qu'il avait passé les huit dernières années soit stocké dans une caisse en bois au fond d'une grotte humide, soit enterré dans le sol recuit par le soleil d'une province afghane.

Tout comme la cire de bougie, la résine, qui avait depuis longtemps dépassé sa date de péremption et qui était devenue aussi friable qu'un biscuit, s'était également fissurée ; juste sur quelques millimètres, mais cela suffit à déloger les billes placées sur la couche supérieure et celles-ci roulèrent au fond du boîtier métallique. S'il n'avait pas plu dix heures d'affilée la veille au soir, cela n'aurait pas eu non plus d'impact sur la détonation, mais leur poids suffit à déséquilibrer l'ensemble posé sur un sol devenu meuble parce que détrempé. À 8 : 49 : 36, vingt-quatre secondes avant la détonation, la mine disposée avec grand soin par Kaseke piqua du nez de quarante-cinq degrés, pour pointer désormais en partie vers la terre, en partie vers le béton du parvis.

Quand elle s'éveilla ce même jour à l'hôpital, la première pensée de Katie Alvey devait être *Mon mari est mort mais mes enfants sont vivants*, suivie par la réalisation atterrée que tout cela n'était dû qu'au plus pur des hasards.

Au moment où la mine de Kaseke basculait, la famille Alvey gravissait les premières marches, en même temps que les quelques dizaines de retardataires. Hank se trouvait le plus près de la haie bordant l'escalier, Josh et Amanda sur sa gauche, suivis de Katie et Jeremy tenant la main de sa mère.

Les témoins du drame devaient décrire l'explosion comme une déflagration sourde, suivie d'une grêle infernale. Katie n'avait rien vu ni entendu mais elle avait, sans raison précise, tourné la tête vers Hank juste à l'instant où la mine sautait. Sur les sept cents billes de roulement que celle-ci contenait, quatre cents environ s'enfoncèrent dans le sol, creusant un cratère dans le parterre et arrachant un fragment de béton de près d'un mètre. Le reste des projectiles voltigea au ras du bitume, transperçant les pieds et les chevilles, brisant les os, arrachant les chairs, ou rebondissant dessus pour aller arroser les marches. Ceux qui avaient le malheur de se trouver sur leur trajectoire furent tués sur le coup ou subirent d'épouvantables blessures aux membres. Hank Alvey, dont le corps avait servi de rempart aux deux enfants, avait reçu sous le maxillaire gauche une bille de roulement qui lui avait explosé la tête. Katie avait été témoin de la scène mais n'avait bien sûr pas eu le temps de réagir, de saisir les enfants ou de protéger Jeremy. Du reste, c'eût été inutile.

Katie resta interdite, clignant les yeux, les oreilles carillonnant, incapable de saisir d'emblée l'ampleur du carnage autour d'elle. À ses côtés, ses trois enfants étaient dans le même état de choc, qui bien vite laissa place aux larmes. Les marches de l'église étaient maculées de sang, jonchées de membres épars et de fragments non identifiables de… de qui ? Elle ne reconnut personne. Des dizaines de victimes gisaient au sol. Certaines étaient immobiles, d'autres se tordaient de douleur ou tentaient de s'éloigner en rampant ou de se diriger vers des êtres chers. Tous avaient la bouche grande ouverte mais aucun son n'en sortait.

Et puis soudain, les oreilles de Katie se déboucherent et elle entendit les cris. Et des sirènes.

86

Après s'être assurés que tous les rideaux étaient bien tirés, ils allumèrent partout, puis Jack appela Pasternak pour lui dire de faire entrer le minibus dans le garage. Le docteur franchit la porte de la cuisine et s'immobilisa. « C'est lui ?

— Non, répondit Jack. C'est Tariq, son garde du corps. »

En fait, il avait fallu dix bonnes minutes de discussion pour convaincre l'intéressé d'admettre simplement son nom. À part cela, il demeura bouche cousue. Chavez et Dominic fouillaient le reste de la maison mais jusqu'ici, elle s'était révélée aussi anonyme qu'un appartement témoin. Pas la moindre touche personnelle.

« Il semble bien qu'on ait raté de peu notre homme, expliqua Jack. Allez vous asseoir dans le séjour, doc. On vous appellera. » Il rejoignit Clark à la table. Tariq était assis en face d'eux. Ils lui avaient ligoté les mains et les chevilles, puis avaient fixé ces dernières aux pieds de la table à l'aide de ruban adhésif.

« Qu'est-ce que tu t'es fait aux mains ? » demanda Clark.

Tariq les retira de la table pour les cacher sur ses genoux. « Un incendie.

— Jusque-là, j'avais deviné. Plus précisément ?

— Vous envahissez mon domicile, vous me tirez de mon lit. Vous n'êtes pas de la police. Qui êtes-vous ? Que voulez-vous ?

— Tu sais pourquoi nous sommes ici, dit Jack. Quand est-il parti ?

— Qui ça ? J'habite seul.

— Shasif Hadi nous a raconté autre chose », indiqua Clark.

À l'évocation de ce nom, Tariq eut un battement de paupières presque imperceptible.

« Ça ne t'intéresse pas de savoir comment on l'a retrouvé ? insista Jack. On l'a récupéré à Rio de Janeiro. Après l'attentat contre la raffinerie de Paulinia, il a reçu de l'Émir l'ordre de rompre tout contact avec Ibrahim, Fahd et Ahmed. L'Émir lui disait qu'ils l'avaient trahi.

— Ce n'est pas… (Tariq s'interrompit.)

— Pas vrai ? termina Clark. Tu as raison. La vérité, c'est qu'on a cassé votre code. Tous ces masques jetables incorporés dans les bannières de vos sites web… on a pu ainsi envoyer à Hadi un message sur son site de stockage du jour pour le faire détaler – et nous tomber tout rôti dans le bec. » Clark regarda Jack. « Il a fallu, quoi, dix minutes pour qu'il craque ?

— Même pas. Ah, encore une info, Tariq : le cargo *Losan*. Là aussi, on vous a coupé l'herbe sous le pied. Les deux jeunes Salim sont morts et les pompiers de Newport News sont à l'heure où je te parle en train de décharger les bouteilles de propane. »

Cette fois, Tariq ne put se retenir. « Vous mentez !

— À quel sujet ? demanda Clark. Hadi ou le *Losan* ?

— Les deux.

— Donc tu admets qui tu es et que tu connais l'Émir. »

Tariq reposa les mains sur la table, les doigts serrés, et regarda droit devant lui.

Depuis le hall, Ding lança : « John, j'ai un truc qui devrait t'intéresser. »

Clark et Jack retrouvèrent Ding et Dominic dans la chambre principale. Un ordinateur portable était posé sur une commode. Ding expliqua qu'ils l'avaient trouvé dans la table de nuit. Il appuya sur la touche entrée.

Au bout de quelques secondes, le visage de l'Émir apparut à l'écran. En arrière-plan, on apercevait le divan et le mur du salon. « Je m'appelle Saïf Rahman Yacine. Je suis également connu sous le nom de l'Émir et je suis le commandant du Conseil révolutionnaire des Omeyyades. Je m'adresse à vous aujourd'hui en fervent musulman et en humble serviteur et soldat d'Allah. À l'heure qu'il est, le monde entier a déjà été le témoin de la vengeance de Dieu contre l'Amérique, cette nation d'infidèles… »

Clark tapa sur la même touche pour stopper la vidéo. « C'est le testament de ce fils de pute.

— De quand date ce message ? demanda Jack.

— D'hier, répondit Dominic.

— Bon Dieu. »

Ils suivirent Clark qui était déjà retourné vers le coin-repas. Il s'assit à la table tandis que tous les autres demeuraient en retrait.

« Tariq.

— Quoi ?

— Je veux que tu me dises où se trouve Saïf et ce qu'il fait. Avant que tu répondes, je veux que tu comprennes la règle de base : tu as une seule occasion de dire la vérité et ensuite… »

Tariq continua de regarder droit devant lui. « Et ensuite, vous allez me tuer ? Allez-y. Je ne crains pas la mort. Je serai accueilli au paradis en…

— Nous n'allons pas te tuer, Tariq mais, dans moins d'une heure, tu regretteras de ne pas être mort. »

Tariq se tourna pour regarder Clark. « Je n'ai pas peur. »

Clark le considéra longuement, d'un air solennel, puis, sans le quitter des yeux, il s'adressa à Ding. « Va remplir la baignoire. »

Clark n'avait jamais vraiment compris le débat pour savoir si cette méthode d'interrogatoire relevait ou non de la torture. Quiconque l'avait subie ou en avait été le témoin direct n'avait aucun doute là-dessus. Mais elle donnait des résultats, dont la validité ne pouvait être toutefois vérifiée que par des questions particulièrement bien ciblées ou par recoupements ultérieurs. Clark n'avait aucun problème avec le premier point, mais ni le temps ni les ressources pour le second.

Huit minutes, un torchon bien trempé et tout juste un litre d'eau avaient suffi. Satisfait, Clark se releva, laissant un Tariq crachotant et à demi inconscient, pour se tourner vers Ding qui se tenait, les bras croisés, adossé au mur de la salle de bains.

« Vide la baignoire, ordonna Clark. Débarbouille-le et boucle-le.

— T'as gobé son laïus, John ?

— Ouais. » Clark regarda sa montre. « Quoi qu'il en soit, on n'a plus le temps. »

87

Clark se dépêcha de retourner dans la cuisine. « Jack, prends l'annuaire. Il faut qu'on trouve l'aérodrome le plus proche. Les héliports d'excursion, ce sera encore le mieux.

— J'y vais.

— Dom, tu prends le volant. Docteur, ça ne vous dérange pas de rester ici avec lui ? » Dom arrivait du couloir, traînant Tariq derrière lui. « On repassera vous prendre.

— Entendu. »

Jack lança : « Paragon Air Helicopter Tours, sur l'autoroute 215. À cinq kilomètres d'ici. »

Trente secondes plus tard, ils étaient dehors et ils avaient rejoint l'autoroute en moins de deux minutes. Clark appela le Campus sur le téléphone satellite. Rick Bell répondit. « J'ai besoin de toi, Gerry, dit Clark. Et mets-nous Sam en contact par téléconférence. Tout de suite.

— Quitte pas. »

Au bout d'une trentaine de secondes, Hendley était en ligne. « Qu'est-ce que tu as trouvé, John ?

— J'ai également Jack au bout du fil. Notre gars a filé, il est parti hier. Mais un garde du corps était encore sur place. Ils ont une bombe, Gerry, sans doute un engin de moins de dix kilotonnes, mais suffisant pour ce qu'ils ont planifié.

— Attends voir. Est-ce crédible ?

— J'ai bien peur que oui. Nous devons en tout cas faire comme si.

— Où l'ont-ils obtenue ?

— Aucune idée. Notre prisonnier n'avait pas cette info.

— D'accord. Quoi d'autre ?

— L'Émir a rendez-vous avec six autres types à cent cinquante kilomètres environ au nord d'ici. Le garde du corps n'avait pas les détails précis, mais la cible est le mont Yucca.

— Le site de stockage de déchets nucléaires ?

— Ouaip.

— Mais il n'est même pas encore ouvert. Il n'y a rien, là-bas.

— Il y a une nappe phréatique, répondit Jack.

— Pardon ?

— Imagine un essai nucléaire souterrain. Tu fais détoner la charge sous quinze cents mètres de roche, et l'onde de choc se propage droit vers le bas. Les ingénieurs sur place ont déjà creusé des tunnels de stockage jusqu'à trois cents mètres de profondeur. La nappe phréatique se trouve quinze mètres en dessous. C'est une passoire géologique. Tout le rayonnement de l'explosion nucléaire gagne directement la nappe et de là se répand vers le sud-ouest. Qui sait ? peut-être jusqu'à la côte californienne. Ce qu'on envisage là, c'est l'empoisonnement d'une zone de plusieurs milliers de kilomètres carrés pour les dix prochains millénaires. »

Silence à l'autre bout du fil. Puis Granger intervint : « Où diable ont-ils trouvé un engin pareil ? »

Clark répondit. « C'est du bricolage maison – sans doute une simple disposition en canon de fusil. On tire une première masse d'uranium, la "balle", sur une seconde, le "noyau", et l'on obtient la masse critique.

— Et les matériaux ? Comment ont-ils mis la main dessus ?

— On ne sait pas trop. Le garde du corps a dit qu'un des lieutenants de l'Émir se trouvait encore en Russie il y a une quinzaine. »

Hendley intervint : « C'est toi qui es sur le terrain, John. Qu'est-ce que vous comptez faire ?

— On est coincés, Gerry. Qui que soient ceux vers qui on se retourne, ils ne vont pas nous envoyer comme ça la cavalerie. On aura droit à des dizaines de questions avant que quiconque ne bouge le petit doigt : qui nous sommes, d'où nous tenons cette info, quelles sont nos preuves… tu connais la chanson.

— Oh que oui !

— Nous sommes à environ deux minutes d'un héliport. On va voir si l'on peut emprunter un hélico. Selon ce qu'on obtiendra, on pourrait être au-dessus de Yucca dans la demi-heure. Si on y parvient les premiers, on pourra tenir la place jusqu'à ce que vous trouviez quelqu'un à même de nous écouter.

— Et si vous arrivez après eux ?

— Mieux vaut ne pas y penser. Je vous rappelle dès qu'on a décollé. »

Cent quarante kilomètres au nord de Las Vegas, sur la route 95 qui traverse la vallée de la Mort, l'Émir ralentit et traversa la ligne médiane pour s'engager sur une piste en terre, à peine visible derrière un rideau de cactus le long du bas-côté opposé. Il s'y engagea et tomba bientôt, en contrebas, sur des traces de pneus. Derrière son pare-brise, à huit cents mètres de là, les Skeleton Hills se dressaient, paysage lunaire.

Le chemin continuait de descendre avant d'obliquer vers le nord pour longer un canyon peu profond. Quatre cents mètres plus loin, l'Émir avisa une voiture garée. En s'approchant, il vit que c'était une Subaru. Moussa se tenait près de la porte côté chauffeur. L'Émir ralentit, s'arrêta à sa hauteur et Moussa monta à bord. Les deux hommes s'étreignirent. « Ça fait plaisir de te voir, mon frère, dit Moussa.

— Et moi pareil, mon vieil ami. Sont-ils ici ?

— Oui, juste devant.

— Et l'engin ?

— Déjà chargé. »

Selon les indications de Moussa, l'Émir suivit la piste cinq cents mètres encore, jusqu'au moment où elle contournait une colline basse. Le semi-remorque surbaissé de Frank Weaver était garé, le tracteur face à la route. Le conteneur GA-4 resplendissait au soleil. Trois hommes se tenaient près de la portière du chauffeur.

L'Émir et Moussa descendirent les rejoindre. Moussa fit les présentations : « Mon équipe de Russie, Numaïr, Fawwaz et Idris. »

L'Émir salua chaque homme tour à tour. « Vous avez fait du bon travail. Dieu vous en sera reconnaissant. » Il regarda sa montre. « Nous partons dans quinze minutes. »

Ils étaient un peu serrés, mais ils réussirent à se loger tous les cinq dans la cabine du tracteur. Fawwaz, qui était celui qui ressemblait le plus à Frank Weaver, était au volant. Cinq minutes plus tard, ils avaient rejoint la route nationale et filaient vers le nord.

Un panneau sur le bas-côté indiquait : AUTOROUTE 373 – 10 KILOMÈTRES.

Chavez se gara sur le parking de Paragon Air. Derrière la grille, ils avisèrent deux hélicos – des Eurocopter EC-130 – garés sur le tarmac. Chavez s'arrêta devant les bureaux et Clark descendit avec Jack. « Ding, fais le tour jusqu'à la porte de service. On t'ouvrira. »

Clark et Jack entrèrent. Une femme, la soixantaine, chignon teint en rouge, était assise à la réception. Sur sa droite, derrière une porte vitrée à mi-hauteur, on distinguait les ateliers.

« Bonjour, fit Clark.

— Bonjour. Que puis-je pour vous ?

— On se demandait si vous auriez dans le coin un pilote à qui l'on pourrait s'adresser.

— Je peux peut-être vous aider. Vous êtes intéressé par un circuit particulier ?

— Non, pas vraiment. J'avais une question technique sur la tubulure de roulement rotationnel de l'EC-130. Mon fils ici présent étudie l'avionique et ça l'aiderait bien s'il pouvait voir la pièce de près.

— Une seconde. Je vais voir si Marty a une minute à vous consacrer. »

Elle décrocha le téléphone, s'entretint quelques instants, puis leur annonça que le mécano arrivait tout de suite.

Clark et Jack se dirigèrent vers la porte. Un homme en combinaison grise s'approcha et l'ouvrit. Clark tendit la main. « Salut Marty ! Steve Barnes. Mon fils Jimmy… » Dans le même temps, Clark avait franchi la porte, repoussant l'homme à l'intérieur de l'atelier. « J'aurais une question à propos de l'EC-130. »

Deux autres personnes seulement étaient visibles dans le hangar, tout au fond, près d'un Cessna.

« Bien sûr, dit Marty, mais nous ferions peut-être mieux de retourner à l'intérieur du… »

Clark releva le pan de sa chemise pour montrer à son interlocuteur la crosse du Glock passé à sa ceinture.

« … Oh, merde, eh…

— On se calme, dit Clark. On veut juste emprunter un hélicoptère.

— Hein ?

— Et on veut que vous le pilotiez.

— C'est une blague ?

— Nân. Tu vas nous aider ou je m'en vais te loger une balle dans la jambe et te piquer ton hélico de toute façon. Obéis, pilote-nous où nous voulons et tu seras de retour ici dans une heure. Dis oui.

— Oui.

— Quel zinc est prêt au décollage ?

— Ma foi, aucun…

— Pas de bobards. C'est le week-end. Le moment idéal pour les tournées et les cours.

— D'accord. Celui-ci. »

Marty indiqua un des deux appareils.

« Va dire à la réceptionniste que tu nous emmènes faire un petit tour. Tu fais le con et je te loge une balle dans le cul. »

Marty ouvrit la porte, passa la tête, fit ce qu'on lui avait demandé.

Jack murmura à Clark : « C'est quoi, une tubulure de roulement rotationnel ?

— Pas la moindre idée. »

Marty se retourna et Jack lui demanda d'où l'on commandait l'ouverture de la grille extérieure.

« Sur le mur opposé, au fond du hangar. »

Jack s'engagea dans cette direction. Clark sourit à Marty. « Allons-y.

— C'est quoi, cette histoire ? demanda Marty alors qu'ils se dirigeaient vers l'appareil. Qu'est-ce qu'on fait ?

— Vous nous sauvez la mise, Marty. »

Ils approchaient de l'hélico quand Jack, Chavez et Dominic apparurent au coin du hangar pour les rejoindre. Ils montèrent à l'arrière tandis que Clark s'asseyait à l'avant. Marty grimpa, boucla son harnais et entama la procédure pré-vol.

« Où allons-nous ?

— Nord-ouest, répondit Jack. Dès que tu as survolé l'échangeur de la 95 et de la 373, mets le cap au nord-est. »

Puis il donna au pilote les coordonnées en latitude et longitude.

« Eh, mec, c'est une zone d'interdiction de vol. La chaîne des Nellis et le site d'essais du Nevada. On ne peut pas…

— Bien sûr que si. »

Huit minutes plus tard, ils avaient décollé. Clark appela Hendley pour l'en informer.

« Rick Bell est également en ligne. Ça continue de dégringoler. CNN, MSNBC, Fox, toutes les chaînes sont sens dessus dessous. Une explosion devant une église à Waterloo, dans l'Iowa ; on parle de cinquante ou soixante morts, peut-être le double de blessés. Un autre attentat à Springfield, dans le Missouri. Une station locale était sur place à l'occasion de l'inauguration d'une statue ; on se croirait à Omaha Beach. Une ville dans le Nebraska… Brady… quelqu'un est entré dans une piscine lors d'une compétition scolaire pour balancer une grenade sous les gradins. L'horreur.

— Bon Dieu, ils savent ce qu'ils font, observa Clark. La terreur. Le *Losan*, l'incendie de Paulinia, ces attentats. Le CRO nous envoie un message : plus personne n'est en sûreté nulle part.

— Eh bien, ils vont avoir à recruter un paquet de fidèles, après ça.

— C'est encore pire, dit Bell. Souvenons-nous de la plongée de l'économie après le 11-Septembre. Multiplie ça par mille, et c'est ce qui nous pend au nez. L'Émir et le CRO essaient de finir le boulot : amener la crise économique à ronger le pays de l'intérieur. Ils ont frappé notre nouvelle source d'approvisionnement en pétrole, tenté de neutraliser un port important, tué Dieu sait combien de nos concitoyens dans l'Amérique profonde, et ils s'apprêtent maintenant à passer au stade nucléaire. La population, c'est l'économie d'une nation. Qu'on paralyse l'une et l'on paralyse l'autre. Ajoutez-y

Kealty qui s'emmêlait déjà les pinceaux, et on se retrouve avec un sacré putain de problème.

— Ça se tient, constata Clark. Ce gars a toujours eu une vision globale.

— Quand devez-vous être sur zone ? » demanda Hendley.

Clark se tourna vers Marty : « Combien de temps encore ?

— Trente-deux minutes. »

88

À vingt-cinq kilomètres de l'échangeur avec la 373, la nationale 93 apparut sous l'Eurocopter, trait gris rectiligne découpant le désert brun. « On est à combien des Nellis ? demanda Clark.

— Quasiment à portée de main. C'est ce que je vous disais : dès qu'on mettra le cap au nord-est, on va illuminer leurs écrans radar. Ces mecs ne rigolent pas.

— Il faut qu'on parvienne à Yucca.

— Merde. Me dites pas que vous êtes des terroristes.

— On est les bons.

— Quel genre ?

— Dur à expliquer. Pouvez-vous nous déposer là-bas avant qu'ils nous abattent ?

— Quelle entrée, nord ou sud ?

— Sud.

— Si je vole en rase-mottes à fond les ballons, je peux tracer à trois cents à l'heure… disons quatre minutes après qu'on aura changé de cap. Rendez-moi un service, voulez-vous ?

— Lequel ?

— Menacez-moi de nouveau. Quand ils me passeront les menottes, je veux avoir des biscuits pour ma défense. »

Cinq minutes plus tard, ils virent derrière le pare-brise un autre trait gris venir croiser la 95. « La 373 », annonça Marty. Lorsqu'ils survolèrent l'échangeur, le pilote vira au nord-est et se mit à descendre jusqu'à ce qu'ils ne soient plus qu'à une douzaine de mètres au-dessus du désert.

Une crête apparut droit devant eux. « Busted Butte, annonça Marty en relevant le nez de l'appareil, avant de se remettre en palier. Cinq kilomètres. Soixante secondes. » Il vira de nouveau, gauche, puis droite, et plongea dans un étroit vallon.

Un parking d'un hectare apparut devant eux. À son extrémité opposée, une enclave en fer à cheval avait été découpée au flanc de la montagne. Au beau milieu, l'entrée imposante d'un tunnel.

« Voilà de la compagnie », annonça Jack.

Du côté nord du parking, une route s'enfonçait dans le désert. Un semi-remorque surbaissé transportant ce qui ressemblait à un haltère géant en Inox était en train de pénétrer sur le parking.

« C'est quoi, ce truc ? s'écria Dominic.

— Un château GA-4, répondit Jack. Pour le transport des barres de combustible usagées.

— Je croyais que le site n'était pas encore en service.

— Il ne l'est pas. » Jack scruta aux jumelles la route en remontant vers le nord jusqu'à une guérite de garde, blanche, de la taille d'une cabine téléphonique. Il découvrit deux silhouettes étendues sur la chaussée. « Deux hommes abattus au point de contrôle. »

Clark se tourna vers Marty : « Pouvez-nous nous poser…

— Pas avec ce camion dans les parages. Je risque de niquer un rotor. Cinquante mètres derrière, sur la route, c'est jouable.

— Allez-y.

— Je vire. »

Marty inclina l'appareil pour rebrousser chemin avant de se mettre en vol stationnaire au-dessus de la route. Sur le parking, le camion venait de s'immobiliser. Un groupe d'hommes descendit en hâte de la cabine.

Dominic en compta cinq.

Sous leurs yeux, deux d'entre eux se précipitèrent vers l'hélico. Sans cesser de courir, ils levèrent leur AK-47 et se mirent à tirer.

« Merde ! s'exclama Marty. Putain, c'est quoi, ce bordel ?

— Eux, ce sont les méchants », crut bon de préciser Clark.

Marty fit glisser l'hélico sur la droite, à l'écart de la route et à l'abri de la colline.

« Ça ira comme ça », dit Clark.

Marty posa l'EC-130 sans trop de ménagements. Clark et les autres descendirent. Clark passa la tête par la porte et cria : « Allez vous trouvez un abri et posez-vous. Pas de message radio. Et soyez là quand nous reviendrons.

— Ah, allons donc… »

Clark pointa son pistolet. « Ça peut aider ?

— Ouais. »

Clark claqua la porte du cockpit, puis rejoignit au sprint les autres qui s'étaient regroupés à une douzaine de mètres. Marty redécolla, les criblant de sable, puis vira sur la gauche pour survoler la route et aller se planquer un peu plus loin derrière une butte. Au bout de trente secondes, on entendit s'éteindre le claquement des rotors.

« Écoutez », dit Clark.

De l'autre côté de la colline, le semi-remorque s'ébranlait.

Chavez ouvrant la marche, ils escaladèrent la pente. Ils étaient à trois mètres de la crête quand ils entendirent crépiter des armes automatiques. Des salves de trois coups. Puis des éclats de voix qui se réverbéraient sur les parois du canyon. Chavez se jeta à plat ventre et rampa. Au bout d'un moment, il fit signe aux autres de le rejoindre. En contrebas, le semi se garait dans une entaille à flanc de coteau. Sous leurs yeux, un homme coiffé d'un casque de chantier jaune traversa le parking au pas de course en direction de la route. Il y eut trois coups de feu enchaînés et l'homme trébucha, tomba, et demeura immobile.

« J'en compte quatre autres, nota Dominic. Aucun n'a l'air de bouger. Et vous ? »

Pas de réponse.

Ils dévalèrent la pente au sprint pour rejoindre le trottoir en béton en lisière du périmètre, puis remontèrent de l'autre côté pour gagner le surplomb de l'entaille de l'entrée. Ils rampèrent, passèrent la tête par-dessus le rebord et entendirent des crissements métalliques. Le tracteur était en train de disparaître dans l'ouverture du tunnel. Le château posé sur la remorque suivit bientôt, raclant la partie supérieure du portail. L'attelage s'immobilisa, le camion fit une embardée, avança d'un mètre, s'immobilisa de nouveau. Le moteur s'arrêta.

Un homme apparut au détour de la remorque, l'AK à l'épaule. Chavez s'avança, jeta un œil, se redressa sur un genou et tira trois coups de feu avant de se jeter de nouveau à terre. « Un de moins.

— Est-ce qu'on sait la taille de cet engin ? demanda Jack.

— Guère plus gros qu'un coffre à linge sale, j'imagine, répondit Clark. Deux hommes pourraient le transporter. Allons-y, on se bouge. »

Ils redescendirent vers le rebord en béton, puis se laissèrent rouler par-dessus l'un après l'autre pour sauter à terre. Devant eux, le long de la paroi de béton, il y avait des piles de caisses, tout un tas de rouleaux de câbles, de caisses à outils montées sur roulettes, de chalumeaux à acétylène, de postes de soudure à l'arc. Au-delà, l'angle menant à l'entaille dans la montagne.

Ils s'approchèrent deux par deux, se couvrant mutuellement, jusqu'à ce que Clark soit en mesure de regarder derrière l'angle. Il se retourna, désigna Jack, lui fit signe d'approcher, puis fit de même avec Dominic et enfin Chavez. À l'entrée du tunnel, rien ne bougeait. La semi-remorque était coincée, les flancs collés aux parois, le haut du château rasant le sommet.

Un bruit de moteur provint des profondeurs du tunnel. Il diminua.

« On dirait une voiturette de golf, nota Dominic.

— Un mini-utilitaire Cushman. Le même genre, en plus rapide.

— Que sait-on de la disposition des lieux ?

— J'ai vu deux ou trois croquis sur Internet, mais comme l'installation n'est même pas encore en service, j'ignore si…

— Jouons aux devinettes.

— Le tunnel principal doit sans doute aller jusqu'à l'entrée nord, à intervalles réguliers, de part et d'autre, il y a des boyaux qui descendent.

— Rectilignes ou incurvés ?

— Rectilignes.

— Jusqu'à quelle profondeur ?

— Près de trois cents mètres. Tout en bas, le boyau rejoint un palier horizontal. De quelle longueur, je l'ignore. En partent des tunnels de stockage pour les châteaux. La bonne nouvelle est qu'ils vont introduire cet objet le plus loin possible en profondeur et donc emprunter une de ces rampes. Cela va sans doute leur prendre dix minutes. »

Au signal de Clark, Jack et Chavez coururent vers l'arrière de la remorque, montèrent dessus et s'avancèrent en contournant le château. Quand ils furent presque parvenus à la cabine, Dominic et Clark débouchèrent du coin et se précipitèrent pour se disposer de part et d'autre de l'entrée du tunnel. Clark se coula le long de la paroi, s'agenouilla, jeta un œil sous le châssis de la remorque. Il se redressa et fit signe à Jack : *deux hommes dans le tunnel*. Jack acquiesça et relaya le message à Ding qui le transmit à Dominic de l'autre côté.

Lentement, précautionneusement, Jack fit coulisser la vitre de custode du tracteur, puis, poussé par Chavez, il se tortilla pour se glisser sur la couchette arrière. Il se laissa ensuite couler sur le plancher et rampa jusqu'au niveau de la planche de bord. Par les vitres latérales, il apercevait la paroi rocheuse à moins de trente centimètres de part et d'autre de la cabine.

Il passa la tête au-dessus du tableau de bord pour jeter un bref coup d'œil par le pare-brise. Le tunnel était plus imposant qu'il ne l'avait imaginé. Comme la coque intérieure d'un sous-marin, les parois et le plafond étaient ceinturés de larges voussoirs circulaires. Une guirlande de lampes halogène fixées au plafond s'étirait au loin.

Au-delà du capot, Jack vit le sommet d'un crâne passer de droite à gauche puis disparaître. Six ou sept mètres plus loin, un autre type était accroupi à côté d'un Cushman jaune. Prenant garde à ne pas être vu, Jack se contorsionna pour se glisser derrière le volant. Derrière lui, venant du compartiment couchette, il entendit taper contre la cloison. Un… deux…

Au troisième coup, Jack écrasa sa paume sur le bouton du klaxon.

Une fusillade éclata de chaque côté de la cabine. L'homme à côté du Cushman se redressa et tira une rafale d'AK. Il y eut un bruit sourd, suivi d'un autre. L'homme recula en titubant, se cogna contre le chariot, glissa au sol.

« Ramène-toi, Jack », lança Clark.

Deux par deux, ils se coulèrent entre le tracteur et la paroi pour s'enfoncer dans le tunnel. Le premier homme aperçu par Jack gisait à quelques pas de là.

Dominic trottina jusqu'au Cushman et se pencha sur l'autre victime. Il se retourna, passa le pouce en travers de sa gorge.

Sitôt récupéré les deux AK, ils montèrent dans le Cushman et, Dominic au volant, ils s'enfoncèrent dans le tunnel. « L'engin qu'ils ont bricolé est-il stable ? demanda Jack en se tournant vers Clark.

— Je dirais que oui. La cartouche doit être projetée dans le noyau avec une grande force. Ça nécessite une charge importante qu'il faut installer et amorcer. Pourquoi ?

— Je pensais à un truc. »

Quinze mètres devant eux, la guirlande d'halogènes se déployait pour former un anneau. « Première rampe, annonça Jack.

— Doucement, Dom », ordonna Jack.

Ils ralentirent, s'arrêtèrent, descendirent et rejoignirent à pied l'entrée du boyau. Éclairée d'en haut par une autre guirlande d'halogènes, celui-ci descendait selon une pente accentuée.

« On devrait pouvoir entendre leur Cushman », murmura Jack.

Ils se turent, tendirent l'oreille. Rien.

Ils remontèrent dans leur propre chariot et poursuivirent leur route. Le tunnel s'incurvait sur la droite. Dom s'arrêta, Jack descendit, alla jeter un œil. Il revint : « La voie est libre. »

Ils poursuivirent. Ils parvinrent à la deuxième rampe, marquèrent un arrêt pour écouter mais n'entendirent rien. *Idem* avec les deux suivantes. Alors qu'ils approchaient de la cinquième, ils entendirent une voix résonner en contrebas. Ils descendirent aussitôt et s'avancèrent pour regarder.

Au loin, ils aperçurent la tache jaune d'un chariot Cushman dans le halo d'une lampe halogène, puis celui-ci disparut dans l'ombre pour réapparaître sous le projecteur suivant.

« Il est aux trois quarts de la descente, nota Jack.

— Si t'as une idée, c'est le moment de l'exposer, observa Clark.

— Tout dépend de la stabilité estimée de l'engin.

— Quatre-vingt-dix pour cent. »

Jack secoua la tête. « Ding, on aura besoin de ton aide. »

Ils remontèrent à bord, manœuvrèrent pour faire demi-tour et retourner vers l'entrée du tunnel. Ils étaient de retour peu après. De l'arrière du chariot électrique, Ding et Jack soulevèrent chacun une bouteille d'acétylène.

« Pleines ?

— Presque vides.

— Ça risque d'être tangent.

— Je te laisse l'initiative, c'est toi le patron.

— Allez-y. »

Jack et Chavez portèrent les bouteilles jusqu'à l'entrée du boyau, les déposèrent en travers, puis les poussèrent. Elles se mirent aussitôt à dévaler la rampe en roulant et rebondissant contre les parois. Jack et Chavez coururent au Cushman et montèrent. Dominic roula jusqu'à la rampe et s'arrêta.

Clark compta mentalement jusqu'à dix, puis donna le signal : « Go ! »

Presque aussitôt, ils s'aperçurent que les freins du véhicule n'étaient pas à la hauteur de la tâche. Au bout de cinquante mètres de descente, l'aiguille du compteur dépassait les cinquante. Les lampes au-dessus d'eux filaient comme des éclairs. Dominic freina, ce qui les ralentit légèrement, mais les tambours se mirent à fumer. Deux cents mètres en contrebas, les deux bouteilles d'acétylène continuaient de dégringoler, tournoyer et rebondir comme des ballons de rugby. Le Cushman de l'Émir était presque tout en bas de la pente.

« Ça va être ric-rac, dit Chavez.

— Ralentis-nous, Dom », ordonna Clark.

Dominic donna un petit coup de frein, mais sans résultat. Il écrasa la pédale. Pas mieux. « Gardez les mains à l'intérieur », avertit-il en obliquant sur la droite, le flanc de la cabine du chariot vint racler la paroi du tunnel, provoquant une gerbe d'étincelles. Ils ralentirent imperceptiblement. Il s'écarta un peu du mur, s'en rapprocha de nouveau.

Cent mètres plus bas, les bouteilles avaient rattrapé le chariot de l'Émir. L'une d'elles, à la faveur d'un rebond malencontreux, le dépassa, mais la seconde s'écrasa contre le pare-chocs arrière. Le Cushman fit une embardée, se mit en travers, bascula et glissa sur le flanc jusqu'au palier inférieur.

« Arrête-nous », ordonna Clark.

Dominic braqua sec, pour aller se plaquer contre la paroi gauche. Le Cushman s'immobilisa lentement. Ils quittèrent le chariot et terminèrent la descente à pied. Sur le palier, le chariot de l'Émir s'était retourné. À quelques pas de là, un corps gisait sur le sol en béton. Ils s'arrêtèrent. Sur leur gauche, le tunnel se poursuivait sur une quinzaine de mètres avant d'obliquer brutalement à gauche. Il n'y avait personne. Chavez s'approcha du corps et s'agenouilla. « Pas lui », dit-il simplement.

Ils dévalèrent le tunnel au petit trot. Après un tournant, ils débouchèrent sur une galerie large de dix mètres. Au-dessus d'eux, des voussoirs métalliques soutenaient le plafond. Ils apercevaient les entrées circulaires des veines de stockage, espacées de sept mètres de chaque côté de la galerie.

« J'en compte douze par côté, dit Dominic.

— On se sépare, commanda Clark. Jack et moi, on prend la droite, vous deux, la gauche. »

Jack et Clark traversèrent la galerie au pas de course. Jack lui mima qu'il prenait les six dernières. Clark opina. Jack piqua un sprint, jetant quand même au passage un rapide coup d'œil à chaque veine. De l'autre côté de la galerie, Dominic faisait de même.

Clark dépassa la cinquième, n'ayant toujours rien vu, puis continua au-delà des sept et huitième. Il s'arrêta soudain, rebroussa chemin pour vérifier de nouveau. Il aperçut alors une lueur qui vacillait, cinquante mètres au fond du puits. Il eut juste le temps d'apercevoir deux silhouettes accroupies autour d'une caissette ; on aurait dit une boîte à appâts de pêche industrielle. Jack regarda de chaque côté. Clark approchait mais il était encore trop loin. Pareil avec Dominic et Chavez.

« Oh, et puis merde. »

Il s'enfonça dans la veine.

Il avait couvert la moitié de la distance quand une des deux silhouettes leva la tête. La gueule d'un canon cracha une flamme orange. Jack ne ralentit pas. Il leva son arme, tira deux coups. Au-dessus de lui, dans la galerie, il entendit Clark s'écrier : « Par ici ! »

L'homme avança, tirant à hauteur de hanche. Jack obliqua, se plaqua contre la paroi, tâchant de se faire tout petit. Il ajusta son tir, visa l'homme en plein cœur, tira par deux fois. Le type pivota et s'effondra. L'autre ignora son camarade et continua de bosser, les mains affairées à l'intérieur de la caisse. Il leva les yeux, vit Jack, poursuivit sa tâche.

Dix mètres. Jack leva son arme et continua de tirer sans discontinuer jusqu'à vider son chargeur. Six mètres. Une tête apparut derrière la caisse, disparut à nouveau. Jack couvrit les trois derniers mètres en deux enjambées, puis il se pencha et percuta la caisse d'un coup d'épaule. Il sentit la douleur se propager jusqu'à son cou. La caisse recula en glissant sur le sol. Jack sentit ses pieds se dérober et il s'aplatit le nez sur le béton. Le sang ruisselant de son visage, il se releva à genoux. Il voyait trente-six chandelles. Il regarda alentour. Le corps du premier homme était plaqué contre le mur incurvé, son AK rejeté à quelques pas. Jack rampa jusqu'à l'arme, la saisit par le baudrier, l'attira vers lui. Il se redressa et, d'un pas chancelant, contourna la caisse.

Déjà debout, l'Émir s'approchait de la caisse. Voyant Jack, il s'immobilisa. Ses yeux passèrent de la caisse au visage de Jack.

« Non ! aboya ce dernier. Vous avez perdu. C'est fini. »

Dans son dos, il entendit des pas dévaler le tunnel.

« Non, ça ne l'est pas », dit l'Émir en s'agenouillant devant la caisse.

Jack fit feu.

89

Plus tard, quand il fut interrogé par Hendley et Granger, Jack Ryan Junior demeura peu explicite. Avait-il eu simplement l'intention de blesser l'Émir ou, dans la chaleur de la lutte, l'avait-il manqué ? À vrai dire, lui-même n'en savait trop rien. À l'instant critique, l'afflux d'adrénaline dans ses veines et l'affolement de son cœur s'étaient conjugués pour à la fois étirer et compresser sa notion du temps. Des pensées contradictoires se bousculaient pour maîtriser la précision de ses gestes : tirer pour tuer, et immobiliser l'Émir ; tuer pour blesser, récupérer une mine d'or en matière de renseignements mais risquer de laisser à l'homme le temps d'appuyer sur le bouton.

En voyant Jack debout devant lui dans la pénombre de la veine, l'Émir n'avait hésité qu'une seconde avant de reporter son attention sur la bombe – les yeux agrandis, fiévreux, les doigts s'activant sous le panneau supérieur ouvert de la caisse. Il ne fallut à Jack qu'une fraction de seconde de plus pour qu'il comprenne qu'il avait en face de lui un homme qui se fichait bien de vivre ou de mourir – tué par balle ou par une explosion nucléaire ; l'Émir était venu jusqu'ici pour accomplir sa mission sacrée.

L'arme de Jack avait tressauté dans sa main, un éclair orangé avait illuminé le tunnel et, quand le son s'était évanoui et que les ténèbres étaient revenues, il avait vu l'Émir gisant sur le dos, les bras écartés, la torche illuminant son visage. Jack aperçut l'impact de la balle d'AK de 7,62 qui avait pénétré de biais dans la cuisse droite de l'Émir et remonté pour ressortir par la fesse. Jack fit rapidement deux pas vers lui, l'arme levée, prêt à tirer de nouveau, quand il entendit dans son dos une cavalcade. Puis Clark, Chavez et Dominic l'entouraient déjà pour l'éloigner…

Même s'ils ne devaient en découvrir la raison que le lendemain, via une interception de la Sécurité intérieure, lorsque Clark et ses compagnons étaient ressortis de l'entrée principale du tunnel avec leur gibier ligoté et bâillonné, ce n'avait pas été sur un fond sonore de sirènes et de rotors d'hélicoptères mais dans un silence complet. Comme l'avait soupçonné Clark, leur vol au-dessus de la nationale 95 puis leur intrusion consécutive dans l'espace aérien au-dessus du mont Yucca n'étaient pas passés inaperçus sur le réseau radar qui couvrait le périmètre aérien de Nellis et le site d'essais nucléaires du Nevada. Toutefois, l'alerte qui aurait dû être transmise aux forces héliportées du 3e escadron des Opérations spéciales basé à Creech avait été reprise par la sécurité chargée du test – diligenté par le ministère de l'Énergie – de transport à vide de déchets nucléaires depuis la centrale de Callaway. Quelque part au long de l'inévitable et souvent imprévisible dédale bureaucratique, l'Énergie avait oublié d'informer l'armée de l'air qu'ils avaient décidé de renoncer à une couverture héliportée du transport. De sorte que pour les radaristes de Creech, l'Eurocopter « emprunté » par Clark et son équipe était en fait l'appareil chargé de la couverture aérienne du transport.

Qu'il eût été mû par la trouille ou par le soupçon que ses passagers étaient bel et bien dans le camp des bons, Marty avait suivi à la lettre l'ordre de Clark de « rester dans les parages ». Il était donc toujours posé, moteur au ralenti, quand Clark et ses hommes apparurent, dévalant au petit trot la route de service. Vingt-cinq minutes plus tard, ils étaient de retour à Paragon Air où ils purent découvrir que Marty s'était là encore conformé aux instructions en s'abstenant de toucher à la radio.

« J'espère que je n'aurai pas à le regretter, leur dit-il comme ils débarquaient.

— Vous ne le saurez sans doute jamais, mais vous avez fait un truc bien, mon ami », lui dit Clark, avant d'essuyer son Glock pour le déposer sur le plancher du cockpit, côté passager. « Laissez-nous une heure, puis appelez la police. Montrez-leur ce flingue et donnez-leur mon signalement.

— Quoi ?

— Faites ce que je vous dis. Ça vous évitera la taule. »

Et de toute façon, je ne suis pas exactement le genre d'individu qu'on puisse qualifier de « retrouvable », s'abstint-il de préciser.

Vingt minutes après avoir quitté l'héliport, ils étaient de retour au domicile de l'Émir ; ils entrèrent dans le garage et fermèrent la porte derrière eux. Chavez et Jack allèrent récupérer Tariq, tandis que Dominic, avec l'aide de Pasternak, sortait l'Émir du véhicule pour le déposer sur le sol du garage où Pasternak s'agenouilla pour l'examiner brièvement.

« Il vivra ? » demanda Clark.

Pasternak retira le pansement de fortune qu'ils avaient appliqué avant de quitter Yucca, palpa les chairs autour de l'orifice d'entrée du projectile, puis il glissa les mains sous les fesses de l'Émir.

« Sans problème, déclara le toubib. Pas d'artère touchée, pas de fracture, enfin, je ne pense pas. La coagulation se fait. Quel genre de projectile ?

— Sept trente-deux chemisée.

— Bien. Pas d'éclats. Sauf infection, il s'en sortira. »

Clark hocha la tête. « Dom, suis-moi. »

Les deux hommes retournèrent dans le pavillon pour l'inspecter de fond en comble. Même s'ils avaient toujours pris soin de se munir de gants, tôt ou tard, le FBI allait faire une descente et perquisitionner, or le FBI était passé maître dans l'art de trouver des indices même là où il ne devrait pas y en avoir.

Satisfait, Clark fit signe à Dom de retourner au véhicule, puis il appela le Campus. Il eut bientôt Hendley, Rounds et Granger en téléconférence. Clark les mit au fait des événements, puis expliqua : « On a deux options. Le déposer incognito sur le perron du Hoover Building[1] ou terminer la tâche nous-mêmes.

1. Siège du FBI à Washington, ainsi baptisé en mémoire de J. Edgar Hoover, ancien chef de l'agence fédérale.

Dans l'un et l'autre cas, moins on s'attardera ici, mieux ce sera. »

Silence au bout du fil. La décision revenait à Hendley.

« Ne quitte pas », dit le patron du Campus. Il était de retour deux minutes plus tard. « Retournez au Gulfstream. Le pilote connaît votre destination. »

Quarante minutes plus tard, ils arrivaient à l'aéroport nord de Las Vegas et s'immobilisaient sur le tarmac à côté du jet d'affaires. Le copilote qui les attendait les invita à monter à bord. Une fois en vol, Clark rappela Hendley qui avait déjà entamé le complexe et délicat processus d'annonce au gouvernement états-unien que le site d'entreposage des déchets nucléaires du mont Yucca venait d'être investi par des terroristes du CRO – à cette heure décédés – et que, si la valise piégée qu'ils avaient laissée derrière eux était à présent désamorcée, il conviendrait, par mesure de sécurité, de neutraliser l'engin au plus vite.

« Comment pouvez-vous être sûrs que tout ça ne va pas nous retomber sur le nez ? demanda ensuite Clark.

— Je n'en sais rien, mais je n'ai guère le choix.

— Certes.

— Comment va notre patient ?

— Le toubib a nettoyé les blessures, l'a recousu et mis sous antibiotiques. Il est stable mais souffre le martyre. Jack l'a probablement estropié pour la vie.

— Voilà bien le cadet de nos soucis, fit remarquer Hendley. A-t-il parlé ?

— Pas un mot. Où allons-nous ?

— Aéroport de Charlottesville-Albemarle. On vous y attendra.

— Et de là ? » insista Clark.

Ils détenaient le terroriste le plus recherché sur la planète ; plus vite ils auraient trouvé une planque où se ressaisir et préparer leur prochaine action, mieux ce serait.

« Un coin tranquille. Un coin où le Dr Pasternak pourra travailler. »

L'expression fit sourire Clark.

Quatre petites heures après avoir décollé de Las Vegas, ils se posaient sur la piste unique du petit aérodrome et roulaient vers le terminal d'aviation générale. Fidèle à sa parole, Hendley était venu avec deux Chevrolet Suburban qui s'approchèrent en formation de l'échelle rétractable du Gulfstream et, manœuvrant de concert, vinrent reculer pour se garer, le hayon devant la dernière marche. Assis à l'avant droit du premier Suburban, Hendley fit signe à Clark et Jack qui s'installèrent à l'arrière, tandis que Chavez et Caruso, suivis de Pasternak, escortaient leur prisonnier vers le second véhicule. En quelques minutes, ils avaient quitté l'aérodrome et roulaient vers le nord sur la route 29.

Hendley leur donna les dernières nouvelles. Du peu que Gavin Biery avait pu glaner du flot de communications électroniques codées, le 3e escadron des Opérations spéciales de la BA de Creech était arrivé à Yucca moins de quarante minutes après l'appel de Hendley. Deux heures plus tard, signe certain que le ministère de l'Énergie, la Sécurité intérieure et le FBI avaient fait une descente en masse sur le site, le trafic électronique se tut.

« Sont-ils déjà au domicile de l'Émir ? demanda Jack.

— Pas encore.

— Il ne leur faudra pas longtemps pour trouver Paragon Air, intervint Clark. Alors, crachez le morceau, Gerry. Où allons-nous ?

— Je possède quelques hectares de prairie et une maison de campagne du côté de Middleburg.

— Quelques… ?

— Quinze. Ça devrait nous laisser de quoi respirer. » Hendley regarda sa montre. « L'équipement du Dr Pasternak devrait être arrivé à l'heure qu'il est. »

90

Après avoir presque constamment vécu sur les nerfs depuis leur arrivée à Las Vegas vingt-quatre heures plus tôt, Clark et ses hommes furent presque déçus en débarquant dans la maison de campagne de Hendley. Pour commencer, Pasternak leur annonça qu'il faudrait patienter encore un jour ou deux avant que son patient fût assez stable pour subir un interrogatoire. Cela leur laissa des masses de temps à tuer, sans autre distraction que de jouer aux cartes ou regarder les infos sur le câble. Sans grande surprise, il n'y avait pas un mot sur ce qui s'était passé du côté du mont Yucca, en revanche, toutes les chaînes couvraient à l'envi ce qu'elles avaient décidé d'intituler les « attaques au cœur du pays ». L'explosion de la mine devant l'église de Waterloo, Iowa, avait provoqué trente-deux morts et cinquante blessés ; le tir de mortier lors de l'inauguration d'une statue à Springfield, Missouri, vingt-deux morts, quatorze blessés ; l'attaque à la grenade lors d'une rencontre de natation à Brady, Nebraska, seulement six morts et quatre blessés, grâce à la rapidité de réaction d'un policier municipal qui avait abattu le terroriste, alors que celui-ci n'avait pu lancer que trois grenades sous les gradins. Les auteurs des attentats de

Waterloo et de Brady, retrouvés à leur domicile quelques heures à peine après les événements, s'étaient suicidés en prison. En tout, l'ensemble des attentats avait fait plus d'une centaine de victimes.

À l'initiative du FBI et de la Sécurité intérieure, l'attentat au chlore manqué à bord du *Losan* dans le port de Newport News avait été attribué à un incendie accidentel.

À seize heures, le premier jour de leur arrivée dans la résidence secondaire de Hendley, et alors que les présentateurs à l'air viril et les présentatrices siliconées de toutes les chaînes d'infos annonçaient en chœur que le président Edward Kealty s'adresserait à la nation, à vingt heures, fuseau est, Clark se leva pour aller voir Pasternak. Il trouva le médecin dans l'atelier de menuiserie de Hendley, installé dans un bâtiment en rondins derrière le corps de logis principal. L'établi en érable avait été converti en unité d'urgence improvisée, surmonté de projecteurs halogènes, avec un appareil de ventilation assistée Drager et d'un électrocardiographe/réanimateur de chez Marquette, complété par un défibrillateur portatif pour rétablir un rythme cardiaque normal. Toutes ces machines étaient flambant neuves, tout juste sorties du carton du fabricant, cartons encore empilés dans un coin à quelques mètres de là. Tout était donc fin prêt, sauf l'invité d'honneur, confortablement installé dans une des chambres d'amis, tandis que Chavez, Clark et Dominic se relayaient pour le surveiller en continu.

« Fin prêt ? » demanda Clark.

Pasternak pressa une série de boutons sur l'électrocardiographe et reçut en réponse une série de bips apparemment satisfaisants. Il éteignit l'appareil et se retourna vers Clark : « Ouais.

— Pas d'hésitations ?

— Qu'est-ce qui vous fait dire ça ?

— Vous n'êtes pas exactement un joueur de poker, doc. »

La remarque fit sourire Pasternak. « Toujours été nul. J'imagine que ça tient au serment d'Hippocrate – pas facile de s'en défaire. Quoique j'aie eu près de dix ans pour y repenser. Après le 11-Septembre, je suis devenu bien incapable de savoir si ma motivation était une simple question de vengeance ou bien si elle venait d'un désir plus noble – le service du bien commun, par exemple.

— Et... ?

— J'ai décidé que c'était les deux, mais principalement la seconde. Si nous arrivons à lui soutirer des renseignements susceptibles de sauver des vies humaines, alors je trouverai bien un moyen de surmonter ce que j'ai fait – ce que je m'apprête à faire. Ou, ce que, à Dieu ne plaise, j'aurai à faire le moment venu. »

Après quelques instants de réflexion, Clark acquiesça. « Doc, nous sommes tous plus ou moins embarqués dans la même galère. Tout ce qu'il vous reste à faire, c'est décider de ce que vous pensez être le plus juste, de vous y tenir, et à Dieu-vat. »

Le lendemain, l'impatience fit lever tout le monde dès l'aube. Dominic – qui était le meilleur aux fourneaux – prépara un bol de flocons d'avoine et des tartines grillées pour leur hôte qui, ayant désormais pleinement repris conscience mais souffrant toujours le martyre, déclina obstinément ce petit déjeuner.

À sept heures, le Dr Pasternak vint l'examiner. Il ne lui fallut que cinq minutes. Pasternak fixa Hendley qui se tenait au seuil de la chambre, le reste du groupe sur ses talons.

« Pas de fièvre, pas de signe d'infection. Il est bon pour le service. »

Hendley acquiesça. « On l'embarque. »

L'Émir ne se débattit pas, mais il n'aida pas non plus Chavez et Dominic à le transporter dehors par la porte de derrière pour se rendre dans l'atelier en rondins. Ce n'est que lorsqu'il vit l'établi éclairé par les halogènes et les entraves improvisées boulonnées sur la planche que son visage changea. Jack captura l'expression fugitive mais sans pouvoir l'analyser : peur ou soulagement ? Peur de ce qui l'attendait ou soulagement devant l'imminence du martyre ?

Comme ils s'étaient entraînés à le faire la nuit précédente, Chavez et Dominic allongèrent l'Émir sur l'établi. Son bras droit fut passé dans l'entrave en cuir, tandis que l'autre, du côté de l'équipement médical, était d'abord posé sur une serviette pliée avant d'être entravé à son tour. Enfin, on lui immobilisa les deux jambes. Chavez et Dominic s'écartèrent.

Pasternak alluma ensuite l'équipement : l'électrocardiographe, puis l'appareil de ventilation assistée, avant de procéder à un autodiagnostic du défibrillateur portatif. Pasternak reporta ensuite son attention sur la desserte à roulettes sur laquelle était disposée une batterie de seringues et de flacons. Tout cela, sous le regard attentif de l'Émir.

Il devait être curieux, songea Jack et, dans le même temps, absolument terrifié. Personne ne pouvait être à ce point indifférent à ce qui se déroulait autour de lui, d'autant que l'homme avait toujours été le chef tout-puissant, responsable de tout ce qui se passait autour de lui, accoutumé à ce qu'on lui obéisse au doigt et à l'œil. Le monde alentour n'était désormais plus sous son contrôle. Il ne pouvait que s'en sentir déstabilisé, pourtant il conservait une dignité qui était, en soi, passablement impressionnante. Entendu, l'homme était courageux, mais le courage n'était pas une qualité éternelle. Il avait ses limites et ceux qui se trouvaient dans cette pièce étaient bien décidés à les mettre à l'épreuve.

Le Dr Pasternak remonta la manche de l'Émir et déboutonna sa chemise, puis il s'écarta de la table et tendit le bras vers la desserte pour y prendre une seringue en plastique et un flacon en verre. Il regarda sa montre et leva les yeux.

« Je vais commencer avec sept milligrammes de succinylcholine, expliqua-t-il en mesurant avec soin la quantité qu'il aspirait dans la seringue. Que quelqu'un le consigne par écrit, je vous prie. » Sur le calepin que Ding avait demandé à Chavez de tenir, ce dernier coucha l'information : 7mg @ 8 : 58. « Bien… », reprit le médecin. Et de piquer le sujet dans la veine brachiale, juste au pli du coude, avant d'enfoncer le piston.

Saïf Rahman Yacine ne ressentit aucune douleur particulière, tout juste le picotement fugitif de l'aiguille au pli du coude. Allaient-ils l'empoisonner ? Rien ne sembla se manifester d'emblée. Il regarda l'homme qui venait à l'instant de le piquer et vit qu'il semblait attendre quelque chose. Ce simple fait l'inquiéta vaguement, mais il était trop tard pour avoir peur. Il se dit d'être fort, d'avoir foi en Dieu, de rester confiant en sa foi, parce que Dieu pouvait l'accompagner dans n'importe quelle épreuve et que lui, l'Émir, avait une foi inébranlable. Il répéta mentalement sa profession de foi, apprise de son père quand il était encore un tout petit garçon dans la maison familiale à Riyad. *Il n'est de Dieu qu'Allah et Mahomet est Son prophète.* Allah-u akbar. *Dieu est grand*, se répéta-t-il mentalement, de toutes ses forces, dans le silence de son esprit.

Pasternak observait, attendait. Son cerveau s'emballait. Faisait-il ce qu'il convenait ? Il s'interrogea. Il était trop tard pour s'en soucier, bien sûr, mais il n'empêche, il doutait encore. L'homme le fixait à présent, et le médecin se força à ne pas hésiter. C'était lui qui avait la main. Lui qui maîtrisait entièrement le destin de cet homme qui avait tué Mike, son frère bien-aimé, l'homme qui avait ordonné au pilote des avions de percuter les Tours jumelles, provoquant un incendie qui avait affaibli la structure en acier et provoqué leur effondrement, entraînant la destruction de l'ensemble des bureaux de Cantor Fitzgerald, et la mort de plus de trois mille personnes – un bilan plus lourd que celui de Pearl Harbor. C'était le visage de ce putain d'assassin. Non, il ne ferait montre d'aucune faiblesse devant ce salaud de barbare…

L'homme attendait quelque chose, songea l'Émir – mais quoi au juste ? Il ne ressentait ni douleur ni malaise. On venait juste de lui injecter une substance quelconque. Quoi donc ? Si c'était un poison, eh bien, l'Émir ne tarderait pas à contempler Dieu en face, et il pourrait alors Lui dire qu'il avait agi selon Sa volonté, comme tous les hommes, qu'ils l'aient su ou non, car tout ce qui advenait en ce bas monde arrivait par la volonté d'Allah, tout était écrit de la main de Dieu. Mais lui, il avait librement choisi de faire selon Sa volonté.

Cependant, il ne se passait toujours rien. Il ne savait pas, il ne pouvait pas se rendre compte que son esprit tournait à toute vitesse, plus vite même que son métabolisme, plus vite que le sang qui répandait dans tout son corps le produit injecté dans ses veines. Il aurait voulu que ce soit du poison : ainsi aurait-il pu bientôt se présenter devant Dieu et lui dire qu'il avait agi selon Sa volonté, en tout cas du mieux qu'il l'avait comprise. Mais était-ce bien le cas ? se demanda-t-il, soudain assailli par le doute. L'heure de vérité avait sonné. N'avait-il pas toujours suivi les commandements divins ? N'avait-il pas étudié, toute sa vie durant, le Livre saint ? Ne l'avait-il pas appris par cœur ? N'en avait-il pas discuté les arcanes avec les plus éminents lettrés du royaume d'Arabie Saoudite ? Certes, il avait été en désaccord avec certains d'entre eux, mais la nature de leur débat avait toujours été honorable et directe, fondée sur ses vues personnelles des Écritures, son interprétation de la parole divine telle que rapportée et diffusée par le prophète Mahomet, que la paix et la bénédiction soient sur lui.

Pasternak regardait filer l'aiguille des secondes. Une minute déjà… encore trente secondes, estima-t-il. Sept milligrammes devraient amplement suffire avec une injection par intraveineuse. Le produit devait à présent avoir envahi tout l'organisme, imprégné l'ensemble des tissus… ça allait commencer par…

… Les nerfs périphériques, comme ceux qui commandaient les paupières… À peu près maintenant.

Et de fait, Pasternak passa la main devant le visage de l'homme, frôlant les paupières. L'homme ne cilla pas.

Oui, ça avait commencé.

L'Émir vit la main s'approcher de son visage mais s'immobiliser au dernier moment. Il cligna machinalement des paupières… sauf qu'elles ne clignèrent pas… *Hein ?* Il essaya de relever la tête, et celle-ci bougea tout au plus d'un centimètre avant de retomber. *Quoi ?* Il voulut fermer le poing droit, tirer sur ses entraves, mais là aussi, le mouvement s'interrompit à peine commencé, et son bras retomba sur la table, les doigts se détendant comme mus par leur propre volonté…

Son corps ne lui appartenait-il donc plus ? Que se passait-il ? Il bougea les jambes et elles obéirent – même si ce ne fut qu'imperceptiblement – aux commandes de son cerveau, comme depuis qu'il était tout petit. Commande à ton bras, avait écrit un philosophe infidèle, et il bougera – commande à ton esprit, et il résistera. Or, son esprit fonctionnait, et pas son corps. Comment était-ce possible ? Il tourna la tête pour examiner la pièce où il se trouvait. Sa tête n'obéit pas – pas plus que ses yeux. Il voyait les lattes blanches inclinées du plafond. Il essaya de les fixer plus attentivement mais ses yeux ne lui obéissaient plus. Son corps était devenu celui d'un autre. Il ordonna de nouveau à ses jambes de bouger mais, cette fois-ci, elles tressaillirent à peine et bien vite se figèrent. Inertes, comme celles d'un cadavre.

Qu'est-ce qui se passe ? *Suis-je en train de mourir ? Est-ce cela, la mort ?* Mais non, ce n'était pas la mort. Quelque part, il restait conscient et…

Pour la première fois, l'Émir sentit monter la peur en lui. Il ne comprenait pas ce qui lui arrivait. Il savait juste que c'était très mauvais signe…

Pour Clark, c'était comme si l'homme allait s'endormir. Son corps avait cessé de bouger. Il y avait eu quelques tressaillements, quelques spasmes, comme dans ces instants qui précèdent le sommeil, mais ils avaient cessé avec une surprenante rapidité. Le visage était devenu dénué d'expression, absent – la face d'un mannequin. D'un cadavre. Il avait souvent vu ces traits vacants. Il n'avait jamais songé à ce que cela pouvait représenter pour l'esprit derrière ce visage. Lorsque la mort survenait, ce genre de problème était réglé définitivement, laissant éventuellement l'esprit libre de passer au suivant, en abandonnant ce corps pour de bon. Clark n'avait jamais eu besoin de détruire un corps. Après tout, une fois mort, celui-ci n'avait plus aucune importance. Quelque part, Clark brûlait d'interroger le toubib pour lui demander ce qui se passait, mais il s'en abstint, peu désireux de déranger celui qui était désormais responsable des opérations.

Il sentait parfaitement son corps. Avec une limpidité cristalline. Mais il était incapable de le bouger d'un millimètre. Il sentait le sang palpiter dans ses veines. Mais il ne pouvait pas remuer les doigts. Ils lui avaient volé son corps. Il ne lui appartenait plus. Il le percevait mais ne pouvait plus le commander. Il était prisonnier dans une cellule et la cellule était… lui-même ? Étaient-ils en train de l'empoisonner ? Étaient-ce là les prémices de la mort ? Si oui, ne devrait-il pas s'en réjouir ? Allait-il voir Dieu d'un moment à l'autre ? Si oui, il dit à son esprit de sourire. Si son corps ne pouvait plus lui obéir, son âme, si, et Dieu pouvait la voir. Si telle était la mort, alors il l'accueillerait comme le point culminant de son existence, un don offert à tant d'hommes et de femmes, l'occasion de contempler le visage de Dieu, comme il n'allait pas tarder à le faire… oui… Il sentit l'air entrer dans ses poumons et lui offrir ces dernières secondes de cette vie que ces infidèles lui dérobaient. Mais le Seigneur le leur ferait payer. Il en était sûr. Absolument certain.

Pasternak regarda de nouveau sa montre. On approchait des deux minutes. De la dernière phase. Il se tourna vers l'appareil de réanimation. Le témoin vert était allumé. *Idem* pour le respirateur artificiel. Il s'en servirait si nécessaire. Il pouvait ressusciter ce salopard. Il se demanda ce qu'en aurait pensé Mike, mais cette idée était trop lointaine pour qu'il s'y raccroche. Ce qui arrivait après la mort était inconnaissable aux vivants. Tout le monde finissait par avoir la réponse, mais nul ne pouvait revenir pour le relater aux vivants. *Ma foi, cet Émir allait pourtant en avoir un aperçu, plus ou moins. Que verrait-il au juste ? Qu'apprendrait-il ?*

« Encore un petit instant », dit Pasternak à ceux qui l'entouraient.

L'Émir avait entendu et compris ses paroles. Encore un petit instant avant qu'il ne contemple le visage de Dieu. Un petit instant avant le Paradis. Enfin, il n'avait pas accompli tout ce qu'il avait espéré. Il n'était pas devenu le commandeur des Croyants. Il avait pourtant fait de son mieux. Mais cela n'avait pas suffi. C'était bien dommage. Il aurait pu réaliser tant de choses. Quelqu'un prendrait-il le relais, désormais ? Ahmed, peut-être. Un homme bien, Ahmed, fidèle et cultivé, au grand cœur, à la foi inébranlable. Peut-être aurait-il la force suffisante, lui… L'Émir sentait l'air entrer et sortir de ses poumons.

Il le sentait si nettement. C'était une sensation prodigieuse, l'essence même de la vie. Comment se faisait-il que jamais il ne l'avait appréciée ainsi à sa juste valeur ?

Et puis, il se produisit quelque chose…

Ses poumons venaient d'arrêter de fonctionner. Son diaphragme était devenu immobile. L'air n'entrait plus. Il avait respiré depuis le jour où il était né. C'était le premier signe de vie – avec le cri du nouveau-né – mais ses poumons refusaient de se remplir. Ses poumons étaient vides désormais… la mort était là. Enfin, il y avait été confronté depuis trente ans. Face aux Russes, face aux Américains, face aux Afghans qui n'avaient pas accepté sa vision de l'Islam et du monde. Il avait affronté la mort bien des fois – au point qu'elle ne lui inspirait plus la moindre terreur. Le paradis l'attendait. Il essaya de fermer les yeux pour accepter son destin mais ses yeux refusèrent de se clore. Il continuait de voir les lattes du plafond au-dessus de lui, des rectangles d'un blanc délavé qui le fixaient sans le voir. Était-ce cela, la mort ? Était-ce là ce que les hommes redoutaient tant ? Quelle étrange chose, observa son esprit, d'attendre, non pas avec patience mais dans la confusion, que les ténèbres ultimes le submergent. Son cœur continuait de battre. Il le sentait continuer à pomper le sang dans tout son corps, apportant avec celui-ci la vie, la conscience, qui allait bientôt disparaître, bien sûr, mais qui restait encore bien présente. Quand le paradis s'offrirait-il à lui ? Quand contemplerait-il le visage de Dieu ?

« Respiration interrompue à trois minutes, seize secondes », annonça Pasternak. Chavez le consigna comme précédemment. Le docteur saisit le masque à oxygène, vérifia une dernière fois que le dispositif était enclenché. Il pressa un bouton et entendit aussitôt le bruit de l'air qui s'engouffrait dans le masque en caoutchouc. Puis il prit les palettes du défibrillateur et les plaqua contre le torse de l'homme, tout en surveillant, sur le moniteur, le tracé de l'électrocardiogramme. Il vit que le rythme était normal.

Ça n'allait pas durer.

L'Émir entendait de drôles de bruits autour de lui et il ressentait des trucs bizarres, mais ses yeux étaient incapables de se tourner vers l'origine de ces bruits, rivés qu'ils étaient sur les lattes du plafond. Son cœur battait. *C'était donc à cela que la mort ressemblait*. En avait-il été de même pour Tariq, tué d'une balle en plein cœur ? Il avait failli, non par négligence, mais juste parce que dans son cas, l'ennemi s'était montré particulièrement habile et compétent. Mais Tariq était désormais au paradis, l'Émir en était sûr, peut-être servi par ses jeunes vierges, si tout se passait bien ainsi. Sans doute pas, il n'était pas dupe. Le Coran ne le disait pas explicitement. Bénéficier des faveurs d'Allah, cela lui suffisait amplement, comme, il en était sûr, il n'allait pas tarder à le découvrir.

La douleur s'insinua peu à peu, juste au creux de sa poitrine. Il ne s'était pas rendu compte qu'avec l'arrêt de la respiration, l'oxygénation de son corps avait cessé. Son cœur, muscle puissant, avait besoin d'oxygène pour fonctionner et dès que l'oxygène cessait de lui parvenir, la détresse cardiaque survenait…

et la mort suivait bientôt. Le cœur était fortement innervé et ces nerfs signalèrent au cerveau encore conscient ce manque d'oxygène. La douleur était intense, la plus intense qu'un homme pût connaître.

Pas encore tout à fait, mais on s'en approchait…

Ses traits ne dévoilaient rien, bien entendu. Les nerfs moteurs périphériques étaient tous déconnectés, comme morts, Pasternak le savait. Mais les sensations demeuraient présentes. Peut-être pourraient-ils les mesurer sur un électroencéphalogramme, mais ce ne serait jamais que des tracés d'encre noire sur du papier-accordéon, pas l'agonie déchirante que ces traits représentaient.

« Bien, dit-il d'une voix tranquille. Ça commence à présent. On va lui donner une minute, peut-être un peu plus. »

Piégé à l'intérieur de son corps inerte, Saïf Rahman Yacine sentit venir la douleur. Lointaine d'abord, puis de plus en plus présente… avant de croître rapidement. Il avait l'impression qu'une main lui étreignait le cœur pour le lui arracher des entrailles, déchiquetant les vaisseaux sanguins comme on lacère les feuilles d'un vieux bouquin moisi. Mais ce n'était pas du papier, c'était son cœur, l'organe pourvoyeur de vie. Il lui semblait à présent en feu, brûlant comme du petit bois au beau milieu de sa poitrine… il brûlait vif. Son cœur avait cessé de pomper le sang dans ses vaisseaux pour brûler, comme du bois, de l'essence, du papier… Brûlé,

brûlé vif. Si c'était cela la mort, alors c'était une horreur… la pire chose qui soit. Il l'avait infligée à d'autres. Il avait tué des soldats russes – tous des infidèles, certes, mais il avait mis fin à leurs jours, leur avait fait subir cette épreuve… et il avait trouvé ça drôle ? Distrayant ? Il avait cru que c'était la volonté de Dieu ? Est-ce qu'Allah trouvait cela amusant, lui aussi ? Et la douleur continuait de croître, devenait insoutenable. Mais il devait la supporter. Elle ne voulait pas s'en aller. Et lui non plus. Il était incapable de la fuir, d'implorer Dieu d'y mettre fin, de faire comme si elle n'existait pas : elle était là. Et bien là. Cette réalité avait submergé toute sa conscience. Il n'y avait plus rien d'autre que ce feu au milieu de son corps, un feu qui le dévorait de l'intérieur, plus terrible encore que tout ce qu'il avait pu imaginer. La mort ne survenait-elle donc pas rapidement ? Dieu n'était-il pas en tout miséricordieux ? Dans ce cas, pourquoi le laissait-Il subir un tel supplice ? Il aurait voulu serrer les dents pour lutter contre la douleur, voulu hurler pour oublier la torture qui lui rongeait les entrailles.

Mais son corps ne lui obéissait plus. La douleur était omniprésente, omnipotente. Il ne voyait, n'entendait, ne ressentait qu'elle. Même le Seigneur Dieu était douleur…

Allah le soumettait à cette épreuve. Si tout au monde procédait de Sa volonté, alors pourquoi Dieu avait-Il voulu lui infliger ce supplice ? Comment était-ce possible ? Dieu n'était-Il pas d'une infinie miséricorde ? Qu'en était-il donc ? Dieu l'avait-Il abandonné ? Et pourquoi ?

Pourquoi ?

POURQUOI ?

Puis son esprit sombra dans l'inconscience, accompagné d'une ultime et fulgurante douleur.

Sur l'électrocardiogramme, les premières arythmies apparurent. Attirant l'attention de Pasternak. En temps normal, en salle d'opération, sa tâche d'anesthésiste était de veiller sur les signes vitaux du patient. Par le truchement, entre autres, de machines comme celle-ci, sans compter qu'il était par ailleurs un brillant cardiologue. Il devait à présent redoubler d'attention. Ils ne voulaient pas voir ce connard leur crever dans les mains, et c'était bien dommage. Car il lui aurait volontiers infligé une mort comme bien peu d'hommes en avaient connu, mais Pasternak se reprit, alors qu'il frôlait dangereusement le bord du gouffre : il était médecin, pas bourreau. Non, il fallait le ramener à la vie. Alors il saisit le masque à oxygène. Son « patient » était désormais inconscient. Il plaqua le masque sur son visage, appuya sur le bouton et la machine lui envoya de l'air dans les poumons. Pasternak leva les yeux.

« Bien. Indiquez l'heure. Il est à présent sous assistance respiratoire. Le patient est sans aucun doute inconscient et nous le ventilons. J'estime que cela devrait prendre trois ou quatre minutes. L'un de vous pourrait-il venir auprès de moi ? »

Chavez, qui était le plus proche, s'avança aussitôt.

« Posez ces palettes sur son torse et maintenez-les en place. »

Ding obtempéra, tout en se tournant pour consulter l'écran de l'électrocardiographe. Le tracé se répétait de manière régulière, mais pas selon le rythme sinusoïdal habituel, un symptôme que son épouse aurait déchiffré sans peine mais qui, pour lui, ressemblait juste à ces trucs qu'on voit dans les séries télé. À sa gauche, le docteur Pasternak pressait sur le bouton du respirateur à intervalles réguliers, toutes les huit ou neuf secondes.

« Qu'est-ce que ça donne, doc ? s'enquit Chavez.

— Le cœur s'est calmé maintenant qu'il est à nouveau alimenté en oxygène. L'effet de la succinylcholine se sera dissipé d'ici deux minutes. Quand vous verrez son corps bouger, ce sera quasiment terminé. Je poursuivrai l'assistance respiratoire durant encore environ quatre minutes.

— Qu'a-t-il enduré ?

— Un truc que je ne vous souhaite pas. L'équivalent d'un infarctus sérieux. La douleur a dû être intense – et je pèse mes mots. Pour lui, c'est sans doute regrettable, mais il a dû souffrir un putain de martyre. On verra d'ici deux minutes comment il réagit, mais il a subi une épreuve que personne ne voudrait voir se répéter. Il a sans doute cru se trouver au seuil de la mort. J'imagine qu'on verra sous peu comment cela l'aura affecté. »

Il fallut quatre minutes et trente secondes avant que les jambes se remettent à bouger. Le Dr Pasternak consulta le moniteur et se détendit. L'Émir n'était plus sous l'influence de la substance qu'il lui avait injectée, ses muscles se retrouvaient normalement sous le contrôle du système nerveux.

« Il va demeurer inconscient quelques minutes encore, jusqu'à ce que l'oxygène se soit suffisamment répandu dans son cerveau, expliqua l'anesthésiste. On va le laisser tranquillement se réveiller, ensuite on pourra lui parler.

— Dans quel état mental va-t-il être ? »

C'était Clark qui avait posé la question. Pour lui, l'expérience était totalement inédite.

« Ça dépend. Je suppose qu'il pourrait continuer de faire la forte tête, mais j'en doute. Il vient de vivre une expérience singulière et particulièrement traumatisante. Il n'aura pas envie de la voir se répéter. Il a ressenti une douleur en comparaison de laquelle celles de l'enfantement sont une partie de plaisir. Je ne peux qu'émettre des hypothèses sur l'intensité de ce qu'il a éprouvé. Je ne connais personne qui ait subi une telle épreuve – enfin, peut-être quelques victimes d'un accident cardiaque sérieux, mais en général, elles ont oublié l'intensité de la douleur. Le cerveau ne fonctionne pas de la sorte. Par une sorte de mécanisme de défense, il efface les douleurs les plus intenses. Mais pas ce coup-ci. Il se souviendra de ce qu'il a vécu, même s'il ne se souvient pas de la douleur proprement dite. S'il n'en ressort pas complètement ébranlé, alors ce type est un John Wayne sous amphés. Ce genre d'individu n'existe pas dans la réalité. Sans compter le facteur aggravant de sa foi religieuse. Cela peut avoir eu une influence déterminante. Jusqu'à quel point, c'est ce que nous verrons, mais s'il nous résiste encore à présent, j'en serais le premier surpris.

— Si oui, pouvons-nous répéter l'expérience ? » demanda Clark.

Pasternak se tourna vers lui : « Oui, c'cst possible – presque indéfiniment. J'ai entendu à la fac de Columbia qu'au temps de l'Allemagne de l'Est, la Stasi recourait à ces techniques pour interroger les espions et les prisonniers politiques, avec un succès total. Ils ont toutefois cessé d'y recourir – j'ignore pourquoi. Peut-être était-ce trop moche, même pour eux. Comme je vous l'ai dit hier, c'est une technique introduite par Josef Mengele. Si je me souviens bien, le patron de la Stasi était juif – un certain Markus Wolf – et peut-être cela aura-t-il influé sur sa décision.

— Et vous, comment vous sentez-vous, Rich ? demanda Hendley.

— Moi, bien. Mais pas lui ». Le toubib marqua une pause. « Vont-ils l'exécuter en fin de compte ?

— Tout dépend d'entre les mains de qui il atterrira, répondit Hendley. Si c'est le FBI, la justice suivra son cours et il finira ses jours au pénitencier de Terre Haute, Indiana. Mais ce n'est pas vraiment notre problème. »

Parce que ce qu'il vient de subir était bien pire, s'abstint de remarquer Pasternak. Sa conscience ne le tourmentait pas trop, mais elle protestait malgré tout… C'est que cette technique était bel et bien issue du manuel de Josef Mengele, et pas vraiment conçue pour la paix de l'âme d'un Juif new-yorkais comme lui. Mais on n'avait jamais retrouvé le corps de son frère, atomisé par l'effondrement de la tour du World Trade Center. Il n'avait même pas une tombe sur laquelle se recueillir avec les enfants de Mike. Et c'était ce salopard qui était à l'origine de cela, alors Rich Pasternak avait dit à sa conscience de la mettre en veilleuse. S'il n'accomplissait pas la volonté divine, au moins vengeait-il sa famille, et sa conscience devrait faire avec.

« Quel est le nom exact de ce type ? demanda Pasternak.

— Saïf Rahman Yacine, répondit Clark. Il est au moins le cinquantième rejeton de son père, un homme d'une vigueur remarquable, sans nul doute, et en outre étroitement lié à la famille royale saoudienne.

— Oh ? Je l'ignorais.

— Il hait ses cousins plus encore qu'Israël, expliqua Clark. Ils ont essayé de l'éliminer il y a six ans, mais ils ont foiré leur mission. Il les hait parce qu'ils sont corrompus, c'est ce qu'il dit. J'imagine qu'il y a là-bas des masses d'argent aux mains d'un noyau relativement réduit d'individus, mais comparé à Washington, ce n'est pas si terrible. Je connais le pays. J'ai appris la langue dans les années quatre-vingt. Les Saoudiens que j'ai rencontrés sont des gens plutôt bien. Bon d'accord, leur religion n'est pas la mienne mais celle des baptistes non plus. Les Saoudiens veulent la mort de ce type encore plus que nous, croyez-le ou pas. Ils rêveraient de lui trancher la tête sur la place principale de Riyad avant de la balader au bout d'une pique. Pour eux, il a renié leur pays, leur roi, leur religion. Et là-bas, on ne rigole pas avec ça. Doc, les Saoudiens ne sont pas comme nous, mais les Rosbifs non plus, pas vrai ? Après tout, j'ai vécu là-bas aussi.

— Qu'est-ce qu'on devrait faire de lui, d'après vous ?

— Ça, ce n'est pas de mon ressort, chef. On peut toujours le tuer, mais mieux vaudrait le faire en public – merde, durant la mi-temps du Super Bowl, avec redif au ralenti et commentaire détaillé des présentateurs de télé. Ça ne me poserait pas de problème. Après tout, c'est une personnalité politique et son élimination serait de même un acte politique. La politique, ça fout toujours le merdier », dit Clark en manière de conclusion. La politique n'était pas vraiment son truc, ne l'avait jamais été. Le monde de Clark était simple : un meurtrier, on le mettait à mort. Ce n'était ni élégant, ni « délicat », mais au moins, ça avait déjà marché. Avant que la machine judiciaire de son pays n'ait été reprise en main par les avocats. Mais il était impossible de retourner en arrière, et il n'y pouvait rien changer. Clark ne nourrissait aucune illusion de pouvoir. Son cerveau n'avait pas d'aussi vastes ambitions. « Doc, ce que vous venez de lui faire subir, c'était vraiment si moche ?

— Bien pire que tout ce que j'ai pu avoir l'occasion de ressentir personnellement, bien pire que tout ce que j'ai vu en trente-six ans de pratique, bien pire que tout ce qu'on peut infliger à un individu sans provoquer sa mort. Ce ne sont là que des connaissances théoriques, mais pour rien au monde je ne voudrais en faire l'expérience. »

Clark repensa à un type nommé Billy, et à la période que l'intéressé avait passée dans un caisson de décompression. Il se souvenait comment il avait froidement torturé ce salopard de violeur, et comment cela n'avait pas un seul instant effleuré sa conscience. Mais il s'était alors agi d'une vengeance personnelle, pas de boulot, et il n'éprouvait pas plus de remords aujourd'hui. Il l'avait abandonné, à demi mort, dans un champ en Viriginie. L'homme avait été par la suite conduit à l'hôpital et traité bien inutilement durant une semaine avant que le traumatisme n'emporte sa vie de peu de prix. Quelquefois, Clark se demandait si Billy se plaisait en enfer. Mais pas si souvent que ça.

Ainsi donc, c'était encore pire ? *Bigre.*

Pasternak baissa les yeux et vit frémir les paupières du patient. Donc, il se remettait complètement. *Bon signe. Enfin, si l'on veut.*

Clark s'approcha de Hendley. « Qui va l'interroger ?

— Jerry Rounds, pour commencer.

— Vous voulez que je le seconde ?

— Pas une mauvaise idée, si nous restons tous ici. Je veux dire, le mieux serait qu'on ait un psychiatre dans le coin – et dans l'idéal, un théologien musulman, mais nous n'en avons pas. On est toujours obligés de faire avec les moyens du bord, pas vrai ?

— Voyons les choses du bon côté. Jamais Langley n'aurait eu les couilles de faire ce qu'on vient de réaliser, en tout cas, pas sans une promotion entière de juristes, plus un journaliste du *Post* pour donner des leçons de morale. C'est vraiment le truc que j'apprécie ici : l'absence de fuites.

— Quelque part, j'aurais envie d'en discuter avec Jack Ryan. Ce n'est pas un psy, mais il a de l'instinct. Sauf que c'est impossible. Tu sais pourquoi. »

Clark acquiesça. Jack Ryan était connu également pour avoir eu des problèmes de conscience. Nul n'était parfait.

Hendley se dirigea vers un téléphone et pianota sur le clavier. Deux minutes plus tard, à peine, Jerry Rounds fit son entrée. « Alors ?

— Notre hôte a eu un mauvais réveil, lui expliqua Hendley. À présent, on a besoin de lui causer. C'est ton boulot, Jerry.

— M'a l'air inconscient, constata Rounds.

— Il le sera encore pendant une minute ou deux, expliqua Pasternak. Mais il sera au poil ensuite.

— Bon Dieu, ne sommes-nous pas assez nombreux ? » observa Rounds.

Ils l'étaient déjà plus que pour les réunions habituelles du conseil. Puis une caméra de télévision arriva, montée sur trépied par Dominic, et les bâches qu'ils avaient scotchées ensemble la nuit précédente furent posées tout autour de l'établi. Au signal, Dominic pressa le bouton d'enregistrement et Hendley prit la parole pour énoncer, hors-champ, la date et l'heure. Gavin Biery se chargerait bien sûr par la suite de maquiller numériquement la voix. Dominic repassa la séquence et annonça que c'était dans la boîte.

« On se déguise ? » demanda Rounds, presque *in petto*, mais Clark était déjà auprès de lui.

« Pourquoi pas ? répondit Clark. Il n'y a pas de règle établie.

— C'est vrai. »

Clark avait le chic pour ramener les questions à l'essentiel, nota le chef du renseignement.

Clark se demanda si tout le monde devait s'habiller en cow-boy, jeans, ceinturon et Stetson et se maquiller pour égarer leur prisonnier. Mais mieux valait sans doute la jouer simple. Trop de réflexion finissait par brouiller le message pour n'aboutir nulle part. La simplicité payait presque toujours.

Clark s'approcha de la table et vit que l'Émir bougeait et se débattait dans son sommeil. Il était sur le point de se réveiller. Allait-il être surpris d'être encore en vie ? À coup sûr, ce n'était pas le paradis. Il scruta son visage. Il était parcouru de tics. Le réveil était sans doute imminent. Clark décida de ne pas bouger.

« John ? dit Chavez.

— Ouais, Ding ?

— C'était vraiment aussi moche que ça, hein ?

— À ce qu'en dit le toubib, oui. C'est lui, l'expert.

— Bon Dieu.

— Pas la bonne divinité, mec, observa Clark. Il s'attendait sans doute à voir Allah – ou peut-être le diable. »

Peut-être que je peux me mettre à sa place, réflexion faite. Clark regarda autour de lui. Jerry Rounds semblait mal à l'aise. Hendley l'avait chargé de remonter le moral des troupes, de tenir tout le monde. D'un autre côté, il eût été inhumain de ne pas se sentir un brin tendu, s'avisa Clark.

Il se sentait comme aspiré. Presque à son corps défendant.

Et merde, songea-t-il. Qu'était-il censé raconter à ce salopard ? C'était un boulot pour un psychiatre. À la rigueur celui d'un théologien spécialiste de l'Islam. Un mufti ? Enfin, quelqu'un qui connaissait la religion bien mieux que lui.

Mais ce type était-il vraiment un musulman ? Ou n'était-il qu'un vulgaire apprenti politicien ? Savait-il lui-même qui il était ? À quel moment un homme devenait-il ce qu'il prétendait être ? Questions insondables pour Clark. Bien trop insondables. Mais les paupières du bonhomme tressaillaient. Et puis il les ouvrit, et Clark le regarda droit dans les yeux.

« Ça fait du bien de respirer, pas vrai ? »

Il ne reçut pas de réponse mais l'homme semblait perplexe.

« Salut Yacine. Ravi de te revoir parmi nous !

— Qui êtes-vous ? demanda le prisonnier, d'une voix pâteuse.

— Je travaille pour le gouvernement des États-Unis.

— Que m'avez-vous fait ? Que s'est-il passé ?

— On t'a provoqué une crise cardiaque. Puis on t'a ranimé. On m'a dit que c'était une procédure horriblement douloureuse. »

Cette dernière remarque de Clark n'appela aucune réponse, mais il lut la terreur dans les yeux de l'Émir.

« Il faut que tu le saches : ce que tu viens de subir pourrait se reproduire – indéfiniment, et sans dégâts irréversibles. Si tu ne veux pas coopérer, tes jours pourraient bien se réduire à une succession de crises cardiaques.

— Vous ne pouvez pas faire ça… vous n'avez pas…

— Le droit ? Si, ici, nous avons tous les droits. Cela se passe juste entre toi et moi – et une seringue, aussi longtemps qu'il le faudra. Si tu ne me crois pas, je peux rappeler le docteur d'ici deux minutes. À toi de choisir. »

Il fallut à l'Émir moins de trois secondes pour se décider.

« Posez-moi vos questions. »

Clark et Rounds eurent tôt fait de découvrir que leur entretien avec l'Émir, au lieu d'un interrogatoire, allait tourner plutôt à une discussion empreinte de cordialité. Il était manifeste que Yacine avait pris au sérieux l'avertissement de Clark.

La première session dura deux heures et partit de l'anecdotique pour arriver aux détails significatifs, des questions qui avaient déjà des réponses aux mystères non encore dévoilés : depuis combien de temps se trouvait-il sur le territoire américain ? Où et quand avait-il subi de la chirurgie plastique ? Quel avait été son itinéraire après son départ du Pakistan ? Dans quelles conditions la maison de Las Vegas avait-elle été acquise ? Quel était le budget alloué aux opérations du CRO ? La localisation des comptes bancaires, la structure organisationnelle du CRO, de ses cellules, ses agents dormants, ses objectifs stratégiques…

Et ainsi de suite, jusqu'au petit matin, jusqu'à ce que Hendley décide de faire une pause. Au matin, le groupe se réunit dans la cuisine du corps de logis principal pour dépouiller les résultats obtenus et envisager le questionnaire du jour. Le temps leur était compté, expliqua Hendley. Quelles que soient leurs idées personnelles, l'Émir n'était pas la propriété du Campus et ce n'était pas à eux de rendre la justice. L'homme appartenait au peuple américain et la justice devait être rendue selon les lois du pays. D'un autre côté, une fois Yacine aux mains du FBI, il pourrait s'écouler des mois, sinon des années, avant qu'on ne parvienne à lui extorquer les ultimes bribes d'information. Dans l'intervalle, le Campus devrait se contenter de ce que l'Émir leur avait dévoilé jusqu'ici. Ils avaient quantité de pistes à suivre, largement de quoi les occuper pour au moins un an.

« Je dirais qu'il n'y a plus qu'un seul élément à lui extorquer, estima Jack Ryan Junior.

— Qui est... ? demanda Rounds.

— Le pourquoi de l'ensemble. L'esprit du bonhomme est trop cloisonné. Toutes les pièces de l'opération Lotus – le mont Yucca, le *Losan*, les attaques dans le Midwest... Le seul intérêt était-il d'instaurer un climat de terreur ou quelque chose de plus vaste ? Ce devait être autre chose qu'une version amplifiée du 11-Septembre, pas vrai ? »

Clark inclina la tête, songeur, et considéra Hendley qui, après un temps, reconnut que c'était une *bougrement bonne question*.

Dès le milieu de la matinée, ils avaient obtenu ce qu'ils désiraient ; ils reportèrent leur attention sur la question délicate de livrer ou non Yacine au FBI. Aussi symbolique et attrayante que l'idée pût paraître, trousser l'Émir comme une dinde de Noël et la déposer incognito sur les marches de l'immeuble Hoover était voué à l'échec. Depuis des semaines, le Campus avait côtoyé la ligne indistincte entre l'ombre où il était censé opérer en secret et la lumière de l'attention du gouvernement américain.

La question était donc devenue de savoir comment « restituer » le terroriste le plus recherché de la planète sans que cela leur pète à la gueule. Au bout du compte, Dominic Caruso, qui avait pris la leçon de son frère, trouva la solution.

« Le plus simple sera le mieux.

— Ce qui veut dire ? demanda Hendley.

— On se triture trop les méninges. On a déjà l'intermédiaire parfait : Gus Werner. Il m'a tuyauté pour le Campus et il est au mieux avec Dan Murray, le patron du FBI.

— C'est là un sacré bon atout, Dom, admit Chavez. Tu crois qu'il marcherait dans la combine ? Meilleure question : crois-tu qu'il puisse la faire réussir ?

— Ce serait quoi, le topo ? demanda Jack.

— Il serait arrêté aussitôt et bouclé dans un endroit hyper-sécurisé. Le genre, on lui énonce ses droits, on lui propose un avocat, on essaie de discuter un peu avec lui. On met dans le coup un procureur général. Celui-ci prévient le ministre de la Justice, qui prévient le président. Ensuite, cela fait boule de neige. La presse entre dans la danse, et nous, on est aux premières loges pour assister au spectacle. Tu sais, Gus connaît la chanson et il sait comment fonctionne le Bureau. Si quelqu'un peut fourguer ce genre de plan, c'est bien lui. »

Hendley réfléchit quelques instants avant d'acquiescer. « Appelez-le. »

Au siège du FBI, le téléphone de Gus Werner sonna. C'était sa ligne privée, à laquelle bien peu de monde avait accès. « Werner.

— Dominic Caruso à l'appareil, monsieur Werner. Vous avez un moment à nous consacrer cet après-midi ? Disons une vingtaine de minutes.

— Euh, bien sûr. Quand ?

— Maintenant.
— OK, passez me voir. »

Dominic se gara à une rue de l'immeuble Hoover et pénétra dans le hall principal, après avoir montré sa carte professionnelle au gardien à l'accueil. Cela lui permit de contourner les détecteurs de métaux. Les agents du FBI étaient censés porter une arme. En fait, Dominic n'en avait pas sur lui. Il l'avait oubliée au bureau, à sa grande surprise.

Le bureau d'Augustus Werner était situé au dernier étage. Il disposait d'une secrétaire personnelle, au titre de directeur adjoint du service, installé à quelques portes du vaste bureau de Dan Murray, le patron du FBI. Dominic se présenta à la secrétaire qui l'introduisit aussitôt. Il s'assit en face du DA. Il était très exactement quinze heures trente.

« Bien, Dominic, que voulez-vous ?
— J'ai une proposition à vous faire.
— Quel genre ?
— Vous voulez l'Émir ?
— Hein ? »

Dominic répéta la question.

« Bien sûr que oui. » Mais l'expression de Werner trahissait : *C'est quoi, l'embrouille ?*

« Ce soir, à Tysons Corner. Dernier étage du parking, disons, vingt et une heures trente. Venez seul. Je sais que vous avez des collaborateurs proches, mais pas suffisamment pour qu'ils assistent au transfert. Je m'en chargerai personnellement.
— Vous êtes sérieux ? Vous l'avez ?
— Ouaip !

— Comment diable est-ce arrivé ?

— Ne posez pas de questions, n'en parlez à personne. On l'a eu et vous pouvez l'avoir. Le reste, ça nous regarde.

— Ça va être délicat.

— Mais pas impossible, sourit Dominic.

— Non, pas impossible.

— Un tuyau anonyme, une fuite inattendue – comme vous voudrez.

— Bien, bien… il faut que j'en parle au directeur.

— Je comprends.

— Restez près de votre téléphone. Je vous recontacte. »

Comme il était prévisible, le coup de fil ne tarda pas – moins d'une heure et demie plus tard, en fait. Et l'heure comme le lieu de la rencontre furent confirmés. Vint bientôt le moment de se préparer. Dominic et Clark se rendirent à l'atelier où ils découvrirent Pasternak en train d'examiner l'Émir sous l'œil attentif et le Glock dégainé de Domingo Chavez.

« Il est bon pour le service, doc ? demanda Dominic.

— Oui, mais faites quand même attention à sa jambe.

— Entendu. »

Clark et Dominic redressèrent Yacine et Dominic sortit de sa poche-revolver les bracelets en plastique pour menotter leur prisonnier. Puis il prit une bande de gaze qu'il lui enroula plusieurs fois autour de la tête. Parfait pour lui bander les yeux. Cela fait, Clark le prit par le bras et le guida vers la porte, puis il lui fit traverser la cour et, en passant par la porte de service, rejoindre le garage. Hendley, Rounds, Granger et Jack se tenaient près du Suburban. Ils demeurèrent silencieux, tandis que Dominic ouvrait la portière arrière droite du gros 4×4 et aidait leur prisonnier à monter. Clark contourna le véhicule pour aller s'asseoir de l'autre côté. Dominic monta devant et démarra. Ils allaient emprunter l'autoroute 29 jusqu'au périphérique de la capitale, puis tourneraient vers l'ouest pour gagner le nord de la Virginie.

Dominic suivait scrupuleusement les limitations de vitesse, trait inhabituel chez lui. La présentation de sa carte du FBI l'absolvait en général de tout excès de vitesse sur le territoire métropolitain, mais ce soir il avait décidé de se conformer strictement au code de la route. Passé le pont de la Légion américaine pour entrer en Virginie, ils entamèrent un large virage à gauche avant d'entamer l'ascension de la colline. Au bout de vingt minutes, Dominic prit la bretelle de sortie vers Tysons Corner. La circulation était devenue plus dense mais la plupart des usagers quittaient le centre commercial. C'est qu'il était déjà neuf heures vingt-cinq. Parvenu à l'accès sud, il emprunta la rampe du parking pour rejoindre le dernier niveau.

Là. Manifestement, une voiture de la maison – une Ford Crown Victoria flambant neuve, munie d'une antenne de radio supplémentaire. Il s'arrêta à moins d'une dizaine de mètres et resta assis, sans bouger. La portière de la Ford côté conducteur s'ouvrit. C'était Gus Werner, vêtu de son costume trois-pièces habituel. Dominic descendit pour le rejoindre.

« Vous l'avez ? demanda Gus.

— Oui, monsieur. Il a quelque peu changé d'aspect. Il s'est fait blanchir la peau. En utilisant ceci (Dom lui tendit le tube de Bénoquine à moitié vide récupéré dans la maison de Las Vegas), et il s'est fait partiellement refaire le visage, en Suède, nous a-t-il dit. Je vais le chercher. »

Dominic retourna au Suburban, ouvrit la portière arrière, aida Yacine à descendre, puis il claqua la porte et rejoignit Werner.

« Il aura besoin de soins médicaux. Une blessure par balle à la cuisse. On a procédé aux premiers soins mais il doit être vu par des médecins. En dehors de cela, il est en parfaite santé. Il n'a pas mangé grand-chose. Il a sans doute faim. Vous l'amenez au service opérations de Washington ?

— Ouaip.

— Eh bien, monsieur, il est à vous à présent.

— Dominic, il faudra me donner un de ces jours le fin mot de cette histoire.

— Un jour peut-être, monsieur, mais pas ce soir.

— Compris.

— Encore une chose : interrogez-le d'abord sur les attaques au cœur du pays. Et sur ses éléments dormants.

— Pourquoi ?

— Il a tenté un petit tour de passe-passe. Ce serait bien que personne ne tombe dans le panneau.

— Entendu. » Puis Werner prit un ton officiel : « Saïf Rahman Yacine, vous êtes en état d'arrestation. Vous avez le droit de garder le silence. Tout ce que vous direz sera consigné et pourra être retenu contre vous devant un tribunal. Vous avez droit à la présence d'un avocat. Avez-vous compris ce que je viens de vous dire ? » demanda Werner en le prenant par le bras.

L'Émir ne dit pas un mot.

Werner regarda Dominic. « Il comprend l'anglais ? »

Dominic sourit. « Oh que oui. Croyez-moi, il sait parfaitement ce qui se passe. »

Épilogue

Cimetière national d'Arlington

Même si les gardes du corps de Jack Ryan Senior avaient bien pris soin d'éviter tout risque de photos non autorisées, la plupart des membres du Campus – Gerry Hendley, Tom Davis, Jerry Rounds, Rick Bell, Peter Alexander, Sam Granger et Gavin Biery – étaient arrivés avec plusieurs minutes d'avance à bord de trois voitures différentes. Clark et Chavez se trouvaient dans un quatrième véhicule en compagnie de Sam Driscoll, fraîchement démobilisé et toute dernière recrue du Campus ; Sam avait consacré la moitié du temps à se mettre au parfum et le reste à se partager entre la recherche d'un logement et ses séances de rééducation à l'hôpital Johns Hopkins. Même s'il n'avait jamais rencontré de son vivant Brian Caruso, Driscoll restait un soldat dans l'âme, et liens du sang ou pas, qu'on le connaisse ou non, un frère d'armes était un frère tout court.

« Les voilà », murmura Chavez en indiquant au groupe d'un signe de tête l'allée bordée d'arbres.

Selon la tradition des marines, la famille proche de Brian, escortée par Dominic, arriva dans la première limousine et s'arrêta derrière le corbillard, près duquel les porteurs, un peloton de huit hommes en uniforme de parade, se tenaient au garde-à-vous, le regard fixe et le visage figé. Quelques secondes plus tard, la seconde limousine, avec le clan Ryan, apparut et s'immobilisa en douceur. Sur un signal de l'agent Andrea Price O'Day, on ouvrit les portières arrière des deux véhicules et leurs occupants en descendirent.

Debout côte à côte près de la tombe, Gerry Hendley et John Clark regardaient les membres du peloton, stoïques, faire glisser doucement le cercueil ceint du drapeau hors du corbillard, puis se mettre en position derrière l'aumônier pour traverser la pelouse verdoyante.

« Je commence seulement à réaliser, murmura le patron du Campus.

— Ouais », convint Clark.

Six jours s'étaient écoulés depuis Yucca, quatre depuis que le corps de Brian était revenu de Tripoli. Ce n'est que maintenant qu'ils avaient le temps de digérer tout ce qui avait transpiré des événements. Pour le pays, le Campus avait remporté une grande victoire, mais à quel prix.

La pluie qui était tombée presque toute la matinée avait cessé une heure auparavant ; les rangées de pierres tombales d'un blanc immaculé resplendissaient à présent sous le soleil de midi. En parallèle avec les porteurs, un contingent de la musique des marines avançait au pas cadencé, tout en jouant au tambour une marche funèbre.

Le cercueil arriva au pied de la tombe et les membres de la famille se disposèrent autour. Le commandant de l'escorte lança d'une voix rauque :

« À mon commandement… Présentez, armes ! » Puis : « Parade… repos ! »

À la demande de Dominic, l'aumônier abrégea la cérémonie.

« Escorte… Garde à vous ! Escorte, présentez, armes ! »

Puis ce fut l'hymne des marines et les salves réglementaires, effectuées avec des mouvements raides, presque robotiques, jusqu'à ce que l'écho de la dernière salve eût fini de retentir parmi les tombes. Alors qu'il s'éteignait, un clairon joua la sonnerie aux morts, tandis que le drapeau de Brian était plié avec soin avant d'être offert à la famille Caruso. La fanfare joua alors l'hymne de la marine : *Eternal Father, Strong to Serve*.

Et ce fut terminé.

Le lendemain matin, un lundi, le Campus reprit ses activités mais l'humeur était bien évidemment morose. Les jours qui avaient précédé les obsèques de Brian, chacun avait dû bien sûr rédiger et soumettre son rapport de mission, mais ce serait la première fois que les membres du groupe Martin-pêcheur, désormais démantelé, se réunissaient après le décès d'un des leurs. Les visages étaient lugubres lorsque chacun se retrouva dans la salle de conférences. Par un accord tacite, on avait laissé une chaise libre autour de la table, celle de Brian.

La réponse à la grande question de Jack – « Pourquoi ? » – les avait tous pris par surprise. L'Émir avait en fait eu de plus vastes ambitions pour son projet Lotus. Les attentats au cœur de l'Amérique profonde et la tentative avortée avec le *Losan* n'étaient que de simples coups de semonce, l'explosion du mont Yucca devant être l'uppercut destiné à réveiller le géant assoupi. Avec à la barre un président incompétent et réactionnaire comme Edward Kealty, le FBI et la CIA finiraient bien, à la longue, par identifier les responsables des attentats, pour ne tomber au bout du compte que sur des rumeurs et des légendes savamment orchestrées qui, un beau jour, aboutiraient directement à la direction de l'ISI, le renseignement pakistanais, et aux éléments les plus radicaux de l'état-major général de l'armée pakistanaise, l'un comme l'autre depuis longtemps suspectés de ne soutenir que mollement la lutte contre le terrorisme.

Tout comme ils avaient, à bon escient, envahi l'Afghanistan à la suite du 11-Septembre, les États-Unis réagiraient de nouveau de manière prompte et délibérée, étendant leurs actions militaires vers l'est, par-delà les chaînes du Safed Koh et de l'Hindou Kouch. L'inévitable déstabilisation du Pakistan, État déjà quasiment moribond, créerait alors, aux dires de l'Émir, une vacance du pouvoir dans laquelle s'engouffrerait le Conseil révolutionnaire des Omeyyades, prenant du coup le contrôle de l'arsenal nucléaire pakistanais.

« C'est plausible, déclara Jerry Rounds. Dans la pire hypothèse, le plan réussit ; dans la meilleure, nous devons nous impliquer encore plus fortement dans la zone en triplant, voire en quadruplant notre présence actuelle.

— Et y rester enlisés pour vingt ans, ajouta Clark.

— Si on nous avait dit que l'opération en Irak deviendrait une campagne de recrutement pour les militants…, observa Chavez.

— Une opération gagnant-gagnant pour l'Émir et le CRO, ajouta Jack.

— J'ai dit à Werner de creuser d'abord les rumeurs. Il saura faire le tri, dit Dominic. La question demeure, était-ce le seul atout que le salopard avait dans sa manche ? »

Comme par un fait exprès, le téléphone, sous le coude de Hendley, se mit à sonner. Il décrocha, écouta, puis conclut : « Faites-la monter. » Il raccrocha et se tourna vers le groupe : « Peut-être une énigme de moins à résoudre. »

Mary Pat Foley apparut sur le seuil soixante secondes plus tard. Après les salutations d'usage, elle déposa une chemise en carton sur la table devant Hendley qui l'ouvrit et se mit à lire.

Mary Pat s'adressa à Sam Driscoll : « Le logiciel a finalement craché une réponse pour votre plan-relief en sable.

— Non ?

— Laissez-moi deviner, dit Chavez. Rien de neuf. Le mont Yucca ?

— Non », dit Hendley. Il fit glisser le dossier vers le bout de la table pour Clark et Jack qui l'examinèrent de concert. Jack leva les yeux vers Mary Pat. « Vous en êtes sûrs ?

— Ils l'ont passé à la moulinette une bonne douzaine de fois. Nous avons obtenu quatre-vingt-huit corrélations de coordonnées parfaites.

— Ne nous laissez pas languir, intervint Dominic.

— La Kirghizie, répondit Clark sans relever les yeux du document.

— Que diable l'Émir veut-il faire en Kirghizie ? » s'étonna Chavez.

À quoi répondit Gerry Hendley : « C'est la question à un million de dollars. Attelons-nous à chercher la réponse. »

La réunion se poursuivit une heure encore. À onze heures, Jack prit un déjeuner rapide avant de rejoindre Peregrine Cliff. Alors qu'il gravissait le perron, Andrea Price O'Day ouvrit la porte d'entrée.

« Voilà ce que j'appelle de la qualité de service, observa Jack. Comment ça se passe ?

— Comme toujours. Désolée pour votre cousin. »

Jack acquiesça. « Merci. Papa ?

— Dans son bureau. Il écrit, précisa-t-elle.

— Je frapperai doucement. »

Ce qu'il fit, pour aussitôt entendre avec surprise la voix chaleureuse de son père : « Mais entre donc. »

Jack s'assit et attendit quelques secondes que son père eût terminé de taper une phrase sur son clavier. Ryan Senior fit pivoter son fauteuil et sourit. « Comment va ?

— Bien. Ça avance ? demanda Jack en indiquant le texte de l'autobiographie sur le moniteur.

— Je commence à voir le bout du tunnel. Ensuite, je laisserai tout ça refroidir un peu, puis j'entamerai la récriture. T'es allé au boulot ce matin ?

— Ouais. On a fait le bilan.

— Les dernières nouvelles ?

— Le FBI l'a récupéré. C'est tout ce que l'on sait. Peut-être bien qu'on n'en saura jamais plus.

— Il cédera, prédit Ryan Senior. Ça prendra peut-être une quinzaine de jours mais il lâchera le morceau.

— Comment peux-tu en être aussi sûr ?

— C'est foncièrement un poltron, fils. Comme la plupart de ses semblables. Il va faire son numéro mais ça ne tiendra pas la distance. Au fait, il faut qu'on cause, tous les deux. Kealty fourbit déjà ses armes.

— À la recherche d'un coup tordu ? »

L'ancien président opina. « Arnie est en train de mener sa petite enquête mais il semble que, dans son entourage, on parle d'espionnage illégal. Ça devrait paraître dans le *Post* la semaine prochaine.

— De l'espionnage illégal, répéta Jack. On dirait que ça vise le Campus. Se pourrait-il qu'ils aient…

— Il est encore trop tôt pour le dire. Peut-être. Si oui, ils s'en serviront pour ouvrir les hostilités – en essayant de nous mettre hors jeu avant même le début de la course.

— Que pouvons-nous faire ?

— Il n'y a pas de “nous” qui tienne, fils, dit Ryan d'une voix douce, avant de sourire. Je m'en charge.

— Tu n'as pas l'air inquiet. Moi, ça me tracasse.

— C'est de la politique. Rien de plus. Ça ne va pas s'améliorer, mais les jours de Kealty sont comptés. La seule question est de savoir combien de temps il va lui falloir pour s'en rendre compte. Bon sang, je vais plutôt te dire ce qui me tracasse vraiment.

— Quoi donc ?

— D'annoncer à ta mère que tu marches sur les brisées de ton vieux.

— Ah, merde.

— Si jamais l'existence du Campus est révélée et qu'elle l'apprend par les journaux ou qu'un gratte-papier lui balance le scoop, toi et moi, on n'est pas dans la mouise.

— Bon, alors, comment on gère ça ?

— Reste évasif. Je m'occuperai de la partie concernant le Campus. Toi, tu lui raconteras ce que tu y fais.

— Pas tout, n'est-ce pas ? Pas les missions sur le terrain.

— Non.

— Mieux vaut que tu n'en saches rien non plus, pas vrai ? »

Ryan acquiesça.

« Et si elle insiste ?

— Elle n'insistera pas. Elle est trop maligne.

— Je vais te dire une chose, papa. Je ne suis pas pressé que ça arrive. Elle risque de ne pas être contente.

— C'est peu de le dire. Mais le plus tôt sera le mieux. Fais-moi confiance. »

Jack Ryan Junior rumina la réponse paternelle avant de se résigner.

« D'accord. »

Ryan se leva, lui donna une tape sur l'épaule.

« Allez viens, montons au front ensemble. »

Du même auteur aux Éditions Albin Michel :

Romans

À LA POURSUITE D'OCTOBRE ROUGE
TEMPÊTE ROUGE
JEUX DE GUERRE
LE CARDINAL DU KREMLIN
DANGER IMMÉDIAT
LA SOMME DE TOUTES LES PEURS, tomes 1 et 2
SANS AUCUN REMORDS, tomes 1 et 2
DETTE D'HONNEUR, tomes 1 et 2
SUR ORDRE, tomes 1 et 2
RAINBOW SIX, tomes 1 et 2
L'OURS ET LE DRAGON, tomes 1 et 2
RED RABBIT, tomes 1 et 2
LES DENTS DU TIGRE
MORT OU VIF, tomes 1 et 2

Une série de Tom Clancy et Steve Pieczenick

OP'CENTER 1
2 : IMAGE VIRTUELLE
3 : JEUX DE POUVOIR
4 : ACTES DE GUERRE
5 : RAPPORT DE FORCE
6 : ÉTAT DE SIÈGE
7 : DIVISER POUR RÉGNER
8 : LIGNE DE CONTRÔLE
9 : MISSION POUR L'HONNEUR

10 : CHANTAGE AU NUCLÉAIRE
11 : APPEL À LA TRAHISON

NET FORCE 1
2 : PROGRAMMES FANTÔMES
3 : ATTAQUES DE NUIT
4 : POINT DE RUPTURE
5 : POINT D'IMPACT
6 : CYBERNATION
7 : CYBERPIRATES
8 : LA RELÈVE

Une série de Tom Clancy et Martin Greenberg

POWER GAMES
1 : POLITIKA
2 : RUTHLESS.COM
3 : RONDE FURTIVE
4 : FRAPPE BIOLOGIQUE
5 : GUERRE FROIDE
6 : SUR LE FIL DU RASOIR
7 : L'HEURE DE VÉRITÉ

Documents

SOUS-MARINS
Visite d'un monde mystérieux : les sous-marins nucléaires
AVIONS DE COMBAT
Visite guidée au cœur de l'US Air Force
LES MARINES
Visite guidée au cœur d'une unité d'élite
LES PORTE-AVIONS
Visite guidée d'un géant des mers
LES FORCES SPÉCIALES
Visite guidée d'un corps d'élite

PAPIER À BASE DE FIBRES CERTIFIÉES

Le Livre de Poche s'engage pour l'environnement en réduisant l'empreinte carbone de ses livres. Celle de cet exemplaire est de :
500 g éq. CO_2
Rendez-vous sur www.livredepoche-durable.fr

Composition réalisée par PCA

Achevé d'imprimer en juin 2013 en France par
CPI BRODARD ET TAUPIN
La Flèche (Sarthe)
N° d'impression : 3001039
Dépôt légal 1re publication : juillet 2013
LIBRAIRIE GÉNÉRALE FRANÇAISE
31, rue de Fleurus – 75278 Paris Cedex 06

31/7578/3